suhrkamp taschenbuch 3450

Jährlich wechseln die Au-pair-Mädchen der Familie Tivot, doch die Neue, Rosie, ist anders als ihre Vorgängerinnen. Ein unaussprechlicher Verlust hat die junge Amerikanerin nach Frankreich verschlagen. Schnell findet sie Aufnahme bei Lola, Guillaume und Odile, den Kindern der Gastfamilie, nur deren Mutter Nicole bleibt ihr gegenüber kühl und abweisend. Auch sie scheint von einem Schatten der Vergangenheit verfolgt. Sind die beiden Frauen einander zu ähnlich, um sich nahezukommen? Fast allzu natürlich entwickelt sich hingegen Rosies Verbindung zu Marc, dem Vater der Familie.

Lily King gelingt ein zugleich aufwühlender und gelassener Roman, der zu einer seltenen Lesefreude wird. Ihr feinsinniges Debüt wurde vom amerikanischen Buchhandel zur literarischen »Entdeckung des Jahres 1999« ernannt.

Lily King, geboren 1963 in Cambridge, Massachusetts, lebt mit ihrer Familie in Boston.

Lily King

Ein Hausboot in Paris

Roman

Aus dem Amerikanischen
von Christel Dormagen

Suhrkamp

Die Originalausgabe erschien 1999 unter dem Titel
The Pleasant Hour
bei Atlantic Monthly Press, New York.

suhrkamp taschenbuch 3450
Erste Auflage 2002

Satz: Jung Crossmedia, Lahnau
Druck: Ebner & Spiegel, Ulm
Umschlag nach Entwürfen von
Willy Fleckhaus und Rolf Staudt
Printed in Germany

1 2 3 4 5 6 – 07 06 05 04 03 02

Ein Hausboot in Paris

Für all meine Familien

I

Plaire

Plaire ist keine wohlhabende Stadt, keiner dieser makellosen, romantischen Orte, die in Büchern über Südfrankreich beschrieben werden. Die Straßen haben kein Kopfsteinpflaster und sind in den heißen Monaten nicht von Besuchern überlaufen. Es gibt dort keine roten Klippen, keine Schlösser, keine Festungsruine. Die Kirchen sind schlicht, die Terrassencafés ohne Aussicht. Am Nachmittag verdüstern sich die engen Gassen. Wie Kraken klettern riesige schwarze Schatten langsam an dem zerfressenen Mauerputz hoch. Halbtoter Efeu kriecht ihnen von oben entgegen. Selbst wenn du an einem strahlenden Frühlingstag um zwei Uhr in eine dieser Straßen einbiegst, sind Hitze und Licht plötzlich verschwunden, und du gehst erst weiter, wenn deine Augen sich an das Halbdunkel gewöhnt haben. Durch die Ritzen der geschlossenen grünen Fensterläden dringt Musik oder das Plätschern von Wasser in einem Spülbecken oder das Klappern schwerer Porzellanteller. Die Henkel der Einkaufstaschen beginnen dir in die Finger zu schneiden, und von dieser dunklen Straße aus kommen dir die drei Kilometer Rückweg unüberwindlich vor. Doch sobald du das Tal erreicht hast und Lucie Quenelles Bauernhaus auf der nächsten Anhöhe in Sicht kommt, scheinen sieben Sonnen den Himmel zu füllen, und jede einzelne feiert deine Rückkehr.

Sie wartet im Garten auf mich. Ich sehe, wie ihr Strohhut wippt, als sie nach etwas schlägt. Beim Geräusch meiner

Sandalen im Gras erscheint ein Lächeln knapp unter der Hutkrempe. Daß ich hier bei dieser alten Frau bin, kommt mir nicht wie eine Buße vor, obwohl ich weiß, daß es so sein sollte.

Kaum hat sie mich aufgefordert, mit ihr an den Weintrauben zu arbeiten, beginnt sie wieder mit ihren Fragen. Sie hat so viele, vor allem zu Nicole.

»Sie war sehr achtsam als Kind, sehr überlegt. Ist sie das noch?«

»Ja.« Ich versuche, kurz angebunden zu sein, gänzlich uninteressiert.

»Und so ausgeglichen.«

»Ja.«

»Vielleicht bist du zu jung, um genau zu verstehen, was ich meine.«

»Vielleicht«, sage ich und fühle mich zu alt, um zu protestieren.

Sie bringt mir bei, wie man die Weinranken wieder an ihre Pfähle bindet. Neben ihren schnellen, fleckigen Händen arbeiten meine ungeschickt.

»Glaubst du, daß Nicole glücklich ist? Glaubst du, sie hat den richtigen Mann geheiratet?«

»Das weiß ich nicht.« Aber sie will mehr. Sie wird nicht lockerlassen, bis sie mich vollkommen ausgequetscht hat. »Ich hätte so einen Mann nicht geheiratet«, füge ich hinzu.

»Wieso nicht?«

Mir fällt absolut nichts ein, was sie ablenken könnte.

»Es ist nicht einfach zu benennen«, sagt sie und legt ihr ganzes Gesicht in Falten. »Aber irgendwas stimmt nicht mit diesem Marc Tivot. Ein Mann sollte einem nie das Gefühl geben, alt zu sein.«

»Sie sieht doch viel jünger aus, als sie ist«, sage ich. Ich verstehe sie absichtlich falsch, weiche aus. »Sie hat eine gute Figur. Sie ist gesund, flink –«

»Flink! Wo hast du denn dieses Wort her? Manchmal überraschst du mich mit den Begriffen, die du kennst. Wieso hast du so einen großen Wortschatz, kannst dir aber die bestimmten Artikel absolut nicht merken?«

»Ich weiß es nicht. Da klemmt einfach irgendwas«, sage ich verlegen, weil meine Schwächen schon bemerkt worden sind.

Nicoles Tochter Lola hat immer behauptet, es sei ganz einfach. *Guck doch mal*, sagte sie und lief zum Tisch, den sie gerade gedeckt hatte, *ein Messer ist männlich, und ein Löffel ist weiblich. Guck sie dir an. Das sieht man doch. Dieser Teller hier, das ist ein Mädchengesicht. Und dieses Glas ist ein Mann. Siehst du das nicht?* Lola hatte eine Ponyfrisur, ein Muttermal am Ringfinger und sprach meinen Namen Rosie mit dem besten nichtgerollten r der ganzen Familie aus.

»Nein, nein, nicht so fest, bitte«, sagt sie plötzlich gereizt. »Du erwürgst das arme Ding. Und paß auf da unten. Du ziehst ja die Wurzeln mit raus.«

»Tut mir leid.« Ich lasse die Rebe los.

»Ich liebe diese Erde.« Sie preßt eine Handvoll zusammen, und als sie die Hand wieder öffnet, sind die Kuhlen von ihren Fingern und die spitzen Hügel dazwischen noch zu sehen. Ich spüre, daß sie lächelt und wartet, daß ich hochschaue. Aber manchmal kann ich sie nicht ansehen: ihre blassen Augen, ihren gebügelten weißen Kragen und das Dreieck schuppiger Haut, das er freigibt, die flinken Hände, die die Erde bearbeiten. Flink. *Leste.* Alle meine Wörter führen zu jener Familie zurück.

Marc hatte mich während meiner ersten Woche in Paris flink genannt, als ich das Glas beim Abendessen auffing. Der Sohn hatte es vom Tisch gestoßen, als er nach dem Zitronensirup griff, und ich fing es auf, ein volles Glas Wasser. Marc nannte mich *leste*, und die ganze Familie, alle bis auf Nicole, sah mich an, als könne ich Wunder vollbringen.

»Meine Güte, du frierst ja«, sagt sie, die Hand auf meinem nackten Bein. »Ein junger Körper ist etwas Wunderschönes. Genieße ihn, Rosie.«

Aber ich spüre nichts – weder ihre welke Hand noch die Erde, die sie liebt, noch die Sonnen, die immer noch über uns brennen –, und wenn ich eins dringend loswerden möchte, dann ist es mein Körper.

»Wie alt bist du, achtzehn, neunzehn?«

»Neunzehn.«

»Was um Himmels willen macht ein neunzehnjähriges Kind bloß so ...« Sie sucht in meinem Gesicht nach einem Wort, findet aber zum Glück keins. »Als ich neunzehn war«, fährt sie fort, »sind wir hierher nach Plaire gezogen. Nicoles Familie hat dort oben gewohnt, direkt hinter den Bäumen da, die waren damals noch nicht so hoch. Man konnte von hier aus ihr Haus sehen, und die Sonne, wenn sie hinter den Bergen versank. Heute ist alles höher. Oder vielleicht bin ich auch geschrumpft. Ich weiß nicht, was heute anders an der Sonne und der Luft ist, aber damals wurde der Himmel manchmal purpurrot – nicht direkt purpurrot, sondern malvenfarben. So hat Nicoles Mutter es genannt.«

»Sie kannten ihre Mutter?« Es ist seltsam, sich Nicole als Kind vorzustellen.

»Sie war siebzehn Jahre jünger als ich, aber sie wurde schließlich die engste Freundin, die ich je hatte. Sie hat mir erzählt, daß sie als kleines Mädchen oft in der malvenfarbenen Stunde bei ihrem Großvater im Roussillon auf der Veranda saß und Tee und Kuchen bekam. Bei dem Wort malvenfarben muß ich immer an sie denken, aber seitdem hat sich das Licht geändert. Wie auch immer. Ich glaube, es reicht für heute.«

»Ja.«

»Aber wir haben heute eine Menge geschafft. Vielen Dank.«

Ich bekomme Kost und Logis und zweihundert Francs die Woche, aber in den drei Wochen, die ich jetzt hier bin, hat sie sich jeden Abend bei mir bedankt.

Wir legen die Gartengeräte und den Bindedraht wieder in den kaputten Korb und gehen auf dem Pfad zwischen den Rosen zurück zur Hintertür des Hauses. An der Treppe stützt sie sich zur Sicherheit auf meinen Arm. »Aah«, sagt sie. »Wie der Eintopf duftet? Du hattest recht mit dem extra Basilikum.« Sie zerrt an meinem Arm, als würde sie sonst fallen, macht sich aber gleich los, als wir das Haus betreten.

Nach dem Essen werde ich meiner Schwester eine Postkarte ohne Absender schreiben: *Bin den Weg gegangen, den van Gogh mit seinem blutigen Ohr ging.* Das ist eine Lüge – der Ort, von dem Lucie Quenelle mir erzählt hat, liegt weiter südlich.

In dem Haus in New Hampshire mit der roten Tür – und dem goldenen Schlitz, durch den diese Karten fallen – leben meine Schwester, ihr Ehemann und das Baby, das ich ihnen schenkte. Ich kann nur hoffen, daß dieser Junge, wenn er eines Tages sprechen kann, den beiden all das sagen wird, was ich nicht sagen kann. Vielleicht wird mein ganzes Leben hier in Frankreich aus seinem Mund heraussprudeln.

La Rentrée

Ich bin im vergangenen Herbst am Tag vor der *Rentrée* in Port Suffren Nr. 121 aufgekreuzt, dem Tag, an dem für alle französischen Kinder die Schule wieder beginnt. Vielleicht standen allein in Paris an jenem Tag zehn- oder elftausend andere junge Frauen aus fremden Ländern vor Haustüren, klingelten, drückten auf Knöpfe von Sprechanlagen, fragten von Telefonzellen aus nach dem Türcode, den man ihnen nicht mitgeteilt hatte, und nahmen das Zimmer in Beschlag, das ihre Vorgängerin gerade geräumt hatte. Ich gehörte nie zu diesem Netzwerk von Frauen, aber ich sah sie überall: bei Tennisstunden, in Arztpraxen, in den Eingangstoren von Privatschulen. Wo immer ich hingeschickt wurde, da waren sie auch.

Sie arbeiteten in Grüppchen, trafen sich in den Parks, schnippten ihre Zigarettenkippen in die Sandkästen, warfen ein flüchtiges Auge auf die Kinder. Abends gingen sie aus. Sie bestellten literweise Sangria in kleinen Bars, in denen es von ausländischen Frauen wimmelte und von Männern, die hinter ihnen her waren. Sie beklagten sich über die Gastfamilien, erzählten von herablassender Behandlung, Demütigung und falschen Anschuldigungen. Sie lachten und lachten. Sie verabredeten sich mit Franzosen und rollten die Augen. Dann verliebten sie sich. Sie erzählten einander alles, selten in ihrer Muttersprache. Manchmal schmissen sie ihren Job und bekamen über ihre Agentur einen neuen. Sie waren ständig pleite und liehen einander Geld. Sie vermißten ihre Freunde zu Hause. Sie machten mit ihren Freunden zu Hause Schluß, kurz und knapp am Telefon, weitschweifig in Briefen. Sie schmuggelten heimlich Männer in ihre Mädchenkammern im obersten Stock und wurden sie dann nicht wieder los. Sie sprachen immer besser Französisch, wollten Übersetzerinnen, Hotelmanagerinnen, Touristenführerinnen, Diplomatinnen werden. Französisch war ihre dritte oder vierte Sprache. Sie lasen Proust oder de Beauvoir oder Duras und schmückten ihre Zimmer mit Drucken von Manet, Pissarro und Gauguin. Sie machten sich über Touristen lustig, die Französisch zu sprechen versuchten, und halfen denen, die die Sprache nicht konnten. In den Ferien fuhren sie nach Hause, und wenn sie wiederkamen, lag das Panthéon unter Schnee begraben. Sie lernten noch besser Französisch. Sie lernten immerzu Französisch. Wenn es Frühling wurde, konnten sie an den Kindern nichts Liebenswürdiges, an den Eltern nichts Geheimnisvolles mehr finden. Aber sie hatten bekommen, was sie wollten: die Wörter, die Vokale und die Konsonanten, die Redewendungen und die Satzmelodie, die nur in Paris zu haben waren. Sie hatten sich die Sprache ihrer Gastfamilien zu eigen gemacht, und mehr wollten sie nicht. Sie waren froh, daß die Zeit fast um war. Am Ende ihres Jahrs fiel ihnen die Trennung leicht, sie verfügten über ein flüssiges Pariser Französisch und hatten das Leben vor sich. Wenn sie es nicht vergaßen, schickten sie jedes Jahr eine Weihnachtskarte, bis sie ahnten, daß ihr Gesicht in der langen Reihe anderer Au-pairs, die am Vorabend der Rentrée vor derselben Haustür aufgekreuzt waren, seine Konturen verloren hatte.

Ich hätte eine von ihnen sein sollen: zurückhaltend, unerschütterlich. Ich hätte bloß dort sein sollen, um eine Sprache zu lernen, und nicht, um Sicherheit und Trost zu verlangen. Denn die findet man selten in einer Familie – sei es die eigene oder eine fremde.

Niemand hatte mir gesagt, daß es ein Hausboot war. Ich näherte mich der langen Reihe von Schiffen von hinten und sagte im Vorbeigehen stumm jeden Namen auf. Die *Vanesa* war ein Wald aus niedrigen Tannen in Kisten. So dicht, daß man kaum etwas vom Boot erkennen konnte. *La Liberté* war vollkommen kahl, jedes Fenster mit Brettern vernagelt. *La Chienne* war feuerrot angemalt, an Deck stapelten sich diverse Paar Schuhe und einige rostige Fahrräder, und von Bug bis Heck war eine übervolle Wäscheleine gespannt, die in der Mitte bis auf das Kabinendach und die Rücken der beiden dort schlafenden Hunde durchsackte.

Auf der *Sequana*, die schlank und schnittig war, stand Nicole in einer schwarzen Bikinihose.

Ich war nicht an den Anblick anderer Brüste gewöhnt. In der Schule hatten die Mädchen sich mit dem Gesicht zum Umkleidespind umgezogen, und wenn sie woanders übernachteten, streiften sie den Büstenhalter unter ihrem Nachthemd ab. Ich kannte nur die Brüste meiner Schwester, und sie waren genauso wie meine. Aber Nicoles waren völlig anders: perfekte Kegel und fast ganz von einem dunkelbraunen Hof umgeben.

Sie stand an Deck und bürstete Odiles Haar, das jedesmal, wenn es sich aus den Borsten löste, wie durch Zauber in der reglosen Luft hochflog. Mit sechzehn war Odile schon einen Kopf größer als ihre Mutter und mußte in die Knie gehen, während sie sich auf die Reling stützte und im Rhythmus der kräftigen Bürstenstriche Grimassen zog. Sie trug einen neongrünen Badeanzug. Ich sah sie, bevor sie mich sahen: Nicole jockeyartig, schnell und entschieden, ihr zierlicher Körper perfekt proportioniert; Odile träger und biegsamer, aber unberechenbar. Sie schlug mit dem Arm nach ihrer Mutter, die ihr weh getan hatte.

Die vier Jahre jüngere Lola saß vollkommen angezogen am Ende des kurzen Stegs und wartete. Sie blickte angestrengt in die andere Richtung, da sie dachte, ich komme im Taxi. Dann hörte sie meine Schritte und drehte sich um.

»*Ah, elle est là!*«

Ich war nicht auf ihr Französisch gefaßt. Lolas Gesicht war so offen und ihr Mund so breit, so wenig geschürzt, daß ich nicht gedacht hätte, es käme Französisch heraus. Lolas Französisch überraschte mich immer wieder.

Ihr kleiner Bruder Guillaume in der grünen Badehose, viel zu groß für seine neunjährigen Beine, sprang von seiner Liege auf und kam mir entgegen. Er war sofort enttäuscht, was ich an seinem unverändert erwartungsvollen Gesicht ablas, als könnte ich mich, wenn er nur nahe genug herankam, in jemanden anders verwandeln. Er hatte mit seinem Freund Arnaud gewettet, daß seine amerikanische *jeune fille* hübscher sein würde als Arnauds norwegische. Aber ich war plump und unauffällig, kein Vergleich mit denen aus dem Kino, und er würde Arnaud den Füller zurückgeben müssen.

Für einen Moment unterbrach ich alles.

Die Familie trat an, um mich zu küssen. Bei Guillaume wie auch bei Odile zielte ich auf die falsche Wange und endete bei Guillaume in einem Nasenstüber und hätte Odile beinah auf den Mund geküßt, was sie bei ihrem ausgeprägten Sinn für Etikette zu entsetzen schien. Bevor Lola an der Reihe war, sagte sie: »Rechte Wange zuerst«, was die Sache klärte. Ich war bereit für Nicole. Es schien keinem etwas auszumachen, daß Nicole kein Hemd trug. Als wir uns küßten, roch ich Make-up und Gesichtswasser, Nagellack und Zahnpasta sowie saure Milch und Butterkekse – den nachhaltigen Kindergeruch ihrer zwei Jüngsten. Die Hitze hatte Nicoles Haut mit all diesen Düften gesättigt, die ich nie wieder so stark an ihr wahrnahm, auch wenn ich mir Nicole nicht mehr ohne sie vorstellen konnte, ebensowenig wie ich die Form ihrer Brüste unter ihrer Kleidung jemals vergaß.

Nicole entdeckte ihr zu einem Kissen zusammengeknülltes Seidenhemd auf Guillaumes Liege und schimpfte mit einer Singsangstimme auf ihn ein, die ihm nur ein Grinsen entlockte. Sie stellte mir ein paar höfliche Fragen, die ich mit den einfachsten mir bekannten Wendungen beantwortete. Etwas an Nicole – die Art, wie sie Odiles Haar gebürstet hatte und jetzt mit derselben raschen Handbewegung die Falten in der Seide glattstrich – hatte mir sofort klargemacht, daß sie kein Mensch war, der Fehler ertrug, und ich ahnte, daß meine vier Jahre Lehrbuchfranzösisch nicht sehr weit reichen würden.

Seit jenem Augenblick, als Nicole hochschaute und mich sah, hatte ich das Gefühl, daß ich entweder zu spät oder zu früh am Nachmittag erschienen war. Etwas an mir kam ihr ungelegen, und dieser Eindruck sollte mich über viele Monate nicht verlassen. Manchmal verschwand er eine ganze Weile, um eines Tages, wenn ich mit der Wäsche aus der Reinigung in die Küche kam oder im Wohnzimmer die Kinder zum Abendessen rief, unerwartet wieder aufzutauchen. Das gleiche vage Erstaunen, den gleichen unterdrückten Ärger im Blick. So nah ich mich der Familie später auch fühlen mochte, dieser Blick von Nicole konnte mich während der ersten Monate schlagartig in jene Minuten auf dem Boot zurückversetzen, als ich nicht wußte, ob ich zu früh oder zu spät erschienen war, um mein Leben mit ihnen zu beginnen.

Ich folgte ihr die steile Treppe ins Haus hinunter. Ich war noch nie vorher auf einem Hausboot oder in Paris gewesen, hatte außerhalb des Klassenzimmers noch nie Französisch gesprochen. *Ein Haus auf einem Boot auf einem Fluß in Frankreich. Ein Haus auf einem Boot auf einem Fluß in Frankreich.* In meinem Kopf wurde daraus eine Melodie, während wir die Stufen hinunterpolterten, und ich dachte, eines Tages würde ich sie Lola vorsingen, die mich schon jetzt mochte. Das erkannte ich an der Art, wie sie mich mit ihrem Seehundsgesicht, ihren runden, braunen Augen, ihrem hoffnungsvollen Mund verfolgte und auf meine Reaktion auf diese neue Welt wartete, ihre Welt. Ich fragte mich, ob sie wohl ein wenig Englisch konnte, ob sie *Haus* oder *Boot* oder *Fluß* verstehen würde. Schon jetzt hatte ich das Gefühl, daß Lola diese Wörter – oder irgendwelche anderen Wörter – alle verstehen würde, wenn ich sie sagte.

Genaugenommen war ich die einzige, die polterte. Lola hüpfte, und Nicole trabte. Goldene Riemchen schlugen ihr gegen die Fersen, während sie mich einen Flur entlangführte und mir, ohne anzuhalten, die Zimmer der Kinder zeigte, voller bunter Teppiche, Plakate und Schmusedekken. Der beigefarbene Läufer im Flur führte zu meinem Zimmer ganz am Ende, in dem als einziger Hinweis auf meine vielen Vorgängerinnen das Bett mit dem ausgewaschenen Überwurf stand, dessen Blumenmuster sich unter dem Glas der Frisierkommode und auf den Kissen der Ottomane in der Ecke in frischeren Farben wiederholte. Ich blickte unbeeindruckt in diese Ecke, als hätte ich schon häufig eine Ottomane in meinem Schlafzimmer gehabt.

Nicole zeigte mir, wie das Fenster aufging, und sagte, ich dürfe im Zimmer nichts verschütten und keine Nägel in die Wände schlagen, und essen dürfe ich nur in der Küche. Dann ließ sie mich selber das Fenster öffnen und ihre Verbote wiederholen. Einige der Wörter, die sie benutzt hatte, fielen mir nicht mehr ein. Ich verstand immer noch viel besser, als ich sprechen konnte. Nicoles Gesicht verriet, daß sie all das schon tausendmal mit demselben Ergebnis getan hatte. Für sie war ich einfach eine weitere Au-pair, die ein weiteres Jahr, eine weitere Rentrée markierte.

Lola setzte sich für mich ein. »Keine Angst, Maman. Sie hat dich verstanden.« Nicole sah sich noch ein letztes Mal in dem Zimmer um, als würde sie es später nicht mehr wiedererkennen, und nahm Lola mit, damit ich auspacken konnte.

Aber Lola und Guillaume waren nach wenigen Minuten wieder in meinem Zimmer, um ihre neue Schulkleidung vorzuführen. Lolas Sachen waren jungenhaft, hauptsächlich Jeans und weiche Baumwollhemden, während Guillaumes für ein viel jüngeres Kind gedacht waren: kurze Wollhosen mit langen Socken, ein Hemd mit einem Mausezahnkrägelchen, karierte Overalls. Ich zeigte ihnen die magenta- und chartreusefarbenen Papierbögen, die ich in einer Kommodenschublade gefunden hatte, und sie sagten, die seien von Sigrid von vor zwei Jahren. Weil ich aus ihren simultanen Erklärungen nicht ganz schlau wurde, machten sie mit ihren Fingern eine Schere und zogen mich in ihren Zimmern vor die gerahmten Ausschneidefiguren an den Wänden.

»Und die anderen Mädchen. Wie viele?« In jenen ersten Tagen hütete ich mich vor ganzen Sätzen.

»Millionen«, sagte Lola und fuchtelte wild mit den Armen. »Dreißig oder vierzig?« Sie sah ihren Bruder an und wartete auf seine Bestätigung. Sie war ein spindeldürres, linkisches Mädchen im linkischsten Stadium ihres Lebens. Ich sah ihr an, daß man sie seit einiger Zeit ermahnte, nicht so wild zu sein, leiser zu sprechen, die Arme stillzuhalten.

»Mehr«, sagte Guillaume.

Alle ihre Finger bekamen Namen.

»Pilar!« Lola machte eine Pause. »Weißt du noch? Sie hat Mamans Sachen getragen, wenn sie weg war.«

»Aber Tonia war schlimmer«, sagte Guillaume. »Sie hat jeden Abend in der Türkei angerufen, und die Rechnung war dann fünftausend Francs, und sie mußte sechs Monate umsonst arbeiten. Sie hat viel geweint.«

Sie gingen die lange Liste durch: Vibeke, die Hexe, Begonia, die Dichterin, Hélène, die Rülpserin. Eine Weile diskutierten sie darüber, ob es Ella oder Elsa war, die ihre Zigaretten aufaß, wenn sie sie fertiggeraucht hatte.

»Und ich, was?« wagte ich schließlich zu fragen.

»Du meinst, was wir sagen werden?«

Ich nickte. Lola zuckte die Achseln und sagte etwas, von dem ich nicht wußte, ob es ein Wort war.

Sie wiederholte es. »*Chais pas.*«

»Was heißt das?«

»*Chais pas?*« Sie schien enttäuscht, als hätte sie größere Hoffnungen in mich gesetzt. »*Je ne sais pas.*«

»*Chais pas.*« Ich übte. »*Chais pas.*«

»Wie sagt man das auf englisch?«

»I don't know«, sagte ich langsam.

Aber sie war ungeduldig. »Das weiß ich, aber wie sagt man das schnell?«

»I dunno.«

»Dunno«, sagte Lola in ihrer korrekten Aussprache, mit der sie mich immer wiederholte.

»Perfekt.«

»Dunno«, versuchte Guillaume.

»Dunno«, wiederholte ich.

»Dunno.«

»Gut«, sagte ich, aber ich log, weil ich das Spiel beenden wollte, und er durchschaute es.

»Ich brauche kein Englisch zu lernen, weil ich Priester werde.«

»Priester?« Ich versuchte, das Wort *prêtre* so wunderschön auszusprechen wie er, und scheiterte.

»Wir werden sagen, daß du nicht besonders schick bist – ich bin es auch nicht –, dafür aber sehr nett«, sagte Lola.

»Daß du unordentlich bist.« Guillaume sah auf meinen offenen Koffer mit all der zerknautschten Kleidung.

»Und daß du ein hübsches Lachen hast.«

»Und daß du ein bißchen dick bist.«

»Guillaume!«

»Schon in Ordnung«, sagte ich. »Es stimmt ja.«

»Aber hier bist du dünner.« Sie tippte an ihr Bein. »Und hier.« Sie berührte ihre Wange. »Und ganz glatt. Guck mal Guillaume an. Er hat schon zwei *boutons*, und dabei ist er erst neun.«

Obwohl ich ahnte, was Lola meinte, tat ich so, als verstünde ich nicht, um Guillaume über eine womöglich peinliche Situation hinwegzuhelfen. Aber er zeigte mir stolz die Pickel auf seinem Kinn.

Danach ging Guillaume, aber Lola blieb und sah mir zu, wie ich meinen Koffer auspackte. Und noch während ich dabei war, meine Sachen zum erstenmal in den Schubladen zu verstauen, stellte ich mir vor, daß Lola mich im Geiste schon wieder für die Abreise packen sah. Lola würde nett zu mir sein, dachte ich, mich sogar richtig gern haben, wie eine überraschend sympathische Fremde auf einer langen Bahnfahrt. Am Ende würde sie sich von mir verabschieden: eine Trennung, auf die sie längst vorbereitet war und die sie schon dutzendmal durchexerziert hatte. Ich spürte, wie sie mich beobachtete, mich mit den anderen Gesichtern und Koffern und Sprechweisen verglich. Ich schätzte, daß sie inzwischen ganz genau wußte, wie weit sie sich auf mich würde einlassen, wieviel Anhänglichkeit sie sich würde leisten können. Dabei hatte ich allerdings vergessen, daß Lola ein Kind war. Auch wenn sie noch so höflich und beherrscht und weise schien, lebte sie doch nicht in einer Welt erlernter Beschränkungen, einer Welt des Zögerns und Selbstschutzes, der Mäßigung und Gedämpftheit, des Abwägens und Verschweigens. Sie lebte eigensinnig und hingebungsvoll ausschließlich in der Gegenwart.

An jenem Abend gingen wir Pizza essen. Da die Arbeit der Au-pair genaugenommen erst am nächsten Tag begann, war die Pizza am Vorabend der Rentrée inzwischen Familientradition.

Wir setzten uns an einen langen Tisch mitten im Restaurant. Dort wurde schnell klar, daß Odile außerhalb meines Einflußbereichs war. Sie und ihre Mutter saßen am einen Ende des Tischs, nur wenige Schritte entfernt, und doch trennten sie Welten von den anderen, die in eine leise Diskussion vertieft waren, von der ich kein einziges Wort verstand. Irgendwann hielt Odile einen Ärmel hoch, den ihre

Mutter sorgfältig untersuchte, bevor sie die Unterhaltung fortsetzte. Von da an konnte ich ein bißchen verstehen: *soie, jupe, taille.*

Guillaume wollte auch über Kleider sprechen. Er fragte mich, ob mir sein T-Shirt gefiel, auf dem BOSTON BASEBALL RED SOX kreisförmig um einen Ball und ein flaches Schlagholz aufgedruckt war. Ich nickte, dann entdeckte ich die weißen Narben an seinen Armen und Händen.

Er bemerkte meinen Blick und sagte irgend etwas viel zu schnell. Lola übersetzte. »Einmal wäre er fast gestorben.«

Nicole unterbrach ihr Gespräch, um das Thema sofort mit zwei Wörtern zu beenden: »Lola. *Non.*« Und damit war die Sache erledigt.

Guillaume aß seinen Nachtisch auf dem Schoß seiner Mutter. Trotz dieser kindlichen Haltung änderte sich seine Stim- me sofort in Rhythmus und Tonfall, und er wirkte ebenso erwachsen und unverständlich wie die anderen beiden. Nur Lola blieb auf meinem Niveau und erzählte mir sehr langsam etwas über die seltsamen Comicfiguren auf den Platzdecken aus Papier.

Als wir über den Kai zurückwanderten, war es noch nicht dunkel, obwohl es fast neun gewesen sein muß. Der Himmel war blaßgrün und sternenlos. Das Wasser im Fluß schien keine Farbe zu haben, sondern eine Art Licht zu sein, ein flackerndes fahles, zaghaftes Licht, das verschwand, als ein kleines Boot mit bunter Lichterkette vorüberglitt, die gläserne Wasseroberfläche zerriß und eine falsche Dunkelheit erzeugte.

Lola blieb mit mir hinter den anderen zurück, obwohl mir die Worte ausgegangen waren. Ich dachte immerzu: *Dies ist Paris, dies ist Paris.* Doch nun, da ich endlich hier war, fühlte es sich genauso unwirklich an, wie wenn ich durch einen Kinosaal mit Leinwänden an allen Seiten gegangen wäre.

Nachdem wir das Boot erreicht hatten und im Gänsemarsch die enge Treppe hinuntergestiegen waren, stoben die Kinder auseinander. Guillaume ging sofort zum Fernseher im Wohnzimmer, Lola in ihr Schlafzimmer und Odile zum Telefon im Arbeitszimmer. Von draußen schien das Boot so klein zu sein, aber unten im Inneren weitete es sich zu einem richtigen Haus. Nicole sagte, ich solle es mir bequem machen, und verschwand ebenfalls. Mir schien nichts anderes übrigzubleiben, als auf mein Zimmer zu gehen. Irgendwann hörte ich Nicole in der Wäschekammer – vermutlich legte sie die trockene Wäsche zusammen, die über den Ständern hing. Ich überlegte, ob ich anbieten sollte, das zu übernehmen, und stand, ganz starr vor Unschlüssigkeit, so lange mitten in meinem Zimmer, bis es zu spät war. Nicole klopfte bei mir an, als sie fertig war, ihr Kopf ragte gerade eben über den hohen Stapel. Ich nickte zu allem, was sie sagte, obwohl ich eigentlich nur verstand, daß sie morgen das Frühstück machen werde, ich mich aber um zehn für etwas anderes bereithalten solle. Sie fiel nicht auf mein Nicken herein, war aber zu müde und wiederholte nur die Zeit, zehn Uhr, für die ich mich bereithalten sollte. Danach wünschte sie mir eine gute Nacht und schloß die Tür.

Ich hörte, wie sich die Kinder, eines nach dem anderen, das Gesicht wuschen, die Zähne putzten und ins Bett gingen.

Ich holte die restlichen Dinge aus den Seitentaschen in meinem Koffer: ein Taschenbuch, Fausthandschuhe, eine Taschenlampe. Ich untersuchte sie nun in aller Ruhe, diese Stücke aus meinem Zimmer im Haus meiner Schwester. Sie trugen keine Spuren der Wut und Angst, mit denen sie eingepackt worden waren. Aber als ich den winzigen Kamm fühlte, wurde meine Hand so schwer, daß ich sie nicht mehr heben konnte, und ich setzte mich neben meinem Koffer aufs Bett. Ich war entschlossen hinzuschauen, aber es brauchte eine Zeit, bis ich soweit war. Ein paar feine rote Babyhaare hatten sich in den Plastikzinken verfangen. All das Haar. Meine Schwester nannte ihn Samson und nahm es in beide Hände, so wie sie es Jahre vorher immer getan hatte, wenn sie mir die Haare wusch. Ich hielt mir den Kamm an die Nase, weil ich wußte, er würde nach seiner Kopfhaut riechen, und der Geruch würde schmerzlicher sein als der Anblick. Dann löste ich ein Haar heraus und zog es ganz langsam durch meine Lippen. Meine Wange hatte genau in die kleine weiche Vertiefung auf seinem Kopf gepaßt.

Ich flocht das Haar wieder zwischen die Zinken, schob den Kamm vorsichtig in die Koffertasche und ging ans Fenster. Obwohl ich nicht das Gefühl von Bewegung hatte, hörte ich das schwache Klatschen des Flusses gegen den Rumpf und, noch schwächer, das Geräusch der Schiffstaue, die an den dicken Klampen scheuerten. Erleichtert sah ich die trägen Lichterzungen von den Brückenlaternen auf dem Wasser. Endlich war der Himmel dunkel. Ein nächster Tag, ein Tag, der diesem folgte, schien jedoch undenkbar. Ich hatte all meine Kraft gebraucht, um bis hierher zu kommen.

Trotz der immer noch warmen Luft durchfuhr mich ein kalter Schauer. Ich zog mich schnell aus und legte mich ins Bett. Es waren gute, teure Laken, die Sorte, die immer glatt und kühl bleibt, aber ich wußte schon, daß ich hier nicht würde schlafen können.

Nach einer ganzen Weile hörte ich, wie jemand nach nebenan in Lolas Zimmer ging. Sie flüsterte etwas, und eine heisere Männerstimme antwortete. Eine väterliche Stimme. Den Vater hatte ich ganz vergessen. Das einzige Wort, das ich heraushören konnte – und sie sagten es beide, erst Lola, dann der Vater –, war mein Name.

Am nächsten Morgen klopfte es so schnell und heftig an meine Tür, daß die einzelnen Schläge kaum zu unterscheiden waren. Ich machte die Tür auf und sah, wie Nicoles Gesicht im Bruchteil von Sekunden wieder jenen Ausdruck annahm. Was ihn ausgelöst hatte, war mir rätselhaft; ihre Augen waren nicht gewandert, ihre Hände ruhig geblieben. Aber irgend etwas an meiner Reaktion hatte sie enttäuscht.

Als ich in den Flur hinaustrat, überlegte ich, ob ich die Tür hinter mir schließen sollte. Wenn ich es nicht tat, sähe es wie eine Einladung an jedermann aus, in meinen Sachen herumzuwühlen, und wenn ich sie schloß, würde es bedeuten, daß ich etwas zu verbergen hatte. Ich sah zu den Zimmern der Kinder, und da sie alle offen waren, ließ ich meine Tür halb geöffnet. Doch Nicole griff hinter mich und schloß sie fest. Dabei sagte sie etwas, dem ich schnell zustimmte, da ich kein einziges Wort aus dem ganzen Schwall verstanden hatte. Sie ging im Zickzackkurs vor mir her durch den Flur und schloß dabei erst Lolas, dann Guillaumes, dann Odiles Tür, wie um mit jedem Zuziehen klarzustellen, daß niemand außer ihr sich auf den vernünftigen Umgang mit Türen verstand.

Sie trug die Sorte Hose, wie sie figurbewußten Frauen auf den Leib geschneidert wird, die Sorte, die nicht zerknautscht aussehen darf und in den Geschäften auf Bügeln hängt und nicht nach Taillenweite und Länge gestapelt ist. In diese schwarze Hose hatte sie eine ärmellose grüne Bluse gesteckt, die fast zu fluoreszieren schien, so tiefbraun waren ihre Schultern und Arme und das noch dunklere Stück ihres Nackens unter dem perfekt geschnittenen Haar. In dem Garderobenraum auf halber Treppe zog sie eine dünne Jacke an und hängte sich eine Handtasche über die Schulter. Heute morgen, erklärte sie mir, als wir von Bord gingen, werde sie mir zeigen, wo ich demnächst die Besorgungen zu machen hätte.

Wir waren ein seltsames Paar, und oben auf der Straße entging mir nicht, daß die Leute uns anstarrten. Ich fand es absurd, daß Nicole sich nur fürs Esseneinkaufen so auftakelte, daß sie Stöckelschuhe trug und ein glitzerndes Abendtäschchen, das gegen ihre knochige Hüfte schlug. Es war peinlich. Aber nachdem wir eine Weile gegangen waren, fiel mir auf, daß alle Frauen Stöckelschuhe und Glitzertäschchen trugen, selbst Frauen, die mit kleinen Kindern und Einkaufstüten beladen waren und manchmal noch ein Hündchen an der Leine führten. Nur in den vereinzelten Touristengrüppchen, die von einer Brücke zur nächsten wanderten, gab es Frauen, die Sandalen oder Turnschuhe oder ein lose überhängendes Hemd trugen. Obwohl es erst zehn war (die dünnen Schläge einer Turmuhr kamen von irgendwoher flußaufwärts), brannte die Sonne schon auf uns herunter, und ich bewunderte diese Frauen, die, ohne zu schwitzen und das Gesicht zu verziehen, heiße, geschwollene Füße in enge Schuhe quetschten und rasch in ihren dunklen Kleidern und Strumpfhosen vorübereilten. Ich trug ein T-Shirt, Laufshorts und Zehensandalen und fühlte mich trotzdem noch unwohl.

Wenn ein Pulk von Autos vorbeifuhr, bildete sich ein Windwirbel, der heißer als die Luft war. Nicole ging sogar noch schneller als alle anderen. Ich begriff, daß *ich ihr* peinlich war.

»*Il fait chaud*«, sagte ich wagemutig.

»*Oui, oui. Il fait chaud*«, sagte sie, ohne sich nach mir umzudrehen. Als wäre ich einer der Männer, die an der Kaimauer herumstanden und auf sich aufmerksam machen wollten. Dann wurde sie langsamer und sagte, als ich sie einholte, sehr artikuliert: »Ich liebe diese Hitze.«

»Ich auch«, sagte ich, was nicht stimmte, aber ich kannte nicht viele Verneinungen, und Verneinungen schufen Raum für eine richtige Unterhaltung; doch viel komplexer als *Il fait chaud* wollte ich die Dinge gar nicht werden lassen.

Sie versuchte mir etwas anderes mitzuteilen. Ich dachte, sie hätte gesagt, die Hitze erinnere sie an ihre Kindheit. Aber als ich fragte, woher sie komme, sah sie mich argwöhnisch an. »Ich lebe schon seit fast dreißig Jahren in Paris«, sagte sie und fügte dann zögernd hinzu: »Aber ich komme aus einer Stadt im Süden.«

»Welcher Stadt?«

»Du wirst sie nicht kennen.«

Sie trat vom Bürgersteig herunter und überquerte schnell die Straße. Ich beeilte mich, um mit ihr Schritt zu halten. Wir kamen an einem Café, einer Reinigung, einer Apotheke und einem Buchladen vorbei. Vor der *Oisellerie* waren Vögel in Holzkäfigen auf dem Bürgersteig gestapelt, schwarze Hähne mit scharlachroten Kämmen und zungenförmigen Kehllappen, weiße Zuchttauben mit langen, fedrigen Schwänzen. Ein Mann in einem schmierigen Overall rollte eine weitere Stellage mit rechteckigen Käfigen aus dem Laden, in denen diesmal Kaninchen saßen, weiße, graue und zimtfarbene Kaninchen. Einige waren enorm fett, andere hatten so lange Ohren, daß sie über den Käfigboden schleiften. Tauben rotteten sich zusammen und kämpften um die besten Plätze auf den Gestellen.

Der Geruch aus den Käfigen breitete sich auf dem heißen Bürgersteig aus. Ich sah, wie die Leute dem Gestank auszuweichen versuchten, aber ich fand ihn köstlich.

»Es tut mir leid«, rief ich, als ich merkte, daß ich einfach stehengeblieben war. Ich rannte zu Nicole, die im Schatten der nächsten Markise wartete.

Sie murmelte irgend etwas, und als ihr aufging, daß ich nicht verstanden hatte, sagte sie langsam und mit einfachen Worten, daß die Vögel sie traurig machten.

»*Oui*«, sagte ich. Ich brachte es nicht über mich, noch einmal *moi aussi* zu sagen, weil sie mich begeistert hatten. Sie gaben mir das Gefühl, an einem sehr exotischen Ort zu leben, wo die Luft sich innerhalb weniger Schritte verändern konnte und nicht mehr nach verbranntem Diesel, sondern plötzlich nach Bauernhof roch, wo unter der einen Markise ein Karren mit Computerhandbüchern und unter der nächsten ein Korb mit Geflügel stand, wo die Welt fast von Haus zu Haus die Jahrhunderte wechselte.

Als wir beim Supermarkt ankamen, zeigte sie auf eine Reihe mit Einkaufswagen. Ich nahm einen, schob ihn zum Eingang und hielt auf der Gummimatte vor der geschlossenen Tür.

»Was machst du da?« fragte sie nach einer Weile hinter mir. »Sie geht nicht von alleine auf. Du mußt es so machen« – sie nahm mir den Wagen ab, schwang ihn herum und stieß ihn gegen die Tür – »wie alle anderen.«

Wenn sie mit mir schimpfte, verstand ich Nicole immer.

Im Laden gab sie mir den Wagen zurück. Ich wandte mich nach rechts Richtung Obst und Gemüse, aber sie lenkte mich rasch nach links und erklärte, daß die frischen Waren empfindlich seien und am Schluß obendrauf kämen. Und so ging es weiter. Sie schickte mich los, Teigwaren oder Wasserflaschen zu holen, und ich suchte stets die falsche Sorte oder Größe oder Marke aus. Sie sagte, ich solle Milch besorgen, ich ging also zur Molkereiabteilung, aber das war ebenfalls verkehrt. Die Milch war in Kartons und stand neben den Frühstücksflocken. Und auf jeden Fehlgriff folgte eine ausführliche Erklärung, wieso sie genau das kaufte, was sie kaufte.

Als unsere Nummer an der Käsetheke aufgerufen wurde, trat sie zurück, und ich stand allein mit dem Zettel da, als die Frau mich nach meinen Wünschen fragte. Ich wiederholte die Käsesorten, die Nicole mir genannt hatte. Als es um die jeweiligen Mengen ging – in Kilogramm –, drehte ich mich zu Nicole um. Aber sie half mir nicht. Sie stand hinter einer wachsenden Gruppe von Frauen, die einfach durch mich hindurchsahen. Einige begannen zu murren. Ich wurde rot, und weil ich rot wurde, fing ich an zu schwitzen. Schließlich hielt ich drei Finger hoch. Als alles vorbei war, drängelte ich mich durch die Menge zu Nicole. Sie sagte, ohne einen Hauch von Sarkasmus: »*Très bien*«, und wies mich zur Obst- und Gemüseabteilung.

Ich dachte, dort würde es am einfachsten sein, aber inzwischen konnte ich noch nicht einmal mehr eine gute Tomate von einer schlechten unterscheiden und wurde zum Korb zurückgeschickt. Ich mußte die Tüte wieder ausleeren und von vorne anfangen.

Nicole machte mich nervös. Sie machte mich unglücklich. Selbst wenn sie mich nach meinem Namen gefragt hätte, hätte ich ihn nicht korrekt aussprechen können.

In der Kassenschlange begann ich mir Gedanken zu machen, wie wir alles nach Hause schaffen sollten. Ich wollte fragen, aber mir fiel ein, daß mein Französischlehrer sehr viel Wert auf den Unterschied der zwei Verben herbringen und wegbringen gelegt hatte, und ich war sicher, daß ich das falsche benutzen würde.

Nicole gab mir in dem Augenblick einen Scheck, als der Kassierer die Gesamtsumme nannte. Es war eine unglaublich lange Reihe von Ziffern, von denen ich nur die Ziffer fünf herausgehört hatte. Es waren fünfhundert und soundso viel Francs und soundso viel Centimes.

»*Comment?*« fragte ich ganz beiläufig, als hätte ich nur eine einzige Ziffer nicht verstanden.

Er wiederholte dieselbe Ziffernreihe, und als er sah, daß mein Kuli immer noch hinter dem Wort *cinq* stoppte, zeigte er auf die Summe in der Registrierkasse. Ich erstarrte. Ich spürte, wie die Schlange hinter mir immer länger wurde. Ich wußte nicht, wie man 598,67 schreibt. Ich hatte es vergessen. Ich konnte die Laute in meinem Kopf hören, aber mir fehlten die Buchstaben dazu. Ich fühlte, wie mir das Blut wieder in den Kopf schoß. Ich konnte es nicht schreiben. Ich konnte es einfach nicht.

»Ich weiß es nicht«, sagte ich zu Nicole und reichte ihr den Kuli.

»Du mußt die Zahlen lernen. Du mußt sie üben«, sagte sie, als wir wieder auf der Straße waren. »Du mußt jede einzelne fünfzigmal schreiben.«

Ich hätte ihr gerne gesagt, daß ich die Zahlen, bevor wir im Geschäft waren, noch gekonnt hatte, daß sie mich so in Panik versetzt hatte, daß ich nicht nachdenken konnte; daß ich seit meiner Ankunft in diesem Land erst ein Stück Pizza gegessen hatte und daß das vor fast sechzehn Stunden gewesen war. In dem Augenblick fielen mir die Lebensmittel ein. Wir waren schon halb zu Hause und hatten leere Hände.

»Unsere Einkäufe!« rief ich und freute mich, daß wir endlich gemeinsam etwas Dummes gemacht hatten.

Ich lachte zu laut, und sie machte *pssst*. Sie erklärte irgend etwas, aber ich begriff es erst am Nachmittag, als die ganzen Lebensmittel in Kartons geliefert und direkt auf dem Küchenfußboden abgestellt wurden.

Vom kommenden Montag an, sagte sie, während sie mir zeigte, wo alles hingehörte, müsse ich alle Besorgungen allein machen. Sie würde im voraus den Scheck unterschreiben, den ich dann mit ins Geschäft nehmen würde.

Am nächsten Morgen stand ich um halb sechs auf, knipste das Licht an der Frisierkommode an und begann Zahlen zu schreiben. Ich war bis *cent quarante-huit* gekommen, als es Zeit wurde, die Kinder für ihren zweiten Schultag zu wecken.

Zwei Abende

Es war abgesprochen, daß ich den Kindern an fünf Abenden der Woche das Essen machen sollte. Die Eltern waren häufig abends verabredet, oder sie aßen sehr spät in einem kleinen Restaurant hinter der Brücke. Hin und wieder schauten sie vor dem Ausgehen in der Küche vorbei, wenn ich gerade abwusch: Nicole angemalt, herausgeputzt, umwerfend; Marc mit feuchten Haaren und Rasiermesserschrammen.

Trotz seiner Größe, seiner weißen Hemden, farbigen Krawatten und anthrazitgrauen oder olivfarbenen Maßanzüge war Marc kein gutaussehender Mann. Ich fragte mich oft, wieso Nicole mit ihrem Sinn für Ästhetik, ihren schnellen Urteilen über das Aussehen von Leuten, ihrer Unduldsamkeit gegenüber Lolas bester Freundin Francine mit der *tête d'iguane* und ihrem unverhohlenen Gefallen an dem feingeschnittenen Gesicht von Odiles Freund Alexandre sich so einen unauffälligen Ehemann ausgesucht hatte. Aber irgend etwas an Marc brachte einen dazu, ihn immerfort anzuschauen. Sein Gesicht war nicht schön – es war zu mager, zu scharfkantig und hohlwangig und wurde gekrönt von einem wirren Haarschopf –, und trotzdem sah man ihn ständig an. Denn wenn man weg- und dann wieder hinschaute, hatte es sich verändert, war immer noch wenig anziehend, aber verändert. Er schien denselben Gesichtsausdruck nie zweimal zu tragen, und nie paßte die jeweilige Miene zu seinen Worten, seiner Haltung oder seinen Augenbewegungen. Ich studierte dieses wandlungsfähige Gesicht von Anfang an und wartete geduldig auf jene eine Anordnung seiner Züge, die ihn zu einem gutaussehenden Mann machen würde: zu jenem Mann klassischen Typs, der zu Nicole gepaßt hätte.

Marc arbeitete bis spät im Krankenhaus, und wenn er zu Hause war, hielt er sich gewöhnlich in seinem Arbeitszimmer auf. Wir begegneten uns erst am Morgen meines zweiten Arbeitstages, als ich ihn um sechs in der Küche antraf. Er trug eine Pyjamahose und saß unter dem Licht der niedrigen Lampe, die über dem Tisch angebracht war. Er begrüßte mich mit einem Routine-*Bonjour*, als wäre ich ihm vollkommen vertraut, obwohl ich seinem zerstreuten Blick anmerkte, daß er mich noch gar nicht wahrgenommen hatte. Ich sagte meinen Namen und streckte ihm meine Hand hin. Er stand abrupt auf und raffte all seine Notizen und die dicken medizinischen Bücher zusammen. »Bitte«, begann ich, aber er unterbrach mich.

»Das hatte ich total vergessen. Schulanfang. Bitte entschuldigen Sie.« Seine schmale, bleiche Brust mit den spitzigen Schlüsselbeinen und den wenigen blonden Haarkringeln lief tief lachsrot an. Er beeilte sich, hinter dem hohen Stapel zu verschwinden. An der Schwelle drehte er sich um, wiederum überrascht, weil ich immer noch dastand. Er schielte über seinen Zettelwust, der kreuz und quer zwischen den Büchern klemmte – die obersten hielt er mit dem Kinn fest. Er runzelte die Stirn, und sein Mund schien etwas sagen zu wollen, aber dann drehte er sich wieder um und verschwand in dem unbeleuchteten Flur.

Die Sonntagabende, hatte Nicole erklärt, würden anders verlaufen als der Rest der Woche. Wir würden gemeinsam zu Abend essen, und Nicole würde mit meiner Unterstützung kochen. Nach nur drei Tagen empfand ich den Sonntag als Angriff auf meine Routine. Ich hatte mich sehr schnell der Küche bemächtigt, in der ich einen so großen Teil des Tages verbrachte. Ich kannte sie schon in allen Einzelheiten: die glatten, kobaltblauen Arbeitsflächen, die Reihe verglaster Geschirrschränke, die von unsicherer Hand weiß lackiert worden waren, die abgestoßenen Ekken des Steintisches und die rissigen Furchen unter allen Schubladenknäufen, an denen Flaschen geöffnet worden waren. Die Küche war anders als der Rest des Hauses; dort standen nicht, wie in den anderen Räumen, diese dunklen, verzierten Museumsstücke, um die ich mich vorsichtig herumbewegte. Besonders an Nachmittagen, wenn die Sonne durch das große Südfenster schien oder vom Fluß her zittrig reflektierte Lichtringe an die Decke warf, hatte die Küche den Charme eines vernachlässigten Cottage am Meer. Aber wenn ich sie mit Nicole teilen mußte, verlor sie ihre Friedlichkeit.

Nicole kochte sehr hektisch und sichtbar ohne Freude. Schon bei den ersten Vorbereitungen war ihr alles immer zu ungenau abgemessen, kaum gesiebt, unzureichend blanchiert oder schlampig aufgetaut. Die meisten Wörter für diese Tätigkeiten kannte ich noch nicht einmal auf englisch, und Nicoles Enttäuschung über meine Unkenntnis legte sich nie. Nur manchmal konnte sie mich, inmitten ihres selbst verursachten Chaos, tatsächlich überraschen. So nannte sie die Pilze, wenn sie beim Anbraten mit Fett bespritzt wurden, *coquettes*, und wenn ich die weißen Rüben würfelte, anstatt sie ganz fein zu schneiden, sagte sie schlagfertig: »*Bon, c'est plutôt à l'américaine*«, warf sie aber trotzdem in die Pfanne. Diese Momente versöhnlicher Unbeschwertheit waren selten, und ich war für jeden einzelnen dankbar.

Wenn das Essen fertig war, lud ich alles auf Platten, die Nicole aus verschlossenen Schränken geholt hatte, und trug sie zu dem langen Eßzimmertisch. Ich rief: »*À table*«, und nach und nach erschienen alle bis auf Nicole, die erst wieder auftauchte, wenn die anderen schon Platz genommen und sich bedient hatten. Sie trug ein anderes Hemd, und einzelne Haarsträhnen, die sich in der Hitze gelockt hatten, waren wieder glattgekämmt. Sie tat so, als hätte sie nichts mit der Vorbereitung des Mahls zu tun. Sie stand hinter ihrem Stuhl und rief, wie köstlich alles aussehe, und wenn sie sich gesetzt hatte, nahm sie jede ihr gereichte Platte mit großem Hallo entgegen. Wenn Marc das Rinderfilet und Odile die Kartoffel-*galette* lobte, Gerichte, die sie bestimmt schon seit Jahren aßen, verwies Nicole sofort an mich, und ich erhielt eine ganze Reihe unaufrichtiger Komplimente.

Bei unserer ersten Mahlzeit wurden die Gespräche nach wenigen Minuten so kompliziert, daß ich ihnen nicht mehr folgen konnte. Sie überschnitten sich, nahmen einen Zickzackverlauf, oder es kamen zu viele Wörter vor, bei denen ich vermutete, daß es sich um Namen oder Orte handelte, aber nie wußte, welches von beidem. Mit der Zeit spürte ich, daß ich nicht mehr so flach atmete, und nach der

Hälfte der Mahlzeit begann ich, das Essen zu genießen. Sie hatten mich vergessen, und ich fühlte mich warm und behaglich in meinem Kokon aus Nichtverstehen. Ich hatte immer nach Frankreich fahren wollen, um die Sprache zu lernen, doch statt dessen verlor ich meine eigene. Endlich mußte ich niemandem mehr irgend etwas erklären.

Bevor ich mich allerdings weiter einkapseln konnte, merkte ich, daß der ganze Tisch mich ansah. Offensichtlich hatte mich jemand angesprochen. »Wie bitte?«

»Aus welchem Teil der Vereinigten Staaten kommen Sie?« wiederholte Marc und pickte sich eine Spargelstange aus dem geschmorten Gemüse.

»Von« – ich zögerte. *Überall her.* Ich suchte nach Wörtern: – »allen möglichen Orten.«

Er öffnete den Mund zu einer weiteren Frage, aber Nicole sagte: »Ah ja, die klassische amerikanische Kindheit«, was das Thema zu erledigen schien.

»Ich habe mal eine amerikanische Freundin gehabt«, sagte Lola. »Weißt du noch, Maman, wie wir damals im Sommer nach Saint-Malo gefahren sind und dieses Spiel auf den Felsen gemacht haben?«

»Nein.«

»Doch, und wir haben dauernd Erdnüsse gegessen, und sie hatte einen knallblauen Bikini.«

»Deine Mutter denkt hauptsächlich an das, was nächste Woche ist«, sagte Marc.

»Das stimmt nicht, Papa«, sagte Guillaume.

»Wieso hast du an so vielen verschiedenen Orten gelebt?« fragte Odile.

»Ihr Vater war wahrscheinlich bei der Armee«, sagte Nicole.

»Nein«, sagte ich.

»Dann sind deine Eltern geschieden?« sagte sie.

»Meine Mutter ist tot.« Ich hatte diesen Satz noch nie gerne laut geäußert. Alle machten, in nachträglichem Mitgefühl, betretene Gesichter, nur Nicole sah mich immer noch erstaunt an, als hätte sie nicht gedacht, daß diese vorhersagbaren amerikanischen Leben zu Ende gehen konnten.

Normalerweise sagte ich an dieser Stelle, daß Beileid nicht nötig sei, da ich zu dem Zeitpunkt erst wenige Monate alt war und den Verlust nicht gespürt hatte. Wenn ich traurig war, dann nur für meine Schwester, die damals sechs gewesen war. Von da an hatte mein Vater eine nicht abreißende Reihe von Freundinnen, und während all der Jahre erfuhr ich wenig mehr von meiner Mutter als ein paar Ausdrücke, die sie benutzt hatte und die meine Schwester nachplapperte, wenn wir Vater, Mutter, Kind spielten und sie immer unbedingt die Mutter sein wollte. *Verflixt und zugenäht!* war einer. *Auf, kleine Maus* war ein anderer, den sie mir nach einem simulierten Nickerchen leise ins Ohr sagte. Doch der Augenblick für derlei Erklärungen war schon vorüber, so beugte ich den Kopf weiter über meinen Teller und versuchte mich noch an andere Wörter meiner Mutter zu erinnern. Ohne Erfolg.

In diesem Moment stieß Guillaume das Glas vom Tisch. Ich registrierte, wie meine Hand die Gabel fallen ließ und das Glas auffing, kurz bevor es mir in den Schoß fiel. Ein paar Tropfen spritzten auf meine Finger, aber ansonsten war es immer noch ein volles Wasserglas. Ich habe noch nie schnelle Reflexe oder eine gute Koordinierungsgabe besessen, doch mein Körper schützte immer noch das, was dort gar nicht mehr war.

»Bravo!« Mit dem Ausdruck eines normalerweise trübsinnigen Kindes, das endlich etwas gefunden hat, was es bestaunen kann, sah Marc mir zum erstenmal direkt in die Augen. Er nannte mich *leste*, Lola half, das Wort zu erklären, und alle außer Nicole vergegenwärtigten sich noch einmal die Rettung.

Viel zu schnell verlor ich allerdings wieder den Faden der Unterhaltung, alle schienen auf ihren Stühlen weit fortzudriften, und ich fühlte mich in meinem Ausgeschlossensein nicht mehr wohl. Diesmal versuchte ich, nicht den Anschluß zu verlieren: Guillaume hatte einen neuen Mathelehrer mit einem komischen Bart; Marc sagte irgend etwas über Bärte, worüber die Kinder lachen mußten; Guillaume sagte noch etwas, über das keiner lachte, obwohl Nicole aufmunternd lächelte. Es wurde ein Ort erwähnt, zu dem alle am nächsten Samstag fahren würden, irgendein *château* draußen auf dem Land.

»Rosie auch?« fragte Lola.

Ich kam mir vor wie das neue Haustier, dessen Benehmen bei Autofahrten noch zu wünschen übrigließ.

»Natürlich Rosie auch«, antwortete Marc. Und gab mir damit das Gefühl, ich sei die einzige Au-pair, die sie je gehabt hatten.

»Ich kann nicht mit«, verkündete Odile. »Alexandre hat heute angerufen und mich zum Essen eingeladen.«

»Wann? Ich habe kein Telefon gehört«, sagte Nicole.

»Du warst oben«, sagte Odile.

»Wann hat er angerufen?«

»Gegen zwei.«

»Um zwei war ich nicht oben.«

»Ich weiß es nicht, Maman. Vielleicht war es auch drei. Aber er hat angerufen, nicht ich.«

Und nach einigen unbekannten Wörtern, die zu schnell hintereinander kamen oder zu leise gesprochen wurden, stürzte ich wieder in Dunkelheit.

Ich studierte die verschiedenen Sprechweisen. Guillaume redete sehr deutlich, er war von allen am leichtesten zu verstehen, sogar leichter als Lola, die, wenn sie nicht ausdrücklich zu mir sprach, dazu neigte, vor Aufregung alle Wörter miteinander zu verknäulen. Odile und ihre Mutter sprachen fast genau gleich, im Tonfall und Rhythmus jener Frauen, die ich in den Feinkostläden gehört hatte, in die Nicole mich wegen Oliven aus Nyons oder einer Pastete aus Straßburg geschickt hatte. Sie besaßen wunderschöne, fließende Stimmen, ohne jenes unerwartete Holpern oder Übersprudeln und ohne all die Schnitzer realer Menschen. Das aber war genau die Art, wie Marc redete. Er stotterte, redete dann fieberhaft, doch das meiste schien ungesagt zu bleiben. Er war nie zufrieden, wenn er am Ende eines Satzes angelangt war, so als bewege auch er sich in einer fremden Sprache.

Nicole sagte leise irgend etwas zu mir, ohne aber extra ihre Artikulation zu übertreiben. Alle anderen Gespräche hörten schließlich auf, und obwohl sie mit ihrer taktvollen

Methode gescheitert war, sprach sie nicht lauter. Sie gab nur ihrem Teller einen kleinen Stoß, was ich als Hinweis zum Abdecken begriff.

Als ich in die Küche kam und sah, daß der Käse ausgewickelt und auf eine Platte drapiert war, begriff ich, daß es das war, was sie gesagt hatte: *le fromage*.

Nach dem Käse holte ich eine Himbeertorte und übergab sie Nicole, die sie von ihrem Platz aus verteilte. Sie schnitt dicke Stücke für Marc und jedes der Kinder, keins für sich selber und eine hauchdünne Scheibe für mich.

Als ich den Teller in Empfang nahm, murmelte Lola etwas zu ihrer Mutter. Nicole sprang auf, riß sie von ihrem Stuhl hoch, gab ihr einen kräftigen Klaps auf den Hintern und schickte sie auf ihr Zimmer. Sie setzte sich wieder und entschuldigte sich sofort bei mir.

Marc blickte Nicole mit hochrotem Gesicht finster an, sagte aber nichts.

»Lola hat gesagt, du bist gar nicht so dick, wie du aussiehst«, sagte Guillaume betont langsam zu mir.

»Guillaume!« seufzte Nicole milde und amüsiert, so als hätte er einen sehr komischen, aber sehr schmutzigen Witz erzählt.

An der Wand gegenüber von meinem Platz hing ein Bild, das mir während des Essens aufgefallen war. Ich versuchte jetzt, meinen Blick darauf zu konzentrieren. Ich glaubte, eine karibische Landschaft zu erkennen, es hätte aber auch jeder andere Ort sein können, an dem es weißen Sand und türkisfarbenes Wasser gibt. Im flachen Wasser waren zwei große Frauen über ihre Wäsche gebeugt, ihre bunten Röcke trieben in den Wellen. Eine dritte Frau stand aufrecht, schürzte mit der einen Hand ihren Rock und hielt in der anderen ein langes Tuch, das sie gerade wusch. Sie war den anderen beiden zugewandt, deren Gesichter man nicht sehen konnte, und sie lachte. Die Ölfarbe war dick aufgetragen, und die Farben – die blendenden Blau- und Weißtöne des Meeres, die kräftigen Grundfarben der gestreiften Röcke, das Schwarz der mageren Arme und die roten Lippen der aufgerichteten Frau – besaßen Struktur und Masse. Ich konnte die Seife und das Salz riechen, konnte den warmen Wasserwirbel um ihre Knöchel fühlen. Die gebeugten Frauen sangen. Und wenn ich bei den Sonntagsessen in die Enge getrieben und gedemütigt wurde, versuchte ich immer angestrengt, ihr Lied zu verstehen.

Sehr viel später an jenem Abend kam Lola aus ihrem Zimmer und schlüpfte in meins. Sie stellte sich neben das Bett, in dem ich bei Licht, aber ohne Buch in der Hand lag.

Lolas Gesicht war so blaß, daß ich ein Adergespinst an ihrer Schläfe erkennen konnte. Trotz ihres langen, glatten Halses und der Snoopy-Figur auf ihrem Nachthemd sah sie schrecklich alt aus.

Noch bevor sie sprechen konnte, begann sie zu weinen. Ich ließ sie dort eine ganze Weile stehen.

Geh, dachte ich, *geh doch bloß*. Ich wollte ihr nicht helfen, mich um sie kümmern, sie liebgewinnen. Aber sie stand einfach da und rollte die Ecke meiner Zudecke zwischen ihren Fingern. Schließlich hielt ich ihre nervösen Finger mit meinen fest.

»Macht nichts«, sagte ich und drückte sie fest. *Ça ne fait rien.* Es war ein Ausdruck, den Lola mir am Morgen beigebracht hatte, und ich hatte es immer und immer noch einmal gesagt, weil ich mir beweisen wollte, daß ich wenigstens einen Satz genau wie ein Franzose aussprechen konnte. Wir hatten das r geübt, das Zusammenstürzen der Vokale, die Geste mit der Hand und die Mimik, die dazugehörten. »*Ça ne fait rien*«, sagte ich noch einmal übertrieben deutlich, und Lola krabbelte auf das Bett und umarmte mich.

Es gab so viel, was ich ihr gerne gesagt hätte, aber selbst wenn mir die Worte zur Verfügung gestanden hätten, hätte ich sie in dem Moment nicht sagen können, denn der Duft von Lolas Haar, das Gewicht ihres Kopfs auf meiner Brust und die kleine Hand, die meinen Arm umfaßt hielt, machten sogar das Atmen schwer.

Wie versprochen fuhren wir am folgenden Samstagnachmittag zu Freunden von ihnen aufs Land, die d'Aubry hießen. Odile vergnügte sich anderswo, deshalb paßten wir alle in Marcs Wagen.

Auf den französischen Autobahnen sind die Schilder blau, nicht grün, und die Buchstaben sind rundlicher und leuchtend weiß. Ich war verblüfft, wie schnell die Stadt zurückblieb und zu beiden Seiten der Straße durch Felder ersetzt wurde. Lange, leere Landstraßen zerschnitten sie und führten zu Dörfern, von denen ich aus der Entfernung nur eine Kirchturmspitze oder ein Häufchen flacher Dächer sehen konnte. Ich saß zwischen Guillaume und Lola auf der Rückbank. Eine ganze Zeitlang hatte niemand etwas gesagt, und das einzige Geräusch kam von dem Türknopf, den Guillaume hochzog und wieder runterdrückte, hoch und wieder runter. Ich hätte ihm gerne gesagt, er solle aufhören, aber meine Erziehungsversuche bei Guillaume hatten Nicole schon öfter mißfallen. Wenn ich jedoch nichts sagte, würde sie sich schließlich umdrehen und ihn selber ausschimpfen.

Nicole hielt das Lenkrad mit beiden Händen fest umklammert und veränderte selbst bei Kurven nicht ihren Griff. Marc sank tiefer in den Beifahrersitz, die Finger halb verschlungen im Schoß, als hätte er keinen besseren Platz für sie gefunden. Die Einsamkeit des Ehelebens erstaunte mich. Seit fast einer Stunde, seit sie entschieden hatten, wer von ihnen fahren würde, hatten sie kein Wort miteinander gesprochen. Und in dem sich dehnenden Schweigen und dem schwindenden Licht dieses Samstagnachmittags schien ein Lachen oder irgendeine Art von Kommunikation fast undenkbar.

»*Arrête*, Guillaume!« blaffte Nicole schließlich und warf mir im Rückspiegel einen kurzen, ungeduldigen Blick zu.

Nachdem wir die Autobahn hinter uns gelassen hatten, wurden die Straßen enger und holperiger und mündeten schließlich in Sandpisten. Das Schloß der d'Aubrys stand unvermittelt am Ende einer weiß gekiesten Auffahrt. Wir gingen nicht zu der gewaltigen Eingangstür, sondern folgten einem von Laternen beleuchteten Pfad um das Gebäude nach hinten. Dort gab es Gärten, die zu weiteren Gärten führten, und jeder war nur das Vorspiel zu einem noch prächtigeren. Man konnte nirgends bis ganz ans Ende sehen. Die hintere Grenze des ersten Gartens direkt am Haus, in dem weiße, gußeiserne Stühle und Glastische aufgestellt waren, bildeten beschnittene Büsche und eine verschlossene Pforte. Drei Familien hatten sich zum Abendessen versammelt: die d'Aubrys, die Lalliers und meine Familie, die Tivots.

Die beiden anderen *jeunes filles* rauchten gemeinsam eine Zigarette am Rand des Brunnens mitten im Garten. Über ihnen kämpften zwei Kinder aus Granit mit einem Fisch, der doppelt so groß war wie sie. Aus seinem breiten Maul tropfte Wasser über seinen Bauch in das Becken darunter. Die Armreifen der Au-pairs rutschten klirrend herunter, wenn sie abwechselnd die Finger an die Lippen hoben. Beide trugen schwarze Kleider und unterhielten sich in einem beschränkten, aber sorgfältigen Französisch und mit der überdeutlichen Aussprache der Frauen, für die sie arbeiteten. Ich dagegen hatte mir Lolas genuschelten Slang angeeignet. Ich sagte *ouai* statt *oui, bouquin* statt *livre, bagnole* statt *voiture* und ließ häufig das *ne* bei Verneinungen ausfallen. Nach einer Reihe von Fragen machte Mme. Lallier eine Bemerkung darüber.

»Hat sie noch nicht an der Sorbonne angefangen?« fragte sie Nicole.

»Nein, sie hat dieses Semester keine Kurse.«

Mme. Lallier sah sie neugierig an, denn alle wußten, daß es irgendwie illegal war, eine ausländische Au-pair zu beschäftigen, die nicht die Schule besuchte.

Nicole ging darüber hinweg. »Sie lernt noch vor Sonnenaufgang stundenlang in ihrem Zimmer und später fast den ganzen Tag über, während die Kinder in der Schule sind. Ich bin sicher, sie wird die an der Sorbonne im Frühling mühelos schlagen.«

Obwohl ich jedes Wort verstanden hatte, täuschte ich unbekümmerte Beschränktheit vor. Ich wollte Nicole nichts schuldig sein.

Die Kinder waren miteinander ums Haus gerannt, und die Männer unterhielten sich im Stehen am Tisch mit den Spirituosen, die M. d'Aubry herausgebracht hatte.

Mme. Lallier warf einen begehrlichen Blick auf den Teller mit gefüllten Artischockenherzen, der vor ihr stand, griff aber nicht danach, um sie zu kosten. Sie war genauso groß wie Nicole, hatte aber einen langen, taillenlosen Rumpf und dicke Fesseln, wodurch sie viel kleiner wirkte. »Leyla«, sagte sie mit einem Blick zum Brunnen, »ist schon in den *cours supérieur* aufgestiegen.«

Nicole neigte den Kopf in höflichem Staunen.

»Sie ist die da vorne. Mit den langen Beinen.«

Unter ihren ziemlich kurzen Kleidern wirkten die Beine von beiden ungewöhnlich lang.

Ich merkte, daß Nicole mich mit den Augen aufforderte, zu ihnen zu gehen. Sie wollte, daß ich Freundinnen hatte, Jungen kennenlernte und wie Odile zu Partys eingeladen wurde, aber ich war seit meiner Ankunft jeden Abend zu Hause geblieben. Ich wußte, daß ich an den Brunnen gehörte, aber was hätte ich dort sagen sollen?

»Ist sie Spanierin?« fragte ich.

»Leyla? Nein, nein. Sie kommt aus Istanbul«, sagte Mme. Lallier, ganz fasziniert von ihren eigenen Worten.

Mme. d'Aubry murmelte etwas Anerkennendes. »Und ich dachte schon, mit einer Dänin sei ich exotisch.«

Die zwei jungen Mädchen, die nichts von dieser Unterhaltung ahnten und mit ihrer Zigarette fertig waren, prüften nun das Wasser mit ihren Fingern. Dazu mußten sie sich weit hinüberbeugen; ihr langes, glattes Haar, blond und schwarz, fiel vornüber, und ihre Füße lösten sich vom Boden. Es folgte ein kleiner Aufschrei, und lachend richteten sie sich wieder auf. Eine hatte die andere naßgespritzt.

»Sind es nicht wunderschöne Mädchen?« sagte Nicole, als bewundere sie Figuren in einem Gemälde. Ich war froh, daß ich nicht zu ihnen gegangen war und das Bild verdorben hatte.

»Es ist eigenartig«, sagte Mme. d'Aubry zu ihr. »Ihr provençalischer Akzent ist nur bei wenigen Wörtern herauszuhören. Ich verstehe gar nicht, wieso Sie ihn zu verbergen suchen.«

Nicole setzte zum Spaß eine finstere Miene auf und wies den Vorwurf zurück, konnte aber ihren Groll über die Bemerkung nicht verbergen.

»Ich höre gar keinen«, sagte Mme. Lallier taktvoll und machte ein erleichtertes Gesicht, als sie die Ehemänner mit den Cocktails kommen sah.

Den drei Frauen wurden schlanke gefüllte Gläser gereicht, und sie setzten sich auf die schiefe Kante der gußeisernen Stühle, während die Männer zur Ostgrenze des Gartens gingen, wo M. d'Aubry auf verschiedene Gebäude auf dem Nachbargrundstück zeigte, die im Dämmerlicht kaum zu erkennen waren. Marc überragte die anderen Männer ein gutes Stück und neigte den Kopf wie eine welkende Blume, um zuzuhören.

Die beiden Mädchen standen immer noch beim Brunnen, und mir blieb nichts anderes übrig, als zu ihnen zu gehen. Da hörte ich wunderbarerweise, wie Lola vorne vorm Haus meinen Namen rief, und ich lief zu ihr.

Fünf Kinder standen aufgereiht am Rand der Auffahrt. Lola winkte mich zu sich, doch bevor ich fragen konnte, was sie wollte, kam Claude d'Aubry, der etwa in Odiles Alter zu sein schien, im Zickzack auf seinem Geländefahrrad angefahren und hatte Guillaume hinter sich auf dem Sattel.

»Ich bin dran! Ich bin dran!« schrie Lola und schwang sich aufs Rad. Ich sagte, das sei keine gute Idee, aber alle drei d'Aubry-Kinder behaupteten, das machten sie jedes Wochenende so.

Als sie wieder erschienen, war Lolas Haar zur Seite geweht, ihre Wange hatte sie gegen Claudes Schultern gepreßt, und mit den Armen umklammerte sie seine Taille. Sie gab zwar ihren Platz frei, aber ich spürte, daß sie eigentlich nicht so schnell wieder absteigen wollte. Guillaume beteuerte, er sei jetzt wieder dran, und sprang auf, ehe die zwei kleinen Lallier-Jungen ihn aufhalten konnten.

Als sie losgefahren waren, versuchte Lola zu beschreiben, wie es sei, wenn man den holprigen Weg durch den Wald auf der anderen Straßenseite entlangfuhr.

Nach einer Weile sagte einer der Jungen: »Die sind doppelt so lange gefahren wie alle anderen.«

Und ein paar Minuten später sagte der andere: »Jetzt ist es schon dreimal so lange.«

Als sie zurückkamen, schob Claude das Rad, und Guillaume lief neben ihm her und weinte. Er machte kein Geräusch dabei, aber ich erkannte es an seinem verzerrten Gesicht. Ich verstand kein Wort von Claudes Erklärung und wartete auf Lolas Übersetzung. Sie waren ausgerutscht. Es war nicht schlimm, aber Guillaume hatte sich geweigert, wieder aufzusteigen oder alleine zu Fuß zurückzugehen. Claude reichte es jetzt mit der ganzen Horde, entnervt rollte er sein Rad wieder in die Scheune.

Wir versuchten, Guillaume davon abzuhalten, direkt zu seiner Mutter zu laufen, doch es gelang uns nicht. Als Lola und ich in den Garten kamen, wischte sie gerade sein Gesicht mit einer Cocktailserviette ab. Sie war fuchsteufelswild. Ich wappnete mich.

Aber Nicole sah an mir vorbei zu Claude, der hinter uns ging.

»Hast du einen Motorradführerschein?« rief sie.

»Es ist kein Motorrad, Maman«, sagte Lola.

Nicole fixierte immer noch Claude. »Es ist ein Motorrad.«

Die Männer hinten im Garten drehten sich um, und ihre blassen Gesichter trieben durch die plötzliche Dunkelheit auf uns zu. Guillaume stand mit niedergeschlagenen Augen neben dem Stuhl seiner Mutter, berührte ihn aber nicht mehr.

Claude mußte dann gar nichts sagen. Seine Mutter, Mme. Lallier, und mehrere Kinder sprangen sofort für ihn ein. Aber Nicole ließ sich durch Widerstand nicht einschüchtern. Ich brauchte die Wörter nicht zu verstehen, um zu begreifen, was gesagt wurde. Alles ging ganz ohne erhobene Stimmen und anklagende Zeigefinger vonstatten. Gläser wurden nachgefüllt und die Artischockenherzen herumgereicht, aber Nicole hatte den Streit, den sie wollte. Schließlich begann man, auf Marc zu hören, der von Anfang an: *Laissez tomber, laissez tomber* gemurmelt hatte, und reagierte nicht mehr auf sie. Als Mme. d'Aubry drängte, das Essen werde verderben, wenn sie nicht auf der Stelle kämen, stellte Nicole ihr volles Glas ab und machte, fast unhörbar, eine letzte Äußerung. Es war irgend etwas über Kindererziehung, das die anderen Erwachsenen sichtlich vor den Kopf stieß.

Am Tisch verfolgte Marc die Unterhaltung und blickte immer erst im nachhinein zum jeweiligen Sprecher. Sein Gesicht spiegelte die Reaktionen der anderen, ohne daß er an der Diskussion teilnahm. Ich konnte seine Isolation fühlen, als wäre es meine eigene.

Doch für Nicole hatte der Vorfall reinigend gewirkt, und sie unterhielt den Tisch jetzt mit einer langen Geschichte über die Schwester des Premierministers. M. Lallier kicherte durch die Nase, während M. d'Aubry so heftig gluckste, daß er husten mußte; Mme. Lallier kreischte wie eine Gans, und Mme. d'Aubry wurde von stummem Lachen geschüttelt, während ihr die Tränen über die Wangen liefen. Nachdem alle sich wieder gefaßt hatten, sahen sie Nicole voller Sympathie an, nicht so sehr, um ihr zu verzeihen, sondern aus schierer Dankbarkeit. Am Ende des

Abends wurde sie von den Frauen herzlich geküßt und von den Männern ein bißchen zu lange gedrückt. Ihr erhitztes Gesicht glühte, und die Lampe der Eingangshalle brachte ihr aschblondes Haar zum Leuchten. Als sie sich endlich von allen verabschiedet und ihre letzten Bemerkungen gemacht hatte, hatte Marc schon den Wagen angelassen. Ich saß allein auf der Rückbank; die Kinder trödelten mit ihren Freunden noch bis zur letzten Sekunde auf dem Rasen herum.

Mein mangelndes Sprachvermögen trennte mich wie eine Wand von den anderen. Bis zu diesem Augenblick hatte ich es genossen, nicht reden zu können. Ohne Wörter war ich von der elementaren Pflicht zu Höflichkeit und sozialem Umgang entbunden. Während des Essens hatte ich Guillaume zu den beiden Au-pairs sagen hören, daß ich nicht viel Französisch könne. Damit war ich, bis auf einen gelegentlichen freundlich lächelnden Blick zur Kinderecke des Tischs, allem enthoben. Und Nicole würde nie erfahren, daß ich ihre Rede zu meiner Verteidigung am Anfang des Abends verstanden hatte. Auf diese Weise könnte das Leben außerordentlich einfach bleiben. Doch jetzt wäre ich, nur für ein paar Sekunden, gern hinter meiner Wand hervorgekommen, um Marc etwas zu sagen. Nur um zu sehen, wie er mit einem kurzen Auflachen den Kopf zurückwarf. Denn wenn er lachte, sah er aus wie Lola, war fröhlich und hoffnungsvoll, als hätte auch er das Erwachsensein noch vor sich.

Nicoles Schuhe knirschten hinter uns im Kies. Mir fiel Mme. d'Aubrys Bemerkung über ihren südlichen Akzent ein. Ich fragte mich, wann sie wohl nach Paris gekommen war. Mit Sicherheit hatte sie hart daran gearbeitet, diese Frau zu werden, die in einem Schloß vor den Toren der Stadt eine Geschichte über die Schwester des Premierministers erzählen konnte. Marc hatte seine Mutter in Neuilly und seine Schwester in München erwähnt. Aber Nicole hatte ich noch nie von irgendwelchen Verwandten reden hören, so wie sie mich auch nie von meinen hatte reden hören.

Als sie ihre Mutter sahen, sprangen die Kinder, ohne ihren Streit zu unterbrechen, ins Auto. Lola boxte Guillaume, und er boxte zurück und schubste Lola gegen mich. Ich rief lauter als beabsichtigt: »He!« Bei dem unerwarteten Englisch hörten sie mit Streiten auf und machten mich nach. »He!«, »He!«, brüllten sie einander an. Obwohl mir nicht klar war, wieso, wußte ich, daß Marc lächelte. Vielleicht lag es an einer kurzen Kopfbewegung oder an seinen Schultern, die ganz leicht zuckten. Vielleicht war es auch überhaupt nichts Sichtbares.

Er streckte die Hand aus und machte das Radio an.

»*S'il te plaît*«, sagte Nicole und knipste es aus.

Er sagte irgend etwas Sanftes, Flehentliches, und Nicole unternahm nichts, als er es wieder anstellte. Er fand einen Sender, der »The Boxer« von Simon und Garfunkel spielte. Einen ganzen Sommer lang, dem Sommer nach meinem vierten Schuljahr, hörten meine Schwester und ich nur diese eine Platte. Wir lagen dabei auf dem Boden in unserem Zimmer und lernten all die Texte auswendig, die hinten auf der Hülle standen. Ich war froh, daß sie erst bei der ersten Strophe waren. Es tat weh, nicht mitsingen zu dürfen. Ich hätte fast gewünscht, daß Nicole das Radio doch noch ausgemacht hätte, obwohl mir die plötzliche Verschwörung mit Paul und Art gefiel, deren Verse nur ich verstehen konnte. Ich hatte Angst, daß Lola fragen könnte, wovon der Song handelte, was sie häufig tat. Dann würde ich Französisch sprechen müssen, und dann wäre es vorbei gewesen. Aber Lola war zu müde und schlief, an mich gelehnt, bald ein. Guillaume tat es ihr nach und sank sacht in Lolas Schoß.

Über kurvige Straßen und durch Nebelschwaden, die plötzlich vor der Windschutzscheibe aufstiegen, brausten wir Richtung Autobahn. Ich sprach in Gedanken die Worte des Songs mit und genoß dankbar ihren Geschmack auf meinen Lippen. In der anschließenden Stille konnte ich im Geiste das nächste Lied auf der Platte hören. Dann spielten sie es. Sie spielten das ganze Album.

Lola verlagerte ihr Gewicht. »Du hast eine wunderschöne Stimme«, murmelte sie. Ich hatte nicht gemerkt, daß man mich hören konnte.

Vorne schaukelte Nicoles Kopf hin und her, um schließlich, als wir auf die Autobahn fuhren, gegen Marcs Schulter zu sinken. Er streichelte ihr Haar, erst zaghaft, und als er spürte, wie tief sie schlief, entschiedener.

Ich sang sie zurück nach Paris.

La Sequana lag in einem Ring aus opalfarbenem Licht. Dicht aneinandergedrängt, als säßen wir noch im engen Auto, gingen wir durch den wässerigen Dunst. Und während wir darauf warteten, daß Marc die Tür mit dem langen, schwarzen Schlüssel aufschloß, der an einem Nagel über der Tür hing, sank die feuchte Luft auf unsere nackten Hände und Gesichter und wanderte beim Atmen durch unsere Körper.

Lola lehnte sich schwer gegen mich. Die Nacht um uns war total, so undurchdringlich, dicht und feucht, daß ich in Lolas Halbträumen sah, wie Claude ihr im Regen auf einem alten Fahrrad entgegenfuhr.

»Aber in Wirklichkeit liebe ich ihn nicht«, murmelte Lola, und ausnahmsweise war ich die einzige, die sie verstand.

Marcelle

Lucie und ich essen Suppe und Brot, einen eirunden Laib, den ich am Morgen statt der üblichen Baguette gekauft habe. Darüber mußte sie lächeln, denn gestern hat sie mir von den eirunden Broten erzählt, die ihre Mutter immer zu dieser Jahreszeit, am Ende des Frühlings, buk. Der Tag ist kalt geblieben. Wir dachten, die Wolken würden sich gegen Mittag auflösen, aber sie haben sich nur aufgebläht und hoch über uns auf ihren schweren Hintern niedergelassen.

Wir hatten nur schnell essen und dann wieder in den Garten gehen wollen, aber ihre Hände werden einfach nicht warm. Ärgerlich schaut sie in den Himmel, dann wieder auf ihre Finger. Beim Geradebiegen hat sie Schmerzen, was sie vor mir zu verbergen sucht.

Ich stehe auf und mache Feuer unter dem Kessel, und als das Wasser kocht, gieße ich es in eine große Frühstückstasse; es wird ihren Händen guttun, wenn sie sie umfaßt.

Sie hat fast den ganzen Tag geschwiegen, aber jetzt hat der Tee ihr Gesicht erhitzt und ihre Hände gewärmt, und ich weiß, daß sie reden möchte. Ich fürchte ihre Fragen und das, was ich darauf antworten soll, deshalb weiche ich schnell aus: Ich halte ihr ein Foto hin, das ich in meiner Nachttischschublade fand. Darauf ist eine junge Frau in einem schlichten, weißen Kleid zu sehen, die allein am Tor einer Scheune aus Stein lehnt. In ihrer linken Hand hält sie verkehrt herum einen Blumenstrauß. Ihre Augen meiden trotzig die Kamera. »Wer ist das?«

Lucie nimmt mir das Foto ab und hält es lange in der Hand. »Nicoles Mutter, Marcelle. Als sie starb, kam Nicole zu mir und hat viele Jahre hier gelebt. Das Zimmer, in dem du wohnst, war ihrs. Das Bild wurde an Marcelles Hochzeitstag gemacht.«

»Wie war sie?«

»Ach«, sagt sie und schüttelt den Kopf. Sie blickt auf ihre Hände, versucht die Finger zu strecken.

Ich schenke ihr noch einen Tee ein und warte, daß sie fortfährt.

Sie hieß Marcelle Maunier, und mit siebzehn heiratete sie Octave Guerrin. Er kam vom benachbarten Bauernhof, und ihre Väter hatten die Verbindung schon an jenem Abend geplant, als ihre Frauen mit schweren Leibern nebeneinander im Garten der Guerrins saßen. Die Abmachung wurde nicht direkt in Worten getroffen, aber man war sich einig, daß die Höfe, falls die eine ein Mädchen und die andere einen Jungen bekam, in der nächsten Generation zusammengelegt würden. Die Frauen lächelten, strichen mit trägen, aber vorsichtigen Händen über die Wölbung ihrer gespannten Leiber – und jede betete inständig zu Gott, daß ihres der Junge würde.

Marcelle wuchs als Einzelkind auf, aber direkt nebenan gab es Octave, dann Xavier und schließlich Max Guerrin. Sie gingen morgens alle in dieselbe Schule und mußten nachmittags häusliche Pflichten übernehmen. Die Jungen arbeiteten häufig drüben auf dem Hof der Mauniers, und Marcelle wurde regelmäßig zu den Guerrins gerufen, um in der Küche oder bei der vielen schmutzigen Wäsche zu helfen, die die Jungen produzierten. Es war kein ganz ausgewogener Austausch – drei Jungen gegen ein Mädchen –, aber die Eltern hatten die Steinmauer in ihren Köpfen niedergerissen, als ihnen die gesunden Kinder Octave und Marcelle geboren wurden.

An ihrem sechzehnten Geburtstag wurde Marcelle von ihren Eltern nach Limne zum Essen ausgeführt. Es war Juli, und sie saßen draußen in einem Hof mit weißen Kieselsteinen, die erst rosa und dann, als die Sonne zwischen zwei blauen Bergen versank, scharlachrot glühten. Bevor sie aufbrachen, hatte der Vater ihr eine Gardenie ans Kleid gesteckt, und jetzt hing ihr Duft in der feuchten Luft. Marcelle fühlte sich unbehaglich. Das Leben mit ihren Eltern hatte sich bisher innerhalb der Grenzen der beiden Bauernhöfe abgespielt. Und auf der Veranda ihres Großvaters, wo sie den Tee bekam, der nach Kaminrauch schmeckte, und dazu die allerköstlichsten Schokoladenwaffeln, die auf der Zunge schmolzen. Sie wünschte, sie säßen jetzt auf jener Veranda, obwohl ihr Großvater gestorben war und ihre Eltern sein Haus im Roussillon verkauft hatten. Jenes Haus, in dem er immer mit einem Blick zum Himmel die Ankunft der malvenfarbenen Stunde verkündet und den Wasserkessel aufgesetzt hatte.

Der Restaurantbesitzer kam, um ihre Bestellung aufzunehmen. Marcelle beobachtete, wie seine Hochnäsigkeit verflog, als ihre Mutter selbstbewußt und lustvoll für sie alle bestellte. Sie hatte einst, vor langer Zeit, in Avignon gelebt. Sie aßen kalte Lachs-Mousse und gefüllte Lammschulter und heißes Zitronensoufflé. Sie tranken Weißwein zum ersten Gang, Rotwein zum zweiten und einen lieblichen Champagner zum Dessert. Der Himmel wurde violett, und die Gesichter ihrer Eltern glätteten sich, wurden zu den Gesichtern, die Marcelle aus ihrer Kindheit kannte.

Ihr Vater hob sein Glas. »Auf meine kostbare Tochter, die wir zweimal beinahe durch Krankheit verloren hätten und nun schon seit vielen wunderschönen, erfüllten Jahren bei uns haben. Wir danken dem Herrn jeden Tag für dich. Und in diesem Jahr werden wir es noch häufiger tun, diesem letzten Jahr mit unserem einzigen Kind.«

Marcelle blickte schnell zu ihrer Mutter, die ihr stets die Geschichten ihres Vaters erklärte und seine kryptischen Wendungen aufschlüsselte. Aber diesmal hatte ihre Mutter nur Tränen übrig.

Marcelle zog ihrer Mutter die Hände vom Gesicht und bat sie flehentlich um eine Erklärung. Gleichzeitig versuchte sie eine unerwartete Mischung aus Panik und Glück zu unterdrücken – sie ahnte, daß sie fortgeschickt würde, so wie ihre Mutter fortgeschickt worden war, vielleicht zur Patentante ihres Vaters nach Toulouse oder zu Tante Anne, der älteren Schwester ihrer Mutter in Paris.

Statt dessen sagten sie ihr, daß sie im nächsten Jahr um diese Zeit Octave heiraten werde. Sie weigerte sich. Die Eltern bestanden darauf. Sie weigerte sich erneut. Ihre Stimme wurde laut, und genau in dem Moment, als der

Wirt unter dem Torbogen erschien, schlug ihre Mutter sie.

»Also gut«, sagte ihr Vater. »Du mußt Octave nicht heiraten.« Er nahm noch einen Schluck von seinem süßen Champagner, und kaum war sein Adamsapfel einmal hoch- und wieder heruntergehüpft, da hatte sie schon erraten, daß es ein Trick war.

»Du glaubst, wenn du mir verbietest, ihn zu heiraten, dann will ich ihn. Hab ich recht?« So hatte sie noch nie mit ihrem Vater gesprochen. Doch der Gedanke an eine Heirat mit Octave erschreckte sie. Sie würde im Vorhersagbaren gefesselt sein, in Routine – die exakte Wiederholung des Lebens ihrer Eltern! Sie sah Octaves Hände vor sich, wie sie stundenlang einen Knoten aufdröselten, statt daß er das Seil einfach durchschnitt. Er würde es nie durchschneiden, würde niemals aus plötzlicher Lust oder Enttäuschung handeln. Er würde Gefühlsaufwallungen stets unterdrükken. Es würde nie auch nur irgend etwas Unerwartetes passieren. Und nur allzu bald würde sie genauso vorhersagbar und fade sein wie er. Und wenn sie nun Kinder bekämen? Sie durfte gar nicht daran denken.

»Nein«, sagte ihr Vater, »da liegst du falsch. Du wirst Octave heiraten oder einen seiner Brüder. Es wäre zwar peinlich für dich, einen Jüngeren zu heiraten, aber wenn du so sehr gegen Octave bist, der von allen der beste ist, gut und freundlich und ehrlich, dann bleibt uns keine andere Wahl. Und es würde uns, auch wenn du uns eine wunderbare Tochter bist, nicht überraschen –«

»Warum redest du so? Was habe ich –?« Aber sie konnte nicht weitersprechen, denn jetzt begriff sie. Das Land war alles, was sie ihr bieten konnten. Dafür hatten sie gelebt, für dieses Vermächtnis.

Jetzt sah sie auch den Schmerz in den Augen ihres Vaters; sie sah, wie weh es ihm getan hatte, so mit ihr umzuspringen, sie so in die Enge zu treiben. Sie mochte ihre Mutter nicht anschauen; noch konnte sie ihr die Ohrfeige nicht verzeihen, die sie unter dem Auge getroffen hatte.

»Ich habe also keine Wahl. Ihr habt alles längst entschieden.«

»Du hast die Wahl zwischen drei Brüdern.«

Sie zog Xavier, den Wilden, in Erwägung. Er hatte aus sich das exakte Gegenteil von Octave gemacht. Wo Octave vorsichtig war, war er leichtsinnig, wo Octave finster war, war er vergnügt. Er besaß Leidenschaft und Neugier und ein diabolisches, schmallippiges Lächeln. Aber er war unausgeglichen. Xavier war jemand, dem man im Zug begegnete, mit dem man beim Tanzen wild flirtete. Er würde sie zum Lachen bringen, während er mit ihr schlief. Und dann würde er jemanden anders ebenso heftig zum Lachen bringen. Er konnte der Verführung nicht widerstehen, seine Macht zu erproben.

Sie zog Max in Erwägung. Er war erst dreizehn, aber groß und kräftig und schon jetzt der hübscheste von den dreien. Er war eine sanfte, verträumte Mischung aus den beiden älteren Brüdern. Xaviers Leidenschaft war bei ihm nach innen gekehrt, und Octaves Unbeweglichkeit hatte bei ihm etwas Kontemplatives. Er schrieb Dinge in ein selbstgemachtes ledernes Notizheft und sang seinen kleinen Cousinen süße Lieder vor. Es würde eine Wartezeit geben, bis sie ihn heiraten konnte – drei oder sogar vier Jahre. Aber was wäre das für ein Leben, warten, bis der Ehemann erwachsen war? Wie könnte sie in der Küche der Guerrins weiter arbeiten, während ihr Bräutigam mit anderen Bengeln durch den Raum schoß, alle klatschnaß vom Baden im Steinbruch? Wie könnte sie einen Mann heiraten, dessen Windeln sie gewechselt und gewaschen hatte, einen Mann, dem sie das Alphabet beigebracht hatte, einen Mann, der an Schlachttagen in ihren Armen geschluchzt hatte?

Zumindest, sagte sie sich, würde es mit Octave ein friedliches Leben sein. Sie würde nicht betrogen werden; sie würde ihn nicht bemuttern müssen. Sie würde ihre Eltern nicht enttäuschen, die gut zu ihr gewesen waren, die es ihr nie verübelt hatten, daß sie das Mädchen in dem unausweichlichen Handel war und daß sie irgendwie den Weg für weitere Kinder blockiert hatte. Ihre Eltern hatten ihre Enttäuschungen sorgfältig heruntergeschluckt, damit Marcelle das eigene Leben so schlicht und mühelos erschiene wie das Aufgehen des Halbmonds hinter ihnen.

»Octave«, sagte sie fest. Sie hoben die Köpfe und strahlten vor Freude, als hätte es sich bei der Wahl zwischen den dreien um eine freie Auswahl gehandelt, als hätte sie selbst entschieden, daß sie heiraten wollte und auch, wen und wann.

Das war es, was sie am wütendsten machte – wie schnell und endgültig das Ganze zu ihrer Entscheidung wurde und wie ihre Eltern, ein Jahr später bei der Hochzeit, den Gästen erzählten, daß sie am Abend ihres sechzehnten Geburtstags einfach verkündet habe, sie werde Octave Guerrin heiraten. Die Leute liebten diese Geschichte. Sie schien sie in dem notwendigen Glauben zu bestärken, daß Liebe schon im eigenen Hinterhof zu finden sei. Die Paare tanzten an jenem Abend so eng wie schon lange nicht; junge Mädchen schauten sich mit neu erwachtem Interesse dieselben Jungen an, die sie an jedem einzelnen Tag ihres bisherigen Lebens gesehen hatten, und die Jungen schauten zurück.

Keiner außer ihrem Vater bemerkte Marcelles Verzweiflung. Die anderen sahen, weil sie es so wollten, wie ein nettes junges Mädchen (keine Schönheit, nicht einmal als Braut) seinen Traum verwirklichte. Wenn sie ein wenig blaß aussah, so lag das an ihrer Nervosität wegen der vor ihr liegenden Nacht und der darauf folgenden Jahre, in denen sie versuchen müßte, diesem Mann, den sie sich endlich geschnappt hatte, zu gefallen. Doch ihr Vater erkannte in ihrer Stimme am Altar eine Stimme, die er fast vergessen hatte, die vor vielen Jahren ruhig gefragt hatte, wo der Gürtel war, wenn er nicht am Nagel neben dem Herd hing, und die, wenn alles vorüber war, Versprechen gegeben hatte, die nie gebrochen wurden. Als Marcelle erst einmal die Grenzen von Richtig und Falsch für sich festgelegt hatte, übertrat sie sie nie wieder. Während die Stimme weitersprach, weinte er, denn er erinnerte sich an sein gehorsames Kind und an das ernste Gesicht, das es ihm entgegenstreckte, wenn es ihm den Gürtel reichte. Er tanzte als erster mit Marcelle und sehnte sich danach, sie ganz fest an sich zu drücken, fester als jede andere Frau, die er jemals in seinem Leben in Armen gehalten hatte. Doch selbst wenn die Gäste nicht zugeschaut hätten, hätte er es nicht können, denn ihre Arme und ihr Körper waren aus Eisen, ihre Füße aus Stein. Er tanzte mit einer Statue mit weichem Gesicht und offenen Armen, die immer noch mit jener Kinderstimme zu ihm sprach, die vorgab, ihre Bestrafung zu verstehen.

Warum hatten sie das Mädchen bekommen? Wenn er Octaves Vater wäre, der jetzt strahlend Knüffe und Küsse entgegennahm und starken Cidre ausschenkte, müßte er sich nicht mit solchen Gefühlen quälen.

Er hatte Marcelles Mutter aus Liebe geheiratet, und wo waren sie jetzt? So weit voneinander entfernt, wie zwei Menschen es nur sein konnten. Der Schmerz über denselben Kummer hatte sie nicht zusammenrücken lassen, sondern auseinandergetrieben. Er sah zu seiner Frau, die gerade mit ihrem Cousin René tanzte. Ihre hellen Augen paßten heute zu ihrem blaßgrünen Kleid. Einst waren diese Augen flüssig gewesen, und ihre Gefühle hatten, deutlich sichtbar, darin geschwommen wie bunte Fische in klarem Wasser. Jetzt waren sie ohne Tiefe und so undurchdringlich wie Eis. Er sah, daß René und sie zu der Musik sangen. Er mochte es nicht mehr, wenn sie sang. Vielleicht war es klüger, erwartungslos zu beginnen und ohne Enttäuschung aufzuhören. Getröstet von diesem Gedanken, verließ er seinen Platz an der Wand und ging zum Cidrefaß, um dem Vater des Bräutigams ein weiteres Mal zu gratulieren.

Marcelle und Octave bekamen Kinder, drei Mädchen in schneller Folge. Dann erreichte die Nachricht vom Einmarsch der Deutschen in Polen ihren Hügel und kurz darauf der Ruf, der dem Ort die Männer entführte.

Sie beobachtete seinen Aufbruch vorne aus dem Fenster. Sie sagte ihm, sie ertrüge es nicht, mit den anderen Frauen am Bahnhof zu stehen. Er wußte, daß er ihr jetzt ihre Freiheit zurückgab, aber er wußte nicht, wie und wann er sie ihr genommen hatte. Seine Anwesenheit im Haus weckte eine Unbarmherzigkeit in ihr, die Marcelle Maunier nie besessen hatte. Er kannte sie, kannte sie seit jeher. Er hatte geglaubt, sie sei ihm in vielem ähnlich. Sie war ruhig und achtsam und vernünftig. Wenn er mittags ein wenig früher nach Hause kam und sie am Fenster saß und Äpfel kleinschnitt oder ihren dicken Zopf flocht, konnte er heimlich ihre flinken Finger, ihre nie nachlassende Konzentration, die Präzision ihrer raschen Bewegungen beobachten, genauso wie er sie sein Leben lang durch die Küchenfenster beider Höfe gesehen hatte. Doch kaum betrat er das Haus, änderte sich die Szenerie. Marcelle wurde ungeschickt und starr; sie fand tausend Entschuldigungen, um nicht im selben Raum mit ihm zu sein. Einmal ging sie mit den Kindern zum Steinbruch und kam weder zum Mittag- noch zum Abendessen zurück, und als er sie dort entdeckte, jagten sie das Mondlicht in dem schwarzen Wasser. Sexuell verweigerte sie sich ihm wochen-, manchmal monatelang, und dann kam sie plötzlich nachmittags erhitzt und drängend zu ihm und führte ihn zu einer Stelle hinten im Kirschgarten, auf dem Land, das einmal ihrem Vater gehört hatte. Aber sie genoß es nicht, schien es nicht einmal zu spüren, und danach entzog sie sich sofort, war wieder blaß und starr.

Glaubte sie etwa, sie sei die einzige, die Opfer gebracht hatte? Glaubte sie, diese Ehe, dieses Leben seien das, was er gewollt hatte? Jetzt wünschte er, sie hätten über solche Dinge miteinander gesprochen. Im Zug weinte er, zwei kleine Tränen, die er mit dem Daumen auffing, bevor sie hinunterliefen. Er hatte in diesem Augenblick keine Angst vor Krieg oder Tod oder davor, daß er diesen Bahnhof nie wiedersehen würde. Draußen vor den Fenstern hatten sich ganze Familien versammelt, um tapfer und hoffnungsvoll winkend auf Wiedersehen zu sagen; Ehefrauen und Mütter weinten offen; Brüder und Schwestern und Kinder hielten die Hände hoch und schwenkten sie lang und verzweifelt. Er fürchtete sich nicht vor dem Tod, aber er fürchtete, er könnte gar nicht vermißt, könnte vergessen werden. Noch nicht einmal seine Eltern waren gekommen, um ihm nachzuwinken. Sie hatten Xavier und Max zu ihrem Schiff nach Marseille begleitet.

Marcelle hatte am Fenster ihres Hauses gestanden und gespürt, wie Octave die Welt auseinanderriß, wie er sie mit jedem Schritt, der ihn von ihr entfernte, weiter aufriß. Sie barg das Gesicht im Nacken ihrer jüngsten Tochter und hoffte, das Kind könne ihr Lächeln nicht spüren.

Ihre Töchter arbeiteten emsig unter ihrer Anleitung. Vor dem Krieg hatte sie Octave verboten, die Mädchen zur Hausarbeit heranzuziehen. Sie konnte den Gedanken, daß eine weitere Generation für dieses Land eingespannt wurde, nicht ertragen. Doch jetzt blieb ihr keine andere Wahl.

Octave schrieb regelmäßig, zuerst von der Front, später aus den Gefangenenlagern. Häufig kamen seine Briefe jedoch mit monatelanger Verspätung alle auf einmal, und am langen Eßzimmertisch antworteten sie dann gemeinsam. Monique, die Älteste, war die Schreiberin, da sie am besten den Ton traf, und sie achtete sorgfältig darauf, daß ihre Briefe heiter klangen, achtete darauf, daß Xaviers Tod und Maxens Verschwinden nicht erwähnt wurden. Schon bald wurde ihr Vater zu einem gutmütigen, aber armen Onkel, der ihnen gerne Geschenke gemacht hätte, aber nur seine herzlichen Grüße schicken konnte. Er schrieb häufig von Kindern, die er gesehen und mit seinen Töchtern verglichen hatte, und im dritten Jahr seiner Abwesenheit war klar, daß er nicht mehr wußte, daß Marie-Jo die mit dem toten Zahn war, daß Monique Ausschlag bekam, wenn sie wütend war, und daß Juliette das kleine Ohr besaß, das, wie das Häuschen einer Gartenschnecke, immer fest zusammengerollt blieb. Er begann nicht nur, sie durcheinanderzubringen, sondern stattete sie auch mit Eigenschaften aus, die sie nie besessen hatten. Seine Verwirrung störte sie nicht. Jede der Schwestern war mit eigenen Phantasien über die Rückkehr des Vaters beschäftigt und malte sich aus, wie schön und weiblich er sie finden würde.

Marcelle wußte, daß sie nicht wie die anderen jungen Ehefrauen war, mit denen sie, die Lebensmittelkarten fest umklammert, Schlange stand. Diese Frauen waren aschgrau und ohne Ziel; die Kinder, die sie umringten, hatten sie vergessen. Sie warteten nur auf die Nachricht von der Rückkehr ihrer Männer.

Marcelle wartete auf den Zettel in der Hand irgendeines Jugendlichen, der den Hügel hochkommen würde. Sie wußte, daß es geschehen würde. Soldaten mußten sich schnell bewegen, Entscheidungen im Bruchteil von Sekunden treffen, klug und listig und spontan sein. Es überraschte sie, daß Octave auch nur einen einzigen Kampftag überlebt hatte, gar nicht zu reden von sechs Monaten. Doch die Internierung würde er nicht überleben. Er wurde schwach und fiebrig, wenn er nichts zu essen bekam. Sie sah im Geiste, wie er sich, um durchzukommen, ausschließlich auf seine Geduld verließ. Sie sah, wie er sich die Gesichter seiner Kinder vorzustellen versuchte und sie durcheinanderwarf. Er würde wissen, daß er dabei war, sie zu vergessen, und das würde ihn mehr schmerzen als alles andere, was der Krieg ihm zufügen mochte. Sie wünschte, es fiele ihr eine einzige Sache ein, die ihr fehlen würde, wenn er nicht mehr wiederkäme, eine einzige Sache, die ihre Gebete für ihn aufrichtiger machen könnten, doch da war nichts.

Am Tag, als die Deutschen zu ihrem Haus kamen, war die Luft schwer vor feuchter Hitze, und ein Duft nach Gardenien überraschte sie, als sie mit leeren Händen vom Milchbauern zurückkam. Sie dachte an das lavendelfarbene Kleid, das sie getragen hatte, an die Tische, die auf weißem Kies standen. *Sie legten uns den Himmel vor die Füße, diese Steine. Blutrot waren sie, als mein Vater sein Glas hob.* Neun Jahre waren seitdem vergangen, aber die Blumen brachten sie stets dorthin zurück, in das Restaurant in Limne an ihrem sechzehnten Geburtstag.

Die Gestalt eines Deutschen – die zackigen Epauletten, die eng gegürtete Taille, die bauschigen Reithosen, die stramm gestiefelten Waden – war aus jeder Entfernung zu erkennen. Bei seinem Anblick dachte sie, sie würde wie vom Schlag getroffen stehenbleiben. Sie dachte, sie würde vor Entsetzen erstarren, aber sie bewegte sich, stürmte zum Haus, um eher als er dort zu sein. Aber es war schon ein anderer drinnen, der die Mädchen ausfragte. Er hatte sie in der Küche aufgereiht und drückte ihnen mit dem Finger das Kinn hoch, während er sie mit den wenigen französischen Wörtern, die er gelernt hatte, fragte, wo die Versteckten seien. Marie-Jo weinte; Juliette stand stumm und bleich da; Monique war die einzige, die redete und immerzu ihr ehrliches Erstaunen über die Frage ausdrückte. Als ihre Mutter in der Tür erschien, stürzten die Mädchen zu ihr. Der Soldat griff nach seiner Pistole. Der andere, mit seinem eleganten flachen Hut sichtlich der Vorgesetzte, drängte sich an Marcelle vorbei und befahl ihm in perfektem Französisch, die Waffe wegzustecken. Der Soldat, der kein Wort verstand, veränderte seine Haltung nicht. Der Offizier sagte etwas Barsches auf deutsch, und er ließ die Pistole sinken. Der Offizier drehte sich zu Marcelle um, die von ihren Töchtern umringt war. Sie überlegte, ob ihre Mädchen wohl wußten, daß sie sie aufrecht hielten. Es gelang ihr, ihm in die Augen zu sehen.

Er stellte ihr eine Reihe von Fragen: Wo fing ihr Land an, und wo hörte es auf, wie viele Scheunen gab es, was bauten sie an, hatten sie Hilfe, beherbergten sie Fremde, oder hatten sie es früher getan? Er stellte ihr diese Fragen, und sie antwortete, und gleichzeitig hatte sie das Gefühl, daß sie eigentlich von etwas anderem sprachen. Sie fühlte sich ganz leicht, als ihre Angst allmählich verschwand. Ihre Kinder hielten sie noch fester.

Dann gab er mit lauter Stimme ein Kommando, und der Soldat stand stramm, salutierte und ging steifbeinig in den hinteren Teil des Hauses. An der Hacke seines Stiefels hatte sich eine kleine rosa Ente verfangen, die Juliette aus Wolle für die Katze gemacht hatte. Sie hüpfte wild hinter seinen steifen Schritten her. Sie sahen es alle zur selben Zeit, aber der Offizier lachte als erster, ein seltsames, kurzes Glucksen, das in ein schwereres Keuchen überging – ein Lachen, das sich seit Tagen, vielleicht sogar seit Kriegsbeginn in ihm angesammelt hatte. Der Soldat drehte sich um, griff instinktiv nach seiner Pistole. Sein Offizier, plötzlich ernüchtert, blaffte ihn an, und er setzte seinen Weg nach hinten fort. Als das Entlein wieder zu hüpfen begann, wurde der Offizier von einem neuen Lachanfall geschüttelt und mußte sich an der Arbeitsplatte festhalten. Während die Mädchen in den folgenden Tagen immer wüstere Versionen der Befragung durch die *boches* erfanden, war es dieses Gelächter in ihrem Haus, an das Marcelle sich am lebhaftesten erinnern konnte.

Sie beobachteten den Abzug der Deutschen aus demselben Fenster, das Octaves Aufbruch umrahmt hatte. Kurz vor der Wegbiegung sah der Soldat zu Boden. Er hob sein Bein, aber bevor er den Faden losmachen konnte, verlor er das Gleichgewicht und mußte das Bein wieder absetzen. Nach drei Versuchen kam der Offizier, der ein Stück voraus wartete, zurück, um ihm zu helfen. Sie konnten sehen, daß er immer noch grinste. Während der Soldat sich mit einer Hand auf seinen Rücken stützte, bückte der Offizier sich, entfernte behutsam die rosa Ente und steckte sie in seine Brusttasche. Beide richteten sich wieder auf und verschwanden aus dem Blickfeld.

Danach war er allgegenwärtig, jener Offizier: auf der Terrasse des Café Plaire, wenn sie beim Schlachter in der Schlange wartete, in einem Auto, oben in der Biegung ihrer Straße und wenn sie auf dem Nachhauseweg war. Oder er inspizierte den Hof des Milchbauern, wenn sie wieder Käse und Butter zu ergattern versuchte, die längst auf dem Schwarzmarkt verkauft worden waren. Sie sah ihn nie mehr zusammen mit jenem Soldaten oder mit sonst jemandem. Er war immer allein, machte nie die leiseste Andeutung, daß sie einander schon begegnet waren, daß er einmal in ihrem Haus gelacht hatte. Sie hätte gern gewußt, ob das rosa Entlein noch in seiner linken Tasche steckte.

Seit der Ankunft der Deutschen mied sie jeden Kontakt mit ihren Nachbarn. Die Menschen hatten angefangen, Widerständler zu denunzieren. Der Valois-Junge, den sein Klumpfuß vor dem Krieg bewahrt hatte, habe, so hieß es, den Maquis unterstützt, den militärischen Arm der Résistance. Eines Morgens sei er abgeholt und am selben Abend mit Eintagsfliegen in den leeren Augenhöhlen wieder zu Hause abgeliefert worden. Viele arbeiteten mit den neuen Herren zusammen. Die Witwe Dupin hatte die Miliz und die Waffen-SS im unbewohnten Teil ihres Hauses hofhalten lassen und wurde nach weniger als einer Woche an ihrer Küchendecke baumelnd gefunden. Sie war entweder vom informierten Maquis gehängt worden oder von den Milizen selber, aus Angst, daß sie zuviel gehört hatte. Marcelle mied auch ihre Eltern und Schwiegereltern, weil sie immer noch in Marschall Pétain ihren Helden sahen. Er hatte sie im letzten Krieg gerettet; er wußte, was er tat. Doch während es ihr gelang, den Rest der Welt zu ignorieren, drang doch die Kunde zu ihr, daß die Deutschen ihre Stadt besetzten.

Der Offizier war offensichtlich so etwas wie ein Kommandant. Er wohnte im ersten Stock des Hôtel Pons. Er trank keinen Alkohol. Er las nur französische Bücher. Hatte er etwa Christian Valois um seine Augäpfel erleichtert? Hatte er etwa den Stuhl unter den kleinen Füßen der Witwe weggestoßen? Und die Exekution der städtischen Polizeistaffel, zu der auch ihr Cousin Alphonse gehört hatte – war das etwa seine Idee beim Einmarsch gewesen? Sie wünschte, sie hätte sehen können, wie er diese Verbrechen beging. Statt dessen sah sie ihn, wie er mit einem Zitronenwasser im Schatten eines Sonnenschirms Gide las oder die seidigen Rücken der schwarzen Katzen streichelte, die ihm beim Milchbauern um die Beine strichen.

Sie begann, die Rückkehr ihres Mannes herbeizusehnen, doch jedesmal wurden ihre stillen Gebete durch das Geräusch von Gelächter in ihrem Haus zerstört.

Sie sah ihn vor der öffentlichen Anschlagtafel stehen. Niemand sonst war auf der Straße, und sie ging zu ihm. Sie befahl sich, stehenzubleiben und umzukehren, aber sie konnte es nicht. Er studierte gerade das Programm des Kinos in Alt und trug seine übliche Kluft. Aber es war nicht mehr die schneidige, finstere Uniform der Propagandaplakate, die seit kurzem an den alten Wänden ihrer Stadt klebten. Sie wollte jenes Bild wieder heraufbeschwören, doch es gelang ihr nicht. Sie wußte jetzt, daß seine schiefergraue Hose die Farbe seiner Augen hatte.

Sie stand rechts neben ihm und tat so, als interessiere sie sich für die Heiratsanzeige von Lucie Peyraud und Émile Quenelle. Niemand hatte das Herz, sie abzunehmen – die beiden waren erst drei Wochen verheiratet gewesen, als Émile eingezogen und getötet wurde. Während sie starr geradeaus sah, fragte sie: »Haben Sie noch die Ente in Ihrer Tasche? Meine Katze ist ganz unglücklich ohne sie.«

Er drehte sich zu ihr um und war auf eine Verrückte gefaßt. Seine Miene glättete sich, als er sah, daß sie es war. »Eine Ente?«

»Sie würden nichts in die Hände von Feinden geben. Die Katze Brigitte ist eine verkappte Pétain-Anhängerin.«

Sie sprach schnell, und sein Lächeln verzögerte sich durch die Übersetzung. Als es kam, schwoll ihr die Brust, und bei jedem ihrer heftigen Herzschläge schien sie kurz vom Boden abzuheben. Sie lehnte sich gegen die Anschlagtafel, um Halt zu finden.

»*Der kleine Enterich*«, sagte er auf deutsch. Er lachte glucksend und suchte nach dem Tier. Sie sah zu, wie er mit den Fingern vorsichtig in eine Brusttasche griff, und obwohl sie wußte, daß die Ente in der linken, nicht in der rechten war, sagte sie nichts. *Der kleine Enterich*. Es klang nicht bedrohlich. Von nahem war es eine ruhige, eine freundliche Sprache. Er sah ihr fest in die Augen, während er erst in einer, dann in einer anderen falschen Tasche wühlte. Er hatte lange Wimpern und den Anflug eines Barts, der aussah, als wäre er von der Abendsonne versengt. Sie konnte das Geräusch hören, das die Stoppeln in ihrer Handfläche machen würden. Er war jünger, als sie gedacht hatte. Sie hielt seinem Blick stand. Sie wußte, daß sie nicht schön war und ihr Profil etwas anziehender wirkte, sie wußte aber auch, daß sie sich diesem Mann gegenüber niemals schüchtern oder unaufrichtig verhalten würde. Als er an die dicke linke Tasche ging, sagte er: »Bitte« und bedeutete ihr, daß er beim Leeren Hilfe brauche. Sie hielt ihm ihre Hände hin und stellte sich Kugeln oder kleine Klappmesser oder Fläschchen mit Säure vor, die auf ihre Haut tropfen könnte. Sie registrierte, daß keine Schritte, kein Geplauder auf der Straße zu hören waren. Die Menschen machten Umwege durch die Stadt. Niemand würde ihr zu Hilfe kommen. »Keine Angst«, sagte er, »ich habe keine Leiche hier drin.«

Er zog einen dicken Packen Papierschnipsel heraus. Zuerst dachte sie, es seien durchgerissene Listen, Namen, die jetzt erledigt waren, aber als sie genauer hinsah, erkannte sie, daß es Kinokarten waren, vielleicht hundert, vielleicht noch mehr. Sie kicherte, und der Stapel zitterte in ihren Händen. Ein paar Zettelchen fielen auf den Boden.

Ganz unten in der Tasche war die Ente. Er reichte sie ihr mit eiserner Miene, aber sie sah, daß er mit einem Grinsen kämpfte. »Waren Sie jemals im Kino?«

»Ja, natürlich.«

»Aber Sie würden niemals in Begleitung eines Deutschen hingehen.«

»Nein.«

Um das Spielzeug in Empfang zu nehmen, mußte sie die Handvoll Papier fallen lassen, und sie ging fort, während er in gebückter Haltung seine Papierschnipsel vom Boden auflas, seine hundert oder mehr Abende.

Zu Hause angekommen, schloß sie sich im Schlafzimmer ein, um zu warten, bis der seltsame Schmerz nachließ. Sie saß auf dem Stuhl neben dem Schrank und fühlte die Feuchtigkeit. Sie hob ihren Rock hoch und zog ihre Unterhose herunter. Es war kein Blut. Zum ersten Mal in ihrem Leben faßte sie an die Stelle, die man, wie ihre Mutter ihr gesagt hatte, nicht berühren durfte, oder es passierte ein Unglück. Sie war geschwollen und naß. Sie ließ ihre Hand dort, und der Schmerz verdoppelte sich. Sie zog sie weg, aber irgend etwas brachte die Hand wieder dorthin. Schon bald war es kein Schmerz mehr, sondern ein dringendes Bedürfnis, sich weiter zu berühren. Sie konnte nicht aufhören. Sie hörte ein schmatzendes Geräusch, sie hörte ihren eigenen Atem, sie merkte, daß ihr Mund offenstand. Sie wußte, daß sie aufhören sollte, aber sie konnte ihre Hand nicht von der kreisenden Bewegung abhalten. Sie staunte über die Feuchtigkeit, die Zärtlichkeit, über das Verlangen ihres gesamten Körpers weiterzumachen. Sie wußte nicht, wo es enden würde. Würde sie losspritzen wie ein Mann? Sie fühlte, wie von innen etwas herankam, etwas, das vielleicht nicht heraus konnte. Aber es mußte. Es mußte. Sie griff mit der anderen Hand nach ihrer Bluse und knöpfte sie auf. Sie drückte jede Brust mit ihrer Hand und quetschte ihre Brustwarzen mit den Fingern. Und mit einemmal fühlte sie, wie sie sich öffnete. Sie sank auf den Grund eines dunklen Meeres.

Sie kamen sie erst eine Woche nach der Befreiung holen. Sie hatten so viele geholt, daß es keine Überraschung war. Ihre Kinder wußten Bescheid – Monique hatte es von Anfang an geahnt, schon in dem Moment, als Brigittes rosa Spielzeug wieder auftauchte. Nur Octave widersetzte sich nach Kräften. Er war drei Tage vorher nach Hause gekommen, gerade rechtzeitig, um zu sehen, wie sein Vater mitten in der Stadt an einen Pfosten gebunden und niedergeschossen wurde. Er war beschuldigt worden, eine Botschaft nach Alt überbracht zu haben, nur einen Satz, nur einmal. Sie steckten ihm den Zettel, unverkennbar in seiner eigenen Handschrift, zwischen die Finger, bevor sie ihn fesselten: *Oberst Hemmer erwartet immer noch Ihren Befehl.* Octave sah zu und hatte fast das Gefühl, er selber hätte die Schüsse ausgelöst, drei Schüsse, ein perfektes Dreieck über dem Herzen seines Vaters, einer für jeden der Söhne, die er verraten hatte. Und jetzt seine Frau. Aber, dachte er, eine Frau liebt ihr Land nicht instinktiv wie ein Mann. Trotzdem stellte er sich den Eindringlingen in den Weg, verlangte die Beschuldigungen zu hören und empfing vom Kolben eines Résistance-Gewehrs einen schnellen Schlag gegen das Kinn.

Es war seine Tochter Juliette, die Stille, die es ihm sagte. Sie holte ein warmes Tuch für seine Wunde. »Maman war mit einem Deutschen zusammen.« *Zusammen mit*, nicht *half*. Nicht *den* Deutschen, sondern *einem* Deutschen.

Fünf Wochen später wurde sie die achtzehn Kilometer von Alt zurückgebracht. Sie lief barfuß, angetrieben von berittenen Männern, trug viel zu große schwarze Hosen und ein weißes Tuch, das mehrfach um ihren Oberkörper geschlungen war, um ihre Brüste zu verhüllen. Sie war erleichtert, daß ihre Familie nicht in der letzten und größten Menschenmenge war, durch die sie hindurchmußte, der Menge, die die Straßen von Plaire säumte. Die Frauen faßten sich ans eigene Haar, und ihre Männer hielten sie fester, als Marcelle näher kam. *Genau wie ein Mann*, hörte sie jemanden flüstern. Ein Junge streckte die Hand aus, um den Teer auf ihrer Brust zu berühren. Ein anderer sang die Vichy-Hymne: »*Maréchal nous voilà, Notre Sauveur*«, bis seine Mutter ihm den Mund zuhielt. Sie überlegte, wer aus der Menge sie zusammen gesehen hatte, wer ihren Namen genannt hatte und warum. Sie blickte in jedes gierige Gesicht. Sie glaubten, man habe sie besinnungslos geschlagen. Sie glaubten, sie sei verrückt geworden wie so viele andere und könne ein Lächeln nicht mehr erkennen – das unverhohlene, verzückte Lächeln von ihnen allen.

Schadenfreude. Er hatte ihr dieses deutsche Wort beigebracht. Freude, die der Schmerz eines anderen einem bereitet. Sie hatte nicht glauben wollen, daß es so ein Wort gab. Hatte er gewußt, wie gut sie es lernen würde? Hatte er ihr das Wort als Schutz überreicht? Schadenfreude. Sie hielt es vor den gierigen Augen hoch und ging vorbei. Doch es war die Menge, die die Erinnerung an ihn bewahrte, nicht sie. Diese Menschen würden ihn viel länger und genauer in Erinnerung behalten – seine kantigen Wangenknochen, den Neigungswinkel des Huts auf seinem Kopf, seinen Schritt hügelaufwärts und die Art, wie er ein Buch hielt, es leicht zur Sonne drehte, während er selber im Schatten blieb. Sie würden ihn in Erinnerung behalten, weil die Angst das hartnäckigste aller Gefühle ist.

Die drei Mädchen sahen ihre Mutter den Hügel hochkommen.

»Sie sieht aus wie eine Ziege«, sagte Juliette, und auch wenn die zwei anderen nichts sagten, sahen sie doch, daß Juliette recht hatte.

Monique und Marie-Jo versuchten zuerst, das Hakenkreuz zu entfernen, aber es war eine langwierige Prozedur. Trotz der scharfen Lösung, die sie zusammengerührt hatten, ging der Teer ohne festes Reiben mit einem rauhen Tuch, das die Haut aufriß, nicht ab. Es war schließlich Octave, der die endlose Geduld für diese Aufgabe aufbrachte.

An jenem Abend aßen sie an dem großen Tisch, der fünf Jahre lang nur als Schreibtisch für die Briefe an den Vater gedient hatte. Juliette brach ihr Schweigegelübde und redete mit ihrer Mutter, sie bot an, ihr bei der Himbeertorte zu helfen. Octave kam mit seinem besten Anzug an den Tisch, seinem Hochzeitsanzug, der jetzt zwei Nummern zu groß war. Monique stellte einen Strauß Iris in ein hohes Glas, und Marie-Jo wickelte einen bunten Schal um den kahlen Kopf ihrer Mutter. Draußen ließ die Sonne, die schon hinter dem Horizont versunken war, den Himmel kurz aufleuchten, und als die purpurne Dämmerung hereinbrach, glühte die Welt unheimlich.

»Die malvenfarbene Stunde«, sagte Marcelle und legte Messer und Gabel nieder. Ihre Töchter folgten ihr nach draußen, und zum ersten Mal erzählte sie ihnen von ihrem Großvater und von den dünnen Waffeln und dem rauchigen Tee, den er ihr auf der Veranda serviert hatte. »Ich werde ein wenig von diesem Tee auftreiben, und wir werden unsere eigene malvenfarbene Stunde haben.« Sie blickte auf ihre vom Himmel gefärbten Gesichter, und sie versuchten, tapfer zurückzublicken und nicht an ihren eigenen erschlagenen Großvater und an ihre toten Onkel und an die Wunden unter dem Kleid ihrer Mutter zu denken. Hinter ihr konnten sie ihren Vater am Fenster sehen, der seine Pfeife anzündete, eine flimmernde Silhouette hinter Glas.

Ihr letztes Kind kam im folgenden Jahr, und sie gaben ihr den Namen, den Octave allen Töchtern vor ihr hatte geben wollen, seinen Lieblingsnamen: Nicole, und das bedeutet Sieg.

Le Dix

»Rosie«, sagte Nicole eines späten Abends vor meiner offenen Tür. Sie trug ein rotes Prinzeßkleid und eine gehämmerte dünne Goldkette. »Ich störe dich nicht gerne, aber das ist nicht gesund.«

Nicole erwartete von mir, daß ich mich genauso kontaktfreudig unter Menschen bewegte wie sie. Andere Au-pair-Mädchen lebten nur für den Abend, sagte sie. Paris sei eine so aufregende Stadt, besonders wenn man jung sei.

»Du wirst hier am Ende noch krank.« Ich saß an meinem Schreibtisch mit dem Französischlehrbuch vor mir. Sie fuchtelte mit dem Arm. »In einem Club könntest du viel besser Französisch lernen!«

»Aber ich kenne keinen, mit dem ich ausgehen könnte«, sagte ich wahrheitsgemäß.

Ein paar Tage später rief mich eine Amerikanerin an, die Leslie hieß und eine Freundin der langbeinigen Leyla war. Wie sich herausstellte, arbeitete Leslie im Haus von Lolas Freundin Francine. Sie entschuldigte sich, daß sie sich nicht schon früher gemeldet habe, und fragte mich dann, ob ich Lust hätte, etwas trinken zu gehen.

»Heute abend?« Es war ein Mittwoch.

»Ja. Wenn du die Kinder ins Bett gebracht hast.«

Mir fiel keine gute Ausrede ein, und neben mir stand Nicole und flüsterte: »*Oui, oui!*« So ging ich also um halb zehn los, um mich mit ihr in einer Bar namens Le Dix zu treffen. Ich grub für Leslie, die ich noch nicht kannte, mein Englisch aus und beschrieb ihr im Geiste die Familie, das Boot, die erhöhte Wanne in meinem Badezimmer. Ich hörte mich schon hingebungsvoll über die nervigen Mißverständnisse und die Demütigungen vertraglicher Sklaverei jammern.

Das Café vorne an der Ecke war hell erleuchtet und voll. Einige Gäste saßen in Wintermänteln draußen und wärmten sich die Hände an ihren heißen Getränken. Ein Mann saß alleine an einem Tisch und pulte in der Nase.

Mais c'est dingue ça, dachte ich beim Vorbeigehen. Das Wort *dingue* gefiel mir.

Danach war die Straße dunkel und menschenleer, alle Geschäfte waren mit Metallgittern und Vorhängeschlössern gesichert. Auch der Platz vor dem Vogelgeschäft war leer, nur einige Federn klebten auf dem Bürgersteig. Ich ging näher an den Laden heran und horchte. Drinnen kratzte und zirpte und raschelte es, und nach einer kleinen Weile konnte ich das stetige leise Gurren der Tauben heraushören. Lola berührte immer einen Taubenschwanz, weil das Glück brachte. Ich wollte Leslie diese Straße in allen Einzelheiten beschreiben.

Die Metrostation war nicht gekennzeichnet, nur eine Treppe, die plötzlich vom Bürgersteig in die Tiefe führte. Zu der Au-pair-Stelle gehörte eine Monatskarte, und meine hatte ich bisher erst zweimal benutzt. Ich steckte die orangene Karte in den Schlitz am Drehkreuz und lief schnell durch den Gang mit dem Schild Gare d'Austerlitz. An dieser Haltestelle hielt nur eine Linie, deshalb gab es nur schmale Gänge und keine fliegenden Händler und Musiker, aber die Wände waren mit den immer gleichen riesigen Werbeplakaten beklebt: links eine Anzeige für einen italienischen Film, ein riesiger Busen in der Hand eines Mannes, und rechts eine Joghurtwerbung. Auf dem ganzen Weg bis zum Bahnsteig wiederholten sie sich ständig. *Löffel, Lippe, Grinsen, Müll, Wind, Gang, Handgelenk, Brustwarze, Wind, Schild, Trenchcoat, Schlapphut.* Ich ließ englische Wörter in mich einströmen, während ich um die Ecke bog.

Auf meiner Bahnsteigseite war nur noch ein Mann, der auf und ab ging, aber auf der gegenüberliegenden Seite saßen lauter Teenager auf den Plastiksitzen. Sie redeten sehr laut, und ihr Gelächter schwoll mit hallendem Echo an und ab und wieder an. Ich lauschte, verständnislos und neidisch. Ich setzte mich auf den Rand eines angeknacksten Sitzes und schob die Hände in die winzigen Taschen der Seemannsjacke, die ich gekauft hatte, als es kalt wurde. Ich dachte an meine Schwester und wie wir uns nach der Schule immer in der Küche auf den Boden hockten, die Fersen fest an den Unterleib gepreßt, damit wir nicht pinkeln mußten, während eine der Freundinnen unseres Vaters sich um uns herum zu schaffen machte. Euch zwei kriegt man einfach nicht auseinander, sagte eine immer. Eine andere sagte: Manchmal weiß ich nicht, wo die eine aufhört und die andere beginnt. Vielleicht würde ich heute abend wieder lachen können.

Das Le Dix war nicht schwer zu finden. Von dort, wo die Rolltreppe mich oben auf der Erde abgesetzt hatte, konnte ich auf dem gegenüberliegenden Bürgersteig einen Pulk von Menschen sehen, die auf Einlaß warteten. In der Kälte wurde ihr Geplauder zu kurzen weißen Windstößen. Zigarettenatem hielt länger und stieg in großen Ballons bis zu den Fenstern im zweiten Stock, aus denen sich Frauen in ärmellosen Hemden und Männer mit schweißglänzenden Gesichtern lehnten und ihrerseits gefrierenden Zigarettenqualm noch höher hinauf schickten. Hinter ihnen bewegten sich Körper unter farbigem Licht, jeder in seinem eigenen Rhythmus.

Mir ging auf, daß ich gar nicht wußte, wie Leslie aussah. Ich hatte vergessen zu fragen, und an der Tür drängten sich Leute, die offensichtlich auf andere warteten. Aber als ich die Straße überquerte und alle genau ansah, entdeckte ich nur ein amerikanisches Gesicht: fleischige, verletzliche Wangen, wache, weit offene, aber leicht zerstreute Augen. Leslie erkannte meins ebenfalls.

»Rosie. Hallo.«

»Hallo.«

Ein paar Köpfe drehten sich nach uns um. Bisher hatte ich in der Öffentlichkeit nicht Englisch gesprochen. *Américaines*, hörte ich jemanden sagen, und ich fühlte, wie ich in eine kleine Wegwerftüte gestopft wurde.

Leslie schien das nicht zu kümmern. Sie sprach laut. »Wie geht's? Die anderen sind drinnen. Wir müssen nicht in der Schlange warten. Ich kenne den Türsteher.«

Er war alles andere als ein Rausschmeißer, dünn wie mein Arm, und nickte Leslie schon zu, ehe sie überhaupt etwas sagen konnte.

Leslie führte mich in den Keller, der so vollgepfropft war mit Tischen, Stühlen und Körpern, daß der Kellner sein großes Tablett mit Getränken auf dem einzigen Tisch abstellte, an den er herankam. Die Leute dort mußten sie dann weiterreichen.

»In den Staaten würde der Brandschutz so ein Lokal schließen«, sagte Leslie und ließ erst den Kellner an sich vorbei, bevor wir uns in den Raum und zu ihren Freunden durchdrängelten, die ganz hinten in der Ecke winkten. Ich hatte Angst, sie oder Leslie würden laut brüllen, und schalt mich dann, weil ich so verklemmt war. Ich gab Nicole die Schuld dafür. Es war ihr Wunsch gewesen, daß ich ausging, und ihretwegen schämte ich mich jetzt dafür, daß ich keine Pariserin war.

Tische wurden verrückt und Stühle angekippt, damit wir vorbeikamen. Zwischen den größeren Gruppen in der Mitte des Raums saß ein Paar eng beieinander und unterhielt sich in einer Sprache, die gleichzeitig vertraut und absolut fremd klang. Vor mir hatte Leslie jemanden getroffen, den sie kannte, so blieb ich neben dem Tisch des Paars stehen. Beide waren keine Franzosen; sie war vielleicht Italienerin, er Deutscher oder Holländer. Seit ich in Paris war, hatte ich so viele verschiedene Sprachen gehört. In der Nähe des Hausboots gab es einen Bahnhof, und ich hatte mir angewöhnt, an frühen Nachmittagen dort herumzustreichen, den abfahrenden Zügen zuzusehen und anhand der Sprachen die Zielorte auszumachen. Ich lernte die Lautfolgen schnell zu unterscheiden und konnte bald die Nationalität der meisten Reisenden bestimmen. Wenn ich sah, daß Leute am Fahrkartenschalter mit dem Französischen kämpften, versuchte ich manchmal, ihnen zu helfen. Es gefiel mir, auf den Bahnsteigen ohne Gepäck gesehen und für eine Ortsansässige gehalten zu werden, die Freunde abholt. Doch was ich jetzt in Taillenhöhe hörte, war keine Sprache, die ich je im Bahnhof gehört hatte, und trotzdem begriff ich halbwegs, was sie sagten. Dann wußte ich es.

»Sie reden lateinisch«, sagte ich.

Leslie nickte, ohne sich umzudrehen.

Latein war offenbar die einzige Sprache, die beide konnten. Ich fragte mich, wie eine Beziehung wohl aussah, in der man nur lateinisch sprach.

Schließlich hatten wir das andere Ende des Raums erreicht, wo die Freunde warteten: eine kleine, kraushaarige Amerikanerin und eine schlanke, gut gekleidete Europäerin.

»Rosie, das sind Beth und Mariska.«

Wir gaben uns die Hand. Ich setzte mich auf die Bank an der Wand. Heiße Luft von einem Ventilator unter der Bank stieg mir an den Beinen hoch bis ins Gesicht.

»Bertrand ist hier«, sagte Leslie zu Beth. »Er ist wieder mit der Katzenfrau zusammen.«

»Du spinnst. Wo?«

»Draußen.«

»Hat er dich gesehen?« fragte Mariska. Sie hatte weder einen amerikanischen noch einen britischen Akzent, er war weder eindeutig ausländisch noch eindeutig muttersprachlich. Jedes Wort schien aus einem anderen englischsprachigen Land zu stammen.

»Er tat so, als hätte er es nicht.« Leslie lächelte schwach, ihr energisches Gesicht fiel bei diesem Geständnis plötzlich in sich zusammen.

»Guck mal«, sagte Beth sanft zu ihr. »Da ist Cédéric.«

»Oh«, sagte Leslie und blickte hoch, ohne ihn zu sehen.

Ich fing an, in meinem Kopf Fragen hin und her zu wälzen, so wie ich es auf französisch tat, aber bevor ich sie stellen konnte, hatte der Kellner sich halbwegs in den Raum gekämpft, und sie riefen ihm ihre Bestellungen zu. Leslie bestellte Sangria für alle, Beth verlangte eine Extraportion Früchte darin, und Mariska reichte ihm Geld für eine Schachtel Zigaretten.

»Und wo gehst du sonst immer hin, Rosie?« fragte Leslie mit betont heiterer Miene.

»Sie meint, wenn du ausgehst«, sagte Beth.

»Ich bleibe meistens bei mir in der Gegend. Es gibt da einige Straßen.« Ich hoffte, sie würden mich nicht nach den Namen von Bars oder *boîtes* fragen. Ich war mir nicht sicher, ob ich wußte, was eine *boîte* war.

»Rosies Mutter ist die schönste Frau, die du je gesehen hast«, sagte Leslie. »Sie sieht wie die Frau in dem Film aus, den wir letzte Woche gesehen haben. Du weißt doch, diese Dreiecksgeschichte.«

»Alle französischen Filme sind Dreiecksgeschichten«, sagte Mariska.

»Meine Mutter?« Ich hatte es kaum gesagt, da wußte ich, daß Leslie Nicole meinte.

»Francine ist ganz hin und weg von ihr«, sagte Leslie. »Aber das liegt daran, daß ihre eigene Mutter eine Qualle ist.« Sie winkte einer Gruppe junger Männer zu, sehr französisch mit ihren über die Schultern gehängten Sportjacketts und dem gegelten naßgekämmten Haar. Einer von ihnen machte mit seinen Fingern eine Pistole und schoß mehrmals auf sie. Sie tat so, als habe er sie getroffen, und wandte sich dann wieder dem Tisch zu. »Ich habe mich schon oft gefragt, wie schöne Frauen, ich meine wirklich schöne Frauen, wohl leben. Einfach so im Alltag. Also wie es wohl wäre, wenn man morgens aufwachte und müßte noch nicht mal denken, daß –«

»Natürlich denken sie daran«, sagte Beth.

»Gut, denken schon, aber ohne sich Sorgen zu machen.«

»Und ob sie sich Sorgen machen. Mehr als wir. Stell dir bloß vor, du hast dieses sterbensschöne Gesicht, und dann mußt du zusehen, wie es verschrumpelt.«

Mariska zündete sich eine Zigarette an und setzte sich seitwärts auf ihren Stuhl, weg von uns. Es war klar, daß sie sich für eine schöne Frau hielt.

»Aber eins kann ich mir wirklich nicht vorstellen«, sagte Leslie, »nämlich, wie es ist, wenn jedes Jahr ein neues Mädchen in dein Haus kommt und du deinen Ehemann um sie herumscharwenzeln siehst.«

»Leslie, das passiert doch nicht jeder«, sagte Beth.

»Es ist ja nicht mal so, daß ich ihn besonders leiden könnte. Er ist so verdammt französisch.«

»Verdammt französisch. Wirst du jetzt etwa zur Britin?«

»Das kommt von den irischen Mädchen, mit denen ich gestern unterwegs war. Die stecken an.«

»Meiner ist überhaupt nicht französisch«, sagte ich. Die Sangria war gekommen, und zusammen mit der warmen Luft unter mir begann sie, mich gelöster zu machen.

»Wer?«

»Der Vater meiner Familie.«

»Was ist er denn?«

»Er ist französisch, wirkt aber überhaupt nicht so.«

Wenn sie sich untereinander unterhielten, schienen sie sich zu verstehen, aber jetzt sahen sie mich nur verständnislos an.

»Ich weiß, was du meinst«, sagte Mariska und drehte sich halb zu uns um. »Er ist nicht durch nationale Charaktereigenschaften festgelegt.«

»Ach, Unsinn. Da kommst du doch nicht drum rum«, sagte Leslie. »Jedenfalls sieht er nicht französisch aus.« Leslie wandte sich an Beth. »Hast du ihn jemals gesehen?«

»Nein, nie. Nur Lola.«

»Er sieht lustig aus«, sagte Leslie. »Sehr groß für einen Franzosen. Ein bißchen wie Abraham Lincoln, aber nicht halb so sexy.«

»Abraham Lincoln ist nicht sexy«, sagte Beth.

»Abraham Lincoln ist sehr sexy.«

Ich wünschte, wir wären nicht vom Thema Marc abgekommen, aber ich wußte, ich würde rot werden, wenn ich noch mal von ihm anfinge.

Mariska stand auf, um zur Toilette zu gehen.

Beth fragte mich: »Duzt du deine Eltern?«

»Nein.«

»Und wie reden sie dich an?«

Ich versuchte im Geiste, erst Nicole, dann Marc zu hören. »Die Mutter sagt *tu*, und er sagt *vous*. Glaube ich jedenfalls. Er ist selten zu Hause.«

»Meine Mutter hat mich neulich gebeten, sie zu duzen«, sagte Leslie. »Nur wenn ich es mit ihrem Mann genauso machen will, wird sie total empfindlich.«

»Wahrscheinlich ist das nichts Neues für sie«, sagte Beth, und ich konnte sehen, daß sie ihre Bemerkung bedauerte.

Aber Leslie war nicht verletzt. »Wahrscheinlich nicht. Die Franzosen haben eine völlig andere Auffassung von der Ehe.« Sie breitete ihre Arme aus und sagte theatralisch: »Ich finde es herrlich, nur eine Nummer zu sein.« Viele Köpfe drehten sich kurz nach uns um. »Wißt ihr, was mir heute passiert ist?« fuhr sie ohne Pause fort. »Ich ging den Saint-Mich entlang, und ein alter Mann sagte, ich solle mir die Schuhe zubinden. Ich sagte zu ihm, ich hätte keine Lust dazu. Diese Leute haben vielleicht Nerven!«

»Die Galle dieser Gallier«, sagte Beth.

Mariska bahnte sich ihren Weg zurück zu uns. Es war mittlerweile immer schwieriger, durch den Raum zu kommen. Denn die einzelnen Gruppen rückten jetzt, wo alle schon einiges getrunken hatten, stärker zusammen, die Körper entspannten und dehnten sich in dem heißen, verqualmten Raum wie Brotteig, hier wurde ein Bein und dort ein Arm ausgestreckt. Keiner der Männer hatte vor, Mariska allzu leicht an sich vorbeizulassen. Geduldig lächelte sie jeden einzelnen an. Füße und Ellbogen mußten von ihrem Stuhl heruntergenommen werden, damit sie sich setzen konnte.

Der zweite Krug mit Sangria kam. »Für die Amerikanerinnen«, sagte eine Frau mit Adlernase und dunkel umrandeten Lippen, als sie ihn uns weiterreichte.

»Ich bin keine Amerikanerin«, sagte Mariska schnell. Die Frau fragte nicht weiter nach, obwohl der Mann in der gelben Weste neben ihr sie dazu drängte.

Leslie beobachtete ein Paar, das sich auf einer Bank in der gegenüberliegenden Ecke küßte. Beth hörte heimlich einer Unterhaltung zwischen einer großen Deutschen und einem kleinen Italiener zu, dessen Schulter und Oberarm gegen Beth gequetscht waren. Mariska zündete sich eine Zigarette an. Sie war eine der wenigen im Raum, die beides besaßen, Zigaretten und Feuerzeug. Dicht neben uns beugte sich ein Mann über einen Tisch mit Frauen, von denen eine eine Zigarette aus einem Lederetui gleiten ließ und eine andere ein schlankes Onyxfeuerzeug hochhielt. Als er sich Feuer geben ließ, sah er nicht der Frau mit dem Feuerzeug in die Augen, sondern der, die ihm die Zigarette gegeben hatte. Vermutlich hielt er seinen Blick für charmant, aber in Wirklichkeit schob sich seine Stirn faltig wie die Haut eines chinesischen Hündchens zusammen. Frauen hielten ihr langes Haar im Nacken mit der Faust zusammen, während sie sich über die Flamme beugten, oder ließen ihr kurzes Haar über die Augen fallen, während ihre Lippen am Filter saugten und die Spitze rot aufglühte.

Genau in dem Moment, als Mariska ihre Zigarette ausdrückte, machte die gelbe Weste den vorhersagbaren Schritt. Mariska schüttelte eine Zigarette aus ihrer Pakkung und lachte über etwas, was er sagte. Er bat seine Freunde mit lauter Stimme um seinen Stuhl, der ihm über mehrere Köpfe hinweg gereicht wurde. Er stellte ihn neben sie und ließ sich Feuer geben. Sein Gesicht sah jetzt, geglättet durch die Vorfreude auf eine Eroberung, weniger verletzlich aus.

Der dritte Krug mit Sangria kam. Ich trank die ganze Zeit schweigend, Beth lutschte die purpurroten Zitronen- und Orangenstückchen aus, und Leslie redete. Sie sprach von Bertrand, wie die Katzenfrau ihn ihr gestohlen hatte, und vom Vater ihrer Familie, der seine verschwitzten Sokken unter dem Eßtisch an ihrem Schienbein rieb. Während Beth nickte und seufzte, erzählte Leslie mir von dem anstehenden Besuch von Beths Freund und von dessen plötzlichem Entschluß, seinen besten Freund mitzubringen, in den Beth heimlich verliebt war. Hin und wieder kam irgendein Typ, den Leslie kannte, an den Tisch. Dann neigte sie ihren Kopf und nahm eine gefälligere Haltung ein. Ihr Gesicht verlor seine Hochnäsigkeit und wurde fast hübsch. Aber dazu mußte sie sich so furchtbar anstrengen, daß es, wenn sie wieder gegangen waren, vor Schweiß glänzte.

Beth ignorierte dieses Kommen und Gehen, und während Leslie dem Mann, der sich über den Tisch beugte, ihren Hals entgegenreckte, erzählte sie mir vom Mont-Saint-Michel, wo sie am vergangenen Wochenende gewesen waren. Sie hatten den Ausflug extra auf einen Tag mit Vollmond und Nachmittagsflut gelegt und von einem Turm der Abtei aus zugesehen, wie das Meer hereinströmte. Abends waren sie mehrere Kilometer auf dem nassen Sand hinausgelaufen, ohne das rasch zurückweichende Wasser einzuholen. In der Woche davor hatten sie eine Weinprobe an der Loire gemacht. Über Allerheiligen, *Toussaint*, hatten sie drei Tage im Elsaß verbracht, und Weihnachten waren sie in Dublin gewesen. Sie waren mit Studententarif gefahren, hatten in Jugendherbergen übernachtet und nebenbei Englischunterricht für hundert Francs die Stunde gegeben, um die Reise zu finanzieren.

»Und was ist mit dir, Rosie?« fragte Beth.

Ich. Benebelt von Hitze und Alkohol und eingelullt von dem Geplauder, hatte ich mich beinah vergessen. Mir fiel wieder ein, was ich ihnen hatte erzählen wollen, allerlei von Nicole und ihrer Pingeligkeit, von Lola, die stets alles wieder ausbügelte, von Marc und seiner liebenswerten Traurigkeit, von der Straße mit dem Vogelgeschäft und von der Wanne am Fenster, in der man das Gefühl hatte, in der Seine zu baden.

»Was ist mit mir?« Ich fühlte mich betrunken und elend. Bei der Badewanne mußte ich an das hohle Gefühl denken, wenn ich meinen Bauch wusch, und an den gelben Schorf, den ich trotz der Tabletten von meinen Brustwarzen schrubben mußte. »Ich wurde in der zwölften Klasse schwanger, und da ich bei meiner Schwester lebte und sie unbedingt ein Kind wollte, gab ich es ihr. Danach sollte ich eigentlich das College besuchen, aber statt dessen kam ich hierher.« Es tat mir sofort leid. Leslie würde es Francine erzählen, die es Lola erzählen würde, die es Marc erzählen würde, der es Nicole würde erzählen müssen. Die mich rausschmeißen würde. Aber ich war zornig. Ich wollte sie bestrafen, wollte, daß sie sich wegen ihrer perfekt geplanten Biographien schuldig fühlten. Und es tat mir gut, die Wahrheit zu sagen, statt ihnen mit der verlogenen Ausrede von meiner Leidenschaft für die französische Sprache und Kultur zu kommen, die ich seit meiner Ankunft allen gegenüber vorgeschoben hatte. Ich spürte, wie das ersehnte Lachen in mir anschwoll.

»O Gott, Rosie«, sagte Leslie, als sie meine veränderte Miene sah. »Ich hätte dir fast geglaubt.«

»Ich auch«, sagte Beth und stieß die angehaltene Luft aus.

»Aber Lola hat gesagt, du hättest einen sehr schrägen Humor.«

Beth löste das letzte Fruchtstückchen mit den Zähnen von der Schale und ließ den Rest in ihr Glas fallen. »So. Ich habe nämlich morgen diese Prüfung.«

Beim Aufstehen gerieten wir mit unseren Köpfen in die Rauchschicht, die sich den ganzen Abend über dort oben angesammelt hatte; wir verabschiedeten uns von Mariska und ihrem Verehrer, den die Unterbrechung zu irritieren schien. Nirgendwo gab es einen freien Durchgang zur Treppe. Ich quetschte mich energisch und ohne große Vorwarnung zwischen all den vielen Knien und Knöcheln, dem Gewirr von Armen und Stuhllehnen hindurch. Hinter mir hörte ich, wie Beth und Leslie sich entschuldigten und von der Aufmerksamkeit, die sie so erregten, gerne aufhalten ließen. Ich würde an der Metrostation sein, bevor sie die Treppe erreichten. Ich wollte nur noch weit, weit weg von ihnen sein. Ich wollte nur noch an Bord und den schwarzen Schlüssel vom Nagel nehmen, leise die enge Treppe hinunterschleichen, mir ein großes Glas Wasser einschenken und den dunkel glitzernden Fluß aus dem Küchenfenster betrachten, stumm und allein.

Süße Schwester

In jenen ersten paar Stunden wechselten wir uns mit ihm ab, und jede achtete darauf, ihn nicht zu lange zu halten. Eine Kinderschwester stellte eine Liege für sie auf, aber sie krabbelte zu mir ins Bett, und wir lagen nebeneinander und reichten ihn hin und her. »Du bist dran, Rosie«, flüsterte sie und legte ihn, mit seinem schweren Köpfchen und den fest geschlossenen purpurnen Lidern, auf meine Brust. Nach einer Weile hob ich ihn hoch und legte ihn wieder in ihre Arme. Dieser Augenblick – wenn seine Haut sich von meiner löste, wenn sein Gewicht nicht mehr da war, wenn das Übermaß an Liebe kein Ziel mehr hatte –, dieser Augenblick war der schlimmste. Ich sah zu, wie selbstverständlich er sich an meine Schwester kuschelte, und ich log. »Es ist gar nicht so schwer, wie ich dachte«, sagte ich.

Sarah hatte sich immer eine große Familie gewünscht. Als wir klein waren, wollte sie, daß wir so taten, als seien wir zwei von sieben Kindern oder von zwölf oder von fünfzehn. Manchmal kriegte sie all diese anderen Geschwister. Sie wanderte dann mit einem Kissen umher, das sie unter ihrem Nachthemd um den Bauch gebunden hatte, legte sich plötzlich ohne Vorwarnung hin und begann wie eine Wahnsinnige zu brüllen, bis ich den Teddybär oder den Turnschuh hervorzog, der zwischen ihren Beinen klemmte. Mich machte das Spiel fertig, und ich bat immer darum, weniger Geschwister zu haben. Ich haßte die weißen Falten in ihrem roten Gesicht, wenn sie kreischte, und ihr immer verzweifelteres schnelles Atmen dabei. Mein Leben lang habe ich ihren Tod gefürchtet.

Mein Vater hatte nie mehr eine feste Beziehung mit einer Frau. Er sagte, er sei wählerisch, aber meine Schwester sagte, er fürchte sich davor. Manchmal schien es, als habe er zuviel Angst, um uns wirklich zu lieben. Ohne jede Vorankündigung oder Erklärung schleppte er uns von Stadt zu Stadt, und innerhalb eines Monats oder so hatte er eine Frau gefunden, mit der er das Bett teilte. Seine Art, sich um mich zu kümmern, war unberechenbar – sie hing von der jeweiligen Freundin und ihrem Interesse an Kindern ab –, aber Sarah war verläßlich. Sie weckte mich für die Schule, schickte mich mit einem Pausenbrot los, paukte mit mir vor Klassenarbeiten. Am Tag, an dem ich die kurze Lebenslinie in ihrer Hand entdeckte, weinte ich. Ich ängstigte mich, als sie in der High-School war und nachts in fremden Wagen umherfuhr; und ich betete ohne Scham, als mein Vater sie, nachdem er sich fast eine Woche lang ihre Klage über Bauchschmerzen und Fieber angehört hatte, endlich ins Krankenhaus brachte. Sie kam fünf Tage später wie ein Gespenst nach Hause: durchsichtig, hohläugig – und unfruchtbar.

Mit zwanzig heiratete sie Hank Mulvaney, dem das Restaurant in Cleveland gehörte, in dem sie arbeitete. Er hatte ein Jahr gewartet, bevor er sich zum erstenmal mit ihr verabredete, und machte ihr einen Monat später einen Heiratsantrag. Er war dreiunddreißig und sagte, er habe die Nase voll von Restaurants. Er wünschte sich ein Bauernhaus und einen Gemüsegarten. Sie wollte irgendwohin ziehen und für immer dort bleiben. Als sie nach Lyme, New Hampshire, gingen, boten sie mir an mitzukommen. Ich war vierzehn und froh darüber.

Bevor sie heirateten, hatte Hank verkündet, er würde gerne Kinder adoptieren – einen ganzen Haufen. Aber als meine Schwester nach zwei Jahren in Lyme davon zu reden begann, sträubte er sich. Er sagte, sie könnten es sich noch nicht leisten. Er schnitt Artikel über schwierige Adoptivkinder aus. Er schlug ihr vor, nach Hanover in die Klinik für unfruchtbare Frauen zu gehen. »Mir wurde mit sechzehn die Gebärmutter entfernt, Hank«, hörte ich sie sagen. »Da ist nichts mehr drin, mit dem man etwas anstellen könnte.«

Tagsüber arbeitete Sarah in einem Café, und abends lernte sie für ihr Lehrerexamen, aber häufig fand ich sie ganz fest zusammengerollt in ihrem Schreibtischsessel, die Bücher beiseite geschoben, das Gesicht ohne Hoffnung. Ich habe sie kein einziges Mal weinen gesehen, aber wenn sie traurig war, konnte sie sich tief in sich selbst zurückziehen. Und wenn ich sie zu trösten versuchte, war sie es am Ende, die mich beruhigte und versicherte, Hank werde irgendwann zur Besinnung kommen, er mache schon Fortschritte, aber Unfruchtbarkeit sei eben für Männer viel schlimmer.

Einmal fragte ich ihn: »Was wäre, wenn du eine schwangere Frau kennenlernen würdest, die das Kind nicht will?«

»Wie meinst du das?« sagte Hank verlegen. Es wäre ihm lieber gewesen, meine Schwester hätte mir nichts von ihren Problemen erzählt.

»Na, wenn diese Frau dich bitten würde, das Kind aufzuziehen. Würdest du das tun?«

Er sah mich scharf an. »Ich möchte auf keinen Fall hören, daß du dich in irgendwelche Schwierigkeiten gebracht hast, Rosie.«

Ich lachte. »Das letzte Mal, als ich einen Jungen geküßt habe, war ich in der siebten Klasse. Aber wenn ich es nun wäre. Was dann?«

»Wenn es so wäre. Wenn du das wirklich wolltest, dann wäre es vielleicht eine andere Sache.«

Meine Schwester ist eine geborene Mutter. Man muß sie nur anschauen und sieht es sofort. In ihrer Gegenwart fühlt man sich sicher. Ihre Hände scheinen größer und wärmer zu sein als die anderer Frauen, ihr Lachen wirkt aufrichtiger. Man möchte ihr Dinge zeigen; man möchte, daß sie stolz auf einen ist; man möchte sie nie enttäuschen. Sie schenkte mir ihr ganzes Leben, und ich wollte ihr etwas zurückgeben.

Ich suchte mir Cal Cleary aus, weil er groß wie Hank und lieb wie meine Schwester war und weil er einem Freund bekannt hatte, daß er in mich verknallt sei. Ich suchte ihn mir Anfang September aus, aber es dauerte fast einen Monat, bis ich ihn dazu gebracht hatte, mit mir auszugehen. Zwischen den Schulstunden strich ich um sein Schließfach herum; beim Mittagessen setzte ich mich so, daß er mich im Blickfeld hatte; ich gewöhnte mir an, nach dem Unterricht mit den Mädchen am Rand des Schulhofs herumzulungern und den Jungen bei ihrem improvisierten Basketballspiel zuzusehen. »Der stumme Cal« nannte unser Geschichtslehrer ihn nach Calvin Coolidge. Er wurde jedesmal rot, wenn er mich sah, aber er sagte nie etwas.

Schließlich mußte ich es tun. »Hör mal, Cal. Wirst du dich endlich mal mit mir zum Ausgehen verabreden?«

Er suchte irgend etwas ganz hinten in seinem Fach, und als er sich wieder aufrichtete, sah ich kleine Schweißperlen auf seiner Stirn.

»Ausgehen? Ist das irgendein Ritual aus dem Mittleren Westen?« sagte er.

Ich war jetzt seit fast vier Jahren in New Hampshire, so lange hatte ich nirgendwo sonst gelebt, und immer noch hielten die Leute mich für eine Außenseiterin. Und dennoch, hier hatte ich die Fäden in der Hand. Er war es, der nervös war. Als ich mich umdrehte und fortgehen wollte, sagte er: »Freitag abend?«, als sei es von vornherein seine Idee gewesen.

Sarah explodierte fast, als ich es ihr erzählte. »Du hast eine Verabredung? Ich dachte, hier gäbe es so was nicht.«

»Es ist keine große Geschichte.«

»Keine große Geschichte! Es ist deine erste!«

»Ich möchte richtig sexy aussehen.«

»Aber nicht zu sexy. Du darfst ihn nicht verschrecken.«

Er kam am Freitag um sieben. Ich trug Jeans und eines der engen, gestreiften Oberteile meiner Schwester. Sie hatte mir einen BH mit Einlage gekauft, der die Dinge ein bißchen aufplusterte. Ich wollte nicht, daß Sarah und Hank ihm begegneten, deshalb ging ich sofort nach draußen zum Auto, als ich ihn vorfahren sah.

Im Kino passierte nichts. Er behielt die Hände bei sich und griff nie gleichzeitig mit mir in die Popcorntüte. Wir aßen in einem chinesischen Restaurant um die Ecke zu Abend. Stummer Cal war kein unpassender Name. Nur ein einziges Mal sagte er etwas, ohne daß ich eine Frage gestellt hatte, und das war, als er vor meinem Haus anhielt und bemerkte, er habe es schön gefunden. Ich beugte mich zu ihm hinüber, stellte den Motor ab und machte dann die Scheinwerfer aus. Unsere Straße war dunkel und still. Ich hatte nicht vor, dieses Auto zu verlassen, ehe nicht etwas zwischen uns geregelt war. Als ich ihn küßte, öffnete er seine Lippen nicht. Ich hatte schlecht gewählt. Statt nach Groß und Lieb hätte ich mich nach Klein und Stürmisch umschauen sollen. Ich rutschte wieder auf meine Seite, seufzte und öffnete die Wagentür.

»Hast du Lust, morgen abend was zu unternehmen?« fragte er.

»Na klar«, sagte ich. »Ruf mich an.«

Bei unserem dritten Treffen sagte ich Cal, daß ich die Pille nahm. Wir hatten uns erst zweimal geküßt, aber ich dachte, es könnte die Dinge beschleunigen. Das tat es nicht. Aber er war wirklich lieb. Einmal schickte er mir ohne jeden Grund Rosen. Er hielt mir bei den Schulandachten in der Aula einen Platz frei. Er rief mich jeden Abend an. Er hatte begonnen, ein bißchen mehr zu reden, und ich nannte ihn dann Plauder-Paula, was er wiederum für einen meiner Ausdrücke aus dem Mittleren Westen hielt.

Im November verreisten Hank und Sarah für ein Wochenende. Ich zog meine Kurve zu Rate, die ich zusammen mit dem Thermometer heimlich in einem Schuhkarton aufbewahrte. Es war genau der richtige Zeitpunkt. An jenem Freitagabend gab ich Cal ein paar von Hanks Bieren zu trinken, und seine Hände wurden ein wenig mutiger beim Erforschen, glitten unter den gepolsterten BH und berührten zögernd meine Brustwarzen. Ich griff nach unten zum ersten Knopf seiner Hose.

»Komm, wir machen's«, sagte ich und tat atemlos.

»Okay«, sagte er, »wir machen's.« Dann erschauerte er heftig unter meiner Hand auf seinem noch geschlossenen Hosenstall.

Er begann zu lachen. »Tut mir leid. Allein der Gedanke hat mich ganz nervös gemacht.« Er griff mit der Hand zwischen meine Beine und begann zu reiben. »Jetzt bist du dran«, sagte er.

Ich rollte mich unter seiner Hand weg. Ich hatte nicht gedacht, daß es so kompliziert werden würde. Ich wollte es einfach nur tun und hinter mich bringen.

»Ich liebe dich, Rosie.«

Es war das Schlimmste, was ich hätte tun können, aber ich begann zu weinen. Ich hatte nur eine kurze Bumserei gewollt, so wie im Fernsehen – nur ein bißchen rein und raus, und fertig ist der kleine Klaus. Er küßte meinen Hals, mein Ohr, meine Schläfe, meinen Mund. Er kostete meine Tränen und sagte wieder, er liebe mich. Er legte sich auf mich, und ich fühlte, daß er hart wurde. Das ist es jetzt, dachte ich und zog erst meine Hose runter, dann seine.

Er kam innerhalb von Sekunden, bevor ich überhaupt spüren konnte, was Sex ist. Als er am nächsten Tag anrief, sagte ich ihm, daß ich eine Erkältung ausbrüte.

Ich betete, daß es klappte. Sarah und Hank waren mürrischer denn je von ihrer Reise zurückgekehrt. Sie hatten ein Haus mit Seeblick gemietet, zusammen mit zwei anderen Paaren, die beide Kinder hatten. Nach Hanks Version hatte Sarah die ganze Zeit kein einziges Wort mit den Erwachsenen gesprochen. Nach Sarahs Version war Hank zu einem ekligen alten Mann geworden, der Kinder wie Pferdebremsen verscheuchte. Bis zu Thanksgiving hatte ich drei verschiedene Schwangerschaftstests zum Selbermachen hinter mich gebracht, alle mit dem gleichen Resultat.

Ich legte sie auf den Küchentisch. Wir hatten einen mächtigen Truthahn gegessen, aber alle Gäste – lauter einsame Singles – waren schon nach Hause gegangen. Ich wußte, daß Sarah in weinerlicher Stimmung war; das war sie immer an Feiertagen.

»Ich habe eine Neuigkeit«, sagte ich. »Ich bin schwanger.«

»Allmächtiger!« sagte Hank.

»O Gott«, sagte Sarah. »Bist du sicher?«

Ich nickte.

»Das ist nur meine Schuld«, sagte sie. »Wir haben damals drüber gesprochen, aber ich hätte dich bei Dr. Knott anmelden sollen. Ich hätte –«

Ich wollte unbedingt, daß sie mich verstanden. »Ich möchte, daß du es nimmst.«

Sie schaute mich an, als hätte sie mich noch nie gesehen.

»Ich möchte, daß du dieses Kind aufziehst.«

»Was?«

»Das möchte ich.«

»Rosie, das ist doch wahnsinnig. Du willst demnächst zum College. Du –«

»Deswegen möchte ich ja, daß ihr es nehmt.«

Sie sah mich an und begriff zum ersten Mal, was ich da sagte. Ein Zittern durchlief sie. »O Gott.« Sie hielt sich den Mund zu, und das Wasser schoß ihr in die Augen. Sie drehte sich zu Hank um, als ihr die Tränen über die Hände liefen. Er zog sie an sich, und sie begann zu schluchzen. Es war ein Schluchzen, das schon viele Jahre in ihr gewesen sein mußte. Hank bettete seine Wange in ihr Haar und schloß die Augen. Gerade als ich dachte, er hätte vergessen, daß ich noch da war, sagte er: »Bist du ganz sicher, daß du das willst, Rosie?«

»Ich will es.«

Sarah kam herüber zu meiner Seite des Tischs und umarmte mich fest. »Meine süße Schwester«, sagte sie. »Meine süße, süße, süße Schwester.«

Ich war gerne schwanger. Mir gefielen die Anteilnahme, die Rücksicht, die Dankbarkeit. Das einzig Unerfreuliche war die Trennung von Cal. Ich sagte ihm, daß ich einen anderen kennengelernt hatte, und er ging ohne ein Wort davon. Wenn ich ihm danach begegnete, lief sein Gesicht immer knallrot an, bevor er eine andere Richtung einschlug. Vermutlich zog ich mich auch von meinen Freundinnen zurück, aber meine Schwester und ich brauchten die Zeit miteinander. Als das Baby anfing, sich zu bewegen, saß sie häufig mit geschlossenen Augen auf dem Sofa und wartete darauf, daß es gegen ihre Hand stieß.

Meinen Schulabschluß machte ich in schwangerem Zustand, und niemand hat es je erfahren. Bei dem anschließenden Empfang hörte ich jemanden über mich witzeln, ich hätte wohl meine Angst vorm College mit Futtern bekämpft. Sollten sie doch! Ich war aufgeregt wegen des Kindes. Meine Schwester und ich waren wieder in unserer alten Welt, nur war ich es jetzt, die sich niederlegen und brüllen würde. So herum war es besser; es war ihr Tod, nicht meiner, den ich fürchtete.

In der ersten Juliwoche kam ich eines Tages nach Hause und fand Cal am Küchentisch vor. Sonst war niemand da. Er hatte sich einen schütteren Bart wachsen lassen, der nur zur Hälfte sein Rotwerden verbarg, als er mich sah. Es war ein heißer Tag, und ich trug ein altes Arbeitshemd von Hank, das kaum über meinen Bauch reichte. Ich wußte, daß ich nicht mehr einfach dick aussah; ich sah unmißverständlich nach siebeneinhalb Monaten Schwangerschaft aus.

Cal war der älteste von fünf Jungen. Seine Eltern tauchten regelmäßig bei allen seinen Basketballspielen auf. Jeden zweiten Samstag halfen alle sieben bei der Essensausgabe in einem Obdachlosenheim. Im August mieteten sie ein Cottage am Winnepesaukee-See. Ich hatte verhindern wollen, daß er es erfuhr, und hielt mich aus diesem Grund nur in der Nähe des Hauses auf. Aber irgend jemand mußte mich draußen im Garten gesehen haben; irgend jemand mußte es ihm erzählt haben.

»Es gehört meiner Schwester.«

»Was?«

»Ich gebe das Baby meiner Schwester.«

Er schob das Salzfaß mit den Fingerspitzen hin und her, um zu verbergen, wie sehr seine Hände zitterten. Er hatte mir einmal erzählt, wie sein kleinster Bruder fast an einem nicht aufgeblasenen Luftballon erstickt wäre. Damals hatten seine Hände auch gezittert.

Ich wußte, was ich sagen mußte, um sie zur Ruhe zu bringen. »Es ist nicht von dir, Cal.«

Er blickte zu mir hoch, bereit, mir zu glauben. »Aber im Herbst. Da haben wir doch –«

Ich sah verschämt auf meinen enormen Bauch. »Ich habe mit jemand anders geschlafen.« Ich erfand ein schuldbewußtes, beruhigendes Gesicht. Er akzeptierte es bereitwillig.

Durch das Vorderfenster sah ich ihm nach, als er fortging. Sein ganzer Körper federte beschwingt beim Gehen. Auf der Straße flitzten drei Kinder auf Rädern vorbei, eines rief ihm mit einer Stimme, die der Wind schnell davontrug, »Hallo, Cal!« hinterher. Er hob einen Arm, obwohl alle Radfahrer schon hinter der Kurve verschwunden waren. Sehr schnell war auch er verschwunden.

Eine Freundin von Sarah riet uns, eine Frau aufzusuchen, die sie kannte, eine Sozialarbeiterin, die Adoptionsberatung machte. Ich sagte zu Sarah, das sei nur Geldverschwendung. Sie erinnerte mich daran, daß es nicht mein Geld sei, und so gingen wir zu ihr.

Helen Gunther wohnte am anderen Ende der Stadt in einer Sackgasse. Ihr Haus war Teil eines Halbkreises aus identischen neuen Gebäuden, jedes in einem anderen Pastellton, jedes mit ziegelsteingepflastertem Weg und einer kleinen Veranda. Auf Helen Gunthers Veranda stand neben der Tür ein Korb mit Erdbeeren und einer Nachricht: *Hab die heute morgen draußen auf dem Wilder-Gelände gepflückt. Danke für alles! In Liebe, Cammie.*

Als sie an die Tür kam, reichte meine Schwester ihr den Korb, und obwohl sie die Karte las, gelang es ihr offenbar nicht, uns und diese Gabe auseinanderzuhalten. »Ich könnte mir kein schöneres Geschenk als Erdbeeren denken. Wirklich nicht. Und es gab überhaupt keinen Grund dazu. Kommt doch bitte hier lang. Mein Büro ist hinten.«

Trotz der Hitze hatten meine Schwester und ich uns für das Treffen extra feingemacht, Helen Gunther trug dagegen nur ein verschossenes Hauskleid aus Jeansstoff. Sie war eine große Frau, über fünfzig, schien aber, so wie die Küche und das Spielzimmer aussahen, durch die wir mußten, noch mehrere kleine Kinder zu haben. An den Wänden im Flur hingen lauter Kinderzeichnungen. Einige waren beschriftet. Auf einem stand: *Ich liebe dich, Mami* und auf einem anderen: *Alles Gute zum Muttatag.* Meine Schwester blieb stehen und berührte zärtlich die aufgerollten Ecken.

In Helens Büro nahmen wir nicht an ihrem Schreibtisch Platz, sondern in der anderen Ecke, in bequemen Sesseln um einen Couchtisch, auf dem Illustrierte und Informationsbroschüren über Adoption, alleinerziehende Eltern und Familienplanung ausgelegt waren.

»So«, begann sie mit einem Blick auf die Beule, die meinen Blazer aufspringen ließ, »Rosie ist also schwanger.«

Wir nickten.

»Und Sarah wird das Kind aufziehen.«

Wir nickten erneut.

»Wieso?«

Als ich nach einer Weile merkte, daß meine Schwester nicht antworten würde, sagte ich: »Weil sie keine Kinder bekommen kann.«

»Eine Menge Frauen können keine Kinder austragen. Ich zum Beispiel. Wirst du dein nächstes mir geben?«

»Rosie geht im Herbst aufs College. Es war ein Unfall. Es ist nicht der richtige Zeitpunkt für sie, um« – Sarah suchte nach Worten – »es zu behalten.«

»Entschuldigt bitte. Ich spiele hier den Advocatus Diaboli.« Helen wandte sich wieder an mich. »Frauen mit Babys besuchen das College. Frauen mit Babys gehen arbeiten und ins Kino und führen weiter ein zwar anstrengendes, aber ziemlich normales Leben.«

Sie wollte nicht begreifen. »Ich will kein Baby, Mrs. Gunther. Meine Schwester möchte eins. Ich habe es nie als meins betrachtet.«

»Aber es ist dein Baby, Rosie. Wie immer du dich auch entscheiden solltest –«

»Ich habe mich entschieden.«

»Wie immer du dich entscheidest, es ist dein Baby, und die ganze Prozedur wird sehr viel schlimmer für dich werden, wenn du das nicht akzeptierst, und zwar jetzt.« Sie wandte sich an Sarah, die in ihrem Sessel zwischen Helen und mir wie eine dünne Puppe aussah. »Nach dem Gesetz hat Rosie nach der Entbindung zweiundsiebzig Stunden Zeit zu entscheiden, was sie tun möchte. Es ist sehr wichtig, daß man ihr diese Zeit läßt. Können Sie dem zustimmen?«

Meine Schwester nickte nur, da sie sich nicht auf ihre Stimme verlassen mochte. Sie blickte unverwandt durch die offene Bürotür in den Flur mit den Bildern.

»Haben Sie sich überlegt, was Sie dem Kind erzählen werden?« fragte Mrs. Gunther sie.

»Die Wahrheit?« sagte Sarah eher fragend als überzeugt. In dem Moment ging mir auf, daß keine von uns beiden sich dieses Kind älter als ein paar Tage vorgestellt hatte.

»Und was ist die Wahrheit Ihrer Meinung nach?«

Ich hatte meine Schwester noch nie so verstört erlebt. »Daß Rosie zu jung schwanger wurde und ich bereit war, ihr Kind aufzuziehen.«

»Vorübergehend, bis sie älter ist? Oder für immer?«

Sarah sah mich ratlos an.

»Für immer«, sagte ich.

Als das Gespräch vorbei war, verließ meine Schwester abrupt das Zimmer. Zum Ausgleich blieb ich noch und sah mir das große Schwarzweißfoto einer Alabasterstatue an der Wand genauer an. Es handelte sich um eine junge Frau mit Blumen in der Hand, die ziemlich riskant auf der Steinmauer einer Brücke stand.

»Bist du auch auf sie reingefallen?« fragte Helen.

Ich wußte nicht, was sie meinte.

»Es ist eine lebendige Frau. Sie hat sich mit irgendeiner Art Gips eingeschmiert. Und sie steht stundenlang vollkommen regungslos da.«

»Warum?«

»Siehst du das Glas neben ihren Füßen? Da werfen die Leute Geld rein.«

»Wo ist das? In New York?«

»In Paris. Auf dem Pont-Neuf. Bist du schon mal dort gewesen?«

»Nein. Ich habe Französisch gelernt, aber Paris nie mit einer realen Stadt verbunden.«

»Sie ist sehr real. Eine der besten Städte der Welt.«

Ich hörte, wie Sarah am anderen Ende des Hauses die Fliegengittertür öffnete.

»Rosie«, sagte Helen Gunther. »Es ist nicht deine Schuld, daß deine Schwester unfruchtbar ist.«

Ich drückte ihr meinen Dank aus, ohne mich zu bewegen – meine erste Lektion von der Alabasterfrau.

»Komm nächste Woche wieder, auch wenn Sarah nicht mitwill. Ein Baby weggeben ist nicht einfach, Rosie, nicht, wenn man es erst mal geboren hat.«

Sarah hielt ihn zuerst in den Armen. Das werde ich ihr nie verzeihen. Acht Stunden Wehen, und ich durfte mein Baby nicht einmal als erste in die Arme nehmen. Der Arzt reichte ihn ihr. Als ich ihr später an jenem Abend Vorwürfe machte, sagte sie, sie habe ihn mir gegeben. »Ich habe ihn nicht gehalten. Ich habe ihn zu dir getragen. Du hast ihn gehalten.« Aber ich weiß genau, wie es war. Sie hielt ihn zuerst.

Als wir aus dem Krankenhaus kamen, hielt ich ihn im Auto, aber sie trug ihn ins Haus, während Hank neben ihr gurrte und Statistiken und Zweifel vergessen hatte. Ich ging nach oben, da ich ihre Stimmen nicht wegblenden konnte, als sie ihn erst dem Hund, dann den beiden Katzen vorstellten. Während meiner Abwesenheit hatte Hank vor meiner Tür Milchkartons gestapelt. Ich war an der Universität von New Hampshire eingeschrieben, und in drei Tagen sollte die Einführung für Erstsemester beginnen. Ich schleifte die Kartons ins Zimmer und leerte meine Schubladen darin aus. Ich konnte hören, wie das Baby unten zu weinen begann, und mein BH wurde naß. Ich schloß meine Tür, konnte ihn aber noch immer hören. Ich stellte das Radio an, drehte es laut und konnte ihn immer noch hören. Ich wußte, daß ich ihn selbst in meinem Studentenwohnheim in Durham noch hören würde.

Sie klopfte. Ich stellte die Musik ab und ließ sie herein.

»Er schläft jetzt«, sagte sie. »Er war einfach müde.«

»Du mußt mir nicht jede Einzelheit erzählen.«

»Okay.«

Nichts in meinem Körper kam mir richtig vor. Schmerzen schienen in ihm nachzuhallen, aber es gab keine Stelle an mir, auf die ich hätte zeigen können, von der ich ihr hätte berichten können: Hier, hier tut es weh. Ich wußte nur, daß ihre Anwesenheit es noch schlimmer machte. Helen Gunther hatte gesagt, daß dies die schwierigsten Tage für uns beide sein würden und daß wir ehrlich, aber vorsichtig mit den Gefühlen des anderen umgehen sollten. Jetzt begriff ich, daß es unmöglich war, beides zugleich zu tun.

Ich zog ein paar Kleidungsstücke aus dem Schrank.

»Tu das nicht jetzt, Rosie. Ruh dich aus. Morgen helfe ich dir.« Sie setzte sich auf mein Bett und klopfte auf die Stelle neben sich.

Es war merkwürdig, sich mit einem Körper hinzusetzen, der sich jetzt so einfach zusammenfaltete. Ich setzte mich ganz ans andere Ende des Betts. Ich wollte nicht, daß sie mich berührte.

»Er sieht dir so ähnlich.«

Sie wünschte sich Bestätigung. Sie wollte gerne hören, daß ich immer noch zu meiner Entscheidung stand.

Ich blickte zu den vollgestopften Milchkartons und dem Schul-Jahrbuch auf meinem Schreibtisch. Ich stand auf und warf den Rest meiner Sachen in einen schwarzen Koffer. »Ich möchte das hinter mich bringen«, sagte ich.

»Verschließ dich nicht.« Die Stimme versagte ihr, obwohl sie sich anstrengte. »Bitte verschließ dich nicht vor mir.« Sie weinte, ebenso wie ich, als täte sie es schon seit Jahren, mit verzerrtem Gesicht und tonlos.

Ich haßte diesen Anblick. Ich haßte ihre Ehrlichkeit und ihre Ahnungslosigkeit – daß sie nichts von meinen Machenschaften wußte. Ich haßte all ihre neu erwachenden Gefühle und ihre Sentimentalität. Ich konnte nicht mehr begreifen, wieso wir einander jemals hatten nah sein können, wieso ich überhaupt in ihr Haus geraten war, wie ich mich von ihr hatte manipulieren lassen. Ich haßte sie. Ich haßte mich. Das einzige, was ich liebte, waren die Berührung und der Geruch jenes kleinen Jungen, der nicht mehr meiner war. »Du kannst nicht mehr über mich bestimmen.«

An jenem Abend versuchte Hank mir einen Umschlag zu geben. Ich schleuderte ihn weg. »Du kannst mich nicht bezahlen. Du kannst mich nicht dafür bezahlen. Hier geht es nicht um Geld.«

»Du wirst aber Geld brauchen, wenn du zur Universität gehst. Die Studienbeihilfe reicht nicht für alles. Du wirst auch ausgehen wollen, Dinge unternehmen, vielleicht eine Pizza im Tin Palace essen gehen oder –«

»Du hast überhaupt keine Ahnung, wozu ich Lust haben werde.«

Ich sah, wie er mit seinem Zorn auf mich kämpfte und ihn sorgfältig gegen die Dankbarkeit aufwog, zu der er sich verpflichtet fühlte. Er wußte, daß es noch vierundzwanzig Stunden dauern würde, bis ich die Papiere unterschreiben konnte, die sein Anwalt aufgesetzt hatte. »Wir reden später darüber«, sagte er und legte den Umschlag auf den Kaminsims.

Meine Schwester mußte sich mit Helen Gunther in Verbindung gesetzt haben, denn sie rief am folgenden Tag an.

»Wie kommst du zurecht, Rosie?«

»Gut.«

»Wirklich?«

Ich sagte nichts.

»Geht es dir wirklich gut?«

»Ja.«

»Möchtest du gerne zu einem Gespräch vorbeikommen?«

»Nein, vielen Dank.«

»Ist es ein Junge?«

»Ja.«

»Wie sieht er aus?«

Sie wollte, daß ich die Fassung verlor. »Wie Winston Churchill.«

Ein langes Schweigen folgte.

Ich legte vorsichtig den Hörer auf, und sie rief nicht wieder an. Aber ich war froh, daß ich mit ihr geredet hatte. Sie erinnerte mich an das Foto mit der Statue und an die Stadt im Hintergrund. Ich ging nach hinten zur Veranda, um mich zu entschuldigen und zu erklären, wohin ich gehen würde. Aber als ich in der Tür stand und sie zu dritt auf dem Korbsofa sitzen sah, begriff ich, wie wenig sie Verabschiedungen nötig hatten. Ich fand die Papiere auf Hanks Schreibtisch. Ich unterschrieb sie und datierte jede Unterschrift um einen Tag vor. Sie hörten mich nicht, als ich meinen schwarzen Koffer hinunterschleppte, das Geld vom Kaminsims nahm und aus ihrem Haus schlüpfte.

II

Ich wußte, daß es nicht meine Kinder waren, aber es war meine Aufgabe, für sie zu sorgen, mich um sie zu kümmern. Ich schnitt Fingernägel, knöpfte Kleider hinten zu, machte ihnen etwas zu essen, wenn sie an den Hausaufgaben saßen. Sie waren alles, was ich in Paris hatte, und selbst wenn ich nicht mit ihnen zusammen war, schaute ich ihnen zu.

Sie erzählten mir ihre Geschichten, aber sie unterschätzten meine Fähigkeit, sie zu verstehen. Sie hielten meine stumpfe Miene fälschlicherweise für mangelnde Vorstellungskraft, während ich doch die ganze Zeit innerlich in ihren Welten zu Hause war.

Guillaume

Er schlich leise in das Zimmer seiner Mutter, nahm sich einen langen purpurnen Schal und drapierte ihn über die Schultern des weißen Bademantels, den er anhatte. Über den Couchtisch im Eßzimmer breitete er eine Spitzendecke und stellte zwei Kerzenleuchter, ein Weinglas mit Goldrand und eine Zigarettendose in die Mitte. Er zündete die Kerzen mit einem Streichholz aus der silbernen Dose an, schloß dann alle Fensterläden, so daß das Zimmer, bis auf die zwei Klingen aus gelbem Licht und ihrem Widerschein, für den späten Vormittag ziemlich dunkel war. Er ging hinaus und betrat den Raum dann wieder sehr langsam mit gesenktem Kopf und ineinandergelegten Händen. Er stellte sich hinter den Tisch, richtete den Blick in die Höhe und breitete die Arme in dem leeren Raum aus. Seine Rede war unhörbar, bis auf ein gelegentliches t oder scharfes s. Nachdem er einige Minuten so dagestanden hatte, schoß er aus dem Zimmer und kehrte mit einem großen Buch zurück, das er aufgeschlagen auf den Tisch legte. Er begann daraus vorzulesen und warf hin und wieder einen flehentlichen Blick in verschiedene Ecken des Zimmers. Als er fertig war, klappte er das Buch vorsichtig zu und hielt noch ein paar kurze Reden. Aus einem imaginären Kelch in seiner rechten Hand goß er einige Lufttropfen in das Weinglas. Dann hob er das Glas über seinen Kopf, sagte etwas und führte es an seine Lippen. Aus der Dose zog er behutsam eine eingebildete Oblate, und mit denselben andächtigen Bewegungen hob und senkte er sie und steckte sie in den Mund. Er trat zur Seite, hielt die offene Zigarettendose in einer Hand und fuhr fort, ihr schwerelose, unsichtbare Oblaten zu entnehmen, die er in immer gleichen Abständen hochhielt und fallen ließ, während seine Lippen jedesmal genau dieselben Bewegungen machten. Als er damit fertig war, schob er das Glas auf die linke Tischseite, stellte die Zigarettendose daneben, hob seine Frotteearme wieder empor und sprach ein paar abschließende Worte. Bewegungslos blieb er stehen, während der Raum sich leerte.

Er zelebrierte das auch gerne mit richtigen Menschen, mit Lola oder seinem Freund Arnaud, aber er war konzentrierter, wenn er allein war, dachte er, als er das Weinglas in die Vitrine hinter dem Eßzimmerstuhl seines Vaters zurückstellte. Und Lola ließ in ihrer Ernsthaftigkeit nach. Er spürte, wie sie nicht richtig betete, nicht einmal in der Kirche. Er machte sich Sorgen um sie; er betete für sie. Er fürchtete, daß sie nicht mehr an ihr vollbrachtes Wunder glaubte.

Lola hatte mit ihrem Glauben sein Leben gerettet.

Er erinnerte sich nur noch an Bruchstücke. Er erinnerte sich an ihren Scheitel, als sie vor seinem Bett auf den Knien gebetet hatte. Sie trug damals Zöpfe, und ihr Haar war von der Stirn bis in den Nacken perfekt geteilt. Er erinnerte sich an den Streifen nackter Haut und daß er ihn so gerne gekratzt hätte, aber zu der Zeit hatten sie ihm schon die Hände verbunden. Er begriff nicht, wieso es sie nicht juckte. Als seine Ekzeme sich ausbreiteten und entzündeten, hatte er sehr hohes Fieber, und er verlor das Gefühl für die Grenzen seines Körpers. Er spürte häufig, daß die Wände und die Matratze denselben Schmerz erlitten, der kein direkter Schmerz war, sondern ein Bedürfnis, gerieben und gekratzt zu werden, bis der neue Schorf unter seinen Fingernägeln saß und die Wunde wieder frisch und blutig war. Im Krankenhaus errichtete Lola an einem Fenster einen Altar, auf dem sie ihr größtes Stück blaues Glas aus dem Meer, seinen Elfenbeinelefanten und ihr Medaillon mit seinem Bild darin und dem Kreuz auf dem Deckel aufbaute. Einmal streute sie Rosenblütenblätter darüber, obwohl es zu dem Zeitpunkt nicht Fronleichnam gewesen sein kann. Einmal wachte er am späten Nachmittag auf, als das Fenster offenstand und eine Brise den Rock seiner Schwester streifte, die unbeirrbar an ihrem Altar kniete. Ihre Beine waren nackt, und er hätte so gerne mit den scharfen Fingernägeln, die jetzt leider verbunden waren, leuchtendrote Linien in sie geritzt.

Papa betete nie an seinem Bett, kein einziges Mal, und Odile und Maman waren diskreter, schlossen die Augen in ihren Stühlen neben seinem Bett nur, wenn sie glaubten, er schliefe. Aber Lola war inbrünstig. Stets war das Rascheln von hauchdünnem Papier und das Klicken von Rosenkranzperlen zu hören. Er konnte sich auf ihre unaufhörlichen eilig geflüsterten Ave-Marias verlassen. Er wußte, daß er nur auf Grund ihres Glaubens noch am Leben war. Hatte sie diesen Glauben für ihn vollkommen aufgebraucht?

Hinter der geschlossenen Tür des Arbeitszimmers konnte er den knarzenden Drehstuhl seines Vaters hören.

Bald würde er im Flur sein. Guillaume blies rasch die Kerzen aus, stellte die Zigarettendose wieder an ihren Platz und faltete das Tischtuch zusammen. Der Schal mußte warten, bis der Weg zum Elternschlafzimmer frei war. Es war Samstag morgen, und nur sie beide waren zu Hause. Die Tür des Arbeitszimmers öffnete sich, und ein Lichtstrahl fiel auf den Teppich. Der Schatten seines Vaters betrat ihn jetzt. Guillaume stopfte das Tuch in seine Tasche.

Papa war kein gewalttätiger Mensch. Er war nicht ständig wütend, so wie Arnauds Vater. Nur selten beleidigte oder demütigte er jemanden. Und dennoch raste Guillaumes Herz, als er über den Flur in sein Zimmer flüchtete. Papa glaubte nicht an Gott.

»Guillaume!«

»Ja?« Er blieb nicht stehen.

»Was hast du vor?«

»Nichts.«

»Bist du immer noch im Bademantel?«

»Ja.«

»Hast du die ganzen Fensterläden zugemacht?«

»Ja.«

Eine Pause. Er hatte etwas bemerkt, den Geruch nach Wachs oder Fingerabdrücke auf der Zigarettendose. Dann: »Wie wär's mit Frühstücken?«

»Gut.«

»Zieh dich erst an.«

»Sofort.«

Es war Maman, die seine Berufung verstand. Sie sagte, er sei gesegnet. Er war ihr einziger Sohn, und sie erzählte ihm oft, daß sie bei seiner Geburt sofort wußte, daß er ein ganz besonderes Geschenk war. Sie hatte ihm versprochen, daß sie irgendwann in diesem Herbst ihren alten Freund Père Lafond besuchen würden, mit dem er dann über seinen Wunsch, Priester zu werden, sprechen konnte.

Seine Ekzeme waren nie wiedergekommen, aber wenn seine Mutter manchmal abends in sein Zimmer kam und er ihr Gewicht auf dem Bett spürte, fühlte er in seinem Herzen einen Schmerz, der dem Juckreiz ähnelte, der ihn einst am ganzen Körper gequält hatte.

Papa schnitt das Brot, das von gestern oder vielleicht sogar vorgestern abend übriggeblieben war, und röstete die Scheiben. Sie waren trocken und hart. Auf die zweite Scheibe strich Guillaume mehr Marmelade. Papa sah ihm beim Essen mit derselben kritischen Miene zu, die er bei allem aufsetzte, was Guillaume tat.

Lieber Herr Jesus, unser Erlöser, bitte hilf, daß wir einander verstehen.

Auf dem Herd stieg weißer Schaum auf und quoll über den Topfrand.

»Die hätte ich fast vergessen. Heiße Schokolade?«

»Ja, bitte.«

Papa legte je ein Stück Schokolade in zwei Frühstücksschalen und goß Milch darüber. Er steckte Löffel in die Schalen und trug sie an den Tisch. Dann saßen sie da und rührten Schokoladenwirbel vom Grund hoch, bis die Milch tiefbraun war.

»Mmmmm«, sagte Guillaume.

»Mmm«, antwortete Papa.

»Ist heute der Vierundzwanzigste?« Er wußte, daß es so war.

»Ja.«

Seit er über Daten und Tage Bescheid wußte, hoffte er, seinen Vater zum Lachen zu bringen, fragte ihn unaufhörlich danach. Doch Papas Ja kam erinnerungslos und mit unbewegtem Gesicht. Dann, nach einem Schluck heißer Schokolade, sagte Papa: »November. Samstag.« Er sah zur Uhr hoch. »Zehn Uhr dreizehn und ein Viertel.«

Das war nicht komisch. Es kam zu spät. Aber Guillaume lachte trotzdem.

Bitte, bitte, so wie du mich verstehst.

Sie tranken. Guillaume fürchtete, daß er zu schnell trank, und stellte seine Schale ab. Papa stellte seine auch ab. Sie war leer. Er blickte auf das, was Guillaume übriggelassen hatte.

»Magst du sie nicht?«

»Doch, ich versuche nur, maßvoll zu trinken.«

Papa lachte. Es war nicht das Lachen, das Guillaume ihm vorher zu entlocken versucht hatte, sondern eins, wie von unsichtbarem Kopfschütteln begleitet. Manchmal sagte er: »Du bist der Sohn deiner Mutter«, aber diesmal tat er es nicht. Statt dessen breitete sich ein Schweigen zwischen ihnen aus, und Guillaume suchte krampfhaft nach etwas, was er sagen könnte.

Lola kam die Treppe heruntergepoltert.

»Olé!« sagte Lola, stürmte durch die Tür und schwenkte den Tennisschläger wie ein Schwert.

Papas Gesicht leuchtete auf. »Olé!« erwiderte er und

zückte ein Buttermesser. Guillaume spürte, wie der Raum nachgab, spürte, wie die Wände zurückwichen, die Stühle niedersanken, das Fenster die Aussicht auf das gekräuselte Wasser vergrößerte. Mit ihren Waffen inszenierten sie ein Duell, vergaßen alles um sich herum. Heute würden Papa und er einander nicht verstehen.

Das Buttermesser verfing sich in der Bespannung ihres Schlägers, und sie wand es ihrem Vater aus der Hand. Guillaume griff nach dem Messer, das unter seinen Stuhl gefallen war, und trug es zur Spüle.

»Trinkst du das noch?« sagte Lola und setzte sich auf seinen Platz.

»Ja.« Aber sie war schon dabei, trank die Schokolade in einem großen Schluck aus. Weg war sie.

»Lola!« Seine Stimme war lauter als beabsichtigt. »Die wollte ich mir aufsparen! Papa hat sie für mich gemacht!« Er hörte sich selber aus großer Entfernung. Er kreischte. Sie lachten. Papa sagte, ihm würde noch der Kopf wegfliegen, wenn er sich nicht beruhigte. Lola lachte noch lauter.

Sie würde nicht ausgeschimpft werden. Maman war nicht zu Hause. Für die beiden war er egoistisch. Für sie besaß er keinen Humor.

Als er mit der Hand ausholte, duckte Lola sich so schnell zur Seite, daß zwei Stuhlbeine wegrutschten und sie auf den Boden fiel. Es gab ein lautes, splitterndes Geräusch.

»Raus mit dir!« befahl Papa ihm, als er sich zu ihr hinunterbeugen wollte. »Raus mit dir und komm bloß nicht wieder!«

Die Stimme seines Vaters war wie Säure in seinen Ohren. Er drehte sich um und ging. Eine Stuhlleiste war geborsten, nicht Lolas Schädel. Als er an der Tür war, hörte er Lola. Sie lachte.

In seinem Zimmer kniete er sich auf das Stück nackten Fußboden zwischen Teppich und Schrank.

Bitte, bitte, lieber Herr Jesus. Ich bin böse und unwürdig, aber sprich du nur das Wort, und bitte, bitte, ich flehe dich an, vergib mir mein Benehmen, und bitte hilf mir in Zukunft, daß ich ruhig bleibe, wenn mir etwas Böses zugefügt wird. Bitte hilf mir zu vergeben, so wie du mir vergibst.

Er dachte an die fünfjährige Thérèse Lisieux und an ihre Perlenschnur – eine Perle für jede Bußhandlung – und wie sie ihre Schwester geschlagen hatte und es Tage dauerte, bis sie sich der Vergebung Gottes sicher war.

Ich bin unwürdig.

Er lag immer noch auf den Knien, als Maman hereinkam. Er mochte es gern, wenn sie ihn beim Beten überraschte.

Er befahl sich, nicht zu weinen, als er sie sah, aber schon ihr »Guillou?« ließ die Tränen in ihm aufsteigen. Sie setzte sich neben ihn, und er sank gegen sie, an ihre Kaschmirschulter, ihren duftenden Hals, ihre kalten, goldenen Ohrringe.

»Was ist passiert? Was ist passiert?« flüsterte sie.

Er kuschelte sich noch enger an sie, aber ihre Haltung änderte sich nicht. Er wünschte, sie würde ihn fester umarmen, noch fester.

»Das tut weh«, sagte sie und lockerte seinen Arm. »Sag mir, was los ist.«

Er wußte, daß er jetzt mit Weinen aufhören und sprechen konnte, aber er tat es nicht, wollte weiter festhalten und festgehalten werden, wünschte es sich so dringend und fürchtete, daß der Wunsch nie aufhören würde. Er preßte sein geschlossenes Auge gegen ihre Schulter, bis es zu funkeln anfing und große, rote Räder erst golden wurden und dann die strahlendweiße Farbe des Himmels annahmen.

»Sag mir, was los ist«, wiederholte Maman und löste seinen Arm wie eine Perlenkette von ihrem Hals. »Guillaume.« Ihre Stimme klang ungeduldig. Ihre Augen hatten keine Tiefe, waren heller als gewöhnlich, hellgrün wie ein Brunnenbecken, so undurchlässig, daß sie ihm vielleicht nicht vergeben würden.

»Bitte vergib mir«, sagte er leise.

»Hast du versucht, sie zu schlagen? Ist das wahr?«

»Ich bin böse. Bitte vergib mir.«

»Sei nicht albern, Guillaume.«

»Doch, Maman, das bin ich.«

»Es ist nichts Neues, daß Brüder ihre Schwestern schlagen.«

»Das heißt nicht, daß es richtig ist.« Er wünschte, er könnte das Kind, das er war, abstoßen wie eine Schicht kranker Haut.

»Nein, natürlich ist es nicht richtig.«

»Es ist eine Sünde, und ich habe gesündigt. Ich sündige dauernd.«

Unten im Schrank entdeckte sie ihren purpurnen Schal in der Tasche des zusammengeknüllten Morgenmantels. Sie zog ihn heraus und legte ihn ihm über die Schultern.

»Du sündigst nicht dauernd.« Sie streichelte die seidige Haut seiner Arme. »Mein kleiner Heiliger sündigt nie.«

Lola

Endlich fuhren sie. Nach dem Streit wegen der heißen Schokolade hatte Maman für Guillaume den Besuch bei einem Priester im Norden arrangiert, den sie aus ihrer Mädchenzeit kannte. Aber sie fuhren und fuhren einfach nicht – in der einen Woche hatte Père Lafond eine Taufe, in der nächsten zwei Hochzeiten, dann war Papa weg, und Maman bekam eine Erkältung – doch jetzt fuhren sie endlich los, um mit einem Priester Tee zu trinken.

Maman trug weiß und beige. Papa hatte schlechte Laune, weil er an einem sonnigen Samstag so weit fahren mußte, und dachte nicht daran, ihr ein Kompliment zu machen.

»Du siehst wunderschön aus, Maman«, sagte Lola, und es stimmte. Sie sah wirklich schön aus, ganz besonders schön in diesem weichen, federleichten Hemd, das an der Stelle, wo ein goldenes Kreuz es an ihre Haut drückte, ein kleines bißchen vom Spitzenbesatz ihres BHs sehen ließ. Sie trug einen Hut, einen schlichen beigefarbenen Hut, der zu ihrem Rock paßte, und ihr Haar wirkte darunter so perfekt, als sei es am Morgen extra für den Hut zurechtgeschnitten worden. Ihre Wangen waren schon rosig, obwohl sie noch gar nicht draußen in der frischen Luft gewesen war.

Guillaume erschien; auch seine Wangen waren rot von Mamans Puderquaste, die Lola abgelehnt hatte. Er sah albern aus in dem grauen Anzug, in den er gesteckt worden war, und der grau-rot gestreiften Fliege, die unter seinem kleinen Kinn viel zu groß wirkte. Lola sagte nichts, da sie wußte, wie wichtig dieser Tag für ihn war. Sie wußte auch, daß eine einzige Bemerkung, ein einziges Wort ihren Aufbruch um mindestens eine weitere Stunde verzögern würde.

Sie wuselten jetzt im Flur herum, Maman rückte Guillaumes Fliege zurecht, Papa band sich endlich auch seine Krawatte um, eine lange, schmale, blau-gelbe, wobei er sich beschwerte und wissen wollte, ob fünf Tage pro Woche in diesem Aufzug nicht reichten. Lola wußte, daß Papa, sobald er sein Büro betrat, die Krawatte abnahm und den ganzen Tag über nur seinen Arztkittel trug, aber auch dazu sagte sie nichts.

Im letzten Augenblick verkündete Odile, daß sie nicht mitkommen werde. Justine d'Eveille gab ein Essen. Das hatte sie vollkommen vergessen.

Lola war es egal, daß sie log. »Kann Rosie dann mit?« fragte sie. »Jetzt ist doch genug Platz.«

»Sie macht Besorgungen für mich. Ein andermal«, sagte Maman.

Sie stiegen die Treppe hoch und waren verblüfft, daß oben so ein strahlender, kalter Tag war. Lola wartete auf Guillaume, der als letzter durch die kleine Tür das Deck betrat. Er sah sie, drehte sich aber zum Fluß um, zum kabbeligen grünen Wasser mit den grellen Sonnenflecken.

»Du bist schrecklich still. Bist du aufgeregt oder nervös?« Sie streckte die Hand aus, um sein Haar zu zerzausen, aber er duckte sich und stieß ihren Arm weg.

»Laß das. Maman hat irgendein Zeug reingetan.«

»Entschuldigung.« Sie überlegte, wie sie ihm sagen könnte, daß er sich diesen Tag, auf den er sich so lange gefreut hatte, verderben würde, wenn er so angespannt blieb. Sie mußte an jene Zeiten denken, als sie selber so gewesen war, als sie sich mit ihrer Erwartungshaltung und ihrem Ernst die schönsten Ereignisse verdorben hatte. Aber sie erinnerte sich auch daran, daß es ihr, sogar nachdem sie das begriffen und sich selber ermahnt hatte, immer wieder passiert war. Sie wußte, daß es keinen Sinn hatte, Guillaume zu warnen. Es war etwas, was man nach und nach lernen mußte, indem man immer von neuem einen Schritt vor und einen zurück und wieder einen vorwärts ging.

Guillaumes Hand zitterte. Sie beobachtete, wie er versuchte, die Wagentür zu schließen. Es machte sie traurig, daß seine Finger so zitterten.

Papa erzählte ihnen von der Stadt, in die sie fuhren; daß die Deutschen nie entdeckt hatten, daß sie ein Hauptquartier der Résistance war. Er war kurz vor Ausbruch des Kriegs geboren und Maman kurz nach Kriegsende. Diese Tatsache fand Lola seit jeher bedeutsam, so als könne sie all die Unterschiede zwischen ihnen erklären.

Guillaume starrte auf den Sitz vor ihm, sein bleiches Gesicht schaukelte über der großen Fliege. Lola versuchte sich vorzustellen, wie er sich wohl gerade fühlte. Obwohl er jede Woche zur Messe ging, hatte er nie mit dem Pfarrer gesprochen, nur beim Verlassen der Kirche für ein paar Sekunden seine kleine Hand zwischen dem weichen Fleisch und den weißen Manschetten des alten Mannes verschwinden lassen. Jeden Sonntag beschloß Guillaume zu reden. Lola ertappte ihn oft dabei, wie er seine Sätze übte, wenn sie beide zwischen den hohen Wänden aus dunklen Mänteln, Schals und Fransentüchern klemmten, die sie an der Nase kitzelten, wenn sie dagegen gedrückt wurde. Sobald sie nach draußen auf die Steinstufen und ins Licht traten, verstummte Guillaume jedesmal unter dem kühlen, zerstreuten Blick des Pfarrers, der nie dem Menschen galt, dessen Hand er gerade hielt, sondern immer schon dem dahinter.

Das sei eben Paris, hatte Maman gesagt und ihn damit getröstet, daß sie bald den Priester im Norden besuchen würden, den sie persönlich kannte. Das war vielleicht das einzige Mal, daß Lola jemals hörte, wie Maman sich für Paris entschuldigte. Sie war mit sechzehn aus dem Süden gekommen und behauptete immer noch, sie könne nie genug kriegen von dieser Stadt. Sie wußten alle, daß Papa gerne fortziehen wollte, aber es kam nie dazu. Auf einem Boot wohnen ist schon schlimm genug, war Mamans Meinung dazu. Aber auf dem Land leben! Das Boot war ihr Zugeständnis an seinen Wunsch nach einer rustikaleren Lebensweise.

Alle außer Lola schienen ihre Lieblingsorte zu haben: Papa schwärmte für kleine Dörfer in einem fremden Land, Maman für breite Bürgersteige voller Menschen, die einkauften, Odile für die offenen Eingangspforten von Tanzlokalen, Guillaume für dunkle Kirchenschiffe und Hochaltäre. Und selbst wenn Lola auch einen besessen hätte, brachte Maman nie so viel Nachsicht für sie auf wie für

Guillaume. Für sie, Lola, würden sie keine zweistündige Autofahrt machen.

Wann war Guillaume so fromm geworden? Lola konnte in einer kritischen Situation an Gott glauben; dann konnte sie ihn fühlen. Aber Guillaume betete andauernd. Er betete zu Jesus. Das hatte sie gehört. Nicht zu Gott, sondern zu Jesus. Er erklärte ihr, daß Jesus dasselbe war, haargenau dasselbe, ein Teil der Dreieinigkeit und alle drei in einem. Aber wieso bete er dann nicht zu Gott oder dem Heiligen Geist? fragte sie. Weil Jesus gelitten hat und am Kreuz gestorben ist. Weil er geblutet hat, erklärte er ihr. Am darauffolgenden Sonntag zeigte er ihr an der Seitenwand der Kathedrale ein riesiges Gemälde mit dem toten Jesus in den Armen seiner Mutter. Er zeigte ihr die Blutstropfen, die in das Tuch gesickert waren, in das der Leichnam gehüllt war. Ich bete zu ihm, weil er für meine Sünden geblutet hat.

Wie konnte es überhaupt solche Geschwister geben? Sie hatten dieselben Sachen gegessen, dieselben Bücher gelesen, sonntags dieselbe Messe besucht (Lola, die drei Jahre älter war, vielleicht hundertfünfzigmal öfter), und trotzdem konnte er ihr vollkommen ernst erklären: Ich bete zu ihm, weil er für meine Sünden geblutet hat.

»Er glaubt das wirklich«, sagte sie einmal zu Papa, als sie allein waren. Ebenso wie sie ließ ihn das kalt. Seine Kirchenbesuche konnte man an einer Hand abzählen.

»Ich weiß.«

»Und Maman?«

»Ich nehme an, sie auch. Deshalb geht sie in die Kirche.«

»Sie geht doch nur, damit wir hingehen.«

»Dann solltest du sie fragen, an was sie glaubt.«

»Das kann ich nicht.«

»Wieso?«

»Dann weiß sie, daß ich nicht glaube.«

»Es ist dein Recht, Lola, das zu glauben, was du glaubst.«

Natürlich wußte sie, daß sie das Recht hatte, das anzuzweifeln, was sie in der Kirche gehört hatte. Aber sah er denn nicht, wie zerbrechlich ihre Beziehung zu Maman sowieso schon war? Sie war nicht hübsch. Das was Odile mit Maman verband, fehlte ihr, und sie konnte auch nicht Mamans Baby sein wie Guillaume. Es war nicht der Glaube, der sie mit Maman verband, sondern eher das, was beide von Guillaumes Inbrunst schied. In der Kirche setzte er sich abseits. Odile ging kaum noch zur Messe, da sie jeden Samstagabend so spät nach Hause kam, daß ihre Mutter ihr erlaubt hatte auszuschlafen, bevor sie mit der Hausarbeit begann. Deshalb saßen Lola und Maman allein in der Kirchenbank. Diese Momente gemeinsam erlebten Friedens waren für sie beide vielleicht die vertrautesten der ganzen Woche. Maman schien Lola dann fester zu umarmen, strich ihr das Haar zärtlicher aus dem Gesicht. In diesem Augenblick war Lola ihr einziges Kind, das Kind, das ihr wichtig war. Nein, beschloß sie, sie würde es Maman gegenüber bestimmt nicht erwähnen.

Jetzt erzählte Maman gerade eine Geschichte. Sie hatte sich so gesetzt, daß sie alle sehen konnte. Ihr Lippenstift wirkte tiefrot gegen die weiße Wolle ihrer Jacke. Was war Schönheit? Wie kam das Auge dazu, diese Anordnung der

Züge schöner zu finden als eine andere? Wenn sie ihre Mutter genau genug anschaute, konnte sie allerdings doch die einzelnen Elemente unterscheiden: Die roten Lippen waren ein Unterwasserwesen in fließender Bewegung, die Augen das sanfte Zentrum von etwas Schwarzem, Zugespitztem, der zarten Nase wuchsen weite Nasenflügel, wenn sie lachte.

Und Papa? Der war überhaupt nicht schön. Aber Männer waren irgendwie anders. Bei ihnen war es schwieriger, ihr gesamtes Wesen von ihrem Gesicht zu trennen. Wenn einer klug und witzig war, nahm man seine furchtbare Nase gar nicht wahr. Eine Frau mit einer furchtbaren Nase würde niemand attraktiv finden, auch wenn sie noch so intelligent oder lustig war. Sie blieb einfach die kluge, witzige Frau mit der unglücklichen Nase.

Guillaume hatte bisher geschwiegen. Es sah ihm so gar nicht ähnlich, daß er nicht quengelte und verlangte, sie sollten nicht mehr über Sachen reden, die ihn nicht interessierten. Maman war stets die erste, die einlenkte, sich entschuldigte und ihn aufforderte, ein Thema vorzuschlagen. Er war verdammt verzogen, und Lola bekam riesigen Ärger, wenn sie das zu sagen wagte. Aber heute saß er, die Hände über seiner kleinen Bibel im Schoß gefaltet, nur still da. Immer wenn er die Augen schloß, bewegten sich seine Lippen.

Endlich fuhren sie von der Autobahn herunter, und ihre Mutter las die Wegbeschreibung vor, die sie auf die Rückseite einer Reinigungsrechnung gekritzelt hatte. Ihr Ton deutete an, daß sie sich zu verfahren drohten. Sie ließ Papa die Beschreibung wiederholen.

»Beim Gasthaus rechts, geradeaus ins Stadtzentrum, beim Rathaus links, und die Kirche ist das dritte Gebäude auf der linken Seite. Ganz einfach«, sagte er, aber dann kamen sie nie an ein Gasthaus. Sie hielten an einer Ecke, um zu fragen, und ein alter Mann lehnte sich mit beiden Armen auf die Tür, blickte in den Wagen und beantwortete langsam die Frage. Sie waren schon an dem Gasthaus vorbei. Mit einem Finger, so knorrig wie eine Ingwerwurzel, zeigte er hinter sich auf das baufällige Gebäude ohne Schild. Sie wendeten, bogen ab und fuhren ins Stadtzentrum. Es war öde und menschenleer, kein Brunnen, kein offener Platz und keine Geschäfte mit Markisen. Beim Rathaus konnte man nicht links, sondern nur rechts abbiegen, und sie waren schon an drei Kirchen vorbeigekommen. Papa wurde nervös.

»Drei Kirchen!« brüllte er. »Eine Kirche pro Person in diesem gottverlassenen Ort.«

Maman ermahnte ihn. Immerhin wollten sie einen Priester besuchen.

Sie fanden sie gleich beim ersten Mal, als sie wieder aus der Stadt herausfuhren. »Vielleicht gibt es ja doch einen Gott«, sagte ihr Vater, als ihre Mutter ihnen von der Kirchentreppe aus zunickte.

Guillaume sprang aus dem Wagen und rief seiner Mutter zu: »Sag Papa, er soll im Auto bleiben, wenn er weiter so redet!« Das waren seine ersten Worte nach mehr als anderthalb Stunden.

Père Lafond erschien in einem schwarzen Talar in der Tür. Lola hatte gehofft, sie würden ihn in einem schäbigen Pullover und schlammfarbenen Hosen erwischen. Aber vermutlich gab es bei Priestern keine Überraschungen.

Sein Gesicht war blaß, gut gepolstert und dem des Pariser Priesters nicht unähnlich, obwohl dieser hier jünger war. Als Maman Guillaume vorstellte, stand er genauso stumm und blöde da wie an jedem Sonntag auf den Stufen der Kathedrale. Auf seiner Oberlippe bildeten sich Schweißperlen. Der Priester gab ihm kurz die Hand, umarmte dann erneut ihre Mutter.

»Wie geht es deiner Familie?« fragte er sie.

»Sie sind hier. Überzeuge dich selber.« Sie lachte. »Alle bis auf Odile, die Älteste. Das ist Marc, mein Mann.«

Papa bedachte ihn mit dem Händedruck, den er bei Patienten benutzte, die er zufällig auf der Straße traf: kurz und nur mit einer Hand. Bei Freunden war er herzlicher und legte häufig auch die andere Hand obenauf. Der Priester nahm seinen Händedruck ungeduldig entgegen. Er kannte Maman aus Plaire, und es war jene Familie, über die er etwas hören wollte.

»Und das ist Louise.«

Lola zuckte bei diesem Namen zusammen und nannte ihm den, den sie bevorzugte.

Aber er schien es nicht zu hören. »Marie-Jo«, sagte er liebevoll. Und sofort erschienen rosige Flecken auf seinem Gesicht und seitlich an seinem Hals.

»Lola«, sagte sie noch einmal.

Er wandte sich wieder an Maman. »Eine unglaubliche Ähnlichkeit, nicht wahr?«

»Die sehe ich nicht«, sagte sie schroff.

»Wie geht es ihr, Nicole?« fragte er eindringlich.

Lola wußte wenig über ihre Tanten und hörte aufmerksam zu. Marie-Jos Mann sei Obstbauer, sagte Maman, und sie habe vier Kinder, die alle verheiratet seien. Auf dem einzigen Foto, das Lola jemals gesehen hatte, war Marie-Jo die größte und am anmutigsten wirkende Tante.

»Es geht ihr gut, Frederí«, sagte ihre Mutter und schaute an ihm vorbei zur Tür, um anzudeuten, er möge sie aus dem kalten Wind in die Kirche führen.

Aber der Priester war noch nicht zufrieden. »Wirklich? Geht es ihr wirklich gut?«

»Ich denke schon.«

Verglichen mit Maman hatte Père Lafond einen schweren südlichen Akzent. Er wollte ganz offensichtlich weiterfragen, doch Papa unterbrach die beiden und erkundigte sich nach dem Gelände hinter der Kirche, einer großen, ins Kraut geschossenen Wiese. Die Kirche müsse sie bald verkaufen, sagte der Priester. An wen wohl, überlegte Lola. Wer würde Land an einer solchen Stelle kaufen?

Der Priester ließ sie eintreten. Die Bänke in dieser Kirche bestanden nur aus rechtwinklig aneinandergefügten Holzbrettern. Im leicht erhöhten Altarraum stand ein eckiger Tisch, auf dem nicht einmal eine Decke lag, und dahinter hing ein schlichtes Kreuz aus Kiefernholz – zumindest schien es ein richtiges Kreuz zu sein, bis man erkannte, daß das horizontale Brett fehlte; übriggeblieben war nur eine hellere Stelle, dort wo es früher einmal die Wand vor Schmutz bewahrt hatte.

Dagegen war die Wohnung des Priesters feudal. In seinem Wohnzimmer gab es helle, weiche Sitzgelegenheiten für alle. Der Priester setzte sich auf einen roten Ledersessel, dessen Dellen und Buckel genau zu seinen ausladenden Körperformen paßten. Er lächelte Lola an und wies auf einen schweren Sessel neben sich, aber Maman dirigierte sie zum Sofa an der gegenüberliegenden Wand, und Guillaume setzte sich in den Sessel neben dem Priester.

Eine ältere Frau brachte ein Tablett mit Tee und kleinen Schokoladenkuchen herein.

»Der Tee«, sagte er zu der silbernen Kanne, als sie neben ihm auf dem Tisch abgestellt wurde. Die Frau verschwand wieder in dem unbeleuchteten Flur. Niemand sprach. Die kleinen Geräusche im Zimmer wurden überdeutlich: der Tee, der in flache Tassen strudelte, das Schaben der Zuckerzange, wenn sie nach einem Würfel griff, der Spritzer Milch, bevor die Tasse auf eine Untertasse gesetzt und weitergereicht wurde. Als jeder Schoß mit einer Tasse und einem Stück Kuchen versorgt war, wurde das Schweigen noch drückender. Lola spürte, wie der Priester sie anstarrte. Sie hielt die Augen gesenkt und blickte von der Tasse zu ihren nackten Knien, den braunen Schuhen und wieder zurück. Aus den Augenwinkeln sah sie, wie Papas Hand sich bewegte. Ohne Worte sagte er zu Maman: Ich übernehme keine Verantwortung für diese Katastrophe. Er wünschte sich, der Besuch würde schiefgehen und Guillaume würde nicht mehr davon reden, daß er Priester werden wollte.

Ihre Mutter versuchte verzweifelt, ein Gespräch in Gang zu bringen. Sie sprach von dem schwierigen Leben hier im

Norden, von den Problemen in seiner Gemeinde, von den anthrazitfarbenen Wolken, die sich drohend über den Hügeln ballten, wie man durch die Türen zum Innenhof sehen konnte. Es war, als würde Maman mühsam Kerzen anzünden, und der Priester löschte jede einzelne Flamme mit seinen fetten, befeuchteten Fingern wieder aus.

»Ich habe was über die Arbeitslosigkeit in Frankreich gelesen und daß sie hier womöglich am schlimmsten ist«, sagte sie.

»Ich halte es für einen Fehler, wenn man sagt, was schlimm und was schlimmer ist. Ist schlimm nicht schlimm genug?«

»Ja, natürlich.« Sie wartete, daß er näher darauf einging, und als er es nicht tat, fuhr sie fort: »Das muß doch große Auswirkungen auf deine Gemeindemitglieder haben.«

Der Priester nickte mit geschlossenen Augen.

Maman blieb hartnäckig. »Es muß schwer sein, ihnen Trost zu spenden.«

»Trost?« fragte er und hielt ihr sein Gesicht mit einer milde verblüfften Miene entgegen, die er noch lange, nachdem sie genickt hatte, beibehielt. Und alle warteten sie auf eine Antwort, die nie kommen sollte.

Zu den Wolken sagte er nur: »Regen schon wieder«, als sei das der Anfang eines Lieds. Er stand auf und goß Tee in leere Tassen, sogar in die ihres Vaters, die noch voll war und in die Untertasse überlief. Dann setzte er sich wieder und vergaß oder weigerte sich, Milch und Zucker hinzuzufügen.

Anders als alle anderen Männer blieb er unempfänglich für die Schönheit ihrer Mutter.

Plötzlich gab es ein seltsam schnackendes Geräusch. Lola blickte hoch und sah, daß der Priester eine Hand an seinen Hals hielt und mit seinem langen Fingernagel gegen die Spitze seines steifen Kragens schnippte. Seine Augen bohrten sich in ihre, und sie sah schnell weg.

Guillaume sagte: »Ich möchte gerne Priester werden.« Seine Stimme klang schrill und ungeduldig. Der Priester rückte seinen Körper unter dem Talar zurecht, um Guillaume direkt anzuschauen, der unter der plötzlichen Anteilnahme leicht zusammensackte und dann sagte: »Es würde mich zumindest interessieren.«

»Wieso?«

Guillaume versuchte den Gesichtsausdruck des Priesters zu deuten: War es Zweifel oder Verachtung oder Spott? Doch der schlaffe Mund und die kleinen Augen unter den teigigen Augenlidern verrieten nur, daß er warten konnte – mit enormer Geduld auf die Antwort auf eine dumme Frage warten. Er schlug ein Bein über das andere.

Lola haßte es auf der Stelle, wie er mit dem Fuß wippte, und als Guillaume nicht antwortete, verschaffte sie ihm etwas Spielraum. »Das hat er schon immer gewollt, solange ich denken kann. Er fühlt etwas – etwas Mächtiges.«

Er nickte Lola zu und fragte dann, indem er sich näher zu ihr hinüberbeugte: »Was fühlt er denn?«

»Ich möchte Priester werden«, sagte Guillaume, der seine Zuversicht zurückgewonnen, aber die letzten Sätze nicht gehört hatte, »weil ich Gott, so gut ich kann, dienen möchte, solange ich auf dieser Erde bin.«

Widerstrebend wandte der Priester sich an Guillaume. »Liebst du diese Erde? Ist sie ein guter Ort?« Er sagte das Wort *gut* so, als sei es ein privates Wort zwischen ihnen, ein Wort, das nur sie beide verstehen konnten.

»Ich könnte unmöglich sagen, ob ich sie wirklich liebe, da ich keine andere kenne, mit der ich sie vergleichen könnte. Und was gut oder schlecht angeht, so denke ich, sie ist beides.«

Lola sah, wie Mamans Augen zu Papas verwunderter Miene wanderten. Für sie war es kein Schock. Guillaume redete immer so, wenn er über Religion diskutierte.

»Du hast einige Gottesdienste besucht, hast einige Predigten gehört – in Paris sind sie gewiß sehr anregend –, hast etwas gespürt, einen Schauder, eine Unruhe in deiner Seele oder vielleicht die reinste, weißeste Stille, die dir wie eine Art Wahrheit erschien. Sie erschien dir wie –«

»Bitte, Frederí, er ist doch nur ein –«

»Nein, Maman.« Guillaume streckte ihr eine Hand entgegen, die nicht zitterte. In dem Augenblick schien er eher ihr Vater als ihr Sohn zu sein. »Laß ihn ausreden.«

Der Priester stützte sein Kinn in die Hand und sprach mit sanfter Stimme. »Guillaume, hast du irgendeine Vorstellung davon, was du opfern mußt, wenn du dieses Ziel verfolgst?«

»Sehr viel.«

»Ja, sehr viel.« Sein Schweigen dauerte gerade lange genug, um Maman zur Verzweiflung zu bringen. Mit einem Griff an ihr uhrloses Handgelenk wies sie höflich auf die Zeit hin und erinnerte Papa daran, daß sie den Priester nicht von seinen Pflichten abhalten sollten.

Père Lafond ignorierte die Bemerkung und sagte: »Ich trat mit sechzehn in den Priesterstand ein. Weißt du, daß ich meine Familie seitdem kaum noch gesehen, nie mehr Fußball gespielt und nie die Hand eines Mädchens gehalten habe?« Er warf Lola einen flehentlichen Blick zu. Auf ihrer Haut spürte sie etwas Ungewohntes, Mehliges. Sie sah zu ihren Eltern. Papa und Maman beobachteten Guillaume. Niemand bemerkte das Interesse des Priesters an ihr.

»Aber es war Gottes Wille«, sagte Guillaume.

»Gottes Wille«, sagte er schroff. »Was weiß ein sechzehn-jähriger Junge schon von Gottes Wille? Wo hat denn Gott jemals seinen Willen offenbart? Du bist ein Kind, Guillaume. Bleib ein Kind. Genieße, daß du geliebt und verwöhnt wirst.«

»Gottes Liebe ist die gewaltigste überhaupt«, sagte Guillaume.

»Da täuschst du dich«, sagte der Priester. Sein fettes Gesicht war zusammengefallen, und seine Augen senkten sich auf Lolas linke Hand, die auf der Sessellehne ruhte. »Ich brauchte vierunddreißig Jahre meines Priesterlebens, um zu begreifen, daß das nicht stimmt.« Er wandte sich erneut an Guillaume. »Verschwende du nicht soviel Zeit darauf.«

Maman stand auf und stupste Lola an. Papa und Guillaume folgten ihr. Der Priester geleitete sie an die Tür, und obwohl Lola die erste war, schüttelte er zunächst Papas und dann Guillaumes Hand. Sie wäre gern unbemerkt vorbeigeschlüpft, doch er wartete auf sie. Sie hielt den Atem an. Er beugte sich zu ihr herab, um ihre Wange zu küssen, und flüsterte: »Wenn ich dich anschaue, kann ich meine Vergangenheit berühren.«

Während Papa Guillaume rasch durch den Flur dirigierte, blieb Lola zurück und versuchte, den Wortwechsel zwischen Maman und dem Priester zu verstehen.

Er sprach über sie. »Es ist erstaunlich! Selbst von hinten könnte ich schwören, daß sie es ist. Wirst du wiederkommen? Oder könnte ich vielleicht nach Paris kommen?«

»Ich weiß nicht«, sagte Maman. »Vielleicht irgendwann einmal.« Dann erschien sie an der Tür, trat seitwärts über die Schwelle, blieb aber plötzlich stehen, ihr einer Arm wurde in dem beleuchteten Zimmer festgehalten.

»Bitte, Nicole, erzähl mir noch etwas von Marie-Jo. Irgend etwas. Nenn mir die Namen ihrer Kinder.«

Ihre Mutter schüttelte den Kopf.

»Wieso nicht? Wieso kannst du mir nicht einfach ihre Namen nennen?«

»Es tut mir leid, Frederí. Ich weiß nicht, wie sie heißen.«

Ihr Arm wurde ohne jeden weiteren Laut losgelassen, und sie drehte sich zu Lola um, ohne sie in dem düsteren Flur zu sehen. Als sie unsicher aus dem Zimmer des Priesters trat, sah Lola für einen Moment Schmerz im Gesicht ihrer Mutter. Doch sobald sie Lola erkannte, glättete sich ihre Miene, und ihr Gang wurde sicherer.

Draußen färbte die Sonne nur die Spitzen der wild wachsenden Gräser auf der Kirchenwiese heller. Weiter unten, in Bodennähe, blieben sie dunkel und zottig wie Schilf. Immer noch hingen schwere Wolken über den Hügeln.

Maman ließ sich nicht durch eine Umarmung trösten, wenigstens nicht durch Lolas. Bei Guillaume mochte es anders sein, aber selbst vor ihm zeigte sie sich nie schwach oder bedürftig, so wie Francines Mutter, die sich an schlechten Tagen auf die überschwengliche Zuneigung ihrer Tochter verließ. Maman konnte man weder verletzen noch wieder aufrichten. Mit Papa war es genau andersherum. Man konnte ihn schon dadurch kränken, daß man hinter ihm ein Zimmer betrat; und mit der zerstreutesten Umarmung konnte man ihn aufmuntern.

Lola blieb auf den Steinstufen stehen und betrachtete die Welt, die vor ihr lag: ihren Vater, der in seiner Manteltasche nach dem Schlüsselbund suchte; Guillaume, der in der Kälte mit den Füßen stampfte und immer wieder den silbernen Griff hochzog, obwohl er wußte, daß der Wagen noch abgeschlossen war; und die ganze elende Stadt jenseits der Straße, wo es keine Arbeit gab und keine Worte, die die Menschen hätten trösten können.

Sie spürte zu spät die Hand ihrer Mutter auf der Schulter. Sie war da schon die Stufen hinuntergegangen. Sie spürte sie, aber es war zu spät und zu kalt, um stehenzubleiben.

Im Auto spannten sie sämtliche Muskeln an und rieben einander warm. Als der Motor ansprang, blies kalte Luft durch die Lüftungsschlitze, und ihre Mutter stellte wütend die Heizung ab. Lola wünschte, das Schweigen würde anhalten, weil sie über alles, was sie erlebt hatte, nachdenken wollte. Aber ihr Vater durchbrach die Stille.

»Na, das war aber mal ein aufbauender Typ. Einer der wenigen Auserwählten –«

»Mach es nicht noch schlimmer, Marc«, sagte ihre Mutter. »Fahr uns einfach weg von hier.«

Ihr Vater fragte Maman, was der Priester zu ihr gesagt hatte, aber sie schüttelte nur den Kopf.

»Warum wollte er so viel über Marie-Jo wissen?« sagte Lola, um ihr beizuspringen. »Hat er sie geliebt?«

»Ja«, sagte ihre Mutter.

»Sehr?«

»Ja.«

»Und sie hat ihn nicht geliebt?«

»Nein.«

»Wen hat sie denn geliebt?«

»Den Mann, den sie geheiratet hat.«

»Kennst du ihn?«

»Ein bißchen.«

»Sehe ich wirklich so aus wie sie?«

»Nein.«

Es war jedesmal so, wenn sie etwas über die Vergangenheit herauszufinden versuchte. Nie erfuhr sie etwas Genaues. Maman sprach nicht gerne über Dinge, die schon geschehen waren, selbst über jüngst vergangene nicht. Papa konnte lustvoll an ein Schinkenbrot zurückdenken, aber Maman schaute nur in eine Richtung: nach vorne.

Nach einer Weile fragte Guillaume: »Wann können wir ihn wieder besuchen?«

Niemand antwortete ihm. Als ein blaues Schild Paris ankündigte, glaubte Lola zu hören, wie ihre Mutter einen erleichterten Seufzer ausstieß.

»Wann, Maman?« beharrte er. »Wann?« Und obwohl er

danach nichts mehr sagte, schien seine Frage weiter im Wagen zu schweben.

Kleine Blasen mit Leben bevölkerten die zwei Fahrbahnen, die nach Süden führten. Lola spähte in die Wagen zu ihrer Rechten, während ihr Vater auf die Überholspur wechselte. Viele Familien kehrten in die Stadt zurück. In einem Auto lenkte die Mutter mit einer Hand, während alle anderen schliefen. In einem anderen beugte die Mutter sich nach hinten, versuchte ein Kind zu schlagen, traf es nicht, und die anderen Kinder lachten. Sie überholten eine Wagenladung rauchender Teenager, danach einen Mann, der sich hingebungsvoll im Ohr bohrte, während eine Frau an seiner Schulter döste, und dann ein älteres Paar, das stur geradeaus starrte.

Als Guillaume vorzulesen begann, anfangs nur flüsternd, dann, als die Worte ihn hinrissen, immer lauter, wurde sie in ihre eigene Blase zurückgedrängt. Er las aus dem Buch Hiob, jenen Teil gegen Ende, wo Hiob eine Antwort erfleht und Gott ihn mit Schweigen bedenkt.

Als ihr Vater ihn sprechen hörte, umklammerten seine Hände das Lenkrad fester. Er war jetzt wütend, wütend auf den Tag, den Priester und auf Guillaumes starrsinnigen Glauben. Am wütendsten aber war er auf ihre Mutter, vermutete Lola, die ihm nicht gefolgt war, als er zum Wagen ging, und nicht geantwortet hatte, als er wissen wollte, über was sie gesprochen hatten.

Guillaume drehte vorsichtig eine dünne, goldgeränderte Seite um.

»Hör auf, Guillaume, bitte«, sagte ihr Vater.

Doch Guillaume hörte nicht auf. Er dämpfte nur die Stimme und las hartnäckig weiter, las sich durch die anschließenden Reden Gottes, durch Hiobs Reue und jenen Teil, in dem ihm das Doppelte dessen geschenkt wird, was er vorher besessen hat, und in dem er die Geburt von vier folgenden Generationen erleben darf. Er las bis zum Schluß.

»Und Hiob starb«, sagte Guillaume mit Genugtuung, »alt und lebenssatt.«

Lola schwor sich, diesen Tag und alle Tage, die ihm folgen würden, nie zu vergessen. Sie würde sich an Guillaumes gepuderte Wangen und seine störrische Stimme erinnern. Jahre später würde sie ihm erzählen, wie es in ihren Augen gewesen war. Und wenn ihre Kinder sie nach ihrer Kindheit in Paris fragen sollten, hätte sie endlose Einzelheiten für sie parat, große Filmrollen, die sie zur Anregung ihrer Vorstellungskraft abspielen würde. Sie würde sich an alles von Maman erinnern, doch sie würde nicht sein wie ihre Mutter; sie würde niemals einen Teil ihres Lebens in einem stummen Grab versenken.

Odile

Das Geräusch von Alexandres Schuhsohlen oben an Deck beschleunigte die Handgriffe Odiles an ihrem Frisiertisch. *Der Lidschatten kommt zuerst*, sagte Maman immer, obwohl all ihre Freundinnen und die Illustrierten rieten, ihn erst ganz zum Schluß aufzutragen. Es klingelte – er drückte wie üblich zweimal kurz den Knopf –, und ihre Mutter geriet in Bewegung: Füße eilten aus der Küche, durch den Garderobenraum und die Treppe hoch, noch ehe Odile der eingeatmeten Luft einen Ton verleihen und jemanden bitten konnte, die Tür zu öffnen. Ein lauter Wortwechsel setzte ein (aus der Entfernung klang die begeisterte Begrüßung so, als würden sich vier oder fünf alte Freunde zufällig auf der Straße treffen), dann kamen das Stimmenpaar und die zwei Paar Schuhe, einander überlappend, die Treppe herunter und verschwanden im Wohnzimmer. Odile nahm den kleinen Pinsel und hörte, wie jedesmal bei dieser Geste und diesem schwachen silbrigen Duft, *Lidschatten zuerst.*

Die Stimmen waren jetzt deutlicher, gut zu unterscheiden, jede wartete höflich, bis sie an der Reihe war. Sie wechseln Worte wie Geld, dachte sie, ohne den Gedanken weiter zu verfolgen. Statt dessen tadelte sie sich für ihre Bummelei, dafür, daß sie jenen Geräuschen im Wohnzimmer erlaubte, ohne sie stattzufinden.

Als sie mit den Augen fertig war, stellte sie sich vor den hohen Spiegel an der Innenseite der Schranktür. Und obwohl es keinen Teil an ihr gab, der nicht erfaßt wurde, hatte sie das Gefühl, daß sie nicht alles sehen konnte, was andere sahen, wenn sie vor ihnen stand. Irgend etwas Wesentliches fehlte. Sie sah auf ihre Schuhe hinunter, dann wieder hoch, konnte jedoch keinen Anhaltspunkt dafür finden. Sie trat näher heran. Sie hatte dieses Gesicht zu häufig gesehen. Es war weder hübsch noch häßlich. Es war kein fertiges, harmonisches Gesicht. Da gab es zwar Wange, Auge, Lippe – aber sie waren nicht miteinander verbunden, waren auseinandergerissen und neu zusammengefügt: wie eine von Picassos *Demoiselles*. Das alte Bedürfnis, den Spiegel zu zerschmettern, packte und verließ sie wieder. Sie holte tief Luft, zwang sich zu einem höflichen Lächeln und schloß die Schranktür.

Sie saßen auf dem Sofa. Maman hockte in der einen Ecke auf untergeschlagenen Beinen – die Schuhe hatte sie auf den Teppich fallen lassen –, und Alexandre saß am anderen Ende und hatte einen Arm auf die Rückenlehne drapiert – viel lässiger als Papa, der es sich in seinen eigenen Möbeln nie so bequem zu machen verstand.

»Alexandre hat mir gerade von Pauls Unfall erzählt. Das ist ja unglaublich.« Was sie meinte, war: Das ist ja unglaublich, daß du mir nichts davon erzählt hast.

»Hast du ihn heute besucht?« fragte Odile Alexandre. Beide betrachteten sie ohne große Begeisterung. Das Kleid war wenig schmeichelhaft. Der eckige Ausschnitt stand ihr nicht. Oder vielleicht war es die hoch angesetzte Taille. Sie wartete auf ihre unaufrichtigen Komplimente.

»Nein. Ich gehe morgen früh.« Er fühlte sich schuldig,

wandte den Blick ab und betrachtete seinen Daumen auf der Kissennaht.

Sie stand vor ihnen in ihrem neuen Kleid, das sich jetzt wie ein hölzernes Faß anfühlte. Würden sie denn gar nichts sagen? »Offenbar ist er noch ziemlich verwirrt«, sagte sie zu ihrer Mutter. Sie sprach nur ungern über Paul, der in seinem Krankenhausbett an den Laken zerrte.

Aber Maman fragte nicht genauer nach. »Wie furchtbar.« Das sagte sie genauso, wie sie »Wie herrlich« sagen würde oder »Wie merkwürdig« – die potentielle Tragödie prallte locker an ihr ab. »Fährst du auch Fahrrad, Alexandre?« Sie wollte nicht, daß die beiden gingen.

»Ich besitze nicht mal ein Fahrrad.« Er machte eine Geste, als sei er schrecklich arm. Er fühlte sich hier bei ihr absolut zu Hause, nicht so verkrampft wie sie, wenn sie mit seinen Eltern sprach. Er hielt sich gern in der Nähe ihrer schönen Mutter auf, so als wäre sie eine hübsche Aussicht oder eine glitzernde Wasserfläche. Sie war sehr schön, selbst jetzt, wo sie sich in einem langen Jeanshemd, das sie gern zu Hause trug, wie ein Kind zusammengerollt hatte. Aber die Haut in ihren Mundwinkeln begann schlaff zu werden, und ihr Hals hatte drei unregelmäßige, ringförmige Falten. Der Schmuck des Alters, hatte sie einmal in einer Umkleidekabine gesagt, als sie sie im Spiegel entdeckte.

»Das ist auch gut so«, sagte Maman.

Der Zeitpunkt für Komplimente war verstrichen. »Wir sollten jetzt los.«

»Ihr müßt doch nicht als erste ankommen.«

»Es wird viel Verkehr sein.« Odile warf Alexandre einen Blick zu, der ihn vom Sofa loseisen sollte.

Er reagierte gemächlich, erhob sich wie ein alter Mann und schüttelte erst das eine, dann das andere Hosenbein frei, die sich beide in den Socken verfangen hatten.

Ihre Mutter brachte sie an die Treppe und griff nach einem Mantel im Garderobenraum.

»Der graue, Maman.«

»Nicht der weiße?«

»Also gut, der weiße.«

Sie reichte den Mantel Alexandre, der ihn ihr aufhielt, damit sie hineinschlüpfte. Maman lächelte ihnen gierig zu. »Du siehst wunderschön aus«, sagte sie zu Odile.

Zu spät, zu spät, dachte Odile im Rhythmus ihrer Schritte, als sie die Treppe hochstiegen.

Im Auto griff Alexandre nach dem Gurt, und als er ihn über seine Brust legte, achtete er darauf, daß sein Revers nicht umknickte.

»Was machst du da?«

»Ich finde, wir sollten sie anlegen. Schnall dich auch an.« Er sah sie nicht an, als er nach ihrer Schnalle fischte, die tief zwischen den Sitzen steckte.

»Weil das mit Paul passiert ist?«

Er gab keine Antwort.

Sie hatten Paul am Vortag besucht, und obwohl er sie bei ihrer Ankunft zu erkennen schien, wurde er, je länger sie blieben, desto verwirrter – nacheinander waren sie Freunde, Cousin und Cousine, die Eltern und dann dasselbe von vorn. Irgendwann hatte er wie wahnsinnig an seinen Bettlaken gezerrt, erst eine Ecke, dann eine andere gepackt und schien überzeugt, daß es sich um Papiere handelte, die er sortieren mußte, Papiere im Anwaltsbüro seines Vaters, wo er samstags arbeitete. Die unmögliche Aufgabe hatte ihn in Panik versetzt, und schließlich hatte Odile seine Hände genommen und zwischen die Laken gesteckt und die Decke über seiner Brust wieder glattgestrichen. Sie hatte ihn beruhigt: Die Papiere seien jetzt sortiert, und er könne sich ausruhen. Während alledem hatte Alexandre in einem Stuhl am Fenster gesessen. Als sie aufbrachen, war sein Kragen dunkel von Schweiß. Aber auf der Heimfahrt wollte er nicht darüber sprechen.

Ihre Gastgeber wohnten am anderen Ende der Stadt, in der Nähe der Bastille. Es herrschte wenig Verkehr, und sie waren früh da. Die Wohnung der Girards lag im fünften Stock, und von der anderen Straßenseite aus konnte Odile durch die drei Balkontüren das Eßzimmer erkennen: den Rand der hohen Stuhllehnen, die Spitzen von Blütenblättern und Stabkerzen und die Tropfen des Kronleuchters aus geschliffenem Glas, in denen sich in schmalen Streifen das dunkle Rot der Eßzimmerwände spiegelte.

Als sie die Straße überquerten, nahm Alexandre ihre Hand. Trotzdem fühlte sie sich unsicher und unpassend, so als käme sie allein zu dieser Essenseinladung.

Die Wohnung war riesig, der Platz zwischen Tischen und Stühlen groß, und die Decken waren gewölbt. Seitlich an einer Wand gab es eine mit Läufern ausgelegte Treppe. So eine Wohnung hatte Maman sich immer gewünscht, auch wenn sie Mme. Girard für geschmacklos hielt. Sie besaß pastellfarbene Schonbezüge, gestreifte und karierte im selben Zimmer. Unter ihrem Kinn prangte heute eine schwere Brosche in Form eines Füllhorns.

»Ihr zwei seht wie immer umwerfend aus«, sagte sie, küßte die beiden und ließ sie herein. »Micheline!« rief sie durch den Flur. »Das königliche Paar ist da!« Irgend jemandes Eltern hatten sie so genannt. Das perfekte Paar, das glänzende Gespann. Alle hatten es gehört. »Micheline!«

Mme. Girard war verstimmt über ihr frühes Erscheinen und weil Micheline verschwunden war. Aber Alexandre beruhigte sie mit einem überschwenglichen Lob ihrer Wohnungseinrichtung (sie waren im Sommer eingezogen), und, sofort besänftigt, machte sie einen Rundgang mit ihnen und vergaß dabei, daß sie das schon im September getan hatte. Als sie wieder nach unten kamen, war das Wohnzimmer zur Hälfte mit Gästen gefüllt. Sie waren dabei, den Dienstmädchen ihre Mäntel und Schals zu übergeben und ihnen die gewünschten Getränke zu nennen.

Alle standen plaudernd zwischen den gestreiften und karierten Möbeln. Obwohl Odile während ihrer langen Unterhaltung mit Jeanne und Christine vor dem Spiegel stand, der über dem Kamin hing, sah sie nur einmal hinein. Und das geschah unvermutet, so daß sie sich für den Bruchteil einer Sekunde so sehen konnte, wie sie vielleicht eine andere Frau betrachten würde: ein blasses, hübsches Gesicht, ein breites, vielleicht unangemessenes Lächeln und kräftige Schultern, die in Statur und Haltung ihrer Mutter ähnelten, was sie freute. Der Hals war in Ordnung. Mit gestärktem Selbstbewußtsein wandte sie sich jetzt wieder dem Gesprách über die Unsinnigkeit des Abiturs zu, das Christines ältere Schwester gerade zum dritten Mal nicht bestanden hatte.

Während sie in ein Gespräch verwickelt wurde, das in ihrem Rücken stattfand, registrierte sie die Schwelle zum Eßzimmer, sie registrierte die beiden langen, symmetrischen Reihen der Stuhllehnen, den Tisch, der mit Ausziehplatten verlängert und mit einem weißen Leinentuch mit marineblauer Satinbordüre gedeckt war. Der erste Gang präsentierte sich auf farbenprächtigen Porzellanplatten, die über die ganze Länge des Tischs verteilt waren. Irgendeine Art kalter Fisch, vermutete Odile. Auf den Anrichten waren die Teller und Schalen für die folgenden Gänge gestapelt. Die dunkelgrünen Vorhänge, die die Balkontüren einrahmten, raschelten leise. In dem schwachen Licht des Kronleuchters, einem Licht, das vor den blutroten Wänden orange glühte, wirkten die Türen selber fast schwarz. In der Mitte des Tischs warteten die unangezündeten Kerzen wie gertenschlanke Diven, die sich auf ihren Auftritt vorbereiteten. Irgend etwas, dachte Odile, muß man mit einer solchen Szenerie anstellen.

Jedesmal, wenn Odile das Bedürfnis verspürte, einen Augenblick festzuhalten, ihn zu bewahren, schoben sich ihr alle anderen Szenen in Sichtweite mit derselben Dringlichkeit in den Blick: die Küche, in der sie immer, wenn die Tür aufschwang, für einen kurzen Moment Mme. Girard sehen konnte, wie sie ihr Orchester aus gemieteten Helfern dirigierte, oder das Wohnzimmer hier, wo die jungen Männer und jungen Mädchen sich sauber geschieden hatten, die Mädchen im karierten Bereich bei Kamin und Spiegel, die Männer im gestreiften bei dem listigen Foto von M. Girards Großvater am Tag seiner Ernennung zum Mitglied der Académie Française. Sie hätte sie gerne gemalt, diese jungen Männer mit ihren zerknautschten Jacketts und ausrasierten Nacken, diese Mädchen mit ihren steifen Ärmeln und hohen Hacken, den abfallenden Schultern und den geziert gestikulierenden Händen, die denen ihrer Eltern von Samstagabend zu Samstagabend immer ähnlicher wurden, wovon man sich in einem anderen Wohnzimmer in einer anderen riesigen Pariser Wohnung überzeugen konnte.

Eine Uhr schlug acht. Wie würde man dieses Geräusch in diese Szene hineinmalen? Wie ließen sich diese vorwärtsdrängenden Töne darstellen, die zugleich beruhigend und bedrohlich wirkten, die alle gleichermaßen mit der Stimme eines eifrigen Kindes begannen und schon eine Sekunde später mit einem melancholischen Echo endeten. Die Schläge, jetzt der sechste, jetzt der siebte, schienen alles zu beschleunigen: die Stimmen, die Gesten und den Wunsch, zu reden und verstanden zu werden. Und dann der letzte Schlag, der achte, der sich wie Rauch über ihren Köpfen auflöste. Das hätte sie gerne eingefangen und in Flaschen abgefüllt: die Wirkung des Acht-Uhr-Schlags auf einen Raum voller Menschen.

»Odile, du wirst von Mal zu Mal hübscher.« M. Girard umarmte sie fest und hob sie leicht in die Höhe, als sie einander zur Begrüßung küßten.

»Vielen Dank.«

»Du holst deine Mutter ein. Sie zu übertrumpfen wäre allerdings ein ziemliches Meisterstück.« Er blickte zu ihren Freundinnen Claire und Simone, fand jedoch keine Worte des Trosts, nichts, was deren Groll auf ihn gemindert hätte. Dann wandte er sich wieder an Odile. »Wie geht es deinem Vater?«

»Gut. Viel zu tun wie immer.« Papa wurde wegen seiner Arbeit respektiert, aber auf Partys galt er sicherlich als Spinner. Er brachte die absonderlichsten Themen auf oder wiederholte Witze, die Lola aus der Schule mitbrachte. Entweder redete er drauflos, oder er setzte sich abseits und starrte in das eine Glas, das er nie austrank. Seine Gegenwart machte Odile zwar verlegen, aber sie beneidete ihn darum, daß er sich nicht an die gesellschaftlichen Regeln hielt. Wie glücklich wäre sie, wenn sie in einem Sessel sitzen und die Szenerie studieren könnte, anstatt ihren Teil dieser banalen Unterhaltung mit M. Girard über ihre Familie zu bestreiten.

An der Türschwelle schrillte eine Glocke, allerdings ohne auch nur im entferntesten den Nachdruck der Uhr in der Ecke zu besitzen. Die Glocke schwang wie wahnsinnig in Mme. Girards Fingern und hörte erst auf, nachdem jeder Kopf hochgeblickt und sich umgewandt, jeder mit einem Lächeln zur Kenntnis genommen hatte, daß das Essen serviert war.

Endlich war Mme. Girard zufrieden, stellte die Glocke wieder auf ihr silbernes Tablett und kehrte in die Küche zurück.

Paare suchten einander, um ins angrenzende Zimmer zu gehen, wo sie erneut getrennt werden würden. Alexandre nahm Odiles Hand und drückte sie lang und fest als eine Art Entschuldigung. Sie drückte seine ebenfalls: Ja, es ist alles in Ordnung. Sie war sicher, daß sie beide nicht wußten, was sie verzieh.

Vor ihnen beugte Jeanne sich zu Luc hinüber, sagte leise etwas zu ihm, worüber beide gemeinsam lachten und dabei gleichzeitig nach dem Arm des anderen griffen. Odile und Alexandre hatten sie vor fast einem Jahr miteinander bekannt gemacht. Sie waren auf einer Tanzveranstaltung gewesen. Jeannes Strumpf hatte eine Laufmasche, und Luc gab ihr ein Stück Kaugummi zum Festkleben. Dann tanzten die beiden miteinander zu mehreren Songs. Als sie wiederkamen, war die Laufmasche bis zu ihrem Knöchel heruntergewandert, und Luc war auf das Kaumgummi getreten, aber etwas war geschehen. Ihre Körper schienen nicht mehr unbeholfen; ihre Worte waren weder zögerlich noch höflich. Etwas war geschehen – und so schnell. Odile wußte, daß ihr das noch nie widerfahren war.

»Meine Schwester Isabelle ist hier«, flüsterte Micheline Girard ihr zu, als sie den Eßzimmertisch umrundete, um ihre Tischkarte zu suchen. »Und du sollst neben ihr sitzen.«

»Wieso?«

»Weil sie sagt, du seist erträglicher als meine anderen Freundinnen.«

»Aber wieso ist sie hier? Wieso ist sie nicht in Italien?«

»Sie ist gestern hier aufgekreuzt. Sie hat ein paar Tage Ferien.«

Odile wagte nicht zum anderen Ende des Tischs zu blikken, wo Isabelles und ihr Platz sein mußte. Es überraschte sie nicht, daß Micheline erst jetzt am Tisch erschien und sich nicht den quälenden Präliminarien im Wohnzimmer ausgesetzt hatte. Wahrscheinlich war sie in der Küche geblieben und hatte sich von dem gemieteten Küchenchef belehren lassen. Das sah ihr ähnlich. Entweder interessierte sie sich für etwas ganz besonders stark oder überhaupt nicht, und vor allem verabscheute sie diese formellen Abendgesellschaften.

Als Odile sich auf ihren Platz setzte, kehrte Isabelle ihr gerade den Rücken und hörte Pauls Freundin zu, die die ganze Geschichte seines Fahrradunfalls in Vincennes erzählte.

Alexandre unterhielt sich sechs Plätze weiter auf der anderen Seite mit Julie Silvan. Odile wußte, er würde nicht, wie sie es häufig tat, an Julies Vater denken. Der war im vergangenen Frühling im Zug von Lyon nach einem heftigen Herzanfall kurz vor dem Halt in Tonnerre gestorben. Julies Vater hatte wie an so vielen anderen Abenden auch den Zug bestiegen und ihn auf einer Bahre wieder verlassen, war abends lebendig in Lyon eingestiegen und tot in Paris angekommen. Nachdem Alexandre ihnen beiden Wein eingeschenkt hatte, beugte er sich zu ihr hinüber und sagte etwas, was offensichtlich niemand sonst hören sollte. Julie hielt sich die Hand vor den Mund und begann zu beben. Wie lernte man nach einem Tod wieder zu lachen? War es möglich, daß man vergessen konnte, auch nur für ein paar Sekunden am Stück? In Julies Nähe war der Tod für Odile stets präsent, und sie fühlte sich unbehaglich. Die eigenen Worte kamen ihr frivol, respektlos vor. Sie wünschte, sie wäre ein bißchen mehr wie Alexandre, der etwas, was er gesagt hatte, später nie in Frage stellte oder gar bedauerte.

Sie hatte ihn zu lange beobachtet. Er würde sie wegen ihrer Eifersucht necken, sie würde ihm erzählen, woran sie gedacht hatte, und er würde ihr nicht glauben. Um ein derartiges Gespräch zu vermeiden, blickte sie statt dessen geradeaus zur gegenüberliegenden Seite des Tischs, wo Jean-Paul Marie-France eine Geschichte zu erzählen begann.

»Mein Termin war um halb fünf, und ich erschien pünktlich.« Er sprach immer nur über sich selbst. Marie-France neben ihm war schon erhitzt, nicht vom Wein, sondern vor Freude über das Glück, so dicht neben J-P gesetzt worden zu sein. Sie lachte allein schon über seinen Tonfall, über die Art, wie er das Wort »pünktlich« aussprach, wollte sie sich ausschütten. Sie war jahrelang in ihn verliebt gewesen. Andere Augen richteten sich bereits auf sein Gesicht, während er Geschichten erzählte, die nach und nach alle Versammelten blind machten – blind für den langen Tisch und die Gänge, die noch serviert werden würden, blind für Mme. Girards scharfe Worte zu den Dienern, wenn sie die Platten zu schnell wieder heraustragen wollten, und für M. Girard, der zwei Flaschen Wein ganz allein leerte, blind für die weißen Spuren auf dem mittleren Kandelaber, wo die Politur nicht vollständig beseitigt worden war, und für die dunkelgrünen Vorhänge, die zu schwer für die Stangen waren. Und sie hörten auch nicht den traurigen, einsamen Ton, als die Uhr im Wohnzimmer zur halben Stunde schlug.

Odile ließ sich nicht einlullen.

J-P verharrte auch bei ihr, als er der Reihe nach den Augenkontakt zu seinen lauschenden Schäflein suchte, aber sie hatte gar nicht erst angefangen, ihm zuzuhören. Sie benutzte ihn, um Isabelle zu entgehen, die sich von Pauls Freundin weggedreht hatte und jetzt mit gesenktem Kopf aß. Odile fühlte, wie Isabelles Arm den ihren streifte, als sie die Fischgräten mit dem Messer entfernte; Isabelle war entschlossen, J-P nicht das kleinste bißchen von dem zu gönnen, was ihm von allen anderen im Übermaß entgegengebracht wurde. Doch Odile konnte sich nicht einfach für den Rest des Abends nur auf ihren Teller konzentrieren. Sie wünschte, sie könnte es, aber sie fand es schon unhöflich, daß sie den Blick senkte, wenn sie sich einen Mundvoll Fisch auf die Gabel schob. Das Verletzendste, wozu sie sich imstande sah, war, nicht zuzuhören, was sie allerdings dadurch wieder ausglich, daß sie das Gesicht einer hingerissenen Zuhörerin machte.

Odile konnte sie riechen. Es war kein Parfüm – Isabelle würde niemals Parfüm benutzen –, sondern der Geruch eines Shampoos oder einer Spülung, der aus noch feuchtem Haar aufsteigt. Sie hatte plötzlich das Bedürfnis, sich zu Isabelle umzudrehen und ihr schweres langes Haar im Nacken hochzunehmen, damit es auf der Seidenbluse keine Wasserflecken hinterließ.

Sie hätten einander längst begrüßen sollen. Odile wußte, daß das ihre Aufgabe war, da sie sich auf ihrem Territorium befanden, auch wenn es sich um Isabelles Haus handelte.

Sie kannte Isabelle, seit sie fünf und sieben Jahre alt waren. Mit sieben wie zwanzig, mit zwölf wie vierzig, sagte Maman immer über Isabelle. Sie war intelligent – zu intelligent, hatte sie Papa einmal klagen hören, als sei Intelligenz eine Last für den Kopf, die den ganzen Körper umkippen lassen konnte. Odile bewunderte ihre innere Stärke, und immer wenn sie bei sich selbst Momente reiner Konzentration feststellte, führte sie sie auf das zurück, was sie bei Isabelle beobachtet hatte. Aber trotz all dieser vielversprechenden Anlagen (diese Formulierung tauchte unweigerlich in Gesprächen über Isabelle auf), hatte sie nicht die Universität besucht. Sie war Lehrling in einer Bildhauerwerkstatt in Rom. Stimmte es, daß Isabelle darum gebeten hatte, neben ihr zu sitzen? Und würden sie denn überhaupt nicht mehr miteinander reden? Sie wartete, bis J-P eine Pause machte, um einen Schluck Wein zu trinken, und entzog ihm danach gänzlich ihre Aufmerksamkeit.

»Isabelle.« Sie hatte sich bemüht, ihrer Stimme einen Ausdruck von Überraschung zu verleihen, doch nach der ersten falsch klingenden Silbe sprach sie leise in einem Ton weiter, der nahelegen sollte, daß sie sich leider nicht früher hatte losreißen können. »Wie geht es dir?«

Sie umarmten sich. Odile spürte, daß sie beobachtet wurde: Wie ungehörig, die Person neben sich einen ganzen Gang lang nicht zur Kenntnis zu nehmen! Der Arm eines Bediensteten, der Teller abräumte, geriet zwischen sie, als sie sich voneinander lösten. Isabelle trug kein Make-up. Odile wurde bewußt, wie absurd ihr eigenes angemaltes Gesicht war. Isabelles Augen sahen strahlend und verletzlich aus, ihre Lippen hatten von Natur aus eine kräftige Farbe. Beide lächelten verkrampft. Isabelle würde niemals eine Frage wie »Wie geht es dir?« beantworten.

Ärgerlich streckte Odile die Hand aus und berührte einen Anhänger, den Isabelle an einer Kette um den Hals trug. »Was ist das?«

»Nur ein Geschenk von Kindern, die ich unterrichte.«

Es war ein kleiner Plastikschlüssel. Odile ließ ihn an einem Finger baumeln. »Er ist so grün«, hörte sie sich selber sagen.

Isabelle lachte, und der Schlüssel fiel wieder auf ihre Brust. Odile zog ihren Arm zurück.

Wie ist Italien? Das mochte sie nicht fragen. Es gab mit Sicherheit interessantere Fragen, die sie stellen könnte. Ihr fiel die Uhr ein, und sie hätte gerne gefragt, ob Isabelle jemals versucht hatte, Geräusche in Stein zu hauen. Vielleicht würde die Uhr bald wieder schlagen. Dann würde sie die Frage stellen.

Beide griffen nicht nach der nächsten Gabel für das folgende Gericht.

»Wie ist Italien?« Es war nicht zu ändern. Das Schweigen mußte beendet werden, und Isabelle kam ihr nicht zu Hilfe. Schweigephasen amüsierten sie.

»Wunderschön. Arm. Heiß. Das zumindest sind meine Standardadjektive.«

»Und die nicht standardmäßigen?«

Isabelle schaute sie an, als könne sie sich erst jetzt an sie, Odile Tivot, erinnern. »Sinnlich ist das erste, das mir einfällt, nicht sexuell. Es scheinen eher Wörter zu sein, die sich ganz unmittelbar auf die einzelnen Sinne beziehen.« Sie schüttelte den Kopf. »Ich klinge wie eine Reiseführerin auf einer Busfahrt durch Florenz. Aber es stimmt.« Sie fummelte beim Sprechen an dem Schlüssel. Ihre Hände waren Odile vertraut; es war, als stoße sie zufällig wieder auf ein altes Spielzeug oder ein Lieblingsbilderbuch, dessen vergessene Form, Farbe und Struktur plötzlich sehr kostbar waren. Wie gut sie diese Hände kannte, die länglichen Handflächen, die eckigen, nicht gefeilten Nägel, die ausgeprägten spitzen Knöchel. »Und du? Micheline sagt, du bereitest dich auf ein naturwissenschaftliches Studium vor.«

»Ich weiß«, sagte Odile und antwortete auf einen unausgesprochenen Vorwurf. Vor langer Zeit hatte sie vorgehabt, Sprachen und Kunstgeschichte zu studieren. »Ich weiß nicht, was passiert ist.«

»Du bist eben praktisch geworden.«

»Vermutlich«, sagte Odile und ahnte plötzlich, daß sie, wenn Isabelle nicht fortgegangen wäre, jetzt nicht die Formeln für Magnesiumsulfid oder Aluminiumnitrid lernen würde. Vielleicht waren die leeren Stellen in ihrem Leben durch Isabelles Weggang entstanden, obwohl er damals keine Bedeutung zu haben schien. Micheline und sie hatten vom alten Balkon heruntergewinkt, als M. Girard Isabelle vor zwei Jahren zum Bahnhof fuhr.

»Malst du noch?«

»Malen?«

»Du hast mir doch diese Karte zu meinem fünfzehnten Geburtstag gemalt. Ich habe sie noch irgendwo.« Sie zeigte nach oben zu ihrem Zimmer. Als Alexandre und sie dort oben herumgeführt worden waren, war die Tür geschlossen gewesen; sie hatte da nur flüchtig an Isabelle gedacht. Mme. Girard hatte nicht einmal erwähnt, daß sie hier war. Jetzt überlegte Odile, was wohl dort oben war, was sie hütete, was sie in ihren Schubladen aufbewahrte. War sie bei dem Umzug in diese neue Wohnung zu Hause gewesen? Hatte sie Odiles Karte mit Absicht aufbewahrt, oder waren all ihre Sachen einfach zusammengepackt und ohne sie quer durch die Stadt transportiert worden? Es war ein Aquarell von einem Zitronenbaum mit fünfzehn Zitronen gewesen.

»Nein, ich male nicht.«

»Du hast doch auch in Öl gemalt, oder? Ich weiß genau, daß irgendwo eins hing.«

»Stimmt, ein paar habe ich gemacht. Aber ich glaube nicht, daß ich von dem Zeug noch irgendwas habe. Ich weiß es nicht mehr.«

Isabelles nackte Augen senkten sich schwer in ihre. Das solltest du aber, schienen sie zu sagen. Das solltest du.

Odile wollte nicht mehr über sich reden und wechselte das Thema. »Ist es nicht frustierend, einem anderen bei seiner Arbeit zu helfen, anstatt selber etwas zu machen?« Sie war sehr zufrieden mit dieser Frage. Sie war aus dem Nichts gekommen.

»Manchmal schon.« Isabelle schlug die Augen nieder, während sie genauer über die Frage nachdachte. Was hatte sie nur an sich, daß sie vitaler, wacher und lebendiger als jeder andere in diesem Raum wirkte? Am anderen Ende des Tischs wurde plötzlich heftig gelacht. J-P war bei der

Pointe einer seiner Geschichten angelangt. Die jungen Mädchen lachten am längsten, schrill wie schepperndes Glas. »Eigentlich hat es sogar eine ziemlich disziplinierende Wirkung, wenn man vom eigenen Tun abgehalten wird. Da kommt man auf die verschiedensten Ideen und kriegt selber Lust, etwas zu machen. Gioconda ist eher konservativ, was nicht heißt, daß sie Sachen wie Statuen von Generälen macht, aber in ihrer Arbeit ist sie zurückhaltender als ich, und ich glaube, auch das hilft, den ganzen Tag lang gefesselt und geknebelt zu sein.«

»Du arbeitest für eine Frau?«

»Ja, Gioconda di Niota.«

»Ich hatte mir so einen alten Rodin-Typ vorgestellt.«

Sie nickte müde, und Odile fragte sich, ob ihr Verstand wohl einen Satz zustande brachte, den Isabelle seit gestern nicht schon dutzendmal gehört hatte. »Nein«, sagte Isabelle, »sie ist eher so ein Mme.-Beauvais-Typ.«

Odile täuschte ein verständnisvolles Lächeln vor. Ihr war klar, daß sie eigentlich wissen sollte, wer Mme. Beauvais war, aber kein Bild, keine Zeile aus ihrem Buch über französische Kulturgeschichte kamen ihr zu Hilfe.

»Erinnerst du dich an sie? Am Ende des Korridors in unserem alten Haus? Groß und abweisend.«

Odile war zu verlegen, um zu lachen. Bald würde die Uhr neun schlagen. Dann würde sie alles wiedergutmachen. »Hast du denn überhaupt Zeit für dein eigenes Zeug?« fragte sie, da sie nicht zu weit vom Thema Kunst abkommen wollte.

»Nachts.«

Nachts. Ein Atelier unterm Dach, Straßengeräusche, die in heißen Wellen durch die hohen, dunklen, offenen Fenster drangen, diese Hände, konzentriert und vom übrigen Körper getrennt – nicht getrennt, sondern aufgeladen, so als sei ihr ganzes Selbst in sie hineingewandert.

»Was nicht so romantisch ist, wie es klingt«, fuhr Isabelle fort, und Odile war nicht sicher, ob sie laut gesprochen hatte. »Ich trinke eine Menge Kaffee und habe chronische Rückenschmerzen wie eine alte Frau.« Sie griff nach hinten, zuckte zusammen, krümmte sich und rieb sich das Kreuz. »Hier, du kannst den Knoten fühlen.« Sie kehrte Odile ihren Rücken zu, hob ihr Hemd hoch und zeigte auf eine Stelle unterhalb ihrer Rocktaille. »Du wirst es nicht glauben. Dieser dicke Schmerzknubbel. Fühl mal.«

Noch lange danach – während weitere Gänge aufgetragen und die Teller erst durch größere und schließlich durch kleinere ersetzt wurden, während sie weiterplauderten und die Uhr neun schlug, mit neun perfekten Klangringen, die sie beide einschlossen – hatte Odile das Gefühl der winzigen Härchen, der feuchten Haut, der elastischen Erhebung am Ende der Wirbelsäule in ihren Fingerspitzen. Jener eine Akt des Sich-Bückens, Berührens und Zurückweichens schien endlos zu sein, als geschehe er irgendwo auf einer anderen Daseinsebene, von der ihr nur Bruchstücke zugänglich waren, immer wieder von neuem.

Nach dem Kaffee beschloß man, in einen Nachtclub auf der anderen Flußseite zu gehen. Alle Mädchen bis auf Isabelle versammelten sich in Michelines Badezimmer, um ihr Make-up aufzufrischen.

»Arme Odile. Den ganzen Abend die trübsinnige Schwester am Hals zu haben!« sagte Marie-France zu ihrem erhitzten Spiegelbild, das noch vom Essen glänzte.

Bevor Odile höflich widersprechen konnte, sagte Micheline: »Sie ist doch gar nicht mehr so schlimm, oder?« Ohne eine Antwort abzuwarten, fuhr sie fort: »Das liegt daran, daß sie total verknallt ist.«

Odile mußte daran denken, wie Micheline sich, als sie noch klein waren, immer beklagt hatte, Odile und Isabelle liebten sie nicht, sondern seien nur ineinander verknallt. Es überraschte sie, daß Micheline sich jetzt daran erinnerte und sie damit aufzog. Sie hatte stets Angst vorm Erwachsenwerden gehabt, aber die Erinnerung an die Vergangenheit war jetzt angenehm. Sie sah, wie auf ihrem eigenen Gesicht im Spiegel ein Lächeln erschien.

»In wen?« fragte Marie-France und ließ in übertriebener Neugier ihren Lippenstift sinken.

»In den Sohn der Bildhauerin, für die sie arbeitet.«

»Gioconda di Niota.«

»Heißt sie so?« sagte Micheline.

»Ja«, sagte Odile und legte noch mehr Rouge auf, um ihre aufsteigende natürliche Röte zu verbergen.

Mit einem Blick auf Odile sagte Marie-France: »Gott, wenn ich doch nur etwas von deinem Knochenbau hätte.«

Alexandre wartete am Fuß der Treppe mit ihrem Mantel. Er war ein guter Fang, sagte Maman. Intelligent, ehrgeizig, gutaussehend. Er studierte Jura, aber während der Sommerpause war er Regieassistent bei den Filmen seines Onkels, berühmten Filmen. Zu Dreharbeiten fuhr er an

Orte wie Lima und Sydney. Sie hatte Alexandres Namen schon tausendmal gehört, bevor sie ihn überhaupt kennenlernte. All ihre Freundinnen waren einmal verliebt in ihn gewesen oder waren es noch; auf jeden Fall Micheline. Odile hatte nie begriffen, wieso er sich für sie entschieden hatte. Weil du so schön bist, hatte Maman gesagt. Odile fürchtete, daß es tatsächlich so einfach war.

Draußen auf dem Bürgersteig sagte Isabelle: »Komm doch mit uns« und zeigte auf den Renault ihres Vaters.

Nicht einmal für den Nachtclubbesuch hatte sie sich geschminkt, doch wie sie da so zwischen Micheline und Jeanne stand, wirkte sie trotzdem nobler und eleganter; als wären die anderen zu einem Maskenball unterwegs. Ihr Haar hatte sich beim Trocknen in Wellen gelegt, die zarte Lichthalbmonde einfingen. Sie winkte Odile zum Auto, als wären sie die ältesten Freundinnen. Sie leuchtete. Sie war in den Sohn der Bildhauerin verliebt.

Micheline erklärte, daß Odile in Begleitung Alexandres gekommen war; daraufhin nahm er Odiles Hand und führte sie über die Straße, weg von den anderen.

Im Auto faßte er für sie zusammen, worüber er sich unterhalten hatte, und stichelte dann wie jedesmal, sie habe das ganze Essen über nur mit einem einzigen Menschen geredet. Er machte sie nach, schluckte und nickte. »*Und was dann? Und dann?* Das ist doch kein Gespräch, das ist Blutsaugen. Du mußt lernen, selber einen Raum zu besetzen.«

»Warum?«

»Weil das eine Fähigkeit ist, die du dein Leben lang

brauchen wirst.« Das sagte er in einem parodistischen Elternton, doch er meinte es ernst.

Beim Nachtclub angekommen, mußten sie über eine halbe Stunde herumfahren, bis sie einen Parkplatz fanden. Sie wußte, daß sie währenddessen nichts sagen durfte. Er haßte diesen Teil ihrer gemeinsamen Abende, und trotzdem tat er jedesmal so, als handelte es sich um eine völlig überraschende Schwierigkeit, als müßten sie nicht immer, wenn sie ausgingen, erst die Straßen nach einem Parkplatz absuchen. An diesem Abend nutzte sie die Zeit, um sein Gesicht zu studieren. Sah er nur deshalb gut aus, weil alles Hervorstechende fehlte: eine Nase wie die ihres Vater, ein vorspringendes Kinn wie das von M. Girard oder Aknepikkel wie bei Luc? Während sie durch die Straßen fuhren, leuchtete sein Gesicht im Licht der Straßenlaternen jedesmal auf, verdunkelte sich anschließend und wurde wieder hell. Im Dunkeln hätte er jeder beliebige Mann sein können; im Licht schimmerte seine Haut wie Wachs. Sie blickte auf seine Lippen. Hatte sie sie jemals wirklich geküßt? Sie kamen ihr fremd vor. Er quetschte den Wagen rückwärts in eine schmale Lücke.

»Endlich«, sagte er, stellte den Motor ab und lehnte sich gegen die Kopfstütze. Er drehte den Kopf zu ihr. »Du siehst heute abend umwerfend aus.« Mit seinem Finger strich er ihr eine Haarsträhne hinter das Ohr. Sie haßte dieses Gefühl; es erinnerte sie an die Zeit, als sie noch sehr klein war und im Sand spielte. Laß das, sagte Maman und hob ihr Haar hoch. Du kriegst abstehende Ohren davon. Doch es war eine seiner zärtlichen Gesten. Danach würde er sie küssen. Erst ohne Zunge, dann mit Zunge, dann wieder ohne. Noch nicht; jetzt; noch nicht. Sie wurde den Eindruck nicht los, daß seine Lippen nicht aus Fleisch waren.

»Ich wünschte, wir müßten nicht da rein«, sagte er, als er sich von ihr löste. Das war eine Lüge. Es gab nichts Vorhersehbareres als Abende wie diesen. Hätte sie vorgeschlagen, sie sollten wieder umkehren, dann hätte er darauf bestanden hineinzugehen, nur für eine Minute, nur um zu sehen, wer da war.

Odile stieg aus dem Wagen und wartete auf dem Bürgersteig auf ihn. Er würde mit den Schlüsseln klimpern, nachdem er sie in die Tasche gesteckt hatte; er würde sich mit drei Fingern auf den Kofferraum stützen, wenn er ums Auto herumging. Was war bloß in sie gefahren? Wieso sah sie ihn aus solcher Distanz? Als er sie heute abend abholte, wäre sie gern ins Wohnzimmer gegangen, wo er mit Maman saß; sie war eifersüchtig auf ihre unbeschwerte Unterhaltung auf der Couch. Und er war ein freundlicher, sensibler Mensch. Er meinte es stets gut. Am Ende ihres Krankenhausbesuchs bei Paul hatte er dessen Hand genauso fest geschüttelt, wie er es zu Beginn einer Party getan hätte. So als hätte er ihn aus seiner Verwirrtheit reißen wollen. Sein Kragen war unterdessen völlig durchgeschwitzt.

Im überfüllten Club schoben sich rastlose Menschen in Trauben durch die Räume. Luc, Jeanne, Micheline und Isabelle waren gerade durch die Tür getreten. Alexandre drängte sich in ihre Gruppe und sagte etwas, worüber alle lachen mußten. Sie hatte ihn unmöglich verstehen können. Und wenn sie ihn jetzt fragen würde, würde er behaupten, es sei albern gewesen. Er lachte nie selber über etwas, was er sagte, und er wiederholte auch nie einen Witz. Er faßte hinter sich nach Odiles Hand, und Isabelle folgte ihnen, als sie sich einen Weg zur Bar bahnten.

Die Musik wurde lauter, und Isabelle preßte ihren Mund in Odiles Haar, direkt hinter ihrem Ohr, damit sie zu hören war. »Sieh dir die Fliesen auf dem Boden an. Sie sind großartig.« Und wenige Sekunden später: »Da drüben ist ein Wasserhahn. Das muß eine Badeanstalt gewesen sein.« Dann: »Schau mal zur Decke!«

Odile war schon mindestens zehnmal in diesem Club gewesen. Sie war am Ende einer langen Nacht hier gewesen, als nur noch eine Handvoll Leute herumstanden, und nie war ihr das aufgefallen, was Isabelle trotz Hunderter von menschlichen Hindernissen entdeckte. Über ihnen war ein Mosaik mit fliegenden tropischen Vögeln, und zwar genauso, wie sie, von unten betrachtet, aussehen würden. Ein Vogel hatte purpurrote Krallen, ein anderer einen zinnoberroten Bauch und lange, muskulöse Flügel. Trotz des Rauchs und des flackernden Lichts wirkte das Bild äußerst lebendig.

»Ist das nicht grandios!«

Odile hielt den Kopf noch immer zur Decke gereckt. Ihr Haar war nach hinten gefallen, und Isabelles Lippen hatten flüchtig ihr Ohrläppchen gestreift. Wenn sie der Sohn der Bildhauerin wäre, hätte Isabelle die Lippen vielleicht fester an ihr Ohrläppchen gepreßt und vielleicht daran geleckt.

Vor ihr blieb Alexandre stehen. So laut, daß sie zusammenzuckte, sagte er in ihr anderes Ohr: »Willst du mir die

Finger brechen?« Aber dabei lächelte er. An der Bar sagte er weicher: »Wir hätten wirklich einfach nach Hause gehen sollen.«

»Ja«, sagte sie. Noch nie waren ihr seine wächsernen Küsse so gleichgültig gewesen. Er reichte ihr eine Cola mit Rum, und sie nahm einen großen Schluck. Sie nippte selten mehr als zweimal an einem Getränk. Als sie zur Tanzfläche gingen, war ihr Glas leer. Verlegen stellte sie es auf einen Tisch.

Normalerweise tanzte sie nicht gern zwischen so vielen Menschen. Man konnte dann nicht seinem eigenen Rhythmus folgen; dauernd kamen einem die Füße und Ellbogen von jemand anderem in die Quere. In Wirklichkeit hatte Odile die vielen Menschen stets als Ausrede benutzt, um nicht tanzen zu müssen. Selbst wenn die Menge sich lichtete, tanzte sie nicht gern. Sie fühlte sich Maman nie ähnlicher als auf der Tanzfläche. Zwar hatte sie ihre Mutter niemals zu Rockmusik tanzen sehen, aber sie wußte, wenn sie es jemals täte, sähe sie genauso aus. Instinktiv hielten sie sich beide zurück, waren nicht in der Lage loszulassen. Was loszulassen? fragte sie sich, als sie ihr Gewicht vorsichtig von der einen auf die andere Seite verlagerte, die Arme genau wie alle übrigen hielt, kleine Schritte machte und den Takt zu erfassen versuchte, den alle um sie herum im Blut zu haben schienen. »Bist du müde?« hatte Alexandre sie gefragt, als sie zum erstenmal miteinander tanzten. Jedesmal, wenn sie jetzt tanzten, mußte sie an diese Frage denken und erlebte sich selber auf der Tanzfläche nie anders als schlaff und ermattet. Aus irgendeinem Grund war ihr nie in den Sinn gekommen, daß Alkohol helfen könnte. Aber die Cola mit Rum schien ihr einen Weg zu ebnen. Nach ein paar Songs merkte sie, wie sich ihre Arme in unerwartetem Schlenkern vom Körper losmachten; ihre Füße glitten, in kurzen Abständen und in schierer Nachahmung des kahlen Mannes neben ihr, fast im Moonwalk am Boden entlang. Alexandre warf ihr einen rätselhaften Blick zu. War er amüsiert? Empört? Sie wußte es nicht. Es scherte sie nicht. Der nächste Song hatte einen schnellen Stakkatorhythmus, und sie ertappte sich dabei, wie sie sich im Takt dazu schüttelte.

Sie hatte sich von Isabelle wegbewegt, aber nun, da sie sich mutiger fühlte, sah sie sich in der Menge nach ihr um. Dann tanzte sie unmerklich in ihre Richtung. Als sie näher kam, sah sie, daß Isabelle nicht wie irgend jemand sonst tanzte. Der Song hatte einen Maschinengewehrbeat, aber Isabelle tanzte mit langsamen Wellenbewegungen, als höre sie irgendeinen tieferen Rhythmus in der Musik. Es war wunderschön. Sie war vollkommen versunken, hatte alle Menschen im Raum vergessen. Wie wäre es wohl, wenn man ganz bei sich selbst sein und das wachsame zweite Ich vergessen könnte, das glaubte, es wisse, wie die anderen einen betrachteten?

Odile versuchte sich auf Alexandre zu konzentrieren, der mit warmen Händen und einem erwartungsvollen Grinsen nach ihr griff. Doch als er sie losließ, galt ihre Aufmerksamkeit wieder Isabelle. Mit den Armen über dem Kopf tanzte sie jetzt noch langsamer. Hatte sie mit dem Sohn der Bildhauerin geschlafen? Ja. Die Gewißheit überwältigte sie.

Odile spürte, wie schwächlich ihre eigenen Bewegungen waren, wie sehr sie ihre Jungfräulichkeit verrieten.

Wieso war sie noch Jungfrau? Alexandre bestand darauf, daß ihre Beziehung sich in dem Tempo entwickelte, das ihr angenehm war. Doch einmal hatte er zu ihr gesagt, es komme ihm so vor, als versuche sie ihn in eine winzige Schachtel einzusperren, und das tue weh, es tue physisch weh, die ganze Zeit so zusammengequetscht zu sein. Er erklärte, da sie ein Mädchen sei, erwarte er nicht, daß sie ihn verstehe, aber so fühle er sich eben. Als Odile Isabelle beobachtete, begriff sie, daß sie selber auch in einer Schachtel steckte. Vielleicht heute nacht, dachte sie, als sie an der Bar noch eine Cola mit Rum herunterschüttete. Heute nacht würde sie ihm erlauben, mit ihr zu schlafen.

Auf dem Weg nach draußen stießen sie auf Pauls Schwester. Da der Gang zu eng für drei war, stand Odile hinter Alexandre, der bei dem Gespräch sehr ernst wirkte und die ganze Zeit den Kopf schüttelte.

»Was hat sie gesagt?« fragte Odile, als sie draußen waren.

»Keine Veränderung. Nichts.«

»Aber sie haben doch gesagt, daß er in ein paar Tagen –«

»Ich weiß, was sie gesagt haben, Odile, aber sie haben sich geirrt. Es wird nicht besser mit ihm.«

Im Wagen hielt Alexandre minutenlang stumm das Lenkrad umklammert, bevor er den Schlüssel umdrehte. Odile hätte gern nach seiner Hand gegriffen oder sein Haar gestreichelt, aber sie fürchtete, er könnte es übelnehmen, wenn sie so auf seine Traurigkeit einging, und sie zurückstoßen. Lieber wollte sie sich die Berührung für zu Hause aufsparen. Und so saß sie ebenso stumm und reglos da wie er, doch die Musik in ihrem Innern war laut und schrill, und der Rum setzte alles in Bewegung.

Es war ihr vorher nicht aufgefallen, daß Michelines Auto auf der anderen Straßenseite geparkt war. Sie wünschte, Alexandre würde den Motor anlassen; sie wollte nicht zusehen müssen, wie die beiden Schwestern um die Ecke kamen. In zwei Tagen würde Isabelle auf italienischen Fliesen tanzen, unter einem italienischen Mond wandeln. Zu Odile hatte sie nichts weiter als auf Wiedersehen gesagt. Odile neigte den Kopf, um zu sehen, ob es einen Mond über Paris gab. Aufgeschreckt durch diese leichte Bewegung, drehte Alexandre den Schlüssel um.

Er hielt direkt vor dem Hausboot, nicht ein Schiff weiter, wie er es getan hätte, wenn er hätte bleiben wollen.

Komm rein. Der Satz wäre so einfach gewesen. Aber sie hatte noch nie etwas Derartiges gesagt. Er entschied, ob er hereinkam oder nicht; er entschied, wann er mit seinen Fingern unter ihren BH schlüpfte und wohin er ihre Hand führte. *Komm rein*, übte Odile im Geiste, aber sagen würde sie es nie.

Er hatte den Motor nicht abgestellt; er starrte geradeaus und wirkte in dem fleckigen Licht von der Straße über und dem Fluß neben ihnen gespenstischer denn je.

Dann riß die harte Oberfläche plötzlich ohne Vorwarnung. Der strenge Mund sprang auf, die Augen zogen sich zusammen, und die glatten Wangen schoben sich wulstig hoch.

»Alex.« Sie berührte sein Gesicht. Es war schon naß. Er drehte sich weg, aber sie zog ihn wieder an sich. Sie beugte sich hinüber und küßte ihn, aber seine Lippen reagierten nicht.

Er stieß sie weg und legte die Stirn auf das Lenkrad. »Ich habe solche Angst um ihn, Odile.«

»Laß uns miteinander schlafen.« Sie war über ihre Worte genauso schockiert wie er.

Er hob den Kopf und stieß einen Laut aus, der ebensogut ein Lachen wie ein Seufzen sein konnte.

»Komm.« Sie nahm seine Hand.

»Nicht jetzt. Nicht so.«

Aber ein Nein kam für sie nicht in Frage. Sie hatte eine Entscheidung getroffen.

Sie nahm seine Finger in den Mund und begann an ihnen zu lutschen, zuerst am kleinen. Sie ließ sich Zeit. Sie ließ ihn weinen. Aber als sie beim Daumen angelangt war, galt sein Stöhnen ihr.

Sie ließ seine Rücklehne ganz herunter und kletterte auf ihn. Aus weiter Ferne hörte sie ihn ihren Namen sagen, protestierend und lustvoll zugleich. Er weinte immer noch leise und konnte nicht küssen, aber seine Hände wurden von einem anderen Gefühl getrieben, als sie sich unter ihre Kleider und Unterwäsche wühlten.

Der Alkohol schärfte ihren Willen, aber nicht ihre Sinne; er machte ihre Bewegungen kühner, aber sie fühlte sich genauso isoliert und taub wie jedesmal, wenn sein Mund auf ihrer Brust lag und seine Finger zwischen ihren Beinen fummelten. Doch anstatt ihn zu bremsen, ließ sie ihn jetzt weitermachen. Von ihrem Atem wurde es heiß und feucht im Wagen. Die Stadt draußen verschwamm, und sie fühlte sich betrunken, von neuem ganz und gar betrunken. Jetzt küßte er sie, ein salziger, unersättlicher Kuß. Sie spürte, wie er unter ihr härter wurde, während er seine schwere Zunge in ihrem Mund kreisen ließ.

Als er sie wieder hochhob, um mit seinem Mund an ihre Brüste zu kommen, sah sie statt dessen plötzlich schmale, ungeschminkte Lippen vor sich. Sie erschauerte, krümmte sich und schrie stumm *Nein.* Sie öffnete die Augen. Alexandre, dachte sie. Aber sie fühlte, wie der Abstand zwischen ihnen wuchs, und sie sah nur eine Möglichkeit, das zu empfinden, was er empfand: Sie mußte den Bildern in ihrem Kopf nachgeben. Sie ließ die weicheren Lippen ihre Brust berühren; sie ließ die mageren Hände mit den spitzen Knochen zwischen ihre Beine gleiten. Sie begrub ihr Gesicht in feuchtem, welligem Haar. Sie preßte sich an den Körper unter ihr, und alles außer ihrem eigenen Verlangen verschwand.

»Sieh mich an, Liebste«, hörte sie, gehorchte aber nicht.

Als er in ihr war, war sie in Isabelle. Sie war der Sohn der Bildhauerin. Ihre Schreie verhallten stumpf und echolos an den beschlagenen Fenstern.

Als es vorbei war, strich er ihr das Haar aus dem Gesicht. »Ist alles in Ordnung? Hier, komm her. Hier an meine Seite.« Er machte ihr neben sich Platz und schlang seine Arme um sie. »Das war wunderschön. Ich hatte so ein seltsames Gefühl, Angst. Diese Sache mit Paul –«

»Ich weiß.«

»Es ist so schrecklich, daß er vielleicht etwas zurückbehält und daß er nie mehr ... daß er nicht mehr derselbe ist, einfach weg für immer ...«

Sie lag neben ihm, mit dem Rücken an seiner schweißnassen Brust, und jedesmal, wenn er einatmete, blieb er an ihr kleben. Beim Sprechen stieß sein Kinn gegen ihre Schulter. Sie wollte raus aus dem Wagen, doch er redete immer weiter von Paul.

Die beschlagenen Fenster schienen näher zu rücken. Während sie mit Alexandre schlief, hatte sie an Isabelle gedacht. War sie dabei, verrückt zu werden? Natürlich nicht, würde ein Psychiater sagen. Sie haben Angst und sind ein bißchen betrunken. Es war das erste Mal. Beim ersten Mal hat man immer seltsame, unpassende Gedanken.

»... und wenn man bedenkt, daß das Gehirn nur aus Flüssigkeit und elektrischen Impulsen besteht und daß ein kleiner Stoß genügt, um es für immer durcheinanderzubringen.«

Ihr Herz klopfte immer heftiger. *Atme tief, atme langsam*, befahl sie sich. Mit den Fingern wischte sie eine Stelle auf der Windschutzscheibe frei und sah, wie drei Personen die Ostbrücke betraten. Die erste eilte in einigem Abstand rückwärts voraus. Aus der Entfernung konnte Odile nicht erkennen, ob die drei Gestalten Männer oder Frauen, jung oder alt waren. Die Lichter der Stadt wurden in kleinen spitzen Punkten auf den Fluß unter ihnen und in großen gelblichen Flecken an die Wolken über ihnen geworfen. Sie spürte es wieder sanft in sich aufsteigen, jenes Bedürfnis, die Szene zu konservieren. Sie hätte so gern verhindert, daß ihr flüchtiges Gefüge sich auflöste – die Spaziergänger würden die andere Seite erreichen, der Himmel würde verblassen, das Wasser in Bewegung geraten –, daß das Bild in den Strudeln des Gedächtnisses verschwand.

»... und es war so wunderbar, wie du ihn einfach wieder zugedeckt und gesagt hast, er soll sich beruhigen. Ohne dich hätte ich es dort drinnen nicht ausgehalten. Ich dachte, ich müßte mich übergeben. Krankenhäuser haben so was Deprimierendes, diese langen Gänge, und man weiß, daß hinter jeder Tür eine andere menschliche Tragödie steckt...«

Und als hätte sie es so angeordnet, schlug genau in dem Moment auf der anderen Flußseite eine Uhr, mit einem einzigen dünnen, einsamen Ton.

»Wenn du ein Maler wärst, wie würdest du dann eine Uhr malen, die gerade schlägt?«

»Was?«

Morgen würde sie in den Schränken nach ihren Farben suchen. Die Staffelei stand im Wäschezimmer hinter dem Bügelbrett. Sie würde sie genau hier aufstellen, hier am Fluß. Sie würde diese drei Figuren im Gedächtnis behalten. Sie verließen jetzt schon die Brücke, der rückwärts Gehende hatte sich wieder umgedreht und winkte mit einem grauen Ärmel ein Taxi herbei. Nichts an ihnen würde verlorengehen.

Alexandre drückte sie fester an sich. Mit der Stimme eines kleinen Jungen sagte er: »Ich glaube, du hörst mir nicht zu.« Natürlich glaubte er das.

Als seine Hand zwischen ihre Schenkel wanderte, widerstand sie dem instinktiven Bedürfnis, sie festzuhalten, so wie sie es mit den Worten *Noch nicht* in diesem Wagen schon unzählige Male getan hatte. *Noch nicht* war für immer vorbei.

Und diesmal würde sie die Augen offenlassen, würde *seine* Lippen auf ihren, *seinen* Körper unter ihrem fühlen. Das erste Mal war vorbei, doch als ihre Hände über seinen Rücken bis zu einem weichen Knubbel wanderten und ihre Augen sich schlossen, war da Isabelle und wartete geduldig.

III

Nicht beendet, nicht abgeschickt

3. Okt.

Liebe Sarah,
bitte sei nicht böse. Ich weiß, wie besorgt Du gewesen sein mußt, aber ich brauchte die Zeit. Jetzt geht es mir besser. Ich habe Arbeit auf einem Hausboot gefunden, wo ich auf drei Kinder aufpasse.

Wie läuft es bei euch da drüben?

12. Okt.

Liebe Sarah,
wie geht es Dir? Wie geht es Euch allen? Selbst diese Frage fällt mir manchmal schon schwer.

22. Okt.

Liebe Sar,
manchmal zerrt soviel an mir. Ich will soviel. Wahrscheinlich war das schon immer so. Gestern abend waren wir alle in einem Konzert. Nur drei Instrumente, Klavier, Geige und Flöte. Was hat die Musik bloß an sich? Auf der Rückfahrt im Auto schien soviel möglich. Ich bin noch jung. Manchmal vergesse ich das vollkommen.

28. Okt.

Liebe S,
es tut mir leid, daß ich erst jetzt schreibe. Ich habe ein paar Briefe angefangen, aber es ist einfach so schwer zu erklären…

1. Nov.

Ich kann mich an so viel erinnern. Ich denke die ganze Zeit an früher. Heute dachte ich daran, wie ich zum ersten Mal merkte, daß Du nicht ich warst. Ich war fünf, und Du hast diesen roten Wecker gestellt, und ich sah Dir zu und wußte, daß Du nicht dasselbe dachtest wie ich. Daß Du in der nächsten Nacht nicht dasselbe träumen würdest. Und daß wir zu verschiedenen Zeiten sterben würden. Und daß Du vielleicht zuerst sterben könntest. Das war das allererste Mal, daß ich mich allein fühlte. Jetzt fühle ich mich die ganze Zeit so.

3. Nov.

In letzter Zeit leide ich unter Schlaflosigkeit. Es ist 3 Uhr morgens, und ich bin in der Küche und habe Lust, Dir den längsten Brief der Welt zu schreiben. Ich habe Lust, Dir mein Leben hier in allen Einzelheiten zu beschreiben. Marc (der Vater der Familie, in der ich lebe) kann auch nicht schlafen. Ich höre ihn in seinem Studierzimmer. Hin und wieder quietscht sein Stuhl. Die Schlaflosigkeit ist gar nicht so schlimm, wenn noch jemand im Haus daran leidet. Wir sind uns nur einmal begegnet. (Ich versuche, in meinem Zimmer zu bleiben, aber manchmal muß ich herumlaufen, so wie heute nacht.) Wir haben Kekse gegessen, und er hat mir erzählt, daß er am besten einschlafen kann, wenn er sich vorstellt, daß er dieses Boot, auf dem wir leben, losmacht und sich den Fluß hinabtreiben läßt. Ich habe es versucht, aber bei mir funktioniert es nicht.

Es ist ein schönes Gefühl, hier zu sitzen und Dir einen Brief zu schreiben, obwohl ich ihn wahrscheinlich nie abschicken werde. Ich habe eine Menge Briefe an Dich angefangen. Da ist immer dieser Druck, daß ich mich rechtfertigen müßte. Ich denke jedesmal, daß ich endlich die perfekte Erklärung zu fassen kriege, aber es gelingt mir nie. Vorher war es einfach, Dir alles zu beschreiben. Es war so ein gutes Gefühl. Ich hatte ein Ziel. Ich fühlte mich wichtig. Ich fühlte mich lebendig. In dem Moment, wo er geboren war, glitt mir alles aus den Händen. Ich kann es wirklich nicht besser beschreiben. Es ist, als wenn ich vorher der Mittelpunkt von allem gewesen wäre, weil er in mir war, und dann war ich plötzlich nur noch die abgestreifte Hülle. Es war so viel Wut in mir. Ich erwarte im Grunde nicht...

? Nov.

Ein Tag ist wie der andere, deshalb kann ich unmöglich sagen, der Wievielte heute ist. Ich wache auf. Ich mache Frühstück, Mittagessen und Abendbrot. Montags gehe ich einkaufen. Ich habe keine Ahnung, wieso ich hierher gekommen bin und was aus mir werden soll...

17. Nov.

Mein Badezimmer liegt auf der Seine-Seite, und die Wanne steht etwas erhöht, und wenn man drinsitzt, ist man auf gleicher Höhe mit den Fenstern und dem Wasser. Das Licht in der Morgendämmerung ist unglaublich. Man erhofft sich plötzlich Dinge und glaubt, daß man sie auch kriegt …

22. Nov.

Heute ist, glaube ich, Thanksgiving. Ist das immer am dritten Donnerstag im November oder am letzten? Nicht mal das weiß ich mehr. Aber der Tag heute kommt mir wie Thanksgiving vor, deshalb tue ich einfach so, und das bedeutet, daß genau ein Jahr seit dem Tag vergangen ist, als sich alles entschieden hat.

29. Nov.

Du wolltest immer wissen, wie es ist, schwanger zu sein, und ich habe versucht, Dir zu antworten, aber jetzt, wo es vorbei ist, glaube ich, daß ich es noch besser beschreiben kann. Es war so, als würde ich mir alles wünschen und gleichzeitig alles haben. Es war so, als wäre ich rundum voll. Und nachher ist man leerer, als man sich überhaupt vorstellen kann.

15. Dez.

Es ist spät, aber ich bin so wach, daß ich genau weiß, daß ich heute nacht nicht mehr einschlafen werde. Ich spüre endlich, daß ich aus etwas auftauche, und das ist ein gutes

Gefühl. Der Tag heute war so wunderbar, daß ich wahrscheinlich kein Wort schreiben sollte. Aber wenn ich es niemandem beschreibe, hat es dann überhaupt existiert? Und wem sonst sollte ich es erzählen als Dir? Ich versuche immer, Dir Briefe zu schreiben, aber ich schaffe es nie, sie zu beenden. Vielleicht stecke ich sie alle in einen großen Umschlag und schicke sie Dir morgen.

Am Samstag ist Lolas dreizehnter Geburtstag, und deshalb hat ihre Mutter mich beim Frühstück gefragt, ob ich zusammen mit Marc ein paar Sachen für sie besorgen könnte. Wir haben uns um halb sechs an der Metrostation am Ende der Straße getroffen, und plötzlich konnte ich perfekt Französisch. Es ist schon seltsam, wie so was passiert; erst kriegt man keinen einzigen Satz zusammen, und dann schafft man auf einmal ganze Absätze. Das hängt vor allem davon ab, mit wem man spricht. Mit Nicole ist mein Französisch grauenhaft. Sogar wenn ich nicht direkt mit ihr spreche, wenn sie nur im Raum ist, ist es furchtbar. Aber mit Lola oder Marc flutscht es nur so. Na ja, vielleicht flutscht es nicht gerade, aber es tröpfelt stetig vor sich hin. Das ist seltsam. Mit ihnen bin ich ein anderer Mensch oder mehr ein Mensch. Ich werde einfach ich selber.

Wir sind dann also diese Straße langgegangen und haben nur gequatscht und gelacht. Ich laufe nachmittags viel herum, und es war toll, daß ich jetzt auch zu den Paaren gehörte, die ich immer so beneide. Plötzlich gab es so viel zu sagen. Es war so, als wäre ich mit Dir zusammen. Wie soll ich das erklären? Es ist so, als würde das Leben Tag für Tag auf Dich einstürmen und lauter Sachen würden passieren, aber Du denkst nie richtig über sie nach, bis jemand anders auftaucht, der davon anfängt, und dann kommt alles in einer irgendwie wunderbaren Form raus, die Dir vorher gar nicht aufgefallen ist. Es gibt Menschen, die können Sachen aus Dir rausholen, von denen Du gar nicht wußtest, daß sie überhaupt da sind. Ich kann genau hören, was Du jetzt denkst, aber ich bin *nicht* dabei, mich in ihn zu verlieben. Und er würde sich *nie* in mich verknallen. Er hat eine wunderbare Frau, und das letzte, worauf er scharf wäre, ist eine Affäre mit einer Au-pair, die gerade entbunden hat!

11. Jan.

Heute habe ich Lola beigebracht, wie man Schokoladenkekse macht, und beim Geschmack von dem Teig und dem Duft beim Backen mußte ich an Dich denken, und ich habe Dich schrecklich vermißt.

25. Jan.

Wenn man in der Morgendämmerung draußen auf Deck ist und es ist still und klar, sind die Brückenbögen geschlossene längliche Schlaufen. Die Gebäude, die Eisengeländer und die kahlen Bäume auf der anderen Seite zittern alle ganz leicht in der Strömung, und manchmal träume ich von dieser Welt im Wasser. Ich träume von den Menschen, die sie bewohnen, und ...

4. Febr.

In jedem Traum, den ich habe, bin ich noch schwanger und schütze immer meinen Bauch, und wenn ich aufwache und mir einfällt, daß ich leer bin, dann ist das, als wäre kein Tropfen Blut mehr in mir ...

7. Febr.

Ich möchte versuchen, es zu erklären ...

12. Febr.

In Nicoles Zimmer gibt es neben dem Bett eine silberne Dose mit Pralinen und gebügelte Seidenstrümpfe, die ordentlich in Schubladen liegen, und einen Schrank voller Prinzeßkleider. Es gibt einen Karton mit Briefen, und fast alle stecken in gelben Umschlägen. Sie kriegt jede Woche mindestens einen. Ich habe sie nicht gelesen. Sie kommen aus der Stadt, wo sie aufgewachsen ist, aus Plaire (was auf französisch auch *gefallen* heißt), und wenn einer kommt, ändert sich ihre Stimmung. Sie öffnet ihn nie zusammen mit der übrigen Post. Sie spart ihn sich auf und liest ihn erst in ihrem Zimmer. Falls sie zurückschreibt, geht sie wohl heimlich zur Post. Ich habe nie einen gelesen, aber die Umschläge studiert. Die Adresse sieht immer aus, als wenn jemand große Eile hätte – oder Angst, erwischt zu werden. Und es gibt nie einen Absender – nur den Poststempel. Du mußt unbedingt herkommen. Du warst schon immer die bessere Schnüfflerin.

15. Febr.

Ich schlafe immer noch ziemlich schlecht ...

22. Febr.

Es gibt zwei Sachen, die ich an meinem täglichen Trott hier liebe: Abendessen machen und die Sonntagmorgende. Das Abendessen ist einfach. Es ist nur für die Kinder, und die essen alles. Um sechs gibt es im Radio eine Krimisendung, und die höre ich, während ich Knoblauch presse oder ein Hühnchen fülle. Du würdest in Ohnmacht fallen, wenn Du wüßtest, wie gut ich inzwischen kochen gelernt habe. Sonntag morgens gehen alle in die Kirche außer Marc und mir. Manchmal schläft Odile aus, statt zur Messe zu gehen, und steht erst nachmittags auf. Nicole nennt uns *les infidèles*, und wir trinken gemeinsam Kaffee (den ich mittlerweile liebe), wenn alle weg sind. Wir tauschen Schlaflosigkeitsberichte aus, und irgendwie fühlen wir uns wohl miteinander, trotz meines Französischs, das besser wird, aber nicht schnell genug. Manchmal kommt es mir wie zu Hause vor, wie ein richtiges Zuhause, ein bißchen so, wie es früher in dem Haus in Lyme war.

27. Febr.

Heute habe ich über Cal nachgedacht. Wenn ich an ihn denke, kommt er mir so jung vor. Ich hätte …

2. März

Endlich fühle ich mich als Teil dieser Familie. Ostern wollen wir eine große Reise machen.

Das große Zimmer

Auf dem Heimweg brennt uns die späte Morgensonne auf den Rücken. In den Salbei-, Minze- und Heidepflanzen am Weg werden die schnarrenden Stimmen der Insekten leiser, wenn wir näher kommen, und schwellen in unserem Rükken wieder an.

Wir kommen von La Douille, dem Milchbauernhof auf der anderen Seite des Hügels. Lucie ist in ausgelassener Stimmung, weil sie den jungen Bauern wegen der seltsamen Kehllappen seiner Hähne aufgezogen hat. Er wurde rot, als hätte sie etwas ungeheuer Persönliches gesagt, und auch deswegen zog sie ihn auf. Obwohl sie ihn in Verlegenheit gebracht hatte, schien er die Aufmerksamkeit zu genießen und überreichte uns beim Abschied eine dicke Scheibe Ziegenkäse.

»Ich war ewig nicht in La Douille«, sagt sie. »Und nicht wegen meiner Gesundheit.« Am wenigsten kann sie es ausstehen, wenn sie für alt und schwach gehalten wird.

»Und wieso dann nicht?«

»Wahrscheinlich aus verschiedenen Gründen.« Ich höre ihr an, daß sie nichts herauslassen will, und weiß, daß ich nicht bohren darf. Wir gehen schweigend weiter, bis sie fortfährt. »Aber mit dir gehe ich gerne. Du liebst doch all die Kälber dort, oder?«

»Sie sind wie Kinder.« Es gibt eins, das älter als die anderen ist und spindeldürre Hinterbeine hat. Irgendwie steht dadurch sein Hinterteil hoch, was ihm einen holprigen Gang verleiht. Seine Augen scheinen sich der eigenen Unbeholfenheit sehr bewußt. Es erinnert mich an Lola.

»Und wie du um die Schweine einen Bogen machst. Sie sind zwar groß, aber sie tun dir nichts, jedenfalls nicht, solange du ihr Futter in Ruhe läßt. Aber am liebsten beobachte ich, wie Jean-Baptiste dich beobachtet.«

»Ich begreife gar nicht, wieso ihm nichts an unserer Kleidung aufgefallen ist.«

Wir waren am Morgen schon mehr als einen Kilometer gelaufen, ehe wir merkten, daß wir dieselben Sachen trugen: weiße Blusen, schwarze Pullover und hellbraune Hosen. Das war der Auslöser für ihre alberne Laune.

»Lenk nicht vom Thema ab. Ich glaube, du hast ihn ziemlich verwirrt.«

»Das glaube ich nicht.« Es sind Lolas Worte und ihr Tonfall, wenn ihr Vater sie neckt. *J'crois pas, papa.*

»Ich weiß nur, daß ich früher eine geschlagene Stunde im Hühnerstall warten mußte, bis er mir eine Flasche Milch brachte. Jetzt kommt er immer angeschossen, streicht sich das Haar glatt« – in ihrem Hals sitzt ein Gluckser, den sie zurückzuhalten sucht – »und steckt das Hemd in die Hose.«

Ich versuche ernst zu bleiben. »Das stimmt nicht! Ich habe noch nie gesehen, wie er ...« Mir fällt ihr Ausdruck für *reinstecken* nicht mehr ein.

»Siehst du, schon das Reden über ihn macht dich ganz nervös.«

»Das ist nicht wahr.«

Wir müssen laut und heftig lachen, als wir die Bergkuppe erreichen, von wo es hinunter zu unserer Einfahrt geht.

Henri Peyraud kommt uns entgegen. Das trifft sich gut, denn der steile Abstieg ist schwierig für sie.

»Was für fröhliche Gesichter mir dieser Weg beschert«, sagt er. Dann bemerkt er unsere Kleidung. »Trägt man da oben jetzt Uniform? Oder seid ihr der Armee beigetreten?«

Er lächelt zahnlos. Anders als Lucie, die sich ihre Jugend in den weichen, flaumigen Wangen und dem kindlichen, herzförmigen Grinsen bewahrt hat, besitzt Henri ein zerknautschtes Gesicht. Ein Gemisch aus Falten und tiefen Rissen. Sein Haar ist weiß und steht ab wie Guillaumes Bürstenfrisur. Aber er ist, wie er selbst gern betont, immer noch kräftig wie ein Karrengaul. Lucie und er sind seit sechsundsiebzig Jahren befreundet, seit sie elf Jahre alt waren und sich im Firmunterricht das Gesangbuch teilen mußten. Sie sangen die Verse rückwärts – *wankte nicht Glauben unser, Glauben Unser* –, bis sie Hiebe in die Kniekehlen bekamen und auf einer ungepolsterten Fußbank hundertfünfzig Ave-Marias aufsagen mußten.

Er hakt Lucie an der anderen Seite unter. Ihr Gesicht furcht sich vor lauter Konzentration, als der Abhang steiler wird und ihre Schuhe auf lockerem Kies ins Rutschen geraten. Sie wird langsamer, macht einen Schritt zur Seite, stellt dann die Fußspitzen nach innen, wie beim Skifahren. Henri lockt sie schmeichelnd bergab, mit Worten, die er sanfter ausspricht, als ich es je vermocht hätte: *Doucement, soigneusement, comme ça, ça y est, oui, oui, oui, oui.*

Auch ich konzentriere mich auf den Weg, helfe ihr im Geiste, jeden Schritt sorgfältig zu setzen. Kommentarlos passieren wir die Auffahrt zu Nicoles Familiensitz, wo die Fensterläden fest verschlossen sind und die Tonziegel allmählich vom Dach rutschen und am Boden zerschellen. Auf dem Hinweg hat sie auf das größte Fenster gezeigt, das einzige ohne Läden. Es ist aus lauter aneinandergereihten Einzelscheiben zusammengesetzt. Nicole sei die letzte gewesen, sagt sie, die in diesem Zimmer geschlafen hat.

Als die Straße eben wird, lockert sie ihren Griff und wird wieder gesprächiger. Sie erzählt Henri von den Schäden, die der Sturm vom Montag auf dem Hof der Monbets angerichtet hat, von dem Baum, der in den Wiesen von La Douille auf eine Mauer gestürzt ist, und daß alle Kühe jetzt an den Zweigen knabbern. »Man könnte glauben, es seien Giraffen! Und wie zielstrebig Jean-Baptiste geworden ist. Ist dir das nicht auch aufgefallen, Henri?«

»Mir ist nur aufgefallen, daß er in dem Schneckentempo arbeitet, das er von seinem Vater geerbt hat.«

»Du solltest mal mit Rosie hingehen.« Sie sieht mit einem boshaften Grinsen zu mir. Ihr Gesicht glänzt noch von der Anstrengung des Abstiegs.

»Hören Sie bitte nicht auf sie, Henri.«

Wir bleiben am Briefkasten stehen, und sie reicht mir einen Brief so beiläufig, als wäre es nicht der allererste, den ich hier jemals bekommen habe. Ich lasse ihn in die Tasche mit der Milch fallen und sehe extra nicht auf die Handschrift, aber auf den Briefmarken sind unübersehbar amerikanische Flaggen. Sie hat mich gefunden.

An dieser Stelle verläßt Henri uns und sagt, er müsse beim Milchhof sein, ehe Jean-Baptiste zu Mittag ißt.

»Ich glaube nicht, daß er heute viel ißt. Die Liebe verdirbt den Appetit.«

Ich lächle zerstreut, und als sie wieder meinen Arm nimmt, scheint ihr Griff fester, ihr Schritt zu schnell. Hier in der Ebene geht sie sicher und bestimmt, es scheint sie nach Hause zu treiben. Ich möchte, daß sie sagt, was wir tun werden, wenn die Lebensmittel erst einmal weggeräumt sind. Ich brauche einen vollen Tagesplan, brauche Beschäftigung für Kopf und Hände, die mir keine Zeit läßt, in meinem Zimmer zu sitzen und zu überlegen, was ich mit dem Brief in meinem Schoß machen soll. Doch sie möchte sich ausruhen, und während sie mir den Brief ein zweites Mal überreicht, bevor sie die Strohtasche wieder an den Haken hängt, sagt sie, ich solle mich hinten auf die Terrasse setzen und ihn in Ruhe lesen.

Statt dessen gehe ich durch die Haustür, öffne den Brennholzkasten, werfe den Brief hinein und setze mich vorn auf die Veranda. Von dort aus kann ich, immer wenn der Wind die Baumkronen in eine bestimmte Richtung weht, für ein paar Sekunden eine Ecke des langen Fensters im zweiten Stock von Nicoles Haus sehen.

Als Marie-Jo Paco Paniagua mit dem leuchtendroten Haar heiratete – er wurde die spanische Karotte genannt, obwohl er sein ganzes Leben in Plaire verbrachte –, blieb Nicole als einzige in dem großen Haus. Kaum waren die Sachen ihrer Schwester in Kisten gepackt und abtransportiert worden, zog Nicole, genauso wie Marie-Jo, als Juliette aus dem Haus ging, und wie Juliette, als Monique fortging, in das große Zimmer, das Elternschlafzimmer mit dem Himmelbett ihrer Großmutter, dem riesigen Fenster und der langen, mit Kissen gepolsterten Fensterbank. Auf diesem Thron hatten ihre Schwestern und sie Monate ihres Lebens damit verbracht, durch die unzähligen Fensterscheiben zu schauen, deren Glas die langen Blätter der Kirschlorbeerbüsche, die schimmernde Haut der Pflaumen und die endlosen Reihen der Weinreben verzerrte und verwischte, als würde man die Welt durch einen dichten Regenschleier betrachten.

Nun, da sie endlich das Zimmer, auf das sie schon so lange gelauert hatte, ganz für sich besaß, legte Nicole sich mit über dem Kopf ausgestreckten Händen auf die Fensterbank, um auszuprobieren, ob sie das eine Ende mit den Händen und das andere mit den Füßen berühren konnte. Noch nicht ganz; aber sie wußte, sie würde wachsen und irgendwann imstande sein, nicht nur beide Enden im Liegen zu berühren, sondern, wenn sie sich aufs erste Kissen setzte, mit den Beinen bis über das letzte zu reichen. Endlich gehörte das Zimmer ihr, und anders als ihre Schwestern, die es jeweils nur kurz bewohnt hatten, würde es ihr von jetzt an – sie war acht – bis wer weiß wann gehören, vielleicht für immer. Mit aller Kraft versuchte sie sich so lang wie möglich zu machen. Vielleicht würden ihre Beine einmal so lang sein wie die ihres Vaters. Vielleicht würde sie nie heiraten.

So ganz allein auf ihrem Platz fand Nicole den Ausblick plötzlich weniger interessant, und ihr Blick wanderte häufig von den purpurnen und grünen Mustern und dem Dunstschleier, der über dem Tal lag, zurück ins Zimmer. Sie ließ die Augen von Wand zu Wand schweifen und dachte an ihre Schwestern und deren Herrschaft in diesem Reich.

Monique, die vom vierzehnten Lebensjahr bis zu ihrer Heirat mit zwanzig hier gewohnt hatte, war geradezu fanatisch sauber und ordentlich gewesen. Mehr als einmal hatte Nicole sie auf dem großen Bett stehen sehen, nachdem sie den Himmel entfernt hatte, so daß nur noch das Holzskelett übrig war. Während die weiße Spitzengardine unten in einem Eimer mit Bleichmittel einweichte, polierte Monique das Walnußholzgerippe mit Zitronenöl, bis es glänzte und das ganze Zimmer duftete. Auch ihr Schlaf war makellos. Absolut regungslos lag sie jede Nacht an genau derselben Stelle, so daß Juliette bei ihrem Einzug wegen der Kuhlen, die Moniques Körper hinterlassen hatte, die Matratze umdrehen mußte. Danach konnte Juliette so schlafen, wie sie es am liebsten tat: in der Mitte des Betts und die Arme von sich gestreckt. Wie Christus am Kreuz, sagte Marie-Jo gerne, wenn sie ihr heimlich nachspionierten, obwohl Juliettes Gesicht unmißverständlich die reinste Verzückung ausdrückte. Denn Juliette schlief leidenschaftlich gern und lange. Nicole konnte morgens in ihr Zimmer schlüpfen und dort spielen, ohne daß sie wach wurde. Marie-Jo, die so schrecklich ungeduldig auf das große Zimmer gewartet hatte, war diejenige, die am wenigsten Zeit darin verbrachte. Sie kletterte fast jede Nacht aus dem Fenster, um sich im Steinbruch mit Freunden zu treffen. Und wenn sie Nicole bei der Rückkehr in ihrem Bett vorfand, vertrieb sie sie nicht, weil sie fürchtete, Nicole könne beim Frühstück aus Rache ihre nächtlichen Geheimnisse ausplaudern. So rutschte Nicole, ohne daß die beiden je ein Wort darüber verloren, brav ans andere Ende des Betts, wenn ihre Schwester kurz vor Morgengrauen wiederkam, eingehüllt in eine Wolke aus Tabak und Whiskey, das Haar noch feucht von irgendeiner tollkühnen Mutprobe. Am Morgen fragte Marie-Jo dann stets: »War er letzte Nacht hier?«, und Nicole bejahte es, denn Frederí Lafond stand jede Nacht unter ihrem Fenster und wartete darauf, daß Marie-Jo ihn erhörte.

Sie wußten nie genau, ob er ihr Kommen und Gehen bemerkte, aber sie konnten sich darauf verlassen, daß irgendwann jede Nacht ein mondförmiges Gesicht unten auftauchte und, gestützt auf nackte Knie, stundenlang im Dreck des Hofs verharrte. Ob er sah, wie Nicole ihn beobachtete, war ebensowenig klar. Wenn sie ans Fenster trat, änderte sich seine Miene nie; sie drückte immer noch alle Sehnsucht der Welt in all ihrer hoffnungsvollen Bitterkeit aus. Es war ein andächtiges, ernstes Gesicht, und Nicole war nicht überrascht, als sie kurz nach Marie-Jos Hochzeit hörte, daß Frederí in ein Priesterseminar im Norden gegangen war.

So saß Nicole auf dem Fensterbrett und rief sich ihre Schwestern ins Gedächtnis und wie jede von ihnen einst in diesem Zimmer gelebt hatte. Da sie so viel jünger war, war sie nicht in die heftigen Rivalitäten zwischen den drei älteren Mädchen einbezogen worden, und deshalb kannte sie ihre Schwestern auch nicht so gut oder so vernichtend genau, wie sie einander kannten. Doch nun, da Marie-Jo fort und das Haus still war, schien die Erinnerung an sie mit einemmal heilig.

Ohne Marie-Jo neben sich schlief sie längst nicht so gut, und ihr Alptraum mit dem kleinen Jungen und dem Stein kehrte immer wieder. Selbst die Sonntage mit dem Vater und die Abende mit der Mutter schienen jetzt anders zu sein. Wenn sie nach der Kirche mit ihrem Vater zum gewohnten langen Spaziergang aufbrach, bewegte Marcelles Gestalt sich hinter dem Fenster mit verzweifelter Sehnsucht durch die Räume, die dunkler und leerer denn je wirkten, und wenn Nicole mit ihrer Mutter abends in der Küche saß, hörte sie das gemächliche Schaben von Octaves Zeitung an seinem Bein, wenn er allein nebenan saß, so deutlich wie nie zuvor. Mit einemmal schien jede Bewegung, die Nicole machte, eine Entscheidung zwischen ihrer Mutter und ihrem Vater zu sein, während es vorher wenigstens noch Marie-Jo gegeben hatte, die die Dinge ausbalancieren konnte. Aber keine ihrer Schwestern hatte so viel Zeit mit der Mutter verbracht, wie Nicole es dann tat. Marcelle schenkte ihrem letzten Kind eine Zuneigung, die sie den anderen in dieser verschwenderischen Fülle vorenthalten hatte, aber keine beneidete Nicole um das, was sie für eine erstickende Last hielten. Im Grunde hatten sie ihrer Mutter nie vollkommen verziehen, was während des Kriegs geschehen war, und sie wünschten sich nicht, daß das Gesicht ihrer Mutter ihnen zu nahe kam; sie konnten sich nicht vorstellen, was es Marcelle nach dem Abendessen noch stundenlang zu erzählen gab.

Wenige Jahre später sollte Nicole es sich auch nicht mehr vorstellen können. Sie versuchte angestrengt, sich konkrete Unterhaltungen ins Gedächtnis zu rufen, Worte, die tatsächlich gesprochen worden waren, und es gelang ihr nicht. Alles, was ihr später wieder einfiel, war ein gewisses selbst erfundenes Spiel, das mit den Farbmustern und den flachen Kuhlen der steinernen Tischplatte zu tun hatte. Es war ein Wahrsagespiel gewesen, und als sie wieder daran dachte, merkte sie, wie sich die Fenster langsam verdunkelten und das Licht der Öllampe es kaum noch bis in die Zimmerecken schaffte. Die Gegenstände vor ihren Augen (eine hölzerne Stuhllehne, eine Bartlilie in einem Glas, die Fingerknöchel ihrer Mutter auf dem Tisch) bekamen schärfere Konturen und schienen zentimeterweise näher zu rücken, und diese Verschiebung war stets beruhigend und unheimlich zugleich. Genau um diese Tageszeit brauchte sie ihre Mutter am meisten. Aber es war ein anderes Bedürfnis als das nach ihrem Vater, der sie knuddelte, sie hochhob und ihr seinen Pfeifenatem ins Ohr blies. Ihre Mutter faßte sie selten an, nur wenn sie ihr vor der Schule das Haar ziemlich grob aus dem Gesicht strich oder ihr zwei luftige Gutenachtküsse gab.

Wenn sie allein in dem großen Zimmer war, mußte Nicole sich nicht entscheiden – zumindest glaubte sie das bis zu jenem Nachmittag im Februar, acht Monate nach Marie-Jos Fortgang, als ihre Mutter mit einem Brief in der Hand an der Tür erschien.

»Darf ich?« fragte sie.

»Natürlich.« Nicole legte ihr Buch weg und setzte sich auf dem Fensterplatz etwas gerader hin. Sie konnte sich nicht erinnern, ihre Mutter jemals in diesem Zimmer gesehen zu haben, nachdem sie es vor Jahren geräumt hatte.

Sie kam zu ihr und blieb vor Nicoles Füßen stehen.

»Ist der für mich?« fragte Nicole.

Marcelle streckte ihre leere Hand aus und hielt sie an die Fensterscheibe. »Ich kann den Wind durch das Glas fühlen. Dies ist wahrscheinlich die kälteste Stelle im Haus.«

»Hier.« Nicole bot ihr das andere Ende ihrer Decke an.

Marcelle setzte sich mit einem untergeschlagenen Bein genauso hin wie Monique, wenn sie zum Fenster kam. Der weiße Umschlag lag oben auf der dunkelblauen Decke, mit der sie sich zugedeckt hatte. Nicole konnte weder die Handschrift erkennen noch die Buchstaben entziffern, aber sie sah, daß er an einer Seite schon aufgerissen war.

»Von wem ist er?«

In diesem Licht – hellgrau nach einem mittäglichen Schauer – wirkte die Haut ihrer Mutter rauh und bläulich. Ihre unteren Augenlider waren trocken und dunkelrot. Sie sah Nicole an und schien nicht die geringste Ahnung zu haben, daß sie etwas gefragt worden war. Statt dessen begann sie selbst zu sprechen, langsam und gestelzt und wie eingeübt.

»Ich würde dich gern etwas fragen, Nicole. Etwas, worüber ich sehr lange nachgedacht habe. Und zwar handelt es sich um einen Traum von mir, und nun scheint es endlich soweit zu sein, daß er sich erfüllen könnte.« Sie machte eine Pause und fuhr sich mit einem Fingernagel über die roten Augenränder, deren Farbe sich noch vertiefte. Als sie den Arm wieder in den Schoß fallen ließ, sagte sie: »Ich würde gern nach Paris gehen, und ich würde dich gerne mitnehmen.«

»Für wie lange?«

Aber Nicole hätte gar nicht fragen müssen, denn in der Stimme ihrer Mutter und in den rotgeränderten, unnachgiebigen Augen lag die trotzige Mahnung: *Ich habe dich bis jetzt noch nie um etwas gebeten.*

»Ist er von Großtante Anne, dieser Brief?«

»Ja.«

Sie sahen beide auf den Briefumschlag, der in Marcelles Fingern zitterte.

»Sie hat uns eingeladen. Sie haben eine Wohnung, die viel zu groß für sie ist. Sie ist nie schwanger geworden.«

»Sie konnte keine Kinder kriegen?« fragte Nicole, um Zeit zu gewinnen, aber ihre Mutter sprach hastig weiter.

»Es gibt dort soviel für dich. Weißt du noch, daß du mal zu mir gesagt hast, du möchtest gerne Richter werden? Du warst da erst fünf oder sechs. Es war während des Bruno-Prozesses im Roussillon. Du mußt damals ein Bild in der Zeitung gesehen haben.« Sie hatte ihre Mutter noch nie so aufgeregt erlebt. Ihre Augen wanderten unruhig durchs Zimmer, während sie auf ihrem Platz hin- und herschaukelte und den aufgerollten Briefumschlag umklammerte, als sei er ein Seil. »Und die Abendgesellschaften mit Tanz. Und die Seine, Nicole.«

Nicole entdeckte in den Worten nichts, was sie sich vorstellen konnte. Sie konnte sich nicht erinnern, ein Bild mit einem Richter gesehen zu haben. War es ein Foto oder eine Zeichnung gewesen? Abendgesellschaften, Tanz, die Seine? Nichts davon sagte ihr etwas. Es entstand kein Bild in ihrem Kopf.

»Wir können nicht ohne Papa gehen«, war alles, was ihr einfiel, auch wenn sie gern erfahren hätte, ob sie wohl mit dem Zug zur Schule fahren und eine Uniform tragen müßte. Sie fuhr schrecklich gern Eisenbahn.

»Er würde uns besuchen kommen. Und wir könnten ihn und die Mädchen auch besuchen. Tante Anne hat sehr gute Verbindungen. Und sie möchte uns bei sich haben, Nicole. Genau das hat sie hier drin geschrieben.« Sie drückte den aufgerollten Brief noch fester zusammen. »Sie hat in eine gute Familie eingeheiratet. Sie wird dir viele Möglichkeiten bieten können. Die Möglichkeit, jemand zu sein, unabhängig zu sein, Erfolg zu haben. Ich glaube, das würde sie schrecklich gern für dich tun.«

Was für Möglichkeiten? Hatte ihre Mutter vergessen, daß sie ein Mädchen und erst acht Jahre alt war? Mädchen waren keine Richter.

»Es gibt dort Leben. Dies hier« – angewidert drehte sie sich zum Fenster – »ist nicht das Leben, das ich dir bieten wollte, wie ich es mir bei deiner Geburt geschworen habe. Du bist nicht wie die anderen. Das weißt du.«

Nicole folgte nicht ihrem Blick nach draußen, sondern sah statt dessen ins Zimmer. Sie sah zur Wand in der Ecke, wo Monique ihr Kopfstand beigebracht hatte, sah zum

Teppich, auf dem Marie-Jo ihnen allen einen frechen brasilianischen Tanz vorgeführt hatte, für den ihr Vater sie später bestrafte, und zum Schrank, in den Juliette sich verkrochen hatte, als ihre beste Freundin vom Blitz getroffen und gestorben war. Das war doch Leben! Es war ihrer aller Leben. Mehr kannte sie nicht. Und ihre Schwestern, die jetzt im ganzen Tal verstreut waren, lebten immer noch in diesem Zimmer.

Ihre Mutter versuchte, ihr die Verlockungen von Paris, die Möglichkeiten, die vielen verschiedenen Welten in dieser einen Stadt, noch anschaulicher zu beschreiben. Sie sprach von den diversen Nationalitäten, von Frauen, die genauso gebildet waren wie Männer, von einem bestimmten Gemälde, das, wie sie wußte, im zweiten Stock des Louvre hing. Sie erhitzte sich beim Reden genauso leidenschaftlich wie Marie-Jo, wenn sie Nicole morgens leise von ihren Nächten mit Paco Paniagua erzählte, und wurde genauso andächtig wie Frederí Lafond, wenn er sein Mondgesicht zum breiten, dunklen Fenster hochreckte. Aber ihre Worte über all das, was sein könnte, fielen ungehört irgendwo zwischen sie und Nicole, deren Augen und Ohren besetzt waren von dem, was gewesen war.

Noch bevor Marcelle zu reden aufhörte, war die Hitze aus ihrem Gesicht gewichen, und die durchsichtige blaue Blässe war wieder zurückgekehrt. Mit einem ungefeilten Nagel kratzte sie sich erneut erst unter dem einen, dann unter dem anderen Auge, und jedesmal fürchtete Nicole, daß es bluten würde. Als sie fertig war, bat sie: »Sag, daß du mitkommst, Nicole. Sag ja.«

Unten hörte sie ihren Vater husten. Er hustete immer beim ersten Zug, wenn er seine Pfeife anzündete. *Hab ein bißchen Feuer in den Hals gekriegt*, pflegte er zu sagen oder: *Lunge noch rosa wie bei einem Baby.*

Ihre Mutter hatte die Knie ans Kinn gezogen und die Arme fest um die Beine geschlungen. Der Brief baumelte schief zwischen zwei Fingern. Sie war sehr klein geworden.

Es mußte sich um einen Teil aus einem Märchen handeln, das sie gehört hatte, als sie sehr jung war, auch wenn sie es nie in irgendeinem Geschichtenbuch entdecken konnte.

Ein Junge geht und geht, manchmal durch Wälder, manchmal durch die Wüste und immer mit einem riesigen Stein, der mit einer starken Schnur an seinen Fuß gebunden ist. Er sucht irgend etwas: sein Haus, seine Familie, seine Stadt; Nicole weiß es nie genau. Neben ihm ist ein dunkler Graben, der parallel zu seinem Weg verläuft, und zwar auf der Seite, wo sein Fuß mit dem Stein ist. Manchmal wird der Weg schmal, und der Graben rückt sehr nahe, und er muß aufpassen, daß er den Fuß nicht so setzt, daß der Stein über den Rand rutscht, denn er weiß, wenn der Stein hineinfällt, wird er ihm folgen. Manchmal ist Nicole der Junge; manchmal sieht sie einfach nur zu. In letzter Zeit ist der Junge manchmal Frederí Lafond. Die Träume, in denen der Stein nicht hineinfällt, sind mittlerweile genauso furchtbar wie die, in denen der Junge über den Grabenrand gerissen wird und sie aufwacht.

Sie kroch nicht mehr in das schmale Bett ihrer Mutter, wenn sie Alpträume hatte.

»Hast du mich letzte Nacht gehört, Maman?« fragte sie nur am nächsten Morgen. »Ich hatte wieder diesen Traum. Ich habe nach dir gerufen.«

»Ach ja? Das tut mir leid«, antwortete ihre Mutter dann und strich Nicole das Haar aus dem Gesicht, manchmal umarmte sie sie sogar kurz. Seit ihrem Gespräch im großen Zimmer war Marcelle zunehmend zärtlicher geworden, aber bei jeder Berührung spürte Nicole, daß sie noch immer auf eine Antwort wartete. Die Spannung zwischen ihnen wuchs, und nur Nicoles Einwilligung konnte sie aufheben. Sie fand es jetzt angenehmer, die Zeit mit ihrem Vater zu verbringen, dessen Augen soviel weniger von ihr forderten.

Der Frühling kam spät in jenem Jahr, er verzögerte sich durch Regenfälle und einen schneidenden Mistral aus Nordwest. In der Woche nach Nicoles neuntem Geburtstag gab es zum erstenmal ein paar Tage lang anhaltend warmes Wetter. Als sie an jenem Freitag aus der Schule kam, fiel ihr auf, daß die Kirschen noch klein und schwarz waren, während sie sonst um diese Zeit immer schon gepflückt und verkauft wurden. Ein frischer, warmer Wind strich ihr um die nackten Arme und trieb dicke Wolken über den blauen Himmel.

Sie hatte sich gerade aus der Bücherei eine Biographie über Danton ausgeliehen und konnte es kaum erwarten, in ihrem Zimmer mit Lesen zu beginnen. Ihre Mutter war nicht in der Küche, und Nicole wußte, daß sie es nicht mochte, wenn sie dann nach ihr suchte. Deshalb machte sie sich leise etwas zu essen, ging anschließend nach oben und setzte sich auf ihren Fensterplatz. Als das Blau zu Violett wurde und die Wolken sich in den Mulden der Berge zu orangefarbener Glut ballten, stand sie auf, um Licht zu machen, und versuchte, sich durch das Hereinbrechen der Dunkelheit und die Leere des Hauses nicht beunruhigen zu lassen. Schon bald kam ihr Vater zurück, und sie hörte, wie er im Dunkeln stehenblieb, bevor er nach ihr rief.

Sie fanden es nicht besonders merkwürdig, daß Marcelle nicht zu Hause war, daß sie kein Abendessen vorbereitet und keinen Zettel, keinen sonstigen Hinweis hinterlassen hatte. All das hatte es auch früher schon gegeben.

Aber Marcelle kam nicht zurück.

Ihre Nachbarin Lucie Quenelle kam in der folgenden Woche jeden Nachmittag herüber. Sie machte Brote und kochte für sie und streichelte Nicole das Haar, bis sie einschlief. Doch spätabends, wenn Lucie wieder gegangen war, konnte Nicole hören, wie ihr Vater durchs Haus irrte, und wenn sie ihn nicht mehr hören konnte, stand sie auf und sah durchs Fenster, wie er zu den Scheunen ging, zur Molkerei und dann über die Felder. Was sie nicht sehen konnte, war das Phantom seiner Frau, ihre schwarzen Schuhe oder ihre geflochtenen Haare, die er manchmal so leibhaftig vor sich sah, daß er fast darüber stolperte. Sie konnte nicht sehen, wie er zitterte, wie ihn einzig der Gedanke, daß seine jüngste Tochter die Leiche finden könnte, durch die Dunkelheit trieb. Und sie konnte nicht wissen, daß er eines Nachts ganz bis zum Steinbruch ging und den Mond dort fand, der in dem schwarzen Wasser wie ein weggerolltes Auge ruhte.

Aber er mochte nicht zum Ufer schauen. Sicherlich hatte jemand sie inzwischen gefunden, dachte er und kehrte schnell wieder um.

Gefunden wurde dort schließlich ein Band. Der Bürgermeister brachte es am nächsten Morgen. Octave nahm es in beide Hände und nickte.

Nicole schlüpfte hinter ihm durch die Tür, um besser sehen zu können.

»Nein, Papa. Maman hatte keine schwarzen Bänder.« Sie betrachtete es gründlich. Sie sah, daß es in der Mitte stärker zerknautscht war als an den beiden Enden, mit denen sie die Schleife für ihren Zopf band. Ja, es hatte die Länge und die schräg geschnittenen Enden der Haarbänder ihrer Mutter, aber sie besaß doch kein schwarzes. Das wußte Nicole genau. Außerdem war ihre Mutter nicht schwimmen gegangen. Sie war nach Paris gegangen. Das hatte sie ihrem Vater schon tausendmal gesagt. Sie hätte all ihre Bänder mitgenommen.

Octave konnte nicht sprechen. Er reichte das Band seinem Kind. Nicole war entsetzt, wie schwer und wie kalt es sich in ihren Händen anfühlte. Es war Marcelles grünes Band, vom Wasser geschwärzt.

Sie suchten den See im Steinbruch mit einem Schleppnetz ab, doch der Grund war alles andere als flach und eben. Voller spitzer Felsen und tiefer Schlünde, erläuterten sie taktlos vor dem Kind. Die Leiche wurde nie gefunden.

Nachdem ihre Mutter verschwunden war (sie hörte nie auf, an die Möglichkeit ihrer Wiederkehr zu glauben), träumte Nicole nicht mehr von dem Jungen und dem Stein. Und falls doch, dann erinnerte sie sich nicht daran. Oder vielleicht machte der Traum ihr auch einfach keine Angst mehr. Denn was hätte entsetzlicher sein können als die immerwährende leibhaftige Lüge ihrer Mutter, die gar nicht nach Paris gegangen war, sondern unter zwanzig Meter tiefem schwarzem Wasser lag?

Tageszeiten

Den ganzen Februar über hatte Nebel auf dem Fluß gelegen. Mittags mochte er sich gelegentlich lichten, und ein heller Sonnenstrahl lief glitzernd über das Wasser, doch meistens blieb er undurchdringlich und regungslos liegen und ließ leise den unaufhörlichen Sprühregen auf seinem Rücken niedergehen. Das blieb wochenlang so, und allmählich fühlte ich mich wie vollgesogen mit Wasser und wunderte mich, daß meine Fingerspitzen noch nicht verschrumpelt waren und mein Haar immer noch trocken. Meine Haut war rauh, meine Glieder waren schwer und meine Zehen gefühllos von der feuchten Kälte, egal wie viele Socken ich anzog.

»*¿Tiene usted naranjas?*«

»*¿Tiene usted naranjas?*« wiederholte ich und stolperte leicht über das letzte Wort. Ich spulte zurück und sprach es noch einmal nach.

Marc konnte kein Geheimnis für sich behalten. Die Reise sollte eigentlich eine Überraschung sein, aber seit Anfang Januar hatte er begonnen, Dinge wie: »Lolas Augen« (die braun waren) »haben heute die Farbe eines andalusischen Himmels« zu sagen, oder er fragte Guillaume nach den Mauren aus oder wollte von Odile hören, ob sie wußte, wie viele Flamencokleider sie besaß. Vor zwei Wochen sagte er nach einem Sonntagabendessen: »Na, was glaubt ihr wohl, wo wir zu Ostern sein werden?« Dann gab er sich betont lässig: Er lehnte sich in seinem Stuhl zurück und stützte den Kopf in die gefalteten Hände, als hätte er Zeit für ein Nickerchen. Aber selbst wenn das eine für ihn typische Pose gewesen wäre, hätten sein Lächeln, das er zu unterdrücken versuchte, und sein wippendes Knie, das von unten gegen den Tisch stieß, ihn verraten. »In Spanien.« Die Antwort war jedem von uns leicht über die Lippen gekommen.

»*Bueno. Déme por favor cuatro naranjas.*«

»*Bueno. Déme por favor cuatro naranjas.*« Mein r war nicht gut. Ich hatte gerade das französische r gemeistert, indem ich es tief in meinen Hals verbannte, und jetzt mußte ich es wieder bis ganz nach oben an meinen Gaumen holen. Ich hielt das Band an und übte: »*Rico, rojo, rosa. Rico, rojo, rosa.*« Grauenhaft. Eine Amerikanerin, die Spanisch mit französischem Akzent sprach. Aber die Vorfreude auf eine Reise nach Spanien half mir durch jeden dieser naßkalten Tage, einen nach dem anderen.

Morgens lernte ich noch immer Französisch, aber nachmittags in der Küche hörte ich nicht mehr meine Radiokrimis, sondern die Kassetten, die Nicole gekauft und nach zwei Tagen beiseite gelegt hatte. Wenn Lola mit ihren Hausaufgaben fertig war, kam sie anschließend, wenn ich den Abwasch machte, auch dazu. Sie konnte mühelos *rico, rojo, rosa* trillern.

Das Band verstummte; dann sagte eine Stimme auf französisch, für die Fortsetzung von *Español Ahora* müsse man die Kassette jetzt umdrehen.

»*¡Español ahora!*« brüllte ich mit demselben Schwung in das leere Haus.

Ich drehte die Kassette um und ging wieder zum Schneidebrett.

»*Y una cosa más. ¿Tiene usted manzanas?*«

»*Manzanas?*« Wütend starrte ich die Maschine an, aber sie machte weiter. *Pommes* stand in dem Beiheft, das ich immer auf der Arbeitsplatte liegen hatte.

Ich spulte etwas zurück. »*Bueno. Pues, déme cinco por favor.*«

»*Bueno. Pues, déme cinco por favor.*«

Spanisch hatte etwas Befreiendes, oder zumindest fühlte ich mich nach den Zwängen des Französischen befreit. Es war so, als würde man nach einer mächtigen Mahlzeit seinen Gürtel aufmachen. Jedes Wort wurde so ausgesprochen, wie es geschrieben wurde, und jedem Vokal entsprach nur ein Laut. Das wenige, was die Kassette mir bisher beigebracht hatte, konnte ich schon laut und, bis auf das r, mit einer Sicherheit sagen, die mich selbst überraschte.

An diesem Nachmittag war niemand zu Hause: Odile war in der Bücherei, Guillaume beim Fechten, Lola bei Francine, Marc noch im Krankenhaus und Nicole bei ihren täglichen Terminen. Sie hatte Verabredungen, traf sich zum Mittagessen, saß in Komitees, besuchte Versammlungen, aber mit wem und zu welchem Zweck kriegte ich nie heraus. Nicoles Leben hatte, ebenso wie meines, etwas Erschöpftes und von allem Losgelöstes, das es uns beiden erlaubte, uns die ganze Woche lang aneinander vorbeizubewegen, ohne auch nur im geringsten zu ahnen, was die andere mit ihrer freien Zeit anstellte.

»*¿Algo mas?*«

»*No, gracias.*«

Ich hörte mir noch mehrere Szenen an, eine in einem Kleidergeschäft, eine in einer Kinoschlange, während ich ein Hühnchen enthäutete und Gemüse zerkleinerte.

Jenseits des Wassers gingen die Straßenlaternen an und schwebten dann als rosafarbene Lichthöfe im Nebel. Körniges Tageslicht entwich langsam durch das hohe Küchenfenster. Dies war der Beginn der verheerenden Tageszeit: Wenn man die Deckenlampe anknipste, wurden die Umrisse der Gegenstände und die Struktur der Wände zu aufdringlich, und man ertappte sich dabei, wie man mühsam versuchte, sich irgend etwas Erfreuliches einfallen zu lassen. Und wenn man es nicht tat und das Fenster einfach langsam und traurig immer schwärzer werden ließ, kam man sich so vor, als würde man in ein Grab gesenkt. Das war der Augenblick, in dem alle Freuden des Alleinseins vergessen waren und man einen Körper neben sich brauchte – oder zumindest eine Stimme, die einen beim Namen rief.

»*Es tres cientos veinte.*«

Die Stimmen auf dem Band verloren ihr Echo. Mein ganzes Interesse an Spanisch, an überhaupt irgend etwas, begann dahinzuschwinden.

Die ersten Schritte waren am lautesten, und bei ihrem Geräusch merkte ich, daß ich auf sie mehr als auf alle anderen gehofft hatte.

»*Aqui tiene.*«

»*Aqui tiene*«, wiederholte ich, wußte nicht mehr, was ich sagte, hörte die Schritte, hörte, wie die Aktentasche abgestellt, der Mantel ausgezogen wurde.

»*Hasta mañana, Señor Perez.*«

»*Hasta mañana, Señor Perez.*« Meine Stimme hatte ihren Schwung verloren. Die Tür quietschte in den Angeln.

»*Hasta mañana*«, sagte Marc hinter mir.

Er war in der Tür stehengeblieben. Sprachen schwirrten mir durch den Kopf. Die Kassette lief laut weiter und war jetzt bei einer Szene in einem überfüllten Restaurant. Ich bewegte mich in Richtung Abschaltknopf, hielt dann inne, aus Furcht, meinen Wunsch, er möge bleiben, zu verraten. Über den Lärm hinweg fragte er, wie ich mit dem Spanischen vorankomme, und obwohl ich *Ça va* sagen wollte, sagte ich statt dessen *Está bien*. Dann kam er in die Küche und stellte das Gerät ab.

Zuerst wollte ich ihn nach dem Regen fragen, den ich jetzt auf den Fluß prasseln hörte, doch dann verwarf ich den Gedanken und suchte krampfhaft nach etwas Interessanterem.

Als hätte ich etwas gesagt, legte er auf jungenhafte Art die Hand an den Kopf; nasse Locken wurden plattgedrückt und sprangen dann wieder hoch. Er war ein uneitler Mann, ein Mann, dem nie eine Frau zu verstehen gegeben hatte, daß er attraktiv sei.

»Regnet es wieder?«

»In Kübeln«, sagte er.

Ohne Lola brauchten wir immer ein paar Minuten, bis die Fremdheit überwunden war. Ich sah wieder auf meine Arbeit hinunter, während ich immer noch nach Worten suchte. In meiner Nervosität hatte ich zu viele Karotten geschnitten. Die runden Scheibchen türmten sich auf dem Schneidebrett und rollten schon auf die Arbeitsfläche. Die Menge hätte gereicht, um die Küchenwände damit zu tapezieren.

»*Alors*«, sagte er und sah mir über die Schulter. »*Des carottes.*«

Wie läßt sich erklären, daß zwei Wörter, in einem bestimmten Tonfall gesprochen, einen Berg plötzlicher Befangenheit wegzaubern können? Würde ein anderer diese Worte genauso hören wie ich? Würde dieser Mensch hochblicken und grinsen und selbst mit einem Grinsen bedacht werden, das die wundersame, süße Erleichterung darüber verriet, vollkommen verstanden worden zu sein? Er machte sich nicht nur lustig über die unverhältnismäßig große Menge Karotten auf der Arbeitsplatte. Er sagte außerdem: Wenn es nicht die Karotten sind, ist es etwas anderes; er sagte: Wie vergeblich ist das Leben, das Karottenschneiden, das Essen; er sagte: Wie wunderbar ist das Leben, wenn einen die Verläßlichkeit von Karotten in der heimatlichen Küche empfängt; er sagte: Wieder hat ein Tag seinen verheerenden Abschluß gefunden. All das sagte er, und ich konnte ihn hören, denn in seiner absolut widersprüchlichen Einstellung zum Leben war er wie ich. Fast war es wie eine Frage: Soll ich Freude oder Verzweiflung empfinden, Rosie? Freude, antwortete ihm mein Gesicht. Nicht, weil die Antwort für mich feststand, sondern weil ich allmählich wünschte, sie zu seiner zu machen.

Und so trug mich der Gedanke an Spanien durch den Februar und in den März hinein. In der Nacht vor der Abfahrt schlief ich tief. Ich hatte einen warmen, angenehmen Traum, an den ich mich erst dann wieder erinnerte, als ich meinen Koffer aus dem Schrank holte und mit Packen begann. Im Traum war ich nicht schwanger gewesen. Eine Hand war unter mein Hemd geschlüpft, und ich hatte sowohl die heißen Finger als auch meinen flachen Bauch fühlen können. An mehr erinnerte ich mich nicht. Ich setzte mich auf mein Bett und spürte erneut die warme Berührung. Ich war in dem Traum nicht schwanger gewesen, und anfangs überdeckte die Erleichterung darüber die Befürchtung, daß die Hand womöglich Marcs gewesen sein könnte.

Beim Packen übte ich Spanisch: *Un vestido azul, una camisa larga, dos zapatos negros.* Immer wieder wallten kurze Anfälle von Vorfreude auf. Die Hand auf meinem Bauch schenkte mir einen seltsamen, unschuldigen Trost. Es war ein harmloser Traum. Marc bedeutete keine Gefahr, keine Aussicht auf feuchte Socken an meinem Knöchel beim Essen. Er war nett und freundlich und konnte nicht das kleinste Geheimnis für sich behalten. Es war eine ungefährliche Schwärmerei. Er war kein Mann, der Affären hatte.

Als ich meine Unterwäsche mit hastigen Fingern in die Seitentaschen des Koffers stopfte, streifte ich den Kamm. Alles in Ordnung, beruhigte ich mich und zog ihn heraus. Er war noch zarter und kleiner, als ich ihn in Erinnerung hatte, so dünn, daß das blaue Plastikmaterial am Rand durchscheinend war. Die roten Haare saßen immer noch zwischen den Zinken.

Nicole hatte sich nicht angekündigt, kein Geräusch im Flur. Sie war einfach da und steckte den Kopf durch die Tür, die sie, ohne anzuklopfen, geöffnet hatte. »Du bist noch nicht fertig mit Packen!« Das waren ihre schönsten Augenblicke, wenn sie fand, wonach sie suchte, wenn jemand sie genau in der Weise enttäuschte, wie sie es von ihm erwartet hatte. In ihrer kräftigen Sopranstimme, die auch um 6 Uhr früh makellos war, lag ein Unterton von Freude.

»Doch, natürlich«, sagte ich, zog den Reißverschluß des halbleeren Koffers zu und stellte ihn auf den Boden. »Ich bringe ihn gleich nach draußen.«

Nicole ließ ein strafendes *très bien* hören und folgte mir durch den Flur, der nur von der Wohnzimmerlampe am anderen Ende beleuchtet wurde. Die Türen zu allen Kinderzimmern waren geschlossen und die Ritzen zwischen Tür und Rahmen dunkel. Sie ging ungeduldig hinter mir her; ich konnte hören, wie sie die Luft durch die Nase ausstieß. Ich hatte den seltsamen Verdacht, daß sie mich in der Phantasie gerade zu Tode prügelte; vielleicht würde sie eine sauberere Methode bevorzugen, eine, die keine Flecken auf dem Teppich machte: Erdrosselung zum Beispiel. Sobald wir am Ende des schmalen Gangs waren, überholte sie mich, ließ mich einfach stehen, und eilte, hastig wie ein Pendler auf einer Umsteigestation der Metro, in ihr Schlafzimmer. Fast hätte ich laut gelacht über ihre dramatische Hetze.

Ich stellte meinen Koffer zu den anderen. Nicole und die Kinder hatten alle die gleichen Koffer aus grünem Leder mit Messingverschlüssen, die von Lola und Guillaume waren allerdings etwas kleiner. Daneben sah Marcs ramponierter Koffer schrecklich aus, mit dem Draht, der an Stelle der kaputten Schlösser als Notbehelf diente, und dem Klebeband, das vor Alter schon Risse hatte. Es war so absolut typisch für ihn, daß er diesen Koffer von irgendeiner ersten Reise in seiner Kindheit noch immer besaß. Während ich das auseinanderfallende Ungetüm und seine hingebungsvolle Konservierung betrachtete, ahnte ich, wieviel es Marc bedeutete. Ich ahnte, wie leidenschaftlich gern er reiste und wie groß seine Enttäuschung sein mußte, daß diese Träume irgendwie durchkreuzt worden waren. Ich ahnte, wie er mit der Hand über den Koffer strich, wenn er ihn hervorholte, und wie Inbrunst und Groll und all die unterdrückten Sehnsüchte wieder in ihm aufwallten. Bestimmt hatte Nicole ihn dringend gebeten, diesen Schandfleck zu ersetzen. Ich bewunderte ihn für seinen kleinen Widerstand.

Ich zog an der Strippe für die Küchenlampe und begann Frühstück zu machen. Ich schnitt große Butterstücke ab, löffelte die englische Marmelade in ein Schälchen, wärmte das halbe Baguette auf, das vom Abend vorher übriggeblieben war, und machte einen großen Topf Milch heiß. Jeder Handgriff war mechanisch: ein Strohhalm an Guillaumes

Platz für seinen Apfel-Birnen-Saft, ein kleiner, tiefer Silberlöffel mit einer speziellen Maserung für Lolas Cornflakes. Ich sah mir selbst dabei zu, wie ich ein Eckchen von einer zweiten Milchtüte abschnitt und neben Marcs Schale eine Banane legte. War das der Grund, weswegen Menschen auf Reisen gingen? War es diese verheißungsvolle Gewißheit, daß man die Routine hinter sich lassen würde?

Mit einem seiner Bücher über Spanien in der Hand erschien Marc in der Tür. »Rosie, was ist das hier?« Er drehte das Buch so um, daß ich drei kursiv gedruckte Wörter direkt über seinem Finger lesen konnte. Er hatte keine Krawatte umgebunden; er roch nicht nach der parfümierten Seife im Elternbadezimmer.

»Der Winterpalast.«

»*Invierno* heißt Winter? Woher weißt du das?«

Ich zeigte auf den Kassettenrecorder.

»Du bist ganz schön schlau, nicht?«

Ich war seine väterliche Bewunderung leid. »Es ist nur ein Band. Ich höre zu und wiederhole. Wie ein Papagei.«

»Entschuldigung. Ich hoffe, du hältst mich nicht für herablassend.«

»Europäer denken immer, Amerikaner seien blöd. Ich gewöhne mich langsam daran.« Wir waren beide über den feindseligen Ton in meiner Stimme überrascht. »Entschuldigung.« Ich senkte die Augen und tat so, als rücke ich die Gewürze auf dem Tisch zurecht.

»Nein, es stimmt. Wir sind fürchterliche Snobs.« Bei seinem Tonfall hob ich den Kopf. Ich hatte ihn verletzt. Seine Mundwinkel hatten sich leicht verzogen, und er drückte das Spanienbuch fest an seine Brust. Er sah nicht aus, als hätte er ebenso gut geschlafen wie ich.

»Entschuldigung«, sagte ich, ohne es zu wollen, noch einmal. Eigentlich hatte ich überhaupt nichts mehr sagen wollen. Denn wie hätte ich es ihm erklären sollen: seinen Anblick in Freizeithose und verblichenem T-Shirt, seine Art, das Buch zu halten, ohne ein formelles Guten Morgen einfach mit Reden zu beginnen und mich anzuschauen, als sei ich real und intakt und gut? Wie hätte ich ihm all das erklären können? Und dazu noch die Hand auf meinem Bauch und das seltsame neue Gefühl, das sich durch meinen Körper schlängelte und unten zwischen meinen Beinen zusammenrollte?

»Unsinn. Ich bin ein Esel«, sagte er und verließ die Küche.

Ich ging zur Spüle und beugte mich zu dem breiten Fenster. Kalte, metallische Luft drang durch das Glas. Mein Becken streifte den Türgriff des Unterschranks, und ich preßte mich fest dagegen.

Lola kam um die Ecke gestürmt. Guillaume war ihr auf den Fersen und schrie: »Gib sie mir wieder!« Eine Taucherbrille wurde mir in die Hand gedrückt, und gerade als Guillaume anfing, jetzt mich anzuschreien, kam Nicole in die Küche.

»Sie will sie mir nicht wiedergeben, Maman!« brüllte er.

Ich reichte sie ihm sofort, und Lola stimmte ein großes Babygeheul an und zeterte Verrat.

»Du kannst mich da nicht einfach mit reinziehen«, sagte ich zu ihr. Vor allem nicht, wenn deine Mutter zusieht, dachte ich.

»Aber sie gehört mir, Maman, sie gehört mir!«

Ich schlüpfte aus der Küche und hoffte, ich würde Marc nicht begegnen, jetzt nicht und überhaupt nie mehr. Ich konnte nicht mit ihnen nach Spanien fahren. Das stand jedenfalls fest.

Als ich sicher in meinem Zimmer gelandet war, überlegte ich, was ich machen sollte. Ich könnte in die Küche gehen und kündigen. Ich könnte im Flughafen verlorengehen. Ich könnte jetzt sofort aus dem Fenster springen und wegschwimmen. Dann fiel mir die perfekte Lösung ein. Ich könnte meinen Paß hier vergessen. In letzter Minute würden sie mich nicht ins Flugzeug lassen, und dann würden sie ohne mich fliegen müssen. Das war der perfekte Plan. Ich holte den Paß aus meinem Portemonnaie und versteckte ihn unter der Matratze.

Um Viertel nach acht kamen zwei Taxis. Ihre Auspuffgase paßten zum Dauergrau des Winterhimmels. Ein scharfer Wind drang durch unsere Pullover und Jacken, während wir warteten, bis wir hinten in die kleinen weißen Autos einsteigen konnten, aber niemand schlug vor, die Mäntel zu holen, da wir sie dann zehn Tage mit uns herumschleppen müßten. Ich versuchte mir Spanien vorzustellen, einen klaren, blauen Himmel, einen windstillen Tag und eine Sonne, die so heiß war, daß sie die Haut verfärbte. Trockene Hitze, dünne Kleidung, nackte Füße.

Einen Moment lang vergaß ich einfach, daß ich nicht mitfuhr. Ich stand zwischen Odile, deren Gesicht schlecht geschminkt und vom Schlaf noch verquollen war, und Guillaume, der gefährlich wach und rastlos war, während

Marc noch einmal mit den Fahrern unter Deck kletterte, um die restlichen Gepäckstücke zu holen, und Lola zum letzten Mal, wie sie ihrer Mutter versicherte, das Boot nach ihrem Lieblingsfüller absuchte. Ich stand zwischen Odile und Guillaume, da wir drei zusammen ein Taxi nehmen sollten, aber als die Kofferräume zugeklappt und die Türen geschlossen waren, sagte Nicole: »Du fährst in dem da, Rosie«, und setzte sich auf meinen Platz. Geh dorthin, wo du hingehörst, schien sie zu sagen, und so quetschte ich mich neben Lola und Marc.

»Papa möchte dich gern was fragen, aber er traut sich nicht.«

»Lola!« sagte er.

»Er möchte wissen, ob du das noch in deine Tasche kriegst. In meine paßt es nicht mehr.« An ihrem Vater vorbei reichte sie mir das dicke Spanienbuch. In meinem Rucksack war noch reichlich Platz dafür. Ich mußte nur daran denken, es ihm zurückzugeben, bevor er ins Flugzeug stieg.

Im Taxi war es warm. Draußen war alles noch naß vom nächtlichen Regen, und die Reifen sangen, als wir die schmale Rampe zur Straße hochfuhren. Vor uns hielt das andere Taxi und ließ die von links heranbrausenden Autos vorbeifahren. Nicole saß zwischen ihren Kindern. Sie hatte sich vorgebeugt und die Arme auf die Rücklehnen der vorderen Sitze gestützt. Würde sie dem Fahrer, so wie sie es immer mit Marc tat, genaue Anweisungen geben, wann und wie schnell er zu fahren hätte und, nein, jetzt könne er es auf keinen Fall riskieren? Sie würde sich ärgern, daß sie mich nicht vorher nach meinem Paß gefragt hatte. Ich konnte ihren Gesichtsausdruck genau vor mir sehen. Ihr Taxi machte einen Satz nach vorne, und wir fuhren vor und hielten an derselben Stelle.

Lola nahm Marc das Versprechen ab, am Strand mit ihr Karten zu spielen.

»Nur wenn Rosie es auch verspricht. Amerikaner sind zwar nicht besonders intelligent, aber du solltest mal sehen, wie sie die Karten mischen können.« Er drehte sich um und warf mir einen gewissen Blick zu, den ich schon Nicole gegenüber beobachtet hatte. Es war mehr als eine Entschuldigung. Es war ein Blick, der alle Wachsamkeit fahren ließ, der ganz offen Verletzlichkeit verriet, ein Blick, dem jeglicher Rest von Selbstschutz fehlte. Es war ein intimer Blick, und er schien ein lebenslanges Bemühen zu versprechen. Wenn Marc Nicole so anschaute, verhärtete sie sich noch mehr. Sie konnte ihn nicht erwidern.

Ich konnte es. Und als ich es getan hatte und wir mit Schwung in die Hauptstraße eingebogen waren, sagte ich das, wovon ich schon seit dem Moment, als ich mich neben ihn in das warme Taxi setzte, wußte, daß ich es sagen würde – »Ich habe meinen Paß vergessen« –, und er ließ den Fahrer sofort umkehren.

Am Flughafen gaben wir unser Gepäck auf und eilten zum Flugsteig, um dort zu erfahren, daß unser Flug schon jetzt zwei Stunden Verspätung hatte. Odile und Guillaume gingen zum Duty-free-Laden, während wir übrigen in der angrenzenden Cafeteria etwas aßen.

Nicole war in jämmerlichem Zustand. Sie hatte mir etwas Taschengeld für die Reise gegeben, aber anstatt sich mit Marc und Lola an den Tisch zu setzen, wartete sie mit mir an der Kasse. Ich hatte keine Schwierigkeiten mehr mit Zahlen. Ich mußte sie nicht mehr erst ins Englische, dann in Ziffern übersetzen, sondern hatte sie sofort vor Augen, wenn ich sie hörte. Aber bevor ich die entsprechende Summe aus meiner Tasche gefischt und abgezählt hatte, langte Nicole herüber und klaubte die passende Menge aus meiner Hand.

Ich ging zu der Sitznische, die Marc ausgesucht hatte. Als ich mein Tablett abstellte, sah er in meine Tasse. »Heiße Schokolade. Das ist genau das, was ich mir auch hätte holen sollen.«

Ich setzte mich zu ihm. Es war mir egal. In seiner Nähe verwandelte sich mein Ärger über Nicole in Erleichterung und Dankbarkeit und in eine sanfte Sehnsucht, die angenehm und handhabbar war.

Lola hatte ihren Teller noch nicht aufgegessen, als sie einen Jungen mit einem großen Stück Lakritze aus dem Duty-free-Laden kommen sah. »Ich dachte, da drin gibt es nur Alkohol und Parfüm«, sagte sie, und nachdem sie ihrer Mutter einen Zwanzig-Franc-Schein abgeluchst hatte, ließ sie uns drei allein am Tisch sitzen.

Wenn ich in den vergangenen Monaten mit Marc und Nicole allein war, hatte ich mich oft für die Unterhaltung verantwortlich gefühlt. Ich erzählte ihnen dann alberne Geschichten, nur um die stummen Pausen zu füllen, die für mich viel unangenehmer waren als für sie. Heute fühlte ich mich nicht unter diesem Druck. Ich wollte bewußt das Schweigen zwischen ihnen erleben. Aber bevor es allzu lastend wurde, stand Nicole auf und ging zum Zigarettenautomaten.

»Sie raucht?« fragte ich. Es gefiel mir, so dicht neben ihm in der Nische zu sitzen und in der dritten Person über Nicole zu sprechen.

Marc schüttelte den Kopf und sagte, sie habe schon vor Jahren aufgehört. Er wollte noch etwas anderes sagen, unterbrach sich aber, als er Nicole zurückkommen sah.

»Tut mir leid«, sagte sie und riß die Zellophanhülle weg. Ihr tat überhaupt nichts leid.

»Ich weiß, daß Reisen dich nervös macht –« Marc wollte fortfahren, doch sie schnitt ihm das Wort ab.

»Es macht mich nicht nervös. Es macht mich wütend. Diese Reise ist schon jetzt ein komplettes Desaster. Kein Mensch weiß, wieso das Flugzeug nicht bereitsteht. Ich kriege von niemandem eine Antwort. Und falls wir jemals starten sollten und sogar das Glück haben, heil in Spanien zu landen, dann wird uns der Tag heute unkompliziert vorkommen, verglichen mit dem Transportsystem dort.«

»Er ist unkompliziert, Nicole. Wir sitzen hier. Wir trinken Kaffee und heiße Schokolade.« Er blickte kurz auf meine Tasse. Ich merkte, wie er unter dem Tisch seine Beinhaltung änderte. Nur eine winzige Bewegung, und ich hätte mein Bein an seines pressen können.

»Ich will nicht aus Paris weg«, sagte sie schmollend wie Guillaume. »Und ich weiß, wie das klingt; ich kann mich selber hören. Aber ich möchte nicht mit.« Mit zwei Fingernägeln packte sie eine Zigarette und zog sie aus der Pakkung. »Ich weiß nicht, wie du es geschafft hast, mich zu überreden.« Sie strich ein Streichholz an der leuchtendblauen Schachtel an, hielt die Flamme hoch, zog an der Zigarette und blies das Streichholz mit der ersten Rauchwolke aus. »Diese Verspätung ist ein schlechtes Zeichen. Aber sie gibt uns immerhin die Möglichkeit, einfach nach Hause zu fahren.« Sie zog einen Aschenbecher heran und schenkte Marc ihren sanftesten Blick. »Bitte, laß uns einfach wieder umkehren.«

Er wandte sich an mich. »Nicole ist noch nie geflogen.«

»Darum geht es nicht, Marc.«

»Worum geht es denn dann?«

»Um überhaupt alles. Es geht darum, wie vollkommen absurd es ist, das hier Ferien zu nennen, wenn es nichts als Sorge und Arbeit ist und man sein Gepäck von einem Ort zum anderen schleppen muß.«

Ich konnte mich nur noch dunkel an das Gefühl von heute früh erinnern. Hier auf dem Flugplatz, zwischen all den Reisenden, den Lautsprecheransagen und dem Lärm der startenden und landenden Maschinen, war nichts mehr davon übrig. Wie konnte man jetzt bloß umkehren und nach Hause wollen?

»Wir haben all das schon durchgesprochen. Die Herumfahrerei dauert nur wenige Tage, und dann sind wir über eine Woche am Strand. Keine Arbeit. Keine Sorgen. Und wir haben Rosie.« Er präsentierte mich seiner Frau mit ausgestreckter flacher Hand, als wäre ich ein großes leeres Gefäß, das am Ende der Reise mit all dem Ärger gefüllt sein würde, den sie vermieden hatten. »Bitte«, sagte er und streckte den Arm nach Nicoles Hand aus, aber sie reagierte nicht, sondern ließ ihre Hand auf dem Tisch liegen. Er sagte zärtlich einen Namen zu ihr, in dem mehrere u's vorkamen und der mich die Augen niederschlagen ließ. Trotzdem konnte ich noch sehen, daß seine Finger an ihren starren Knöcheln rieben. Ihre Ringe machten dabei einen peinlichen Lärm. »Bitte«, sagte er noch einmal.

»Also gut.« Sie zog die Hand weg und verbarg sie in ihrem Schoß, während sie mit der anderen die Zigarette an den Mund führte. Dann drückte sie sie aus, trug den Aschenbecher an einen anderen Tisch und sagte zu mir: »Bitte, erzähl den Kindern nichts. Vor allem nicht Guillaume. Er hat sowieso solche Angst, daß ich sterbe.«

Sie wedelte wild mit der Hand und verscheuchte so die letzten Spuren von Rauch.

»Ja, danke«, sagte sie und nahm das Pfefferminzbonbon, das ich ihr angeboten hatte.

Das Flugzeug stieg schnell in die grüngrauen Wolken hoch, die sich hinter dem Fenster neben Lola zu dicken Streifen verdichteten. Die kleine Kabine wurde düster. Dann lichteten sich die Wolken, zerstreuten sich, und plötzlich war da nur noch Blau, ein tiefes, volles Blau, wohin man auch blickte. Als die Maschine ihre Flughöhe erreichte, funkelten die Flügel in der Sonne.

Auf der anderen Seite des Gangs ließ Nicole das Kreuz an ihrer Halskette los und öffnete die Augen. In dem unerwarteten Licht mußte sie sie wieder halb schließen. Und wenn ich Nicole nicht gekannt hätte, hätte ich beim Anblick dieser sanften Augen, der braunen Vertiefungen darunter, der breiten Wangenknochen und der vollen Lippen gedacht, es sei ein herzliches Gesicht, ein unkompliziertes Gesicht, ein Gesicht, vor dem man sich niemals fürchten, das man niemals meiden müßte. Und trotzdem hatte ich vor, ihr während der ganzen Reise aus dem Weg zu gehen. Ich würde darauf achten, bei jeder Mahlzeit am entgegengesetzten Tischende zu sitzen, in der Museumsschlange nicht in ihrer Nähe zu stehen, mein Handtuch am Strand nicht neben ihrem auszubreiten.

Ich nickte ein wenig ein und wachte auf, als die Sonne mir auf meine Hände im Schoß brannte. Lola hatte auf dem Sitz neben mir schon gewartet und sagte sofort: »Guck mal nach unten.«

Unter uns waren Berge, dunkle, tief eingeschnittene Berge mit weißen Mützen.

»Sehen sie nicht wie der allerleckerste Schokoladennachtisch aus?«

»Ja«, sagte ich. Es sah so aus, als hätte jemand schon ein paar Teelöffel voll davon gekostet. »*Los Pirineos.*«

»*Si.*«

Ich wanderte mit den Augen bis zum äußersten Rand der Erde, dorthin, wo sie in einem satten, indigoblauen Bogen auf den Himmel traf. Von hier oben wirkte alles schmerzhaft schön.

Neben Nicole las Marc etwas über Cuenca, unseren ersten Zwischenstopp. Ich wünschte, er würde aus dem Fenster sehen und diesen Schmerz genauso erleben, wie ich es tat – den Schmerz des Anblicks und den Schmerz der überwältigenden, atemberaubenden Hoffnung, der einem die Brust sprengt, wenn man für Augenblicke hoch über der Erde schwebt.

Abschied von Lucie

Die Sonne steht direkt über mir, als ich vom Briefkasten komme und die Auffahrt hochgehe. Die silbernen Birken draußen an der Straße zittern weiß in der kräftigen Brise, als lastete ein ewiger Schnee auf ihnen, den sie niemals loswerden. Durch die offene Tür kann ich Schritte auf der Treppe hören und dann, wie der Wasserkessel am Spülbecken gefüllt wird. Sie ist wieder auf, hat ihr Schläfchen beendet; es ist schon fast Zeit zum Mittagessen. Ein weiterer Brief ist gekommen. Ich werfe ihn in den Holzbehälter zu den anderen und gehe nach drinnen.

Wir essen draußen am schattigen Ende des Gartentischs: kalte Zitronensuppe, Tomatenscheiben und ein flaches Hefebrot, das *fouace* heißt. Lucie ist erschöpft und zerstreut. Sie schiebt ein Stück Brot in ihrer Suppenschale einmal im Kreis herum, nimmt es aber nicht in den Mund. Sie wird schwächer. Ihr Tod macht sich neben mir breit, mit elastischem Rücken, unbeirrbar in seinem Vorhaben, und die Angst, die ich sonst nur nachts spüre, überfällt mich nun am hellichten Tag.

Ein Marienkäfer krabbelt ihr auf den Finger. »Hast du jemals gehört, wie Nicole ihren Kindern dieses Lied vorsang?« fragt sie. Dann holt sie tief Atem und stößt eine Reihe hoher, zitternder Töne aus.

Ich würde gern lügen und ja sagen, denn wie sollte sie es jemals herausfinden? Aber Lügen sind zu anstrengend; sie führen zu endlosen Nachfragen. »Nein. Wie geht es noch mal?«

Jetzt singt sie langsamer. Es ist in Provençalisch, und obwohl es eine fröhliche Melodie hat, kommt es schwermütig aus ihrem engen, müden Hals.

Parpaiolo, volo!
Vai-t'en a l'escolo!
Prene ti matino,
Vai a la doutrino.

Als sie fertig ist, singe ich nach, was ich gehört habe. Ich habe schon sehr lange nicht mehr gesungen, und die Freude daran überflutet mich innerlich. Lucie hört zu, anfangs mit parteiischer Empfindlichkeit, dann bringt sie mir vier weitere Strophen bei. Wir sitzen am Tisch und singen, die Schatten werden länger, aber der Nachmittag wird heißer, die Bremsen trinken die übriggebliebene Vinaigrette auf dem Tomatenteller, und die langen Blätter der Kirschlorbeerbüsche klatschen im Wind zu unserer Musik wie weich behandschuhte Hände.

Später in der Küche erzählt sie mir, wie Nicole von Plaire fortging.

Nach dem Verschwinden ihrer Mutter schien die Erde etwas zurückgeben zu wollen. Dicke schwarze Trauben, saftige Pflaumen, Melonen vom Umfang eines Sonnenhuts – die Ernte war noch nie üppiger gewesen. Octave vergrub sich in Arbeit, und Lucie Quenelle kam weiter abends zu ihnen ins Haus. An den Samstagen ging Nicole tagsüber zu Lucie, und nach einigen Wochen nahm sie immer eine kleine Tasche mit, um auch bei ihr zu übernachten. Sie war jetzt lieber bei Lucie. Ihr Vater unterhielt sich abends nicht mehr gerne und mochte am Sonntag auch nicht mehr spazierengehen. Die Messe besuchte er überhaupt nicht mehr mit ihr. Nach der Ernte fragte sie ihren Vater, ob es nicht besser für sie beide wäre, wenn sie ganz zu Lucie zöge. Sie hatte gehofft, eine Antwort zu provozieren, an sein väterliches Anrecht auf sie zu appellieren, aber er fuhr nur mit der Hand durch die Luft und ließ sie stehen.

Sie ging zu Lucie, weil das Haus warm und vertraut war. Sie ging dorthin, weil Lucie abends einen weichen, blauen Bademantel anzog und Nicole sich an sie kuscheln durfte, während sie beide schweigend auf Lucies schmalem Bett lasen. Sie wußte nicht, daß ihre Mutter und Lucie Freundinnen gewesen waren, daß ihre Mutter, genau wie Nicole an jedem Samstag im Sommer, mehrmals in der Woche zum Mittagessen unten bei Lucie gewesen war. Aber Lucie besaß ein Paar Socken, die ihre Mutter ihr gestrickt hatte, und eingemachtes Obst mit der Handschrift ihrer Mutter auf den Etiketten. Und sie kannte Geschichten, eine Menge Geschichten über Marcelle, mit denen sie Nicole wie mit Bonbons fütterte, immer eine zur Zeit. Nicole war glücklich dort, und ihren Dank äußerte sie in Gebeten für Lucie, und sie hoffte, daß sie ihrer Mutter, wo immer sie sein mochte, dadurch nicht untreu wurde.

Es war wieder ein kalter Tag, jener Tag, an dem sieben Jahre später der Brief kam, auf demselben weißen Schreibpapier mit denselben geschwungenen Buchstaben. Diesmal lag er auf dem Küchentisch, nicht wie damals auf der blauen Wolldecke, war keine Rolle in der Hand ihrer Mutter. Und diesmal war er an sie adressiert. Mit dem Brief in der Hand stand sie lange da und wartete auf Lucie, die sie oben herumgehen hörte. Er war mit einem Füllhalter mit extrem breiter Feder geschrieben und in einer Farbe, die sie nicht benennen konnte, einem dunklen, düsteren Blau. Das kostbare Papier war so rauh, daß die Schriftzüge wie getüpfelt schienen, und sie starrte so lange darauf, bis sie zu Schlangen wurden, die sich auf einer rauhen, weißen Fläche ineinander verschlangen und wieder trennten.

Er war von Tante Anne, und es würde drinstehen, daß ihre Mutter wieder aufgetaucht war.

Sie riß den teuren Briefumschlag auf und bewunderte seine Vornehmheit. Sie überflog ihn schnell:

Liebe Nicole,

ich bin deine Großtante Anne. Kannst Du Dich noch an mich erinnern? Ich habe Dich nur einmal gesehen, als Du sehr klein, aber sehr hübsch warst.

Ich wohne in Paris in einer sehr großen Wohnung, viel zu groß für einen Menschen und einen kleinen Hund. Wir möchten gerne, daß Du zu uns kommst und bei uns lebst. Es wird eine Menge leckere Sachen zu essen und eine Menge schöne Kleider zum Anziehen geben.

Komm und wohn bei uns, damit wir nicht mehr so einsam sind.

Alles Liebe,

Anne, die Tante Deiner Mutter

»Sie denkt, ich bin vier Jahre alt.«

Dann kam Lucie mit ihrem Brief herunter und reichte ihn Nicole.

Liebe Mme. Quenelle,

da ich nichts von Ihnen gehört habe, werde ich dem Kind jetzt direkt schreiben. Ich vertraue darauf, daß Sie sich nicht einmischen, sondern meine Nichte autonom handeln lassen. Wie ich schon erwähnte, lebe ich hier in Paris in einer großen Wohnung im sechzehnten Arrondissement und bin allein, seit mein Mann verstorben ist. Zum Haushalt gehören drei Bedienstete, und wenn Nicole kommt, wird es auch eine englische Gouvernante geben. Ihr Leben wird ein regelrechter Brontë-Roman sein.

Lucie, ich kenne Sie schon sehr lange, und auch wenn Sie selber viele Gelegenheiten haben verstreichen lassen, widerstrebt es mir, zu glauben, daß Sie Nicole Guerrin demselben Schicksal überlassen wollen. Wir müssen jetzt mit ihrer Erziehung beginnen. Das ist es, was ihre Mutter, möge sie in Frieden ruhen, immer für sie gewünscht hat, und es ist allein ihr Wunsch, der respektiert werden sollte. Bitte stellen Sie sich mir nicht weiter so in den Weg wie bisher.

Mit den besten und hoffnungsvollsten Grüßen

Anne d'Auvene

Also glaubte Tante Anne auch, daß sie tot war. »Was ist ein Brontë-Roman?« fragte Nicole.

»Das weiß ich nicht«, sagte Lucie. Es gab einige Worte auf der Seite, die sie nicht verstanden hatte, und sie hoffte, Nicole würde nicht auf alle stoßen. »Das ist der dritte Brief, den sie geschrieben hat. Ich hätte es dir sagen sollen.«

Nicole sah die dünnen, glänzenden Streifen in Lucies Gesicht, die ihre Tränen im Puder hinterlassen hatten. Sie sagte: »Ich gehe nicht. Ich will nicht weg.«

»Du solltest darüber nachdenken.« Sie legte ihre Hand auf Nicoles Arm. »Du hättest viele Vorteile durch sie. Du würdest eine gute Schule besuchen und ein Instrument lernen und –«

»Ich weiß Bescheid über all die Vorteile!« Sie schüttelte Lucies Hand ab. »Die Vorteile sind mir völlig egal! Ich möchte hierbleiben. Hier lebe ich, und hier gehöre ich hin.« Sie brüllte, und das erschreckte sie, weil sie ihre Mutter anschrie, die sie nun, da Lucie sie freigegeben hatte, festzuhalten schien.

Sie hätte weiter geschrien, wenn Lucie nicht mit einer Stimme wie Peitschenknallen »Hör auf, Nicole!« befohlen hätte, einer Stimme, die ihre Mutter nie besessen hatte. Dann nahm Lucie ihre beiden Hände und sagte: »Du weißt, was ich mir von ganzem Herzen wünsche. Aber du darfst dich niemals scheuen, das zu tun, was du möchtest.«

»Das hier«, sagte Nicole und hielt die beiden Briefe und die zerrissenen Umschläge hoch, »ist nicht, was ich möchte.« Sie warf alles in den Kamin und sah zu, wie das dicke Papier nur langsam Feuer fing und die Schrift, immer wenn die Flammen sich näherten, ans andere Ende der Seite zurückzuweichen schien.

Lucie sprach mit Nicole nie wie mit einem Kind, legte nie eine falsche Vergnügtheit in ihre Stimme oder flunkerte Nicole etwas vor. Statt dessen erzählte sie ihr Geschichten aus der Zeitung oder Klatsch, den sie oben am Berg gehört hatte. Vielleicht schmückte sie die Geschichten ein wenig aus, aber sie besaßen stets einen wahren Kern. An ihrer Mutter hatte Nicole das Romantische geliebt, ihre Vorliebe für Kerzen und Sturmwolken und handbemalte Teetassen, aber Lucie liebte sie von Anfang an deswegen, weil ihr das Leben so gefiel, wie es war.

Nachts im Bett drängten sich ihr zweierlei Sinneswahrnehmungen auf. Das eine war eine Stimme – *Das ist es, was ihre Mutter immer für sie gewünscht hat* –, das andere war ein Geruch – der von geriffelten Vanillekerzen, in deren Licht ihre Mutter abends immer gelesen hatte. Sie dachte an den Roman, den Tante Anne erwähnt hatte, und fragte sich, ob sie in ihrer Wohnung in Paris ebenfalls bei duftendem Kerzenlicht las. *Das ist es, was deine Mutter sich immer gewünscht hat.* Es war ein süßer, winterlicher Duft, der immer durch das kleine Schlafzimmer ihrer Mutter wehte.

Nach einer Weile wanderte sie in Gedanken zur Schule, zu dem blonden Jungen Félix, der sie hatte küssen wollen, und dann zu der Reise nach Avignon, die sie bald mit Lucie machen würde. Sie zwang diese Gedanken, bis zur glatten Oberfläche einer Gewißheit durchzustoßen, die sie mehrere Wochen lang nicht hatte wahrhaben wollen: Ihre Mutter war da, irgendwo in Paris, und sie konnte sich ihr nicht noch einmal widersetzen.

Jeden Sonntag wurde Nicole nach der Messe abgeholt und aß bei einer ihrer Schwestern zu Mittag. Bei welcher der Schwestern sie auch sein mochte, der Nachmittag endete immer damit, daß die Schwester ihr das obligatorische Angebot machte, bei ihr zu leben. Doch sie hatten alle große Familien und wenig Geld, und Nicole wußte zwar, daß sie sich im Herzen ein Ja wünschten, aber ihre ängstlichen Augen baten sie stets, abzulehnen. Sie wußte auch, daß diese allsonntägliche Hoffnung auf ein Nein nicht nur mit den vielen Kindern der Schwestern und dem unzureichenden Einkommen zu tun hatte. Ihr Haar und ihre Hände, ihr knospender Körper und die Art, wie sie, wenn sie nicht achtgab, ihren Kopf neigte und den anderen beim Zuhören nur aus den Augenwinkeln ansah – all das waren für die Schwestern Indizien, daß Nicole sich unaufhaltsam zu einer beunruhigenden Wiedergängerin ihrer Mutter entwikkelte. Einmal hatten Juliettes Zwillinge sie mit nach oben in ihr Spielzimmer genommen. Sie hatten sie von der Taille aufwärts in weißen Mull gewickelt und ihr Haar vollständig unter eine fleischfarbene Badekappe gestopft.

»Guck mal, guck mal, Maman! Tante Nico ist eine Mumie!«

Juliette erbleichte bei dem Anblick. »Macht das Zeug sofort wieder runter!« Aber bevor ihre Jungen noch begriffen, was sie gesagt hatte, lief sie selbst zu Nicole und zerrte so heftig an dem Stoff, daß ihre jungen, zarten Brüste gequetscht wurden, und mit der Kappe riß sie ihr ein ganzes Büschel Haare aus. Wenn Juliette wütend war, stieg ihr das Blut in das eingerollte Ohr, und an jenem Tag pochte es scharlachrot, und das Blut strudelte darin wie die Flüssigkeit in den Strohhalmen mit Knoten, die man auf dem Jahrmarkt in Limne kaufen konnte. Nicole war vollkommen verwirrt, hatte aber keine angst. Nur wenige Dinge machten ihr mittlerweile noch Angst, und diese seltsamen Ausbrüche ihrer Schwestern, die gewöhnlich auf unerklärliche Weise mit ihrem Körper zu tun hatten, waren etwas, worauf sie inzwischen eingestellt war.

Am Sonntag vor ihrer Abfahrt nach Paris lud Lucie alle zum Abendessen ein. Octave kam erst, als sie schon fast fertig waren, und sagte kaum etwas. Er schien den Anlaß gar nicht zu begreifen. Ja, sie war bereit zu gehen, zu gehen und ihre Mutter zu finden und nie mehr zurückzukommen. Sie holte tief Luft, um die aufwallende Vorfreude zu bändigen. Dann sah sie Lucie am anderen Ende des Tischs, sie sprach mit niemandem und kaute mechanisch. Das war ihr letzter gemeinsamer Sonntag. Wenn sie früher von ihren Schwestern gekommen war, hatte Lucie häufig zu ihr gesagt: »Du bist heute abend ganz aufgedreht.« Sie hatte einen Pullover und ihr Portemonnaie genommen, und dann waren sie in die Stadt gewandert und hatten auf der Terrasse des Café Plaire eine Limonade getrunken. Immer wenn sie von ihrer Kindheit und ihrer späten, kurzen Ehe sprach, hatte ihre Stimme brüchig geklungen. Sie weinte nie und ließ es auch nie zu, daß ihre Augen sich mit Tränen füllten, aber ihr Hals zog sich zusammen, und die Worte kamen knarzend wie von einer alten Tür. Seit sie Lucie ihre Entscheidung mitgeteilt hatte, fiel Nicole auf, daß sie jetzt auch bei Dingen, die die Gegenwart oder die nahe Zukunft betrafen, mit dieser knarzenden Stimme sprach – wenn es z. B. um das Stopfen von Nicoles Wintersocken oder den Kauf ihrer gemeinsamen Lieblingsschokolade ging oder wenn sie die Fahrt nach Avignon erwähnte, die sie jetzt alleine machen müßte. Noch nie im Leben hatte Nicole jemandem einen so großen Schmerz zugefügt, selbst ihrer Mutter nicht. Der rätselhafte Schmerz ihrer Mutter hatte nicht erst begonnen, als Nicole jene Fahrt nach Paris ablehnte. Nein, daran war sie nicht schuld. Sie war ihrer Mutter nichts schuldig. Sie wiederholte es sich im stillen: Ich bin meiner Mutter nichts schuldig.

Aber ihre Taschen waren gepackt, und alle waren zum Abschied versammelt, und Tante Anne hatte aus dem Studierzimmer ihres verstorbenen Mannes schon ein Schlafzimmer gemacht; die Stoffe hatte Nicole selber aus einem Musterbuch ausgesucht, das mit der Post gekommen war. Und als sie sich endlich klargemacht hatte, daß all das nicht zählen würde, wenn sie hier bei Lucie und ihrem Vater und ihren Schwestern bleiben könnte, die manchmal seltsam und anstrengend waren, sie aber trotzdem liebten, wußte sie nicht mehr, wieso sie ihrer Mutter nichts schuldig war. Sie hatte sie einmal enttäuscht, und sie konnte es – auch wenn Lucie, nachdem alle gegangen waren, mit knarzender Stimme fragte, ob sie nicht Lust hätte, mit ihr ins Café zu gehen – nicht noch ein zweites Mal tun.

Am folgenden Dienstag drängten sich alle auf dem Bahnsteig um sie. Nicole trug ihr bestes Kleid und ihren besten Hut, und obwohl beide schon von mindestens zwei Schwestern getragen worden waren, fühlten sie sich jetzt neu an neben dem großen grünen Zug mit den Holztafeln an jeder Tür, auf denen in Blau das Wort PARIS stand. Auch für ihre Schwestern wirkte Nicoles Aufzug befremdlich, und alle drei versuchten angestrengt, sich zu verkneifen, womit Marie-Jo schließlich herausplatzte: »Du siehst genauso aus wie Maman!« Nicole wußte, daß ihre Schwestern wollten, daß sie fuhr. Als sie auf ihrem Platz saß, sah sie durch die Scheibe, daß ihre Augen in Tränen schwammen und ihre Mundwinkel zitterten, aber sie schwenkten jubilierend die Arme, als würden sie einen Zug begrüßen, statt ihn zu verabschieden. Octave war nicht gekommen. Nicole hatte ihn an jenem Sonntag zum letzten Mal gesehen; er sollte im nächsten Frühling an einem Herzinfarkt sterben.

Lucie stand abseits, näher an der Tür, die jetzt geschlossen und verriegelt wurde. Nicole hatte ihr als letzter auf Wiedersehen gesagt, und es war ihr bewußt, daß sie ihren Schwestern dadurch verriet, wen sie am meisten vermissen würde. Aber sie tat es dennoch, weil sie wollte, daß Lucie es wußte. Lucie war alt und würde immer älter werden. Schon war ihr langer Oberkörper leicht nach vorne gebeugt; schon konnte sie zwei Finger an ihrer rechten Hand nicht mehr richtig auseinanderbiegen. Die Gründe für und gegen ihren Aufbruch wirbelten ihr durch den Kopf, während der Bahnsteig und alle, die dort standen, allmählich hinter dem Fenster zurückblieben und die Ärmel ihrer

Schwestern wild in der Sonne funkelten und Lucie ihren nackten Arm, den sie gebeugt und mit der anderen Hand gestützt hatte, so lange, schwer und regungslos, emporhielt, bis der Zug einen Bogen nach links machte und alle verschwunden waren.

Die Sehenswürdigkeiten

Ich stand am offenen Fenster des Zimmers, das ich in dieser Nacht mit Lola teilen würde. Es war hoch und schmal und wurde von fünf schmiedeeisernen Stäben geschützt, die am oberen Ende gleichmäßig senkrecht begannen, zur Mitte weit ausschwangen und sich dann bis zum Fensterbrett wieder zurückbogen, als würden sie einem neugierigen Kopf – aber nur dem Kopf – einen Blick in den Hof hinunter gestatten.

Wir waren in Cuenca, einer kleinen mittelalterlichen Stadt südöstlich von Madrid. Das Hotel war früher ein Kloster gewesen und stand am Ende eines hohen Bergkamms, der berühmt war für seine *casas colgadas*, baufällige verlassene Häuser, die halb über dem Rand hingen und in den Fluß hinunterzustürzen drohten. Marc hatte aufgeregt auf diese Häuserreihe gezeigt, als wir uns von Madrid her der Stadt näherten. Aber unser Interesse an dieser Sehenswürdigkeit legte sich sehr schnell, als wir – auf T-Shirts, Ladenschildern und Restaurantanzeigen – überall auf ihr Abbild stießen. An jeder Straßenecke standen mindestens ein Dutzend Hinweise auf diese hängenden Häuser. »Eine ganze wunderschöne spanische Stadt reduziert auf zwei Wörter«, sagte er. Aber als wir erst mal die *plaza mayor* mit ihren Geschäften und Touristen hinter uns gelassen hatten und weiter nach oben wanderten, wo die Straßen kaum breiter als ein ausgestreckter Arm waren und an jedem Eckhaus konvexe Spiegel angebracht waren und die Autos auf den Bürgersteig fahren mußten, um aneinander vorbeizukommen, erwachte Marcs Begeisterung für Cuenca wieder.

Das Kloster war kein hängendes Haus. Es stand sicher ein Stück vom Rand entfernt, und nur der Garten reichte bis zur Kante des hohen Kamms. Die anderen waren jetzt dort vorne und betrachteten das Ende des Sonnenuntergangs, den wir schon vom Auto aus gesehen hatten. Es war Guillaumes Idee gewesen, sofort nachdem unser Gepäck in unsere Zimmer gebracht worden war, dorthin zu laufen. Er hatte auf der gegenüberliegenden Klippe eine Marienstatue entdeckt, die auf einer hohen, weißen Säule stand. »Sieht der Himmel nicht aus wie ein goldenes Cape, das für sie ausgebreitet ist?« hatte er gesagt. »Nein«, hatte Lola gegiftet, sich aber trotzdem bereit erklärt, mit den anderen in den Garten zu gehen. Ich fand, das war etwas, was eine Familie an ihrem ersten Ferienabend miteinander tun sollte, und ich selber fühlte mich viel weniger zur Familie gehörig, seitdem ich nicht mehr in ihrer Küche war und selbständig über einen Raum und meine Arbeit herrschte. Was und wann und wo wir aßen – darauf hatte ich jetzt absolut keinen Einfluß mehr.

»*¿Pues, que toman?*« fragte der Kellner, nachdem er flache Schälchen mit Mandeln und Oliven auf den Tisch gestellt hatte. Er wandte sich an Nicole. Mit ihrer mediterranen Hautfarbe und ihrer Arroganz *madrileña* wurde sie schon seit unserer Ankunft am Nachmittag für eine Spanierin gehalten. Genauso wie beim Autoverleih, an der Rezeption und eben erst an der Tür des Restaurants schüttelte sie jetzt ohne Entschuldigung den Kopf und sagte auf französisch, daß sie Französin sei. Unbeeindruckt wiederholte der Kellner seine Frage auf spanisch und schüttete sich dabei mit einer Hand ein imaginäres Getränk in den Hals.

Ich ergriff das Wort und bestellte eine Cola.

»*Dos*«, sagte Lola. Sie trug ein Kleid, das sie vor einer Woche gekauft hatte, ein langärmliges, enganliegendes Kleid mit blassen Blumen auf schwarzem Grund. Als sie es mir zeigte, fand ich ihre Wahl absurd; Lola trug Jeans und weite Hemden und klobige schwarze Schuhe. Ich hatte zwischen dem Mädchen und dem Kleid, das es hochhielt, keine Verbindung herstellen können. Doch jetzt am Tisch, als sie vollkommen selbstverständlich *dos* sagte und nach einer Mandel griff, war sie verwandelt. Niemand sonst schien zu bemerken, wie anmutig ihr langer Hals geworden war und daß sie schon kleine Brüste hatte. Auch sie selbst schien sich dieser Veränderung nicht bewußt zu sein.

Keiner wagte etwas anderes als Cola zu bestellen. Als der Kellner gegangen war, machte Nicole eine Bemerkung über den schmutzigen Boden – all die fettigen Servietten, Olivenkerne und zerkauten Zahnstocher. Odile bewunderte die Bilder aus bunten Kacheln an den Wänden. Marc studierte die Speisekarte.

»Was ist *atún*?« fragte er gereizt, als hätte er trotz seiner gründlichen Vorbereitung vergessen, daß in Spanien alles auf spanisch sein würde.

»Thunfisch«, sagte ich.

»Und *aguacate?*« fragte Guillaume.

»Avocado.«

Und so ging es weiter. Meistens waren die entsprechenden französischen Wörter so ähnlich, daß ich nicht begriff, wieso sie nicht zu kleinen Ableitungen imstande waren, hier ein paar Vokale umstellen, dort einen Konsonanten streichen konnten. Es war merkwürdig für mich zu beobachten, wie hilflos sich diese Menschen plötzlich anstellten, nach deren souveränem Umgang mit Wörtern ich mich so lange verzehrt hatte. Bei ihren Bestellungen stotterten oder erröteten sie. Ihre Verlegenheit schenkte mir ein unverhofftes Selbstbewußtsein. Ich benutzte die Verben, die ich geübt hatte. Ich redete in ganzen Sätzen. Der Kellner sammelte die Speisekarten ein und lobte mich für mein Bemühen. Marc strahlte mich über den Tisch hinweg an, und ein paar selige Minuten lang gab ich mich der Täuschung hin, daß die Reise nur meinetwegen stattfand.

Ein englisches Ehepaar wurde an den Tisch neben uns gesetzt. Fast sofort begannen sie über die Bedeutung von *sepia* zu streiten.

»Ich bin sicher, daß es Tintenfisch ist«, sagte die Frau.

»*Calamares* sind Tintenfische.«

»Und *pulpo* ist Seepolyp. Das haben wir doch beim Frühstück in dem Susset-Führer gelesen.« Seine s-Laute waren durchdringend, und nach einigem weiteren Hin und Her ähnlicher Art mußte ich dem ein Ende machen. In *Español ahora* war *sepia* ein beliebtes Gericht gewesen.

»Entschuldigen Sie, aber ich glaube, es handelt sich um Kuttelfisch.«

»Aha«, sagte der Mann. Er sah wieder auf die Speisekarte. »Ich glaube, Sie haben recht.«

»Stimmt«, sagte die Frau und senkte ebenfalls die Augen.

Ich schämte mich für mein Eingreifen. Ich war die typische Amerikanerin, die sich hinüberbeugte und einmischte. Aber wenige Minuten später hielt die Frau mir die Karte hin, zeigte auf mehrere Stellen und bat um Übersetzung. Sie fragte mich, woher ich komme, erzählte, sie seien aus Cornwall, und entließ mich dann wieder. Als es darum ging, ihre Bestellung aufzunehmen, benutzte der Kellner mich zur Erläuterung der drei verschiedenen Zubereitungsarten von *sepia*: gegrillt, in der eigenen Tinte oder kalt in Salat. Das Paar erzählte mir von den Höhlen, die sie im Baskenland besichtigt hatten, und von der Pilgerfahrt nach Santiago de Compostela, die sie demnächst machen würden.

»Im Grunde sind wir nur halbe Pilger«, sagte die Frau.

»Die richtige Pilgerfahrt beginnt in Frankreich und geht dann über die ganze Strecke«, fügte der Mann hinzu.

Ich erklärte, daß wir am nächsten Morgen nach Toledo fahren würden, dann nach Granada und anschließend für eine Woche nach Mallorca.

»Sie und all diese Deutschen. Sie wissen doch, daß die fast die halbe Insel besitzen.«

»Die Ostseite«, ergänzte ihr Ehemann.

Ich suchte nach einer Antwort auf diese Information und gleichzeitig nach einer Möglichkeit, mich ihrer sporadischen Aufmerksamkeit zu entziehen. Nicht nur an unserem Tisch, sondern auch an vielen anderen in der Nähe des Paars hatte die Unterhaltung aufgehört. Es schien, als versuchten alle im Raum, ihre Sprachkenntnisse zu testen. Aber bevor mir eine Lösung einfiel, überlegte die Frau laut, ob es sich nicht um die Westseite der Insel handelte, und schon ging es wieder los.

»Nach vier Jahren verstehe ich immer noch kaum ein Wort«, sagte Odile.

»Aber Amerikanisch ist so anders«, sagte Nicole.

Jetzt erwachte eine gewisse Angriffslust in mir, und ich sagte ihr, woher das Paar stammte.

Als das Essen kam, erkannte niemand sein Gericht am Namen, und ich mußte die Verteilung dirigieren. Der Kellner schien ein Vertrauen in unsere Kommunikation zu setzen, das ich in Pariser Geschäften nie erlebt hatte. Er hatte etwa Marcs Alter, einen starken Unterbiß und Augenbrauen, die sich in alle Richtungen kringelten. Er machte sich über alles lustig, was seine Aufmerksamkeit erregte: den enormen Appetit des mageren Guillaume, Lolas Gekicher, den Ring aus zerknüllten Servietten um Marcs Teller, nachdem er mit Essen fertig war. Seine vorwitzige Einmischung ärgerte Nicole.

»Müssen wir uns, nur weil wir Ausländer sind, wie Kinder verspotten lassen?«

So aufgebracht hatte ich sie noch nie erlebt. Während der Zorn ihr Gesicht zu Hause aber zum Leuchten brachte, ihren Worten eine pointierte Schärfe und ihrer ganzen Person eine größere Autorität verlieh, schien ihre Strahlkraft an diesem Tisch in Cuenca zu verblassen. Aus Sorge, der Kellner könnte Nicoles Bemerkung gehört und verstanden haben, äußerte Marc sich zum Ausgleich besonders anerkennend, als mehrere Flaschen mit Spirituosen und vier Gläser mit den Empfehlungen des Hauses an den Tisch gebracht wurden.

Als wir vom Hotel in die Stadt gingen, waren die Straßen fast leer gewesen, jetzt, auf dem Nachhauseweg, waren sie von langsam vorrückenden Autoschlangen verstopft, deren Scheinwerfer und Rücklichter zu flackern schienen, wenn Menschen die dichtbevölkerten Bürgersteige verließen und sich sorglos zwischen den Wagen bewegten.

»Bleibt zusammen«, rief Marc, aber einer von uns wurde unweigerlich immer aufgehalten – von Körpern, die sich verführerisch zu der Musik bewegten, die aus den Türen der Nachtclubs schallte, durch laute, kryptische Gesprächsfetzen oder einfach von der eigenen Angst, Verwirrung und Erschöpfung.

Nicole fehlte, als wir in die leerere Straße zum Kloster einbogen.

Marc sagte, ich solle die Kinder ins Hotel bringen. Und als wir endlich im Foyer waren, weinte Guillaume, da er überzeugt war, seine Mutter sei von spanischen Piraten entführt worden. Mit größerer Geduld, als ich sie je hätte aufbringen können, erklärte Odile ihm, daß Piraten Boote und Wasser für ihre Verbrechen brauchten. Es war albern, daß Marc so ein Drama veranstaltete. Immerhin kannte Nicole den Namen des Hotels oder zumindest seine Lage auf dem Bergkamm. Wahrscheinlich hatte sie eine Abkürzung entdeckt und lag schon oben im Bett. Es war immerhin Nicole, um die es hier ging.

In unserem Zimmer wurden Lola und ich durch unerklärliche, beunruhigende Geräusche irritiert, die durch das offene Fenster drangen: laute, grollende Seufzer und schnarrende Schreie, heftige dumpfe Schläge und anhaltendes Fauchen.

»Was ist das da draußen?« fragte sie und zog mich ans Fenster.

Es waren Katzen, die sich kratzten, bissen und anfauchten. Die Weibchen waren rollig, und die Kater jagten hinter ihnen her. Wir beobachteten sie stumm durch die geschwungenen Stäbe. Es war eine höchst kunstvolle Jagd. Wenn die Katzen sich zwischendurch in Sicherheit brachten, stolzierten die Kater mit hoch erhobenem Schwanz und schwerfällig wie wütende Betrunkene auf und ab. Lola sah so fasziniert zu, daß sie sogar die Sorge um ihre Mutter vergaß, bis wir draußen im Korridor Schritte hörten.

Es waren zwei Paar Füße, aber nur eine Stimme: Marc, der ununterbrochen leise redete. Lola machte das Licht aus und öffnete die Tür einen Spalt. Sie gingen vorbei. Sie berührten einander nicht. Es war gespenstisch, sie unbemerkt durch den Türspalt zu beobachten. »Da sind wir. Jetzt sind wir beim Zimmer«, sagte Marc, und der Rest ging im Gejammer der Katzen hinter uns unter.

Marc bestand darauf, daß wir zuerst die Synagogen besuchten, und er wiederholte es noch mehrere Male, ehe wir den dicht bebauten Hügel von Toledo durch die Fenster des gemieteten Kleinbusses überhaupt sehen konnten. Dabei hatte keiner von uns irgendwelche Einwände gegen den Plan geäußert. Trotzdem sagte er es, nachdem wir auf einem großen Platz mit Namen *Zocodover* zu Mittag gegessen hatten, wo laut Marcs Buch zum ersten Mal kastilisches Spanisch gesprochen wurde, mit noch größerer Entschlossenheit. Als wir gehorsam aufstanden, schien er verblüfft, daß Worte so schnell zu Taten werden konnten. Darauf war er nicht vorbereitet.

»Wo müssen wir lang?« fragte er mich und hielt mir den Stadtplan so hin, daß ich hineinsehen konnte.

Nicole rollte mit den Augen und setzte sich wieder. Sie hatte den ganzen Tag über nicht mehr als zehn Wörter gesagt.

Ich stellte mich neben ihn und nahm eine Ecke des Plans in die Hand. Die Sonne stand senkrecht am Himmel, brannte auf mein Haar, schien auf das Papier. Sie ließ sich auf meinen Schultern nieder, wanderte meine Arme entlang, meine Wirbelsäule hinunter. Marcs Gesicht näherte sich meinem, als wir die Karte betrachteten. Ich schlug einen Weg vor, und er sah hoch, ganz und gar sachlich. Ich war sicher, daß es ihm niemals einfallen würde, mich zu küssen.

Sie waren nicht einfach zu finden, die Synagogen. Trotz des brandneuen Stadtplans und der Schilder mit dem Wort *SINAGOGA*, die überall am Straßenrand standen. Die Stadt wollte den Eindruck erwecken, als seien diese Gotteshäuser für ihre Geschichte genauso wichtig wie die Kathedrale und die Klöster. Aber in Wirklichkeit waren die Pfeile falsch angebracht oder führten einen durch eine Gasse mit elf Türen ohne jeden Hinweis.

Ich trödelte und wartete an der ersten Straßenkreuzung auf die anderen; Nicole winkte mich herbei und sagte, Marc würde uns nur dauernd im Kreis herumführen, wenn ich ihm nicht hülfe. Ich lief also vor zu ihm; und während die anderen immer mehr zurückblieben – hin- und hergerissen zwischen schwarzgoldenem Damast in den Schaufenstern auf der einen Straßenseite und blau-gelbem Keramikgeschirr auf dem Bürgersteig der anderen –, fiel es mir plötzlich leicht, mir vorzustellen, daß Marc und ich allein in Toledo unterwegs waren. Ich konnte seine Reisebegeisterung spüren. Ich spürte sie, wenn er über eine Mauer zum leuchtendgrünen Fluß hinunterschaute, der die Stadt einschloß, oder den Kopf in ein Geschäft steckte, das alte Rüstungen verkaufte, oder mit offenem Mund staunte, als eine komplette High-School aus Ohio in identischen Windjacken vorbeimarschierte, jeder mit einem Hörnchen mit drei Kugeln Eis in der Hand. Er sprach nur, wenn es um die einzuschlagende Richtung ging; ansonsten sah er mich mit großen Augen an oder grinste kurz oder stieß mich gelegentlich in die Seite, wenn er glaubte, ich könnte etwas verpassen. Er war glücklich, glücklicher, als ich ihn je erlebt hatte, und das machte mich ebenfalls glücklich, jedenfalls solange ich nicht daran dachte, wie sehr Nicole sich über seine Fröhlichkeit ärgern würde.

Und das tat sie. Nicole drehte eine schnelle Runde durch

den einzigen Raum der Synagoge, schenkte Marcs Beschreibung jüdischer Religiosität und ihrer brutalen Ausrottung nicht das kleinste Fitzelchen Interesse und ging. Ich blieb. Ich verstand nicht alles, was er sagte, aber das meiste. Seit der Inquisition hatte das Gebäude mehrmals den Besitzer gewechselt. Mitte des sechzehnten Jahrhunderts war es ein Heim für gefallene Frauen gewesen.

Der Raum war unbeleuchtet und völlig kahl, selbst Stühle fehlten. Ehe sich meine Augen an die Dunkelheit gewöhnt hatten, kam es mir wie ein übler Scherz vor, fünfhundert Peseten dafür zu bezahlen, daß man in einem dunklen, leeren Gewölbe stehen durfte. Dann allmählich traten die Wände hervor. Sie waren rein weiß bis auf ein schmales Schriftband ganz oben, Bibelsprüche, wie Marc sagte. Sie schienen nicht eingemeißelt, sondern mit einer riesigen Feder in goldener Farbe geschrieben zu sein, wobei jeder der unidentifizierbaren Buchstaben in einem vollendeten Punkt auslief. In diesem Raum gab es keine Schreine, kein Blattgold, keine Fresken, Orgeln und Samtkissen, keine Gedenktafeln im Boden, keine gewölbten Decken und bunt flirrenden Lichtstrahlen, die durch hohe Fenster fielen, so wie wir es am Morgen in der Kathedrale von Cuenca gesehen hatten. Und das machte die Schönheit und die Tragik der Synagoge nur um so beeindruckender.

Nicole war schon gegangen, und die anderen waren auf dem Weg zur Tür. Es gab also keinen Grund, sich Marc nicht ein bißchen mehr zu nähern.

Er stand in einer Nische und betrachtete von unten den verzierten Bogen über sich. »Das nennt man Mudejarstil«, sagte er, ohne sich umzudrehen. »Runde Bögen sind maurisch, aber diese wurden von Mauren errichtet, die für ihre christlichen Herren arbeiteten.«

Ich konnte seinen ganzen Hals sehen, die gestrafften Muskeln, den Adamsapfel, spitz wie ein Stein. »Aber«, sagte ich und sah den Bogen genau an, »dieser hier wurde für die Juden errichtet.«

»Das stimmt. Einer der Minister von König Pedro I. war Jude, und er ließ ihn erbauen.« Dann erzählte er noch, daß der König von seinen Edelleuten ermordet wurde, weil er den Juden zuviel Macht verlieh, und daß Juden in dieser Stadt schon lange vor dem Massaker der Inquisition immer wieder umgebracht worden waren.

Ich beobachtete das Auf und Ab seiner Hände. Er hatte breite Handflächen und lange, schlanke Finger. Er hörte auf zu reden und sah sich im Raum um. »Was tun Menschen einander bloß an«, sagte er leise. Er stand ganz still. »Man kann sie hier spüren, nicht wahr? Man kann beinahe ihre Stimmen hören.«

Ich konnte fühlen, wie es wäre, wenn er mich mit diesen Händen berühren, wenn er seinen langen Hals herunterbeugen würde. Die Sehnsucht aus dem Traum und mit ihr der Trost seiner Berührung holten mich wieder ein. Wenn ich überhaupt irgendwelche Stimmen hörte, dann waren es die der gefallenen Frauen. Ob man wohl, wenn man einmal gefallen war, bis ans Ende seines Lebens immer wieder von neuem fiel?

Der Rest der Familie wartete auf der anderen Straßenseite und reckte das Gesicht in die Sonne. Nicole wirkte vollkommen entspannt: Mit geschlossenen Augen, erhobenem Kopf und einem beiläufigen Lächeln auf den Lippen lehnte sie an einer niedrigen Mauer. Die männlichen Passanten schienen hin- und hergerissen zwischen ihr und Odile: Sie waren angezogen von Odile mit ihrer Jugend, ihrer hohen Gestalt und ihrem Gleichmut und verwirrt von Nicoles Präsenz, als könnte sie womöglich ein Filmstar sein, den sie nicht einzuordnen vermochten. Als Marc die Straße überquerte und beide in Ehefrau und Tochter verwandelte, hörte das Glotzen auf.

»Jetzt die Kathedrale, Papa«, sagte Guillaume und zog Marc mit beiden Händen am Arm.

»Also gut!« sagte er und versuchte Guillaume auf seine Hüfte zu heben. Aber Guillaume kreischte und strampelte, und Marc stellte ihn ungeduldig wieder auf die Füße. Dann zog er den Plan aus der Tasche und reichte ihn mir. Diesmal war der Weg einfach. Ich hatte keinen rechten Grund, mit Marc zu gehen, deshalb blieb ich neben Lola und betrachtete ihn von hinten. Er hatte eine schlechte Haltung und Plattfüße, aber ich liebte die Art, wie er über die Straße ging. Sein Oberkörper war lang und schlank, seine alte blaue Hose hing ihm auf den Hüften. Als er sich einmal im Rücken kratzte, rutschte sein Hemd kurz hoch, und ich sah ein paar blasse Rückenwirbel. Immer wieder rief er uns nach hinten zu: »Habt ihr die Schuhe von dem Mann gesehen?« oder: »Riecht ihr auch den Duft nach Paella, der aus der Wohnung da oben kommt?« Er bückte sich, um durch ein offenes Kellerfenster zu schauen, und entdeckte einen Mann, der eine Lampe um die Stirn geschnallt hatte und mit einer winzigen Nadel Gold in einen schwarzen Ring einsetzte. »Wußtet ihr«, sagte er, als wir ihn eingeholt hatten, »daß jede Tuchweberfamilie ihr eigenes Damastmuster hat?«

Die Kathedrale erhob sich vor uns wie alle Kathedralen, pompös und spitztürmig, als sei sie wie eine Sandburg vom Finger getropft. Und wie alle guten Touristen blieben wir auf dem großen Platz stehen und sogen ihre glitzernde Pracht vor dem edlen, wolkenlosen Himmel in uns auf.

Der höhlenartige Eingang war zu beiden Seiten von mehreren Aposteln flankiert, und über dem Bogen saßen weitere Figuren. Trotz all ihrer Finessen, trotz der meisterhaft in Stein gehauenen Gewänder, Zepter und Kopfbedekkungen schienen sie plump, verglichen mit der schlichten Anmut der Synagoge.

»Woher kommt es«, sagte Marc zu niemandem im besonderen, »daß die Christen sich für die Krönung der Religionsgeschichte halten?«

»Ich habe gerade dasselbe gedacht«, sagte ich.

Nicole drehte sich zu uns um, zögerte einen Moment und schlug dann, nicht unfreundlich, vor: »Wie wär's, wenn die Ungläubigen draußen in der Sonne blieben?«

Ich war sicher, daß er nicht deshalb damit einverstanden war, weil er mit mir allein sein wollte, sondern damit die alte Nicole wieder zum Vorschein kam. Sie hatte zum ersten Mal mit ihrer vertrauten Pariser Stimme gesprochen.

Wir überquerten den Platz und ließen uns auf einer der flachen Stufen vor der Kirche nieder, die übersät waren mit Rucksäcken und Orangenschalen und den dazugehörigen

Menschen mit ihren aufgerollten Ärmeln, die nach Kokoslotion oder nach den Knoblauch-Spinat-*bocadillos* rochen, die sie gerade gegessen hatten. Marc zog die Knie bis fast an die Schultern und sagte plötzlich: »Tja. Aus dem Hause Gottes vertrieben.« Darauf sah er mich mit derselben unbarmherzigen Neugier an, die seit unserer Landung in Spanien in seinen Augen saß.

Wir fuhren durch das Gebirge von La Mancha nach Süden in Richtung Granada und übernachteten in einem kleinen Städtchen, das mittendrin durch eine tiefe Schlucht in zwei Teile geteilt war. Drei Architekten waren gestorben – einer durch einen Unfall, zwei durch Selbstmord –, ehe es einem vierten gelang, die 200 Meter hohe Brücke zu vollenden, die jetzt die beiden Teile der Stadt verbindet. Marc hatte den Ort nur wegen der Brücke ausgesucht, und vor dem Abendessen mußten wir ihm alle den Gefallen tun und sie eine Stunde lang aus sämtlichen Winkeln betrachten.

Sie war wirklich spektakulär. Sie bestand aus einem einzigen steilen Bogen aus einem hellen Stein, der jetzt bei der einbrechenden Dämmerung eine zartlila Färbung angenommen hatte. Von oben wirkte das Wasser nur wie ein dünnes Rinnsal; unten stellte es sich als lauter, brausender Fluß heraus. Halb verborgen hinter Ästen, Kletterpflanzen und Moos schmiegten sich Häuser an die Wände der langen Schlucht. Von unten sah die Brücke noch überwältigender aus, und während wir den schmalen Pfad hinunterstiegen, roch es nach frischem Gras und nach dem Essen, das in einigen der hingekauerten Häuser auf dem Herd kochte.

Am nächsten Tag wurde die Landschaft flacher. Zu beiden Seiten der Straße erstreckten sich grüne Felder bis an den Fuß seltsam goldvioletter Berge. Und diese Berge waren es, die mich immer wieder anzogen, so sehr ich auch versuchte, ihren Anblick zu meiden. Sie hoben und sie senkten sich. Sie krümmten sich in meinen Augenwinkeln, kahle Höhenrücken, blaß wie Fleisch und blauviolett wie eine Prellung. Sie wogten auf und ab: Hintern, Brust, Bauch, Schenkel. Die Mulde seines Rückens. Die Linie meiner Wade. Der fahrende Wagen erregte mich noch mehr. Ich versuchte zu schlafen, meinem Körper zu entkommen, aber meine Augen öffneten sich immer wieder und sahen zu der Landschaft in der Ferne. Ich war naßgeschwitzt und angeschwollen. Ich wollte mich berühren. Wir saßen seit Stunden im Auto, ohne zwischendurch anzuhalten. Ich hatte mein Französisch vergessen. Ich nickte zu Sätzen, die ich nicht verstand. Marc erblickte mich im Rückspiegel und sagte: »Sie müssen müde sein, Rosie«, und beim Klang meines Namens aus seinem Mund hätte ich am liebsten losgeschluchzt. Es wurde schmerzhaft, und der Schmerz kroch meinen Rücken hinunter und in meine Beine.

Alle anderen hatten begonnen, sich bei ihm zu beklagen. Hatte er nicht gesagt, sie würden am frühen Nachmittag ankommen? Wieso waren sie nicht geflogen? Hatten sie sich etwa verirrt? Er sagte, es würde wunderschön sein, aber das war ihnen egal. Es war zu heiß: Stellt die Klimaanlage an. Es war zu kalt: Macht das Schiebedach auf. Plötzlich mußten alle dringend verschwinden.

Wir hielten an einer Tankstelle. Ehe ich mit den anderen zur Toilette gehen konnte, trug Nicole mir auf, zu bezahlen und zu fragen, wie weit es noch bis Granada war. Ich ging um den Bus herum zur anderen Seite, wo eine Frau an der Zapfsäule stand. Sie trug einen leuchtendrosa Augenschirm und ausgeblichene rosa Slipper, die hinten zu Sandalen heruntergetreten waren, und der Körper dazwischen war vollkommen unter einem blaßgrünen Sackkleid versteckt. Anders als all die vielen Gesichter, die ich bisher in Spanien gesehen hatte, war ihres nicht von der Sonne zerknittert. Ihre Haut war glatt und weich. Sie grüßte mich mit jenem stillen Einverständnis zwischen Einheimischen und Touristen, das sowohl das Geld der Touristen respektiert als auch die Kontrolle der Einheimischen über das, was man dafür kriegen kann. »*¿Lleno?*« fragte sie, und ohne die Antwort abzuwarten, füllte sie den Tank mit ihrem teuersten Benzin.

Im Schatten neben der Tankstelle saß ein Mann an einem Tisch und wartete darauf, daß die Frau das Kartenspiel mit ihm fortsetzte. Marc kam um die Ecke und sah dem Mann beim Vorbeigehen über die Schulter. Ich lehnte am Bus und spürte seinen Blick, erwiderte ihn aber nicht. Außerhalb des Wagens fühlte ich mich besser – sogar gut. Sexy. Hatte ich mich schon jemals sexy gefühlt? Ich sah auf meine Brüste und auf mein T-Shirt hinunter, dorthin, wo es auf das Bündchen meiner Shorts traf. Es war jetzt der Körper einer Frau. Ich hatte die zusätzlichen Pfunde verloren, aber meine Hüften waren breiter, meine Brüste immer noch prall. War mein Körper jemals so einladend, so warm und lebendig gewesen?

Er kam zu mir. Er trug ein weißes Hemd, ein altes Frackhemd, das sehr abgetragen und von der Autofahrt ganz zerknautscht war. Eine Ecke der Brusttasche war schon eingerissen. Ich konnte fühlen, wie weich der Stoff sein würde, wie schnell die Hitze seiner Brust durch das Hemd dringen würde.

»Doppelte Patience«, sagte er.

»Was?«

Er nickte zum Tisch hinüber.

Früher hatte ich leidenschaftlich gern Karten gespielt. Ich liebte das Geräusch beim Kartenmischen, die Hoffnung auf ein neues Blatt und das Gefühl, wenn ich an einem Sonntagnachmittag im Schneidersitz meiner Schwester gegenübersaß, mit einer Tüte Bonbons neben uns oder einer dieser Bananen-Schokoladen-Marshmallow-Schaumcremes, die wir uns im Mixer machten. Wie kam es, daß man sich in fremden Ländern ganz plötzlich an so viele Dinge erinnerte und sich nach ihnen sehnte? Ich sah Marc fragend an, aber er blickte in die Ferne. Ich hätte gern gewußt, wonach er sich verzehrte und ob er in all diesen Bergen auch Körper sah.

Mir fiel meine andere Pflicht wieder ein. Ich drehte mich um und fragte: »*¿Está lejos, Granada?*«

Die Tankwartin schnalzte ein paarmal, ein Geräusch, von dem ich inzwischen wußte, daß es nein bedeutete.

Das Zapfventil klickte, der Tank war voll. »*Tres mil quinientas*«, kam es wie aus der Pistole geschossen.

Ich übersetzte den Betrag für Marc, der der Frau einen Fünftausend-Peseten-Schein reichte und mich angrinste, weil er so schnell reagiert hatte. Er hatte nicht bemerkt, daß die Zahl an der Zapfsäule stand.

Jetzt tauchte Nicole wieder auf. Sie hatte sich das Haar gekämmt und die Bluse ordentlich in die Hose gesteckt. Sie ging kerzengerade, hatte aber die Augen halb geschlossen und hielt ihre Handtasche mit beiden Händen fest, als verlöre sie sonst das Gleichgewicht. Als sie näher kam, sah ich, daß sie mit dem Daumen am Verschluß ihrer Handtasche rieb. Ich spürte, wie Marc bei ihrem Erscheinen seine Gedanken und seine Körperhaltung zurechtrückte. Kies knirschte unter seinen Schuhen. Wieso war hier alles so intensiv?

»Ich bin in der Stimmung zu fahren«, sagte sie.

»Gut, weil ich in der Stimmung für ein Nickerchen bin«, sagte Marc. Merkte er denn nicht, wie verlogen Nicoles angebliche Stimmung war? Hatte er nicht gesehen, wie nervös und verzweifelt ihr Daumen die Handtasche gerieben hatte?

Guillaume wollte vorne sitzen. Marc kam mit Lola und mir nach hinten, während Odile sich wieder auf ihrem Platz im Heck ausstreckte. Nicole hängte ihre Jacke über die Rücklehne. Ihre Arme in der ärmellosen grünen Bluse, die ich noch vom Einkaufen an meinem zweiten Tag in Paris kannte, hatten schon einen leichten braunen Schimmer. Sie kurbelte das Fenster herunter, lehnte einen Ellbogen hinaus und ließ den Motor an.

Wir fuhren auf die Autobahn. Keinen der anderen schien es zu stören, wie nervös sie das Gaspedal bearbeitete, die

Spur wechselte oder jedesmal die Schulter herumwarf, wenn sie in den Rück- oder den Außenspiegel sah. Die Straße führte über einen breiten Fluß. Jeden Moment konnte Nicole uns in die Tiefe stürzen.

Marc schlief sofort ein. An Lola vorbei schielte ich zu ihm, indem ich so tat, als interessiere ich mich plötzlich für die Aussicht auf der anderen Seite, die identisch war mit der auf meiner: bleiche Felder, wogende Berge. Ich hatte ihn noch nie schlafen sehen. Er machte ein herzergreifend trauriges Gesicht, das in mir das dringende Bedürfnis weckte, es sanft in meinen Händen zu wiegen. Meine Schwester hatte mir einmal erklärt, es gebe Männer, die jemanden brauchten, um den sie sich kümmern konnten, und Männer, die es brauchten, daß man sich um sie kümmerte. Der achtzehnjährige Cal gehörte eindeutig zum ersten Typ, der neunundvierzigjährige Marc zum zweiten. Cal hätte mich gerne geheiratet, wie in einem Fünfziger-Jahre-Film. Er wollte, daß alles seine Ordnung hatte. Er hätte mir einen doppelten Knoten in meine Schuhbänder gemacht, wenn ich es zugelassen hätte. Wenn er die ganze Wahrheit erfahren hätte, hätte er mir meine Entscheidung nie verziehen.

Im Rückspiegel sah ich, daß Nicoles Gesicht inzwischen friedlich wirkte. Sie hatte sich für eine Spur entschieden und blieb dabei; ihr Fuß gab jetzt gleichmäßiger Gas. Sie hatte sich wieder unter Kontrolle. Aber war es das, was sie wirklich wollte? Sie schien die Macht, die sie für sich beanspruchte, zwar zu brauchen, gleichzeitig schien sie ihr aber lästig. Ich warf Marc noch einen verstohlenen Blick zu. Er war soviel unkomplizierter. Seine Traurigkeit war so einfach zu vertreiben: Drei Küsse mit ein paar tröstlichen Worten, und sie wäre verschwunden.

Regen prasselte am nächsten Morgen auf die Verglasung der Frühstücksecke im Hotel.

»*No es normal*«, erklärte der Besitzer mit tadelnd zum Himmel gerecktem Finger jedem der Gäste, die, bewaffnet mit Stativen, starken Objektiven und schrecklich detaillierten Reiseführern für den Treck zum Alhambra-Hügel, nach und nach die Treppe herunterkamen. »*Va a pasar. Va a mejorar.*«

Ich saß bei meiner französischen Familie, die keine Ausrüstung dabeihatte – nur eine Sofortbildkamera und eine Broschüre aus der Hotelhalle. Mit müden Augen und nur halb interessiert wandten sie sich wegen der Übersetzung an mich. Ich hätte ihnen gerne gesagt, daß es auf französisch fast dieselben Wörter waren.

Morgens wirkte die Familie ziemlich angeschlagen. Ich beobachtete sie heute aus einem neuen Blickwinkel, da ich mich weniger zugehörig fühlte.

Ich war als erste heruntergekommen. Die Tochter des Besitzers, ein kleines Mädchen, das vor sich hin summte, als wäre es allein im Raum, hatte mir auf einem Tablett einen *cortado* und ein Päckchen mit trockenem Kuchen gebracht. Unter den schon versammelten Gästen – drei Spaniern, einem Deutschen und einem jungen amerikanischen Paar – fühlte ich mich vollkommen französisch. Und als Lola sich zu mir gesellte, begann ich gierig zu sprechen und wußte, daß jedes Wort genauso aus meinem Mund kam, wie es sollte. Nachdem die anderen an dem von mir ausgesuchten Tisch Platz genommen hatten, wickelten sie ihren plastikverpackten Kuchen aus und beschwerten sich, er schmecke wie Staub. Essen war wichtig für sie, selbst dieses karge Frühstück, das im Zimmerpreis inbegriffen war. Nicole bat mich, nach Orangensaft und Toast zu fragen. Mein Spanisch kam fast genauso glatt heraus wie das Französisch, und ich genoß das völlig andere Gefühl auf der Zunge. Mit einem sehr erwachsenen Nicken nahm das kleine Mädchen meine Bitte zur Kenntnis, würdigte gleichzeitig mein überraschendes Sprachvermögen und eilte dann fort. Es war nicht schwierig, um Saft oder Toast zu bitten – *zumo de naranja, pan tostado*; eine Handvoll Laute, die man in der richtigen Reihenfolge sagen mußte – trotzdem fühlte ich mich dadurch mit dem Ort, dem Raum, dem summenden Kind, den nassen roten Blüten an dem Busch, der sich an das Fenster preßte, auf eine Weise verbunden, die den anderen nicht möglich war. In Paris waren sie es, die mit allem verbunden waren. Sie kannten die Straßen, die Lebensweise, die Gesichter der Berühmten; sie kannten die Lieder, den Konjunktiv und den Namen jeder Brücke. Sie stellten den Standard dar, um den ich mich immer vergeblich bemüht hatte. Aber hier waren sie weiterhin nur Franzosen, und ich war ein Chamäleon. Heute war nicht ich ausgeschlossen, sondern sie – ausgeschlossen von mir und von allem übrigen.

Als wäre das auch ihnen bewußt, hängten sie sich auf dem Weg durch den Regen hoch zum Palast an mich: Marc mit seinem Stadtplan, die Kinder mit ihren Fragen und Nicole, indem sie auf alles zeigte, was in Englisch geschrieben war. Auf den ersten Blick war die Alhambra wenig beeindruckend: lange Wege, die man von einem Turm zum nächsten zurücklegen mußte. Wir kletterten zur Spitze des höchsten und sahen die Stadt unter uns liegen, platt und trübselig, wie vom Regen verwundet. In dem ersten Gebäude – eine endlose Reihe kleiner, überfüllter Gebäude folgten noch – bewegte ich mich nicht aus eigenem Antrieb von einem Raum in den nächsten, sondern wurde von dem unerbittlichen Strom von Menschen geschoben, Menschen, die nach nassen Haaren und nassen Schuhen rochen und die unterschiedlichsten Sprachen alle im selben Flüsterton murmelten. Es gab durchaus Schönheit – Mauern, Säulen und Bögen, die überquollen vor filigranen Verzierungen –, aber stärker prägte sich mir das Rascheln von Marcs Windjacke hinter mir ein. Ich kämpfte mit dem Wunsch, einfach wie ein unartiges Kind stehenzubleiben, damit er gegen mich prallte. Nicole bewegte sich schneller als wir anderen. Es gefiel mir, daß die Leute, wenn Marc mir leise etwas ins Ohr sagte und Lola mich am Ärmel zupfte, in manchen Räumen glauben konnten, es handele sich um meine Familie.

Draußen im Hof hatte der Regen aufgehört, doch der Himmel hing noch tief und wirkte zerbrechlich, als hätten wir das Innere einer Eierschale betreten. Sämtliche sechzig Sekunden jeder Minute verbrachte ich mit Warten, mit geduldigem Ausharren, bis Marcs Aufmerksamkeit sich irgendwann für einen kurzen Moment mir zuwandte. Wenn das geschah, verwandelte ich mich auf der Stelle in einen vollkommen anderen Menschen. Ich hoffte, daß nur ich selber es bemerkte, aber Odile fiel etwas auf, und sie rief mich für ein Foto zu der buntgekachelten Wand, weil ich, wie sie sagte, so hübsch aussehe.

»Wirklich, Rosie«, sagte sie, ohne ihre Überraschung zu verhehlen. Sie reichte Guillaume den Apparat und stellte sich neben mich. Wir legten die Arme locker umeinander. Ohne Absätze war Odile kleiner, als ich dachte. Wahrscheinlich waren wir in etwa gleich groß. Guillaume wollte noch ein Foto machen, und wir lehnten uns enger aneinander. Vielleicht wollte Odile nach all diesen Monaten Freundschaft mit mir schließen. Ein Teil von mir weigerte sich. Sie war bisher so zurückhaltend und abweisend gewesen. Aber am anderen Ende des spiegelnden Teichs stand Marc und blickte auf das zukünftige Foto, und fast reflexartig, als glaubte ich, er könne es irgendwie spüren, umfaßte ich Odile fester. Odile drückte mich ebenfalls.

Nicole war schon unterwegs zum nächsten Gebäude. Ein rothaariger Teenager sprach sie im Gehen an und bat um Feuer. Sie schüttelte den Kopf, und der Junge blieb widerstrebend zurück.

Lola hockte sich an den Teichrand, um ihr grünes Spiegelbild zu betrachten. Von der gegenüberliegenden Seite konnten alle ihre Unterhose sehen.

Guillaume machte aus Versehen ein Foto von seinem linken Turnschuh, Odile entriß ihm die Kamera und machte dabei versehentlich einen Schnappschuß vom Knieschützer eines Mannes aus Wisconsin.

Über uns wurde der Himmel kräftiger.

Im Winterpalast war es sogar noch voller, und dicht aneinandergedrängt schoben wir uns vorwärts, berührten gelegentlich die bemalten Wände oder die in Stein geschnittenen Muster und streiften andere Finger, wenn wir die Hand wieder sinken ließen. Licht begann jetzt wie fette Sahne durch hohe Fenster und niedrige, gitterartig durchbrochene Bogengänge zu fallen. Eine Decke hatte die pockennarbige Struktur einer Bienenwabe. Die gemeißelten Muster flochten sich in endlos verschlungenen Bändern von Raum zu Raum. In einem redete ein australischer Führer von Blut und Enthauptungen. In einem anderen schwammen handgeschriebene Sätze aus dem Koran wie Fische auf einer Wand. Einige der Buchstaben sahen aus wie ein L, und Lola verfolgte sie und behauptete, man habe versucht, ihren Namen zu schreiben. Ich hörte sie kaum, so sehr bemühte ich mich, einen halbwegs vernünftigen Abstand zu Marc einzuhalten, ohne jedoch mehr als ein paar Zentimeter hinter ihm zurückzubleiben. Ich war sicher, daß er meine Anstrengung bemerkte, vielleicht irritierte es ihn auch, daß er mich mit einem Arm, der mich nie tatsächlich berührte, in jede beliebige Richtung lenken konnte.

Als wir in den offenen Löwenhof gespült wurden, legte sich die Sonne wie eine große, schwere Hand auf unsere Nacken und Rücken. Überall am Brunnen begannen die Menschen sich zu entblättern. Es war, als könnte jeder, der sich so aus seinen Kleidern schälte, auf irgendeine verschwommene Weise nur an Sex denken. Jeder bis auf Nicole. Es war unvorstellbar, daß Nicole einem plötzlichen

Impuls nachgeben könnte. Selbst ein ungeplantes Lächeln schien sie zu deprimieren.

Wir marschierten in einen großen runden Raum, wo die Menschen ihr Ohr an die Wand hielten. Einige sprachen, aber ihre Stimmen waren unhörbar.

»Was machen die da?« fragte Guillaume.

»Sie horchen auf das Meer«, sagte Marc.

»Wirklich?« Lola ging zu einer freien Stelle an der Wand. Guillaume und Odile suchten sich eine andere. Sie horchten und blickten dann voller Staunen in die Höhe.

Marc lachte und dirigierte Nicole zu einem anderen Punkt an der Wand. Er selber postierte sich genau gegenüber von ihr, und sie redeten miteinander, aus zwölf Metern Abstand und Rücken zu Rücken. Nicole warf den Kopf zurück wie ein junges Mädchen am Telefon, und Marc stemmte beide Arme gegen die Wand, als würde sie gleich zusammenstürzen. Während ihre Kinder rundherum die ganze Wand abwanderten und die anderen Touristen, mit denen wir durch die Alhambra geschoben worden waren, kamen und gingen, blieben Marc und Nicole an ihren Plätzen stehen und führten das längste öffentliche Gespräch miteinander, seit wir Paris verlassen hatten – beobachtet nur von mir, ihrem Au-pair-Mädchen, das derlei Dinge auf das sorgsamste registrierte.

Unverziehen

Manchmal wache ich im Dunkeln immer noch schaukelnd auf, und wenn der Mond scheint, schwimmt er, schwankt wie der alte Trawler, der über Winter am gegenüberliegenden Ufer ankerte. Ich betrachte dann sein Licht, solange ich die Erinnerung ertragen kann. Bis ich merke, daß ich es bin, die schaukelt, und daß ich nur aufzuhören brauche.

Wenn kein Mond durchs Fenster scheint, ist alles aufgesaugt und weg, und selbst die kleinen steinernen Buckel, die ich im Flur mit der Hand ertaste, sind pure Halluzination. Alles in der heißen Dunkelheit des Hauses ist so lange verschwunden, bis ich Lucies Tür erreiche. Dann sinke ich auf den kühlen Schieferboden und warte darauf, daß ich sie schlafen höre. Das Geräusch ist eher ein Wimmern als ein Schnarchen, eher kindlich als erwachsen. Manchmal dauert es fast eine Stunde, bis sie diesen Laut ausstößt, und immer nur einen einzigen, als hätte sie als Kind das Bett mit einer Schwester geteilt, die einen leichten Schlaf hatte und ihr beim ersten Geräusch einen kräftigen Stoß versetzte. Es kommt immer nur einer, weil sie selbst jetzt noch, über siebzig Jahre später – die Schwester mag längst tot oder auf irgendeine andere schreckliche Weise verlorengegangen sein –, diesen schnellen Stoß in ihre Rippen spürt. Ich hoffe, daß sie eine Schwester hatte und daß die beiden Zimmer und Bett teilten und daß vor vielen, vielen Jahren die Zehen ihrer Schwester beim Aufwachen um ihre eigenen gekrallt waren. Ich hoffe aber auch, daß sie all dies vergessen hat. Daß ihre Zehen sich morgens niemals zu frei und zu kalt anfühlen.

Lucie ist krank. Sie hat Schmerzen, doch sie beklagt sich nicht. Sie ißt jetzt im Bett: Suppe tropft auf ihr Nachthemd, Erbsen rollen in die Falten der Laken. Ich esse neben ihr, sehr manierlich auf einem Klapptisch mit starkem Linksdrall. Nach dem Mittagessen lese ich ihr vor. Nach dem Abendessen wasche ich sie mit einem kühlen Tuch. Viermal am Tag trage ich eine Bettpfanne zur Toilette. Einmal war Blut darin.

Vergangene Woche hörte ich, wie sie zu Henri sagte, er möge sich in der Stadt nach einer Pflegerin umsehen. »Das hier ist kein Ort für ein Kind«, flüsterte sie.

Als er fortging, stellte ich mich ihm in den Weg und bat, bleiben zu dürfen.

»Ich bin in zwei Tagen zurück«, sagte er, und als er wiederkam, war er allein.

Jede Nacht ist heiß und lang. Der Schlaf kommt kurz vor Tagesanbruch für ein oder zwei Stunden, nie länger und nur, wenn ich meine Gedanken daran hindern kann, zu weit zu wandern. Hinter mir liegen nur Fehler; vor mir liegt gar nichts. Statt dessen denke ich wieder an Marie-Jo, der wir bei unserem letzten Stadtausflug begegnet sind, als Lucie noch kräftig genug war, um mit mir zu Fuß dorthin zu wandern.

Das war auf der Terrasse des Café Plaire, und sie schleifte eine Leinentasche an den Plastikstühlen vorbei zum Hintereingang.

»Das ist eine von Nicoles Schwestern«, sagte Lucie, und wir blieben stehen, um zu gucken. Sie trug ein gürtelloses Baumwollkleid in der Farbe verwischter Kaffeeflecken. Das Haar, das unter ihrem Kopftuch hervorsah, war eisengrau. Als sie Lucie entdeckte, stellte sie die Tasche ab, wischte sich die Stirn mit der Hand und die Hand am Kleid ab und schlängelte sich an den Stühlen vorbei zu uns auf die Straße. Sie legte ihre Wange so behutsam an das alte Gesicht, als könnte sie es sonst zerdrücken.

»Du bist so dünn«, sagte Marie-Jo, und es war klar, daß sie alt meinte. Irgendwie fühlte ich mich für diesen Verfall verantwortlich. Aber auch Marie-Jo wirkte gealtert. Es war kaum zu glauben, daß Nicole nur acht Jahre jünger war als sie. Wenn es je eine Ähnlichkeit zwischen ihnen gegeben hatte, so war davon nichts mehr übrig. Marie-Jos Nase war angeschwollen, ihr Kinn hatte seine Konturen verloren, und ihre verdickten Knöchel quollen über staubige weiße Slipper.

»Was hast du mit der Tasche da vor?« fragte Lucie.

Sie erklärte es uns. Sie hatte einen starken Akzent, und ihre Sprache war durchsetzt mit provençalischen Wörtern, doch ich begriff, daß Paco und sie sich getrennt hatten und daß sie in ein Zimmer über dem Café ziehen wollte. Sie erklärte ausführlich, was zu dieser Entscheidung geführt hatte (irgendwas mit seiner Mutter und einem Pflaumenbaum), wie ihre vier erwachsenen Kinder es aufgenommen hatten (schlecht, sie hatten unterschiedlich Partei ergriffen) und daß es vielleicht nur vorübergehend sei (immerhin würde seine Mutter nicht ewig leben). Während sie sprach, hielt sie die ganze Zeit Lucies Arm fest, drückte ihn gelegentlich oder schüttelte ihn so kräftig, daß ich Lucie auf der anderen Seite stützen mußte. Marie-Jos anderer Arm war noch wilder. Sie schleuderte ihn in den Himmel, schmetterte ihn zu Boden. Sie wischte damit Tränen weg und versteckte ihr lautes Lachen dahinter. Als sie nieste, kniff sie sich nicht wie Nicole in die Nase. Sie beugte sich nur nach vorn und schickte ein scharfes *tschsch* zum Bürgersteig.

Obwohl Marie-Jo uns keine Gelegenheit für eine Vorstellung geboten hatte, richtete sie sich auch ganz selbstverständlich an mich, als sei ihr mein rundes amerikanisches Gesicht völlig vertraut. Ich stand dabei, stumm, aber amüsiert, und freute mich an ihrer lebhaften Gestik. Marie-Jo war lebendig. Mit ihrem Akzent, ihrer Aufrichtigkeit, ihren weggewischten Tränen war sie Teil der Welt.

Erst als wir uns verabschiedeten, konnte Lucie kurz erwähnen, wie ich hierher gekommen war. Marie-Jo nickte, als hätte sie es irgendwie schon gewußt, als könnte sie in meinem Gesicht, anders als ich in ihrem, Spuren von Nicole entdecken.

Und dann war sie fort, überquerte die Terrasse, lud sich die Tasche auf und verschwand durch die Tür im Hintergrund.

»Wollte sie nichts über Nicole erfahren?«

»Nein. Sie haben Nicole nie verziehen.«

Fünf Jahre, nachdem sie fortgegangen war, kam Nicole im Sommer und über Weihnachten zurück nach Plaire. Sie saß in den Küchen ihrer Schwestern und ertrug geduldig die Kritik an ihrem kurzgeschnittenen Haar, den lackierten Fingernägeln, dem merkwürdigen Stoff ihrer Kleider. Viel schlimmer, als anders und ausgeschlossen zu sein, war es für sie, mit der Überzeugung allein gelassen zu werden, daß ihre Mutter noch lebte. Ihre Schwestern sprachen von Marcelle wie von längst gestorbenen Tanten und Haustieren. Sie erwähnten ihren Namen beiläufig, ohne Gefühl, häufig mit leichtem Vorwurf. »Genau wie Maman«, sagte eine etwa. Oder: »So hätte Maman gedacht.« Wenn Nicole dabei war, zeigten sie auf sie und sagten zu ihren Familien: »Könnt ihr euch das vorstellen? Genau so hätte Maman uns gern alle gehabt.«

Sie glaubten, Nicole sei nach Paris gegangen, um ein Märchen wahr zu machen, um wie eine Prinzessin bei der reichen Tante Anne zu leben. Sie hatte ihnen nie gesagt, daß sie fortgegangen war, um ihre Mutter zu suchen. Lucie Quenelle war die einzige, die wußte, daß Nicole innerhalb eines Jahres mit dem einzigen Foto ihrer Mutter, das sie besaß, sämtliche Hotels und Pensionen der Stadt befragte. Sie ging in Parks und Museen. Sie fuhr mit Bussen und Zügen in sämtliche Vororte. Ein langer Zopf, eine himmelblaue Jacke, ein zielloser Gang brachten ihr Herz zum Rasen, doch all das führte am Ende nie zu Marcelle.

Und während ihrer Suche verliebte sie sich. Es war der Bruder ihrer Schulfreundin Pauline, die sie an den Wochenenden häufig auf ihr Landhaus einlud. Wenn es am Freitag losgehen sollte, hörte Nicole am Mittwoch davor auf zu essen, und ihr Magen krampfte sich von Minute zu Minute heftiger zusammen. Nachts bebte die Bettdecke an ihrer Haut, weil ihr Herz so schnell klopfte, und sie schlief schlecht. Wenn sie dann am Freitag abend dort ankam und ihn tatsächlich sah, entspannte sie sich, und Paulines Eltern witzelten über den enormen Appetit eines so dünnen Mädchens. Sie hatten sich angewöhnt, sie Kitty zu nennen, weil sie häufig, wie ein Kätzchen zusammengerollt, am hellichten Tag auf einer Fensterbank schlief. Ihr Platz am Abendbrottisch war neben seinem, und sie biß sich auf die Lippen, um nicht zu heftig über die kleinen Dinge zu lachen, die Stéphane sagte. Alles, was Pauline und ihre Eltern an ihm ärgerte, war Nicole heilig: die Art, wie er die Treppen hinauf- und herunterstürmte und dabei drei Stufen auf einmal nahm, oder wie er den unwilligen Dackel verkehrt herum durch die Luft wirbelte. Selbst die Art, wie seine Stimme sich zu einem schrillen Kreischen steigerte, wenn er bei einem Streit mit seinem Vater unterlag, bezauberte sie. Sein Gesicht, das alle anderen offenbar durchschnittlich fanden, war für sie das vollkommene Gestirn, um das von Freitag bis Sonntag ihre ganze verstohlene Aufmerksamkeit kreiste. Er war zwei Jahre und zwei Monate älter, und er brauchte mindestens doppelt so lange, bis sie für ihn nicht mehr nur Kitty war, der katzenhafte Schatten seiner kleinen Schwester. Nicole versuchte sich für andere Jungen zu interessieren, aber die einzigen, die ihr auffielen, waren solche, die sie in irgendeinem Aspekt an Stéphane erinnerten. Einer hatte genauso gewelltes Haar, ein anderer einen ähnlichen Gang. Es gab einige, bei denen die Ähnlichkeit mit Stéphane nicht so einfach zu definieren war, und sie mußte den ganzen Abend mit ihnen tanzen, um es herauszufinden. Und dann war da einer, der Marc hieß und von hinten haargenauso aussah wie Stéphane; aber von vorne ganz und gar nicht, da wäre der Vergleich eine Beleidigung gewesen. Mehr als einmal hatte sie sich diesem Marc von hinten genähert und ihn an der Jacke gezupft, und wenn er sich umdrehte, fühlte sie sich wie vor den Kopf gestoßen. Jedesmal, wenn dies passierte, lächelte Marc mitten in Nicoles Enttäuschung hinein, als hätte er es irgendwie mit Absicht getan.

Es war ein feuchter Märzabend, als Stéphane sie schließlich küßte. Sie war mit ihm und Pauline in einer Nachmittagsvorstellung gewesen, und als sie aus dem Kino kamen, waren die Straßen naß von einem kurzen Regen. Die Luft war warm, und vom Bürgersteig stieg die süße, kupfrige Erinnerung an Sommerschauer hoch. Nicole redete kaum. Sie war aufgewühlt von Gedanken an Plaire und, wie häufig nach einem Film, voll sehnsüchtiger Erwartung. Pauline hatte es eilig, sich für eine Abendverabredung zurechtzumachen, und ging schon voraus. Wann genau Stéphane ihre Hand nahm, konnte Nicole später nicht sagen. Sie hatte sich diesen Augenblick schon so oft ausgemalt, und es fiel ihr schwer zu glauben, daß sie ihn nicht wieder nur erfunden hatte. Dann blieb er stehen, wartete, bis Pauline um die Ecke war, und küßte sie.

Sie liebte ihn schon so lange. Sie versuchte es für sich zu behalten, es nur ganz langsam herauströpfeln zu lassen, genauso langsam, wie seine Gefühle für sie sich hervorwagen würden. Aber es war so, als müßte sie in ihrem Inneren einen Orkan bändigen. Und er war nicht vorbereitet. Sie kannte seine Vergangenheit besser als er selber. Sie konnte sich noch an den November vor vier Jahren erinnern, an das Stück, das er besucht, das Mädchen, das ihn begleitet, die Schuhe, die das Mädchen getragen hatte. Sie redete ihn mit seinen albernen Familienspitznamen an. Sie kannte alle Sachen, die er nicht aß. Sie wußte, daß ein Kind direkt neben ihm im Park hingefallen und gestorben war, als er vier Jahre alt war. Es gab nichts, was er ihr hätte gestehen können – außer seiner Liebe, auf die sie geduldig und vergeblich wartete. Als er im folgenden Jahr eine Stelle in London annahm, war keine Rede davon, daß sie mitkam, nicht einmal, daß sie ihn besuchte.

In dem Herbst, als Stéphane fortging und Nicole einundzwanzig war, legten sie den See im Steinbruch von Plaire trocken. Lucie teilte ihr in einem Brief mit, es seien Überreste gefunden worden. Es würde ein privates Familienbegräbnis geben. Die Kirche habe sich geweigert. Im Brief standen Datum und Zeit. Eine Bahnfahrkarte nach Plaire war beigefügt. Nicole benutzte sie nicht. Sie ging nicht auf die Beerdigung, und sie schrieb nie wieder. Im folgenden Sommer ließ der Rathausangestellte durchsickern, daß Nicole Guerrin um die Kopie ihrer Geburtsurkunde gebeten hatte: Sie würde am ersten August einen Mann namens Marc Tivot heiraten.

IV

Les deux femmes morbides

Formentor auf der Insel Mallorca war Marcs bestgehütetes Geheimnis. Keinen von uns hatte er vorbereitet auf die schmale Straße der Halbinsel, die furchterregenden Steilhänge, den nackten Sand tief unten und die Farbe des Meeres – ein Blau, das mit nichts zu vergleichen war. Es war kein Atlantik-Marineblau, kein Pazifik-Kobaltblau und kein Florida-Türkisblau; es erinnerte nicht einmal an die Farbe des Mittelmeers, das ich vom Flugzeug aus auf dem Hinflug gesehen hatte. Es war ein reines, vollkommenes Blau, das von oben und von unten angestrahlt zu sein schien. Als ob sich unter dem Becken, in dem das Wasser schaukelte, ein Leuchtstoff, eine kühle Schicht aus mondartigem Licht befände, die sich spitzen Sonnenspeeren entgegenreckte. Verglichen mit diesem geisterhaften Glanz war der strahlende Nachmittagshimmel wenig bemerkenswert. Aus den Fenstern des Hotel-Minibusses starrten wir alle auf das Spektakel. Obwohl ich weit weg von Marc ganz hinten neben dem Gepäck saß, konnte ich seine Erleichterung spüren. Sein Mund war bestimmt fest geschlossen, um sie zu verbergen. In seinem Hals saß bestimmt ein fester Knoten. Anderen Freude zu bereiten war sein größtes Vergnügen, und dieser Anblick war ein kleines Wunder.

Seit unserer Ankunft in diesem Badeort gab es keine Ausflüge mehr: keine Landkarten, keine Brücken, keine Kathedralen oder Paläste. Die Reise, an die ich mich inzwischen gewöhnt hatte, war zu Ende, und an ihre Stelle war eine neue Reiseform getreten, auf die alle anderen sich anscheinend sofort einstellten. Jeden Morgen standen sie mit frischem Schwung auf, um den Tag auf einem Handtuch liegend zu verbringen. Bis auf Marc wurden alle sofort braun. Nicole hatte bei weitem die dunkelste und ebenmäßigste Farbe, so als hätte sie sich nicht gesonnt, sondern einfach eine kreidige Pariser Schicht abgewaschen, die den Winter über an ihrer Haut gehaftet hatte. Morgens war sie die erste im Wasser und abends die letzte, die herauskam. Sie nahm kurze, erfrischende Bäder, tauchte vollständig unter und erschien wenige Sekunden später woanders wieder an der Oberfläche. In dieser Woche schimmerte ihr Haar stets feucht. Jedesmal, wenn sie zu ihrem Handtuch zurückkam, holte sie ihren Kamm aus der Tasche, zog einen perfekten Scheitel, fuhr sich dreimal durchs Haar und legte sich wieder hin. Sie trug die schwarze Bikinihose, in der ich sie kennengelernt hatte. Odile ließ ihre Brüste ebenfalls frei, aber Lola nicht. Sie hatte sich am ersten Tag am Strand umgeschaut und festgestellt, daß es nicht zwingend war. Ich auch nicht. Ich lag überhaupt nur selten auf meinem Handtuch, buddelte lieber mit Lola und Guillaume im Sand oder begleitete sie auf ihren Ausflügen zur Snackbar, wo wir mit Sardellen gefüllte Oliven aßen und uns die bunt gemischte amerikanische Musik aus dem Radio anhörten, während wir auf unsere Pommes und die eisgekühlte Limonade warteten.

Am dritten Tag folgte Marc Lola und mir, und während der Barmann wegen Eisnachschub zum Hauptgebäude ging und Lola im Waschraum an der Rückseite verschwand und die anderen 127 Treppenstufen weiter unten waren (Guillaume zählte sie jedesmal), stellte er sich dicht neben mich, dann noch dichter. Es war noch nicht einmal zehn Uhr morgens; die Hocker am Tresen waren leer und die Plastikstühle noch hinten an der Wand gestapelt. Aus dem Transistorradio oben auf dem Kühlschrank krächzte der Song »Slow Boat to China«, und während ich überlegte, ob ich ihn übersetzen sollte, und dachte, wie weich die Stimmen damals doch waren und wie vorsichtig die Gefühle ausgedrückt wurden, und während mir ein Foto im Haus meiner Schwester einfiel, auf dem unsere Eltern am Abend ihres Kennenlernens in Louisiana miteinander tanzten, küßte Marc mich. Ich hatte mir immer vorgestellt, daß unser erster Kuß unwillig sein würde, ein langsamer Kampf, wie gegen die Schwerkraft. Oder zögerlich. Oder reumütig. Doch dieser Kuß war hart wie ein Hieb, entschieden, als ginge es um eine Mutprobe. Er schmeckte nach Sardellen und Sonnencreme. Als sein Mund sich endlich auf meinen preßte, war die Sehnsucht nach ihm verschwunden, aber nichts füllte die Lücke außer der Angst vor ihrer Wiederkehr. Ich ließ ihn erst frei, als wir Wasser rauschen hörten, und machte gerade soviel Platz, daß Lola zwischen uns springen und die Arme um unsere Taillen legen konnte. Ich begriff nicht, wie sie sich genau zwischen uns stellen und nichts merken konnte, ebensowenig wie Nicole, die mich später, als ich nach dem Mittagessen aufstehen und mit den Kindern hinunter ans Wasser gehen wollte, zum Bleiben aufforderte. Wir könnten sie doch von hier oben aus beobachten, sagte sie, indem sie meinen Arm berührte und mich wieder in den Sitz neben Marc drückte. Ich blieb tatsächlich, und Marc bat mich, noch einen Krug Rosé zu bestellen; wir stießen alle drei miteinander an und tranken den Wein in einer Geschwindigkeit, als gälte es etwas zu feiern.

Niemand sonst schien zu bemerken, daß die Welt sich jetzt in die entgegengesetzte Richtung drehte, daß die Luft andersherum dünner war und die Sonne sich wie Eis anfühlte und der langgestreckte Mond unter dem Meer ausgelöscht worden war. Niemand bemerkte diese Veränderungen, nicht einmal Marc, der genauso wie immer war und, stets bereit, Nicole zu gefallen, ihr sein wachsames Gesicht darbot. Er ignorierte die kleinen Hiebe am Tisch und die üblichen Schmollreaktionen, zu denen noch ihre kürzesten Gespräche führten.

Es wurde zur festen Gewohnheit: Wir drei blieben mittags, lange nachdem unsere Teller abgeräumt worden waren, unter dem strohgedeckten Vordach des Strandrestaurants sitzen, wo die Kellner in glänzenden schwarzen Schuhen durch den weißen Sand von Tisch zu Tisch stapften. Was denken sie wohl über uns? fragte ich mich eines Nachmittags, als der Rosé besonders gut anschlug und mich zu der Überzeugung brachte, daß unser Tisch mit der blaßrosa Decke und den blaugeränderten Gläsern das Zentrum ihrer Welt sein mußte. Sie wußten mit Sicherheit, daß ich keine Französin, sondern das Au-pair-Mädchen war, daß Marc mir gestern, als Nicole oben in ihrem Zimmer ein trockenes Handtuch holte, in die Damentoilette gefolgt war, meine Brüste aus dem Badeanzug befreite und erst an einer, dann an der anderen saugte und die Spitzen mit seiner Zunge so sanft umkreiste, daß mir die Tränen in die Augen traten. Doch es war die Nähe seines feierlichen Gesichts, die mich gerührt hatte, denn immer noch blieb ich bei seiner Berührung taub. Erst als ich in dem feuchten Waschraum wieder allein war, begann mein ganzer Körper vor Sehnsucht nach ihm zu pochen. Bestimmt wußten unsere Kellner all dies, selbst wenn seine Ehefrau es nicht tat.

Nicole wurde noch schöner. Ich konnte es mir nicht erklären, aber je öfter Marc und ich uns berührten, desto schöner wurde Nicole. Es war nicht nur die Sonne, auch wenn ihre Haut jetzt die glänzende Farbe von teurem Holz besaß und ihre Zähne dadurch noch weißer und ihre Augen noch grüner wirkten. Es war ebensosehr das Gelassene ihrer Bewegungen, die Art, wie sie, beide Arme über dem Kopf, auf ihrem Handtuch wegdöste oder sich nach dem Abendessen ihren vollen Bauch rieb. Die Maske angestrengten Vergnügens war verschwunden, und darunter kam ein Gesicht zum Vorschein, das in gewissen Momenten fast zufrieden wirkte.

»Die Tage vergehen hier herrlich langsam, findet ihr nicht?« sagte Nicole nach dem Mittagessen an unserem vierten Tag am Strand.

Ich log und stimmte ihr zu. Für mich flogen sie nur so dahin. Drei ganze Tage blieben noch.

»Wie kommt es wohl«, sagte Nicole, »daß das Leben so langsam vergeht, wenn man jung ist, und so schnell, wenn man erwachsen ist?«

»Nicole«, flehte Marc.

»Ich bin nicht morbide. Ich wundere mich nur.«

»Ich glaube«, begann ich, ohne die leiseste Ahnung, was ich sagen würde. Ich wollte nur Marcs Ärger durch mein Interesse besänftigen. »Ich glaube, es liegt daran, daß« – und in meinem halb betrunkenen, von der Sonne benommenen Zustand sah ich ein kleines Kind zwischen hohen Küchenmöbeln und an der Wand eine riesige Uhr, deren Sekundenzeiger sich ununterbrochen an den beiden anderen Zeigern vorbei drehte, die nie von der Stelle rückten –, »es liegt daran, daß alles soviel größer ist, wenn man jung ist. Die Tische, die Stühle, die Uhren.«

Ich sah von einem zum anderen. Sie nickten gravitätisch. Ja, das war die Wahrheit. Dann stieß Nicole einen seltsamen Zischlaut aus, und Marc beugte sich über seine Stuhllehne, als habe er irgend etwas auf dem Boden entdeckt, und als Nicole sah, wie sein Körper zu zittern begann, konnte sie nicht mehr an sich halten und mußte sich am Tisch abstützen, und nun schüttelten die beiden sich, und dann bogen wir alle drei uns vor haltlosem stummem Lachen. Marc holte Atem, streckte die Arme aus und sagte, ohne die Wörter richtig zu artikulieren: »Große Stühle«, und wir brachen in noch quälendere Lachkrämpfe aus.

Als wir uns endlich erholt hatten, sagte Nicole: »Nein, ich meine es ernst«, und ihre Stimme klang immer noch etwas zittrig. Die rosa Serviette in ihrer Hand war mit Wimperntusche verschmiert. »Ich möchte wissen, warum.«

»Ich habe es aber ernst gemeint«, sagte ich und gab mich entrüstet, so wie Marc es oft tat.

»Ich bin mir nicht sicher, ob es stimmt, daß –«, sagte er.

»Nur weil dein Vater dich zum Arbeiten zwang, kaum daß du laufen konntest, glaubst du, daß die Zeit immer ...« Nicole beschrieb Kreise in der Luft, um den vorhersagbaren Rest anzudeuten.

Marc sah aus, als hätte man ihm die Beute vor der Nase weggeschnappt.

»Ich bin nicht einverstanden«, fuhr Nicole fort, »denn ich wette, damals kamen einem die Tage eindeutig länger vor als heute. Ich wette, deine Kindheit kam dir genauso endlos vor wie unsere. Endlos in der Arbeit, aber jedenfalls endlos.«

»Das stimmt«, sagte Marc. Ich fürchtete, er würde wütend werden oder sich herabgesetzt fühlen und der warme Nachhall des Gelächters wäre zerstört, aber er freute sich nur, daß seine schwierige Kindheit gebührend bemitleidet wurde.

»Ich weiß noch«, begann Nicole, sie zog einen leeren Stuhl zu sich und legte ihre Beine über die Lehne, »ich weiß noch, wie ich einmal draußen vor einer Kirche stand. Ich kann kaum älter als fünf gewesen sein. Es war dieselbe Jahreszeit, dasselbe Wetter. Es war Ostersonntag, und mein Vater und ich warteten auf meine Mutter und meine Schwestern. Irgendwie waren sie hinter uns zurückgeblieben, und wir setzten uns unter einen Baum, und ich werde nie vergessen, wie lange es dauerte, bis die Kirche sich geleert hatte. Es dauerte so lange, daß ich vergessen hatte, wie meine Mutter aussah. Wirklich, ich vergaß ihr Gesicht. Ich wußte nicht mehr, auf wen ich wartete. Mein Vater zündete seine Pfeife an, und ich wartete und wartete.« Einen Moment lang war sie nicht schön. Ihre Züge schienen einander abhanden gekommen zu sein, hatten sich in der Erinnerung verloren. Sie war sich dessen bewußt und setzte sie wieder zusammen. »Ich schwöre euch, die Zeit, die es damals dauerte, bis meine Mutter aus dieser Kirche kam, entspricht dem, was heute ein Jahr für mich ist.«

»War das in Plaire?« fragte ich, einfach um den wunderschönen Namen dieser Stadt aussprechen zu können. Ich hatte nur durch die Kinder davon gehört. Nicole selber hatte den Ort nie erwähnt.

Sie nickte, ohne sich darüber zu wundern, daß man in ihrer Abwesenheit über sie sprach. »Aber warum ist das so?« beharrte sie und sah zum feuchten Sand hinunter, wo Lola und Guillaume einander einen blauen Ball zuwarfen. »Ist es einfach nur Ahnungslosigkeit?«

»Alle Dinge fangen so an«, sagte Marc. »Man –«

Ich unterbrach ihn. »Es ist wirklich Ahnungslosigkeit, finde ich. Man ahnt noch nichts von Verlust.«

»– hat ein Stück Torte vor sich, und die erste Hälfte hält eine Ewigkeit, und die zweite Hälfte ist im Handumdrehen weg.«

»Das ist es doch genau, man ahnt noch nichts von Verlust. In diesem Jahr starb meine Mutter, wenige Monate nach jenem Ostertag. Und nichts war danach mehr langsam.« Nicole durchbohrte mich mit ihrem Blick, eine anhaltende Penetration. Ich hielt ihr stand, wollte keine Feigheit, kein Schuldgefühl zeigen – die beiden Gefühle, die Nicoles Gegenwart stets in mir auslöste. Sie schien mich verzweifelt irgend etwas fragen zu wollen, etwas, das absolut nichts mit Marc und unserer Verstrickung zu tun hatte. Am Rand meines Gesichtsfelds, an den wenigen Stellen, wo Nicoles Gesicht nicht war, flackerten Sand und Wasser erst rot, dann gelb, dann grün. Ich wünschte, ich hätte als Gegengeschenk auch eine Erinnerung hervorholen können. Aber ich konnte es nicht.

»*Les deux femmes morbides*«, sagte Marc von irgendwo außerhalb. »Das sollte der Titel von irgendwas sein.«

Nicole begann mich zu beobachten, unverhohlen und ohne sich zu rechtfertigen. Sie ließ mich nicht aus den Augen, wenn ich mit Kellnern, Fahrstuhlführern oder dem jungen Mann am Empfang sprach. Sie schuf unnötige Begegnungen, nur um zu sehen, wie sie über die Bühne gingen. Versuchte sich ein Bild zu machen, bemühte sich zu verstehen, wieso ihr Mann von einer derart linkischen, durchschnittlichen Person angezogen wurde.

Für mich war es ebenfalls verwirrend. Am Strand neben Nicole war ich unansehnlich und plump. Mein Haar trocknete schlecht, in Büscheln wie Hirsestroh. Guillaume machte sich über den matronenhaften Schnitt meines amerikanischen Badeanzugs lustig; Odile riet mir, die Lotion sorgfältiger aufzutragen, und übernahm es schließlich selber. Ständig fand ich Essensreste in meinen Zähnen, Rotzpopel in meiner Nase, Dreck unter meinen Fingernägeln. Was Marc zu mir hinzog, blieb mir ein Rätsel.

Sobald ich allein mit Nicole war, wappnete ich mich gegen Anschuldigungen. Ich bat sie jetzt nicht mehr, etwas zu wiederholen, was ich nicht verstanden hatte, da ich fürchtete, in den verhedderten Lauten könne sich eine scharfe Anspielung verbergen. Immer wieder dachte ich daran, schamvoll meine Sachen zu packen, allein ein Flugzeug zu besteigen, auf eine neue Anzeige zu antworten. Ich gestattete mir nur eine einzige Hoffnung – daß Lola es irgendwie nicht herausfinden würde.

Am späten Nachmittag stand Nicole im feuchten Sand und rief mich aus dem Wasser, wo Marc und ich die Kinder beim Handstand begutachteten. Ihre Stimme hatte etwas entsetzlich Widerstrebendes, als hätte jemand anders sie in diese Konfrontation gezwungen. Ich bewegte mich langsam durchs Wasser. Mit jedem Schritt nahm das Wasser ab, und mein eigenes Gewicht nahm zu. Neben Marc, wo es mir bis zur Brust reichte, hatte ich mich leicht und grazil gefühlt. Nun, da die Wellen erst an meine Waden, dann an meine Knöchel schlugen und schließlich kaum noch meine Fußsohlen erreichten, kam mir mein Körper mehr denn je wie eine enorme, überflüssige Last vor, die sich jederzeit ablegen ließ.

Sie bat mich, sie zur Snackbar zu begleiten. Ich warf einen schnellen Blick auf die vielen Stufen und fragte mich, bei welcher sie es wohl aussprechen würde.

Wir gingen schweigend durch den Sand.

Bei Stufe Nummer vierzehn sagte Nicole: »Was sie dort haben, ist das *granizado* oder *granizada*?«

Meine Lippen zitterten. »*Granizado.*«

»*Granizado limón?*«

»Ja.«

»Heißt es *quisiera? Quisiera un granizado limón?*«

»Ja.«

»*Quisiera un granizado limón.*«

»Ja.«

Nicole sagte nichts mehr.

In der Hütte war es dunkel und kühl. Nur dünne Fäden von Licht drangen ins Innere und landeten auf dem Boden. Ein Tisch war frei. Ich sah schon vor mir, wie sie sich, die Hände leicht geballt, hinsetzen und die Handgelenke seitlich an die Tischkante legen würde. Ihre Stimme würde betont sanft sein. Aber sie ging zum Tresen. Der Barmann zog die Augenbrauen hoch, um zu signalisieren, daß er mich kannte. Er beendete seinen Satz zu den zwei Männern am anderen Ende und kam herüber. Er fragte mich, wie das Wasser heute sei (ich hatte vergessen, das Handtuch mitzunehmen, und tropfte in meinem zittrigen Zustand immer noch leicht) und ob ich schon einen Freund gefunden hätte.

»*No, todavía no*«, sagte ich.

Er nickte Nicole beflissen zu und fragte mich dann, was wir wünschten. Ich drehte mich zu Nicole: »Sie bestellen.«

»Ich kann nicht«, flüsterte sie.

»Doch, Sie können. Und ich hätte auch gerne einen.«

»*Quisiera dos granizados limón, por favor*«, sagte sie vollkommen korrekt.

»*Vale*«, sagte er und ging nach hinten zur Tiefkühltruhe, in der die Kübel mit Zitroneneis aufbewahrt wurden.

»*Vale?*« fragte Nicole mit Augen so groß und lebhaft wie Lolas.

»In Ordnung.«

»Ach so.«

Während wir warteten, drehte Nicole den Kopf in alle Richtungen, steckte sich drei Mandeln in den Mund, malte mit dem Zeh ein Muster in den Sand.

Der Barmann schob die Becher über den Tresen. Es war nicht zu übersehen, daß er etwas zu ihr sagen wollte, aber nicht wußte, wie. Nicole nahm die Becher und sagte: »*Vale, gracias.*« Sie ging an dem Tisch vorbei und aus der Tür. Oben vor der Treppe reichte sie mir meinen Zwillings-*granizado*. »Ich war so nervös. Du hast mich so nervös gemacht.«

»Ich habe Sie nervös gemacht!« rief ich, ganz erledigt vor Erleichterung, von der plötzlichen Hitze und weil das Zittern verschwunden war.

»Ich wußte nicht, ob es *dos granizados limones* heißen mußte oder nur *limón*.« Und so plauderte sie immer weiter, die ganzen 127 Stufen hinunter.

Nach dem Abendessen blieb ich vor der Glastür zur Terrasse stehen. Gegen Abend war es etwas kühler geworden, und Nicole legte sich einen weißen Pullover um die Schultern. Sie hatte ihren Stuhl so hingestellt, daß sie den länglichen Mond und sein unruhiges Licht auf dem Wasser sehen konnte. Marc saß noch wie ein gehorsamer Schuljunge am Tisch, wiegte sich aber leicht zur Salsamusik, die von unten heraufdrang, wo Odile, ihre neue Freundin Aimée und Lola sich zum Tanzen eingefunden hatten. Guillaume war fest eingeschlafen, den Kopf auf dem Tisch, wo sein Teller gestanden hatte.

Mir fiel ein, daß ich, kurz bevor ich das Haus meiner Schwester verließ, einmal genauso in der Tür zur hinteren Veranda stehengeblieben war. Sie saßen auf der Bank aus Weidengeflecht. Sarah hielt das Baby, und Hank sang. Ich stand da und wurde Zeuge meiner eigenen Abwesenheit im Raum. Wenn ich hinausgetreten wäre, hätte ich sie alle gestört – eine häßliche Turbulenz in stillen, klaren Gewässern.

In gewisser Weise hätte ich mir jetzt dasselbe Gefühl gewünscht, das Gefühl der Unerläßlichkeit meines Verschwindens. Aber heute abend hatte Nicole gute Laune, und Marc war darauf bedacht, sie nicht zu verderben. Sie saßen da und warteten auf mich, brauchten mich einmal mehr als Mittlerin, die das gereizte Klima zwischen ihnen mäßigte.

Ein Kellner drückte sich mit einem flüchtig hingeworfenen »*perdón*« an mir vorbei, und ich folgte ihm durch die Tür. Marc hob den Kopf. Er sah mich jetzt nur noch auf zwei Weisen an: Entweder bestätigte sein Blick alles, was zwischen uns war, oder er offenbarte vollständiges Vergessen. Marc schenkte mir den ersten, den Ausdruck eines Gefangenen, der gleichzeitig Schuld und Ärger verriet, der um Hilfe flehte und doch um die Vergeblichkeit der Bitte wußte, der seinen Irrtum eingestand und doch gegen eine größere Ungerechtigkeit aufbegehrte. Sein Blick drängte mir seine Gefühle für mich auf und entschuldigte sie gleichzeitig.

Ich weiß nicht, wie ich zurückschaute. Ich bemühte mich um einen herzlichen, leicht verwirrten Ausdruck, eine distanzierte Würdigung, ein vollständiges, beinah zu bereitwilliges Einverständnis mit den Komplikationen, die unsere Situation mit sich brachte. Anfangs mochte mir das geglückt sein. Doch als ich mich dem Tisch näherte und ein angewinkeltes Bein darunter hervorragen sah, die spitze Kniescheibe, die sich unter der dünnen Baumwollhose abzeichnete, spürte ich, daß von der Maske auf meinem Gesicht nur noch das Bemühen übriggeblieben war.

Als ich meinen Stuhl erreichte, sagte er: »Ah, da sind Sie wieder«, und Nicole drehte sich um, und seine Augen wurden ausdruckslos.

Beim Abendessen hatte Lola einen Psychotest mit uns gemacht. Er stammte von einem Mädchen aus Genf, das sie am Strand kennengelernt hatte. Man mußte eine Wüste durchqueren und bekam fünf Tiere: eine Kuh, ein Lamm, ein Pferd, einen Löwen und einen Affen. Nun sollte man die Tiere einstufen, und zwar entsprechend ihrer Bedeutung für einen selber. Nachdem wir alle unsere Listen gemacht hatten, erklärte Lola, wofür jedes Tier stand. Nicole hatte das Pferd an die oberste Stelle gesetzt, Odile die Kuh, Guillaume den Löwen. Marc und ich hatten identische Listen: Affe, Lamm, Pferd, Löwe, Kuh. Lola übersetzte es mit Kinder, Liebe, Arbeit, Macht, Geld. Nach dem Essen gelang es mir, unsere beiden Listen unbemerkt vom Tisch zu nehmen. Ich hatte diese Art von Beweisen – im Geiste und in meinen Taschen – zu sammeln begonnen.

Bei dem Spiel hatte ich kurz erwähnt, daß ich einen ähnlichen Test kannte, mich dann aber selber unterbrochen, da ich merkte, daß er für Kinder nicht geeignet war. Darauf kam Nicole jetzt zu sprechen. »Was ist mit diesem anderen kleinen Spiel, Rosie?«

»Ja«, sagte Marc, »das unanständige.«

»Es ist nicht wirklich unanständig.«

»Gut, dann lassen wir es«, sagte Nicole und verwarf den Vorschlag. »Wir brauchen was richtig Skandalöses.«

»Nein, los, das spielen wir jetzt«, sagte er. Seine Hand fuhr zurück; instinktiv hatte sie sich meiner genähert, und sein Verstand holte sie zurück. Dennoch begann sein ganzer Körper sich in fast besitzergreifender Weise zu mir hin zu neigen. Sah Nicole das denn nicht? Merkte sie nicht, daß ihre eigene unerklärliche Zufriedenheit es möglich machte?

Ich erklärte ihnen die Situation. Fünf Menschen, A, B, C, D und E, sind in einem Boot auf dem Meer. Ein Unwetter bricht los, und das Boot beginnt zu sinken. In der Nähe gibt es zwei Inseln, und A, B und C schwimmen zu der einen, D und E zu der anderen. C ist die einzige Frau der Gruppe, und sie ist wahnsinnig in D verliebt. Verzweifelt versucht C, irgendwie zu D zu kommen, und bittet B um Rat. Er sagt, er habe keine Idee, wie sie zu ihm kommen könne, vielleicht solle sie A fragen. A sagt ja, er weiß einen Weg, aber zuerst muß sie mit ihm schlafen. C ist einverstanden. A hält sein Versprechen, und sie ist wieder mit D vereint. Aber als C D erzählt, wie sie zu ihm gelangt ist, tobt er. Er sagt, er will sie nie mehr wiedersehen. Schließlich nimmt E sie unter seine Fittiche, und sie verbringen den Rest ihres Lebens gemeinsam am anderen Ende der Insel.

Ich skizzierte ihnen die Situation auf einer Serviette.

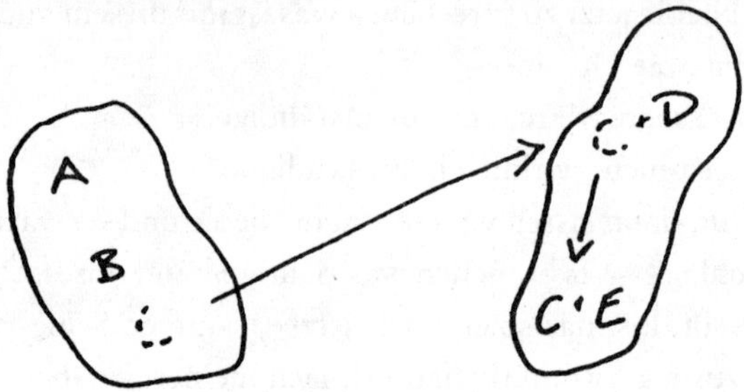

Dann nahm ich eine zweite Serviette, riß sie durch und gab jedem der beiden eine Hälfte. »So, jetzt müssen Sie diese Menschen einstufen, vom bewundernswertesten bis zum verachtungswürdigsten.«

Nicole nahm den Stift und schrieb, ohne abzusetzen, ihre Wertung in einer geraden Kolonne untereinander. Marc schrieb einen Buchstaben und deckte ihn schnell zu. Ich lachte ihn aus, und Nicole tat es mir nach. Ich spürte eine wohlige Wärme in mir aufsteigen. Ich war glücklich, wenn es so war wie jetzt, wenn die Verbindung zwischen den beiden direkt über mich lief.

»Wer ist noch mal B?« fragte Marc. Aus seinem Gesicht war alles verschwunden, was nicht unmittelbar mit der Aufgabe zu tun hatte. Nichts darin verriet, daß er mich bis jetzt mindestens siebenmal geküßt, daß er meine Brüste berührt und mir heute vorm Abendessen im Aufzug erzählt hatte, er müsse sich dauernd vorstellen, wie es wohl wäre, wenn er mich danach in den Armen hielte, nachdem wir miteinander geschlafen hätten.

Ich zeigte auf den Pfeil in dem Diagramm, das vor ihm lag.

»Okay, okay«, sagte er mit meinem Akzent. Aber er blickte nicht hoch. Er schrieb seine Liste.

»So«, sagte ich, »wir fangen von unten an. Wer ist der mieseste Charakter?«

»C«, sagte Nicole.

Marc warf seinen Stift in gespielter Empörung auf den Tisch. »Was? Sie ist die Bewundernswerteste!«

»Wieso?« fragte ich, heimlich erfreut über seine Wahl.

»Weil sie ein ungeheures Opfer bringt.«

»Für sich selber«, sagte Nicole.

»Für sie beide«, sagte Marc.

»Sie war absolut egoistisch.«

»Mein Gott, Nicole. Sie hat geliebt. Und sie wurde geliebt. Sie wollte einfach nur für den Rest ihres Lebens, ihres einzigen Lebens, mit ihm zusammensein. Sie ging davon aus, daß er das auch wollte. Wieso ist es nicht bewundeungswürdig, daß man ein Opfer bringt, um miteinander vereint zu sein?«

Nicole hatte einen harten Panzer, dick wie eine Austernschale, um sich errichtet. »Du weißt, wie sehr ich deine Das-Leben-ist-so-kurz-Reden hasse.«

»Darum geht es doch jetzt gar nicht.«

Ich kam mir vor, als säße ich plötzlich unter ihrem Bett fest und wäre gezwungen, einem Gespräch zuzuhören, dem ich weder vollkommen folgen noch mit Anstand entkommen konnte.

»Ich sehe einfach nicht ein, wieso es so heilig ist, wenn

man für die Liebe Opfer bringt. Es tut mir leid, Marc, aber die Liebe ist keine Tugend. D bringt ein Opfer im Angesicht der Liebe, trotz seiner Liebe. Er verbietet sich sein Vergnügen, weil er gewisse Prinzipien hat. Das ist bewunderungswürdig. Egal ob du mit diesem Wertsystem übereinstimmst oder nicht, es bleibt bewunderungswürdig, daß er daran festhält, auch wenn es ihm nur Leiden bringt. Er ist integer, C nicht. Sie fackelt nicht lange und macht Kompromisse. Sie wird sexuell manipuliert und zum Opfer, aber ich finde Opfer nicht von Natur aus bewundernswert. Und wenn sie D wirklich so lieben würde, hätte sie seine Maßstäbe begreifen müssen und sich nicht nur an ihre eigenen halten dürfen. Sie hat nicht die geringste Ahnung von der Liebe.«

»Das ist doch absurd«, sagte Marc. »Du hast nicht begriffen, worum es geht, Nicole. Du hast den wesentlichen Punkt der ganzen Geschichte nicht begriffen.«

Kämpf darum, Marc! Kämpf um den wesentlichen Punkt, um dieses warme menschliche Element, das Nicole fehlt und das wir im Überfluß besitzen. Kämpf um eine Welt, die sich nur auf Liebe gründet, deren erster und letzter Wert die Liebe ist, in der die Menschen trotz aller Wertsysteme hüten und schätzen, was sie lieben. Doch er war zurückgewichen. Er starrte ohnmächtig auf den schwarzen Stift in seiner Hand. Nicole streichelte Guillaumes sonnenverbrannte Stirn. Er schlief immer noch fest. Der weiße Pullover war von ihrer einen Schulter gerutscht, und ihre straffe Haut schien triumphierend zu glühen.

Wir sind ihr vollkommen ausgeliefert, dachte ich. Sie wird uns aufhängen, ganz wie es ihr gefällt: am Hals, an den Füßen, separat, zusammengeschnürt. Vielleicht war alles, was wir je gesagt oder getan hatten, Teil ihres Plans. Wir waren Marionetten in ihren Händen, und sie sah uns beim Tanzen zu, nur um sich ihre offenbar tiefste Überzeugung bestätigen zu lassen: daß die Menschen einen stets enttäuschen. Man kann sich absolut nicht auf sie verlassen. Wie fühlt man sich als Halbgott, Nicole? Wenn man auf einer silbernen Wolke liegt und uns da unten im Dreck beobachtet, wie wir verzweifelt versuchen, dir zu gefallen und dich zu täuschen? Was für ein Gefühl ist es, einen lackierten Finger auszustrecken, uns einen kleinen Stups zu versetzen und auf das unausweichliche Ergebnis zu warten? Ganz so wie ein Gott bittest du darum, betrogen zu werden, damit du verdammen kannst und dann auf ewig vor Verdammnis geschützt bist.

Nicole hob den schlafenden Guillaume hoch und setzte ihn ordentlich auf seinen Stuhl. Sie stand auf, ging ans Geländer und sah ihren Töchtern beim Tanzen zu.

»Sie wollte immer Rechtsanwältin werden«, sagte Marc.

Sie drehte sich um. »Ich wollte immer Richterin werden.«

Marc blieb sitzen und malte Achten um seine nicht analysierten Buchstaben. »Wer war damals bei dem Spiel am bewundernswertesten für Sie?« Er sah hoch zu mir, sein Blick war nicht mehr leer.

Zuerst konnte ich diesem Blick nicht standhalten. Ich wollte Nicole wieder dabeihaben, die lachende Nicole. Ich hatte versagt. Ich hatte die Verbindung zerstört. Ich wünschte, ich besäße die Kraft, ihn anzulügen, aber ich sah ihm wieder in die Augen und tat es nicht. »C«, sagte ich.

Ich begann, Nicole beim Spanischlernen zu helfen.

»*Estamos en la playa*«, sagte ich.

»*Estamos en la playa*«, wiederholte Nicole. »Wir sind am Strand.«

»*Muy bien. Tengo hambre.*«

»*Tengo hambre*. Ich habe Hunger.«

»Seht mal das kleine Mädchen, das Lola zuschaut«, sagte Marc.

Ich sah hinunter zum Meer, wo Lola mit unsichtbaren Händen auf ihrem Bauch durch das flache Wasser kroch. Ihr Körper wedelte wie Schilfgras hinter ihr her. Ein kleines Kind sah vom Ufer aus zu und verfolgte ihr Vorrücken. Es kicherte, wenn Lolas Kopf unter Wasser verschwand, und kreischte, wenn sie ihre nassen Haare ausschüttelte und dabei zum Kind sah.

»Ist sie nicht anbetungswürdig?« sagte er.

Sie war ein pummeliges kleines Mädchen mit Grübchen in den Gelenken und dünnem Haar, das in der Sonne durchscheinend wie Glas war. Ihre Haut war allerdings so braun wie Nicoles. Als Lola aus dem Wasser stieg, folgte das kleine Mädchen ihr zu ihrem Handtuch.

Marc hatte auf deutsch getippt und ich auf holländisch, aber das Mädchen war französisch.

»*Bonjour*«, sagte sie mit einem Selbstbewußtsein, das unmißverständlich verkündete: *Hier bin ich!*

Mit einem gelangweilten, leicht verächtlichen Ton, einem Ton, den sie mir gegenüber benutzte, fragte Nicole nach ihrem Namen.

»Marni«, antwortete das Kind und bereitete die Finger für die nächste Frage vor.

»Und wie alt bist du?«

Aber Marni hielt schon ihren Daumen und drei Finger hoch.

»Marni ist ein kluges Mädchen«, sagte Marc. Auch seine Stimme erkannte ich wieder.

Marni sah zu zwei Jungen hinüber, die neben einem roten Sonnenschirm im Sand buddelten. »Das finden die nicht. Sie sagen, ich bin dumm.«

»Sind das deine Brüder?« fragte ich schnell und hoffte, sie würde denken, ich gehöre zur Familie.

»Sie sind gemein. Ich hasse sie.«

»In Wirklichkeit haßt du sie nicht«, sagte Marc.

Bis zu diesem Augenblick hatte Marni sich nur mit Nicole und mir unterhalten. Jetzt wandte sie sich an Marc in seinem Stuhl und sah ihn mit ihren kleinen Augen mit den dicken Lidern direkt ins Gesicht. »Ich hasse sie alle.«

Unter dem roten Sonnenschirm lag ein Paar auf Plastikliegen. Der Mann las Zeitung, und die Frau winkte uns zu. Wir waren eigentlich nicht in Rufnähe, aber die Frau rief trotzdem, wir sollten Marni wegschicken, wenn sie uns zu nerven begänne. Sie hatte allerdings das Wort *emmerder* benutzt, das nicht einfach nerven bedeutet, sondern ankotzen. Ein Wort, das Nicole ihren Kindern verboten hatte.

»Du bist keine Französin«, sagte Marni und wandte sich wieder an mich.

»Nein«, sagte ich, so schnell ich konnte: *Noschwipa.*

Marni war nicht besonders beeindruckt und erzählte mir, daß sie ihrem alten Au-pair-Mädchen immer im Sand das Buchstabieren beigebracht hatte.

Bevor ich noch höflich ablehnen konnte, war Marc auf die Füße gesprungen und sagte, jetzt werde er Marni etwas beibringen.

Lola trottete hinter ihnen her, aber weil Marc sie nicht schreiben oder Fragen beantworten ließ, wanderte sie wieder in das warme Wasser.

»Das ist kein Wort!« schrie Marni immer wieder, und ihr Gekicher stieg wie langsame Blasen aus einer Flasche.

Von unseren Handtüchern aus beobachteten Nicole und ich Marc. Sein langer Körper war zusammengeklappt; mit einer Hand schrieb er und hoppelte mit der anderen hinterher.

»Marc hat eine neue Gespielin«, sagte Nicole und streckte sich wieder lang aus. »Sag mir noch ein paar spanische Sätze, Rosie.«

»*Hace calor hoy.*«

»*Hace calor hoy.* Es ist heiß heute.«

»*Marc tiene una amiga.*«

»*Marc tiene una amiga.* Marc hat eine Freundin.«

»*Soy Nicole.*«

»*Soy Nicole.* Ich bin Nicole.«

Marni kitzelte Marcs Füße mit einer Muschel, und er zog aufheulend einen Fuß weg und stellte ihn wieder hin und wollte mehr. Lola rief ihm zu, er solle ihre Purzelbäume bewundern, doch er hörte sie nicht.

Die Frau unter dem roten Sonnenschirm sagte scharf: »Marni!« – nicht als Name, sondern als Vorwurf, und Marni rannte weg. Marc kam den Strand hoch.

»Marni fährt morgen wieder weg«, sagte er so verzweifelt, als hätte er gehört, die Sonne würde nicht mehr aufgehen.

»Papa, komm schwimmen!«

»Kann nicht«, rief er. »Zu erschöpft.« Er ließ sich in seinen Strandstuhl fallen. Die Nylongurte knirschten, und die Blechbeine versanken. Er sah zu, wie Marni die Plastikhülle von einem Sandwich pulte, das Brot mit ihren beiden dicken Händen hielt und hineinbiß. »Ein kluges Kind.«

So war Marc. Sein Herz besaß nur einen schmalen Ausguck. Ich wußte, daß es viele Dinge beherbergte, aber die Öffnung war klein, und ich mußte warten, bis ich an der Reihe war. Dann würde ich wieder umgedreht und ins Licht gestellt werden, wo ich so hell leuchten würde, daß er nichts anderes mehr sehen könnte.

Nicole wartete nur auf einen weiteren spanischen Ausdruck.

»*Soy Nicole.*«

»*Soy Nicole.* Aber das hast du schon gesagt.«

Wie so häufig geschahen die Dinge von allein. Wir taten nichts, um sie zu beschleunigen.

Am nächsten Tag kam Lola mit ihrer Genfer Freundin zu unserem Platz am Strand gelaufen. Sie bat um Erlaubnis, mit der Familie der Freundin in einem nahegelegenen Hotel zu Mittag zu essen, das ein Schwimmbad mit zwei Rutschen besaß. Noch ehe Guillaumes Augen sich mit eifersüchtigen Tränen füllen konnten, hatte Nicole ihm auch eine Einladung verschafft. Und nachdem die drei losgezogen waren, verkündete sie, sie werde zusammen mit Odile und Aimée mit dem Taxi in die Stadt fahren, um den Nachmittag dort zu verbringen. Illustrierte wurden zugeklappt, Handtücher ausgeschüttelt und zusammengerollt, dunkle Sonnenölflaschen zugeschraubt und in eine Plastiktüte gewickelt. Bei all diesem Aufbruchswirbel blieb Marc in seinen Kriminalroman vertieft. Er hob nur einmal den Kopf, um die Frage nach dem Zimmerschlüssel zu beantworten. Ich saß gespannt dabei und wartete auf Anweisungen. Ich könnte hochgeschickt werden, um die dreckigen Kindersachen von gestern zu waschen, die in einem Haufen auf den Fliesen ihres Badezimmers lagen, oder um die Rechenaufgaben zu korrigieren, die Guillaume sich angeblich jeden Abend vor dem Essen vornahm. Doch kurz bevor sie ging, sagte Nicole nur zu mir, die Kinder würden um drei wieder im Hotel sein.

In der Hoffnung, daß sie mich aus den Augenwinkeln noch sah, sprang ich auf die Füße und begann meine Sachen zusammenzusammeln, als könnte ich niemals auf die Idee verfallen, mit Marc am Strand zu bleiben. Sobald sie die Treppe hochgestiegen und hinter der Glastür verschwunden waren, stellte ich meine Tasche wieder in den Sand und wartete, daß Marc auf diesen Hinweis reagierte.

Er las weiter. Er kratzte sich an der Wade. Er blätterte eine Seite um. Ich wußte, daß er gern am Ende eines Kapitels aufhörte, und auf den beiden nächsten Seiten war kein Abschluß zu sehen. Ich wußte nicht, ob ich mich wieder auf mein Handtuch legen oder es ausschütteln und gehen sollte. Ich blickte mit vorgetäuschtem Interesse zum Wasser, sah das Meer aber nicht. Ich blickte nach innen und war elend und wünschte mir nur, daß Marc mir nicht seine Aufmerksamkeit entzog. Endlich einmal hatten wir mehr als fünf Minuten für uns allein – wie konnte er auch nur eine kostbare Sekunde davon vergeuden, um ein Kapitel zu Ende zu lesen? Mittlerweile würden Odile und Nicole vorne vor dem Hotel stehen und auf das Taxi warten. Es dauerte nur fünfzehn Minuten bis zur Stadt. Und wenn alle Geschäfte nun während der Siesta geschlossen hatten? Noch mal fünfzehn Minuten, und sie wären wieder zurück. Ich bückte mich nach meinem Handtuch.

»Du läßt mich doch nicht allein, oder?« Die Stimme klang so entspannt und vertraulich wie nie zuvor. Einen Moment lang konnte ich die Veränderung nicht deuten. Es war nicht nur der Ton. Dann wußte ich es. Er war zum Du übergegangen.

»Nein.«

Ich setzte mich wieder, mit der strategisch gepackten Tasche im Schoß. Dort wo Lola gesessen hatte, war eine Lücke mit vier kleinen Kuhlen, die ihre rastlosen Finger und Zehen gegraben hatten.

»Ich muß dich näher bei mir haben als so«, sagte er. Ich staunte über den Unterschied zum Sie. In jedem Satz besaß es die Gewalt einer Liebeserklärung. »Hast du Lust auf einen Spaziergang?«

Ein Spaziergang. Ich blickte hinunter zum Ufer, wo ich fünf Tage lang den gemächlichen Strom der Pärchen hatte vorbeiziehen sehen. Ich hätte mir nichts Erregenderes vorstellen können, als mit ihm als Paar am Strand spazierenzugehen.

Ohne ein weiteres Wort gingen wir nach unten, weg vom Hotel, und wateten durch das flache, klare Wasser, das unsere Füße blasser und größer machte, als sie in Wirklichkeit waren. Lola hätte gefragt, wieso das Wasser das tat, Odile hätte das Wasser verlassen, da ihr der Anblick ihrer Füße nicht gefallen würde – sie hielt sie sowieso schon für zu groß –, und Guillaume hätte sich über die Elefantenfüße der anderen lustig gemacht. Ich versuchte angestrengt, die Kinderstimmen zu vertreiben. Endlich war ich allein mit Marc. Ich hatte vor, es zu genießen. Aber Marc wollte mich offenbar gar nicht näher bei sich haben. Der Abstand zwischen uns wurde allmählich so groß, daß entgegenkommende Paare Hand in Hand oder Arm in Arm zwischen uns durch gingen. Ich legte mir verschiedene Bemerkungen zurecht, die ich hätte äußern können, aber ich zögerte, da ich nicht wußte, ob ich auch du sagen sollte. Er kam mir jetzt so fremd vor, daß es lächerlich wirken würde. Meine Hände hingen klebrig und vor Hitze geschwollen an mir herunter. Ich wünschte, er würde stehenbleiben und sie ergreifen.

Eine Kette grauer und schwarzer Felseninseln spann sich von diesem Ende der Küste bis an den Horizont, und die letzten waren kaum noch erkennbar – Erscheinungen im flirrenden Gefunkel, dort wo das Blau des Wassers ins Blau des Himmels überging. Wir hatten während dieser Reise soviel Zeit mit dem Betrachten spektakulärer Sehenswürdigkeiten verbracht, und jedesmal hatten sie, ebenso wie der Anblick jetzt, eine unerwartete, quälende Enttäuschung in mir hervorgerufen. Wieso konnte ich Schönheit nicht einfach akzeptieren und genießen? Woher kam diese schreckliche Qual? Ich stellte mir vor, wie ich mich mit Nicole darüber unterhielt. Wir würden darin übereinstimmen, daß es an der Vergänglichkeit lag, an der Unmöglichkeit, etwas festzuhalten, an der Nähe von Schönheit und Tod. Und all das traf auch zu, aber es ging noch um etwas anderes. Ich dachte an das Gemälde in Paris mit den drei Frauen in den weißen Wellen. Ich hätte mir gewünscht, daß ich malen könnte oder sonst irgend etwas – schreiben, singen, tanzen, ich wußte nicht, was –, nicht, um die Schönheit nur festzuhalten, sondern um sie auszudrücken, sie gewissermaßen durch mich hindurchzuzwingen.

Wir erreichten das Ende des Strandes. Ohne mich zu beachten, blieb Marc stehen und wandte sich zum Wasser. Ich blieb neben ihm stehen. Das Schweigen zwischen uns hatte sich verhärtet, und all meine verwirrte Erregung ballte sich in mir zusammen und prallte daran ab. Er war so starr und so distanziert, so voller unzugänglicher Gedanken, daß es mir vorkam, als wäre ich mit Nicole zusammen. Ich blickte zurück zu unseren Handtüchern, den 127 Stufen, dem langgestreckten, geschmackvollen Hotel, in dem unsere Zimmer auf die andere Seite der Küste hinausgingen. Die

Aussicht war uns vollkommen gleichgültig. Ich hatte genug von meiner Passivität. Die ganze Woche lang hatte ich mich an die Überzeugung geklammert, daß ich weniger schuldig sei, weil ich nicht handelte, sondern empfing. Das war eine Lüge. Ich nahm seine Hand.

Er drückte sie, blickte aber weiter aufs Meer. »Wenn man nicht an Gott glaubt, hat man im Bedarfsfall keinen, dem man danken kann. Das finde ich am bittersten«, sagte er.

Ich war mir nicht sicher, wofür er dankbar war, für die funkelnden Inseln oder meine Hand in seiner.

»Mit Kummer komme ich allein zurecht, aber Dankbarkeit läßt sich nicht so einfach handhaben. Da braucht man etwas am anderen Ende.«

Ich hätte es leicht auf die Sprachbarriere schieben und mich trösten können, daß ich immer noch besser verstehen als sprechen konnte. In Wahrheit hätte ich aber in keiner Sprache einen Ton herausgebracht. Während ich die Hand dieses Arztes in mittleren Jahren hielt, fühlte ich mich plötzlich so jung wie schon lange nicht mehr.

Ich war gespannt, was in den uns verbleibenden anderthalb Stunden wohl passieren würde. Nicole, die uns hätte dirigieren können, war nicht da, und es sah so aus, als würden wir an der Möglichkeit, in Freiheit zu wählen, scheitern. Ich wußte, daß direkt hinter uns der Weg begann, der zu der Klippe hochführte, von deren Besteigung wir mittags oft gesprochen hatten. Marc blickte sich um und sagte: »Sollen wir ein bißchen auskundschaften?«

Ich nickte, aber etwas in meinem Gesicht muß ein Zögern verraten haben. Er war mir immer noch sehr fern. Er tat so betont locker. Erneut wurde ich von einem Gefühl der Enttäuschung überschwemmt.

»Ich möchte einfach nur das tun, was du möchtest«, sagte er und hob abwehrend die Hände. Und aus dieser Geste konnte ich ablesen, wie lange er an einer Frau gelitten hatte, die ihn nicht liebte, die ihn selten berührte und zu kaum mehr als hin und wieder ein bißchen guter Laune fähig war, einer Frau, der es noch schwerer fiel zu empfangen, als zu geben.

Ich bin nicht sie, hätte ich gerne gesagt. Statt dessen nahm ich wieder seine Hand. »Gehen wir.«

Der Sand auf dem steilen Pfad war viel heißer. Auf halber Strecke mußten wir uns aufs Gras am Rand stellen, bis das Brennen nachließ. Wir wunderten uns, daß es keine anderen Fußabdrücke gab, daß niemand sich vom Strand hier hochgewagt hatte. Oben gabelte sich der Weg, links ging es zur Klippe und rechts zu einem Wäldchen. Wieder eine Entscheidung.

»Jetzt bist du dran«, sagte ich, ein Ausdruck, den ich sonst nur beim Spielen mit seinen Kindern benutzte.

Er führte mich landeinwärts. Der Pfad verschwand, aber wir gingen weiter. Die Geräusche vom Strand – hungrige Möwen, planschende Kinder, spritzende Wasserskier – verebbten und wurden von Vogel- und Insektenlärm ersetzt. Schattige Stellen wechselten ab mit offenen Flächen voller verbranntem steifem Gras. Ein neuer Weg tauchte auf und brachte uns zu einem kleinen überwachsenen Hof. Er war an drei Seiten von einer abgerundeten, niedrigen Mauer umschlossen, die die Farbe von Seife hatte. Olivenbäume neigten sich über diese Mauer, und ihre Blätter warfen einen zittrigen, kalkigen Schatten. Drinnen erkannten wir, daß es sich um einen Friedhof handelte. Verschrumpelte schwarze Oliven machten Flecken auf den flachen Grabsteinen und hockten wie verwelkte Käfer im hohen Gras dazwischen. Der Geruch der verschmorten Früchte hing in der heißen Luft.

Die weiße Wand kühlte meinen Rücken. Als ich meine Arme um ihn legte, atmete er tief aus und sagte: »Du bist so stark.«

Ich versuchte, Gewissensbisse wegen Nicole zu haben, aber ich empfand nur Traurigkeit für Marc, denn ich war nicht besonders stark; es war vielmehr so, daß Nicole ihn nie fest umarmt hatte. Er hungerte in einer Weise nach Zuneigung, die seine kurzen gestohlenen Küsse nicht verraten hatten. Ich küßte seinen Hals und dachte, er würde in meinen Armen ohnmächtig. Ich wanderte zu seinem Ohr, und er schrie auf. Ich beneidete, wie er sich der Lust des Augenblicks hingeben konnte. Er schien Gedächtnis und Gewissen in sich getilgt zu haben, als wäre dieser frühe Freitagnachmittag das ganze Leben für ihn – ohne Vergangenheit und ohne Folgen. Ich drückte ihn fester an mich, dann noch fester, aber er war nicht nahe genug. Ich konnte mit meinen Armen nicht den Nachmittag umschlingen. Mein Verlangen nach ihm, das so rein und mächtig war, wenn er mir nahe war, mich aber nicht berührte, zersprang jetzt in schreckliche Bruchstücke anderer Gefühle, die sich durch seine Berührung nicht befriedigen ließen, obwohl ich mich weiter nach ihm sehnte. Ich erlebte beide Seiten des Augenblicks: die Vorfreude auf seinen Beginn und das entsetzliche Bewußtsein seiner Flüchtigkeit. *Fühl*, befahl ich mir. *Fühl ihn hier und jetzt*. Seine Hände und sein Mund begannen über meinen Körper zu wandern. *Fühl*. Wir sanken ins Gras und in die Oliven. *Fühl ihn*.

Er flüsterte alles mögliche, Wörter, die ich noch nie gehört hatte, oder Wörter, die ich kannte, aber nicht deuten konnte. Ich hätte ihm gern gesagt, er solle nicht reden, aber statt dessen redete ich selber, in Englisch. Endlich konnte ich ihn fühlen. Immer wenn ich etwas sagte, schwoll er an und füllte mich noch mehr. Ich zwang ihn tiefer hinein. Als er zu zittern begann, packte ich ihn hart, wollte ihn in mir festhalten. Doch er stieß mich von sich und zog sich mit einer einzigen entschiedenen Bewegung heraus.

Sie ist raffiniert, die Gewaltsamkeit der Abwesenheit. Niemand kann sie sehen; niemand kann beschuldigt werden. Anderes sprang ein, um die Lücke zu füllen – auf groteske Weise vergeblich. Glitschig vor Schweiß rutschte er über mich, um fette, laute Küsse auf meinen Bauch und meine Schultern zu pflanzen. Seine Haut fühlte sich wie nasses Gummi an. Er sagte, ich sei schön, warm, frisch. Er fragte: »Wie fühlst du dich?« und strich mir das feuchte Haar aus der Stirn, als hätte ich Fieber.

Ich überlegte, wie ich *ausgeweidet* ausdrücken könnte.

»Du hast mich zum Leben erweckt«, sagte er, als ich nicht antwortete, und bettete seinen Kopf auf mein Brustbein.

Durch die dichten kleinen Blätter sah das Blau des Himmels zu dunkel aus. Es gab nur eine einzige kompakte Wolke mit scharfen Umrissen und breiten Schatten. Obwohl sie hoch oben schwebte, wirkte sie schwer, als sei sie mit Quecksilber gefüllt.

Mir fiel meine Mutter ein. Ich dachte nie richtig an sie – sie fiel mir immer nur ganz plötzlich ein. Sie war eine schlichte, gesichtslose Tatsache, die ich für Monate vergessen konnte. Mein Leben lang hatte ich es als Glück empfunden, daß ich sie nicht so sehr vermißte wie meine Schwester. Dadurch fühlte ich mich stärker, auch wenn ich wußte, daß das kein Kunststück war, da ich sie zu früh verloren hatte, um mich an sie zu erinnern. Anders als meine Schwester hatte ich mir meine Mutter nie an irgendeinem Ort vorgestellt, nie geglaubt, daß sie mich beobachtete, mich liebte oder unzufrieden mit mir war. Aber in diesem Augenblick spürte ich, daß sie ein Teil dieser dicken Wolke war, die regungslos am dunkelblauen Himmel hing, und ich wandte mein Gesicht ab.

Ich schluchzte und bäumte mich unfreiwillig auf – wie in einer Parodie dessen, was wir gerade getan hatten. Er hob nicht den Kopf, sondern drückte mich bebendes Bündel ganz fest an sich. Ich konnte seine Kopfhaut riechen. Sie roch alt. Ich sehnte mich verzweifelt nach dem Geruch von Geburt.

Als es vorüber war, säuberte er mein Gesicht mit seinem Hemd. »Alles ist gut«, sagte er zärtlich und streichelte mich. »Es war wunderschön. Ich konnte es schmecken. Ich konnte deine Unerfahrenheit schmecken. Sie war wie eine Orange, eine saure, nicht ganz reife Orange.«

Er dachte, ich lache über seine schlechte Lyrik, und lachte mit mir.

Ich konnte mich an ihm riechen. Ein Abend und ein Morgen waren seither vergangen, aber nun, da die Sonne wieder direkt über uns stand, konnte ich mich in seinem Haar, an seinen Fingern, unter seinen Shorts riechen, und der Geruch war stärker als der Tintenfisch oder der geröstete Knoblauch oder die anderen halb aufgegessenen Gerichte, die auf dem Tisch stehenblieben. Selbst als die Kaffees kamen, drei doppelte, stark und schwarz, roch ich ihn noch.

Ich konnte ihn nicht ansehen. Ich versuchte es, aber seine Lippen waren plötzlich so rot, so voll, so zufrieden, daß meine Augen unwillkürlich vor seinem Glück zurückschreckten.

Nicole trank ihren Kaffee mit zwei zierlichen Schlucken. Es war einfacher, sie zu beobachten. Es war einfacher, weil es nun geschehen war, alles war bis an seine Grenzen getrieben worden. Ich war sicher, daß Nicole Bescheid wußte. Was hatte Leslie genau gemeint, als sie sagte, die Franzosen definierten die Ehe vollkommen anders? Heute herrschte eine Art Kameraderie zwischen ihnen. Das ist mir egal, dachte ich bockig und suchte in mir nach einem Ort, wo ich mich verkriechen konnte. Ich fand ihn in Lola. Wir wollten vor dem Abendessen Ketten aus Zahnseide und den kleinen rosafarbenen, opalartigen Muscheln basteln, die wir gesammelt hatten.

»Wieso hast du dich für Frankreich entschieden?« fragte Nicole mich. Es war die erste persönliche Frage, die sie mir seit meiner Ankunft im September stellte.

Ich errötete unter meiner Sonnenbräune. »Ich weiß es nicht«, sagte ich und kämpfte plötzlich mit dem unpassenden Bedürfnis, ihr die ganze Wahrheit zu erzählen. »Es war billiger als China.«

»Also bist du vor etwas weggelaufen statt zu etwas hin?«

»Ja.«

»Die meisten meiner Entscheidungen sind so zustande gekommen.« Nicole schien an mir unerwartete Spuren von sich entdecken zu wollen. »Das ist keine gute Weise, sein Leben zu gestalten.«

»Sind wir hier nicht wirklich in einer anderen Welt?« murmelte Marc und sah zu den fernen Klippen hinüber.

Er konnte das, ans Ende des Strands schauen und dabei nicht uns beide sehen, wie wir den Pfad hochstiegen. Er sah nur das, was da war: den Sand, die vorspringende Klippe, die Kette der Felseninseln, die sich glitzernd am Horizont verloren. Sein zufriedener Mund wurde noch breiter. Es quälte ihn offenbar nicht mehr, daß er keinen hatte, dem er danken konnte.

»Es ist umwerfend«, sagte Nicole.

»Bist du jetzt doch froh, daß wir hierher gefahren sind?« fragte er.

Ich zuckte zusammen. Wieso mußte er so um Zustimmung buhlen?

Aber Nicole überraschte mich. Sie schenkte ihm ein langsames, schuldbewußtes Lächeln und nickte. »Laß uns dort hinaufgehen.«

»Dort hinauf?« sagte er, als wäre es das erste Mal, daß ihm der Gedanke an einen Aufstieg kam.

Als sie sagten, ich solle mitkommen, zeigte ich auf Guillaume und Lola, die mit Odile und Aimée auf ihren Handtüchern Karten spielten. Nicole sagte, sie müßten noch eine dreiviertel Stunde warten, bis sie wieder ins Wasser dürften. Also sagte ich, ich hätte keine Schuhe.

»Die hat keiner von uns.«

Wollte sie mir eine Falle stellen, wollte sie, daß ich verriet, daß ich den kochendheißen Pfad und die schwarzflekkigen Grabsteine kannte?

Wir gingen dicht nebeneinander, ich in der Mitte, und unterhielten uns über Stierkampf. Marc wollte gerne Karten für Sonntag, unseren letzten Tag, besorgen. Er behauptete, nach Spanien fahren, ohne einen Stierkampf zu sehen, sei wie nach Paris fahren und den Eiffelturm auslassen. »Er ist albern. Er ist häßlich. Er ist ein schlecht gewähltes Symbol für die französische Kultur, aber man muß ihn sehen. Man muß ihn selber beurteilen.«

»Aber man muß nicht zusehen, wie Blut fließt«, sagte Nicole. »Die Kinder sind zu jung, um sich solcher Gewalt auszusetzen.«

»Sie sind ihr ganzes Leben lang Gewalt ausgesetzt.«

»Du bist es doch, der den Fernseher beim ersten Auftauchen eines Gewehrs ausmacht. Ich begreife nicht, wieso du darüber mit mir streitest.«

»Ich weiß. Ich bin selber überrascht.«

Es war wie ein Scheinkampf. Sie schienen sich zu amüsieren. Sie sprachen über mich hinweg, schlossen mich aber ein, als wäre ich aktiv beteiligt, als hätte ich schlaue Argumente für beide Positionen angeführt.

Schließlich erwähnte Marc Hemingway, und Nicole stöhnte. Er überhörte es. »Der Stierkampf ist die Begegnung zwischen Leben und Kunst. Er ist real – ist mit Gefahr und mit Tod verbunden. Und gleichzeitig ist er ein ritualisiertes Schauspiel.«

»O ja«, sagte Nicole mit arroganter, tiefer Stimme. »Und es geht dabei um Mann gegen Natur und um Logik gegen körperliche Kraft. Das ist doch alles Schwindel, Marc. Der Stier wird vorher geschwächt. Er ist praktisch schon tot, ehe der Kampf beginnt.«

»Das stimmt nicht. Er wird gereizt und wütend gemacht. Bei einem guten Kampf muß der Stier im Besitz seiner vollen Kraft sein.«

»Wenn du das glaubst...«, sagte Nicole, aber sie war noch nicht einmal wütend genug, um den Satz zu beenden.

Der Weg war wieder genauso heiß, und wir hielten an denselben Stellen. Wir jammerten, wie sehr uns die Füße weh taten, und machten uns über das Gejammer des anderen lustig. Nicole sah wie ein kleines Mädchen aus, wenn sie erst ein Bein und dann das andere hob. Marc konnte von mir zu Nicole und dann wieder zu mir schauen. Erneut beneidete ich ihn um seine Fähigkeit zu vergessen. Irgendwie war ich angeekelt von dem brennenden Sand, dem harten Gras und dem Blatt an meinem Fuß, das im Winter von einem Olivenbaum geweht war und sich jetzt zu einem dünnen braunen Finger zusammengerollt hatte. Gestern hatte es Hunderte davon gegeben, die unter uns geknackt hatten. Ich spürte wieder, daß das Land mich strafte. Eine Bremse stach mich heftig ins Bein, und ich zerquetschte sie zu Matsch.

»Bravo«, sagte Nicole.

Oben an der Gabelung sagte Marc: »Wo lang?« Er versuchte mir beiläufig in die Augen zu sehen. Es gelang ihm nicht. Er war durcheinander. Er hatte vergessen, weswegen sie hierher gekommen waren. Nicole zeigte nach links, stieß mich an und schüttelte den Kopf über den Orientierungssinn ihres Mannes. Ich zwang mich zu einem komplizenhaften Lächeln – für sie und für ihn.

Ich ging hinter ihnen her. Neben Nicole wirkte Marc unfertig, als wäre sein Rumpf vorübergehend beiseite gestellt und dann irgendwie schief auf seine langen Beine gesetzt worden, als hätte der Bildhauer später noch einmal an seine Arbeit gehen wollen. Seine Arme schwangen, sein Kopf wippte ohne bestimmten Rhythmus. Der Wind frischte auf, als wir die Klippe erreichten.

Nicole ging bis ganz an den Rand. Ihr Haar wurde zu einem spitzen Turm hochgewirbelt. Sie kümmerte sich nicht darum. Marc und ich blieben stehen, jeder für sich.

Ohne zurückzutreten, drehte Nicole sich kurz zu mir um. »Hast du auch Höhenangst?«

»Ja«, sagte ich, obwohl ich bis dahin nie Angst gehabt hatte.

Nicole hob die Arme hoch über den Kopf. Es war unmöglich, nicht an einen Stoß in ihren Rücken zu denken. Ein paar mehr Knoten, und der Wind hätte sie hinunterwehen können. Exakt zur selben Zeit machten Marc und ich einen Schritt nach vorn, warfen dann, die Bewegung spürend, einander denselben Blick zu, nicht einen unserer üblichen zärtlichen, schuldigen, Abbitte leistenden oder verheißungsvollen, sondern einen warnenden. In diesem

Sekundenbruchteil erkannte ich, daß wir beide einander für fähig hielten, Nicole einen schnellen Stoß ins Kreuz zu versetzen. Danach rührten wir uns beide nicht. Wir warteten, daß Nicole zu uns zurückkehrte. Als sie es tat, hatte sie Haare im Mund. Marc strich sie weg.

Auf dem Rückweg hatte er den Arm fest um seine Frau gelegt. Nur einmal trafen sich unsere Augen, dann sah er schnell weg. Ich beobachtete, wie das Schuldgefühl sich wie Öl auf seinem Gesicht ausbreitete, genauso wie damals auf dem Gesicht meiner Schwester, als ich in der Tür zur Veranda stand und meine Schwester von dem Korbsofa hochblickte und dabei ertappt wurde, wie sie sich an dem erfreute, was ihr gehörte.

Der Stierkampf

Am Sonntag, unserem letzten Tag in Spanien, ging Nicole mit den Kindern in die Ostermesse. Ich blieb im Bett und folgte ihnen im Geiste, während sie im Fahrstuhl hinunterfuhren und das Foyer durchquerten. Ich sah, wie das Taxi vorfuhr, die Kinder sich auf die Rückbank quetschten und Nicole vorsichtig auf dem Beifahrersitz Platz nahm, damit ihr Kleid hinten nicht zerknautschte. Ich lag da und überlegte, ob Marc sie ebenfalls in Gedanken verfolgte. Seit jenem Nachmittag auf der Klippe waren wir keine Minute mehr allein gewesen.

Als ich gerade mit ihnen die Treppe zur Kirche betrat, klopfte es leise an meiner Tür. Es war die Sorte Klopfen, die man gut überhören konnte; später konnte man behaupten, man habe noch geschlafen oder unter der Dusche gestanden oder sonst irgendwas getan. Doch ich stand auf und ließ ihn herein.

»Morgen«, sagte er einfältig, so als könne er nichts für sein Erscheinen hier in meinem Zimmer.

Seine Frau ging jetzt mit ihren Kindern durch die Kirchentür. Es war neun Uhr morgens. Das vertraute Bedürfnis, ihn zu berühren, kämpfte mit dem Wissen, daß es nicht richtig war und daß es nie genug sein würde.

Wir saßen einander gegenüber auf den beiden Betten. Auch er schien mit einem Chaos von Gefühlen zu kämpfen und sah mich hilflos an, aber ich hatte nichts zu sagen, in keiner Sprache. Schließlich streckte er seine Hände aus, die Handflächen nach oben. »Ich habe nie –« Er unterbrach sich mit einem merkwürdigen Lachen. »Was ich sagen will, ich habe so etwas noch nie getan.« Wieder schwieg er, und als er fortfuhr, war seine Stimme lauter und höher. »Man hätte doch annehmen sollen, daß ich mir wenigstens jemanden ausgesucht hätte, der mehr –«

»Marc.«

»Etwas, das weniger –« Jetzt lachte er, halb fürchtend, halb hoffend, daß ich mich verletzt fühlte.

Bald darauf verließ er mich, und ich frühstückte nicht unten. Etwas später sah ich ihn durch das Fenster auf dem Weg zum Wasser, aber ich schaute nicht lang genug, um zu erkennen, ob er schwimmen ging oder sich nur, so wie er es immer tat, auf sein Handtuch setzte und mit den Armen seine Knie umschlang.

Am Nachmittag wurde ich zum Stierkampf geschickt. Nicole hatte sich geweigert zu gehen.

Während wir durch die überfüllten Gänge des Stadions liefen, versuchte ich Abstand zu halten, Abstand von Marc. Aber er drehte sich alle paar Schritte um, und die Verwirrung in seinen Augen zog mich immer noch an.

Als wir unseren Abschnitt erreichten, mußten wir uns an Dutzenden von Beinen, Popcorntüten und brennenden Zigaretten vorbei zu unseren Plätzen auf der Bank drängeln. Ich landete in der Mitte: Guillaume, dann Odile auf der einen Seite, Lola, dann Marc auf der anderen. Es schien mir richtig, daß sie sich fächerförmig neben mir ausbreiteten und von Marc trennten. Drei Reihen weiter unten bahnten sich Amerikaner ihren Weg, Jungen mit verkehrt herum aufgesetzten Baseballmützen und T-Shirts, die Reklame für Universitäten oder Kneipen in anderen Ländern machten. Es waren Jungen mit breiten Schultern und lautem Lachen, Jungen, die sich ihrer Fremdheit, ihres Reichtums, ihrer Freiheiten nicht bewußt waren. Plötzlich spürte ich eine mitleidige, mütterliche Verachtung für sie.

Musik dröhnte aus den Lautsprechern, und die Menge begann, synkopisch mitzuklatschen. Ich hob die Hände, konnte aber nicht schnell genug den Rhythmus finden. Am anderen Ende des Rings wurde eine Tür geöffnet und gab den Weg frei für den ersten Stier und berittene Männer mit langen Stangen. Der weiche, gelbliche Sand wurde von Hufen aufgewühlt. Der Stier schoß quer durch die Arena und lief dann anmutig an der kastanienbraunen runden Absperrwand entlang wieder zu seinem Ausgangspunkt zurück. Aber die Tür war jetzt geschlossen. Die langen Lanzen trugen eiserne Spitzen, und als der Stier zum Angriff überging und seine Hörner in die Umhänge der Pferde rammte, stachen die Reiter gezielt auf ihn ein, während die verängstigten Pferde trotz der Stöße die Balance zu halten suchten. Neben mir senkte Guillaume den Kopf und sah von jetzt an nur noch auf seine Füße. Lola an meiner anderen Seite war versteinert. Die Pferde ritten aus der Arena und wurden durch drei Männer ohne Pferde ersetzt, die mit rosa Capes und kürzeren Speeren bewaffnet waren. Diese wurden jeweils paarweise in das Fleisch des Stiers gerammt. Die Menge brach in begeistertes Brüllen aus. Nakken, Rücken und Rumpf des Stiers waren mit Speeren gespickt. Vor uns verteilte eine Frau gewaltige, in Alufolie verpackte Brote an ihre Familie. Sie wickelten die Brote halb aus und begannen zu essen, während der Stier zitternd dastand, sich schüttelte und mit der Haut zuckte. Nichts half, die Speere blieben haften. Ich spürte, wie Marcs Augen vom Kampfplatz zu mir und wieder zurück wanderten. Ich sah nicht zu ihm, kein einziges Mal.

Unter stürmischem Beifall betrat der Matador den Ring. Bald würde es vorbei sein. Der Stier würde tot sein, und wir könnten zurück ins Hotel gehen, wo Nicole wartete. Der Matador lockte den Stier, indem er das Cape mehrmals träge und kalkuliert schwenkte. Über die Barriere wurde ihm ein Degen gereicht. Noch ein paar weitere Bewegungen mit dem Tuch, dann hob er den Degen hoch über die Schultern und versenkte ihn.

Wildes Geschrei und donnernder Applaus begleiteten das Zusammenbrechen des Stiers. Wir saßen zwischen Mauern aufgesprungener Zuschauer. Keiner von uns erhob sich, um diesen Tod zu beklatschen.

Mit einer einzigen Bewegung setzte sich die Menge wieder. Die Beine des Stiers wurden sanft unter ihm zusammengefaltet. Ein Pferdegespann wurde von Männern in Schwarz mit Peitschenhieben in die Arena getrieben. Die Glöckchen an den Pferdeumhängen klingelten dabei. Vor dem Stier wurden die Pferde zum Stehen gebracht und warteten, während die Männer mit schnellen festen Knoten Seile an den Hörnern des Stiers befestigten. Dann wurden sie durch die Arena zurückgetrieben und schleppten den Körper des Stiers hinter sich her. Die Männer in Schwarz brüllten und schlugen auf die Pferde ein, und die Tiere stürzten mit ihrer Fracht, so schnell sie konnten, zu der offenen Tür. Ich stand auf, um zu gehen, und die Kinder folgten mir.

»Sollen wir schon gehen?« fragte Marc mich.

»Ist es nicht vorbei?«

Er zeigte mir das Programmheft. Es waren noch weitere Stiere angekündigt.

»Wir können jetzt gehen. Ich denke, wir haben genug gesehen«, sagte er, um mir zu gefallen, aber ein neuer Stier wurde in den Ring gelassen, und jemand hinter uns sagte, wir sollten uns setzen. Also setzten wir uns wieder. Ich konnte die Kinder in dem Gedränge auf der Tribüne ganz nah fühlen. Ich konnte fühlen, wie sie atmeten und auf ihren Sitzen herumrutschten. Ich fühlte sie, um nicht Marc fühlen zu müssen, der mich beobachtete und auf mich wartete.

Guillaume wußte, daß sein Vater ihn für einen Feigling hielt, weil er auf seine Füße statt zum Stier geblickt hatte. Diesmal ließ er seine Augen nicht von den Pferden, und als die Pferde fort waren, nicht von den Männern mit den rosa Capes, denn er war fest entschlossen, bis zum Ende hinzuschauen. Der neue Stier war wilder. Er schüttelte alle Lanzen ab bis auf eine. Guillaume beobachtete ihn und dachte: Dieser Stier wird bald tot sein. Aber in diesem Augenblick glaubt er, daß er ewig leben wird. Er glaubt, er wird gewinnen, aber bald werden wir sehen, wie seine Hörner umwikkelt werden, wie der Staub aufwirbelt, wenn sein Leichnam weggeschleppt wird. Von da an wird er nur noch Schwärze sehen, für immer. Er wird nichts fühlen, keinen Wind, keine Hitze und niemals mehr Schmerz. Es ist, als würde man nach der Schule nach Hause gehen und denken: Jetzt bin ich am Anfang von dieser Straße, und das Fischrestaurant liegt an ihrem Ende, aber bald bin ich daran vorbei, und ich werde an den Moment zurückdenken, als es noch vor mir lag, und wissen, daß ich diese Zeit vor dem Fischrestaurant nie mehr wiederbekommen werde. Und genauso ist der Stier jetzt noch lebendig, und die Sonne ist noch nicht hinter der Stadionmauer verschwunden, und ich kann denken: *Das ist jetzt, das ist jetzt*, aber währenddessen schwindet es immerzu, und bald wird der Stier tot sein. Und das werde auch ich, eines Tages.

Der Matador erschien, sein Rücken war gebogen wie ein Schuhlöffel. Er stolzierte um den Stier herum. Ein ganzes Stadion voller Menschen war gekommen, um zu sehen, wie aus Leben Tod wird. Guillaume dachte an den toten Christus in Marias Armen, der heute morgen nach dem Gottesdienst durch die Straßen getragen worden war, und an alle gefeierten blutigen Christusse, die er in seinem Leben schon gesehen hatte. Ein Gefühl der Kälte packte ihn. Er denke zuviel, würde seine Mutter sagen. Er versuchte zu beten, doch es gelang ihm nicht. Wieder eine Welle kalter Panik. Der Matador ergriff den über die Barriere gereichten Degen. Er darf nicht sterben, sagte Guillaume im Geiste laut. Er darf nicht. Bitte laß diesen Stier nicht sterben. Mit zwei Händen wurde der Degen versenkt, aber der Stier bewegte sich noch, nur der goldene Griff war zwischen seinen Schultern zu sehen. Siegesbewußt trottete er an der Arenawand entlang. Guillaume brannte ebenso vor Dankbarkeit. Dann war der Stier wieder bei dem Cape, das ihm erneut hingehalten wurde. Er blieb davor stehen, als erinnere er sich an etwas. Seine Hinterbeine gaben zuerst nach, und er setzte sich langsam wie ein alter, gehorsamer Hund, dann kippte er nach vorne auf die kleinen Füße des Matadors. Guillaume brüllte: *Nein!*, aber es blieb ungehört, wurde verschluckt von den Rücken, die sich vor ihm erhoben, und von der entsetzlichen Begeisterung im Stadion. Und während die Peitschen knallten, die Glöckchen bimmelten und ein Körper über den Boden geschleift wurde, tauchte plötzlich ein Gedanke auf und ließ sich nicht wegschieben. Er meldete sich zwei- oder dreimal, ehe Guillaume seine Ankunft zur Kenntnis nahm: *Vielleicht gibt es keinen Gott.* Sein restlicher Verstand zog sich sofort zurück – er hatte noch niemals zuvor gezweifelt –, aber das Gehirn ist klein, und es bot kein Versteck.

Für Odile schien die Arena geschrumpft. Der markierte Streifen auf der kastanienbraunen Barriere wurde weiß. Alle Strohhüte auf den Tribünen glitzerten, selbst im Schatten. Alles ist jetzt, nach dem Tod, lebendiger, dachte sie. Sie blickte auf die gerade dunkle Linie, die das Blut des Stiers quer durch den Ring in den Sand gegraben hatte, und dachte an Aimée, die jetzt im Zug Richtung Nordosten fuhr. Wenn sie morgen früh aufwacht, wird sie schon durch Frankreich fahren.

Der Sand wurde glattgeharkt, und der zweite Stier stürmte heraus. Sie wird durch Frankreich fahren und etwas von mir in dem Gesicht eines Mädchens entdecken, das auf dem Bahnsteig einer Umsteigestation wartet. Der Zug wird ohne Zwischenstopp weiterrasen. Wird das der Zeitpunkt sein, an dem sie ihr Notizbuch herausholt? *Liebe Odile, als wir soeben durch Cordes fuhren, sah ich ein Gesicht*... Und werde ich in vier Tagen zu Hause sitzen und ein Blatt mit ihren Worten in der Hand halten?

Odiles Augen verfolgten die Bewegungen des Stiers, die Speere in seinem Fleisch und das Stolpern der Pferdefüße, aber was sie sah, war ein liniertes Blatt mit schwarzer Schrift, die sie nur von dem Zettel in ihrer Tasche kannte, auf dem *11, rue du Poids, 1032 Genève* stand. Aimée wollte Schriftstellerin werden. Vielleicht würde es ein langer, wunderschöner Brief sein. Sie malte sich aus, wie sie auf ihrem Bett mit einem Bündel Blätter saß, bereit, sie zu genießen. Dann spürte sie den Schatten ihrer Mutter auf dem Papier und schreckte zusammen, als wäre sie eingeschlafen. Zwei der kürzeren Pfeile waren in den Nacken des Stiers getrieben worden. Er schüttelte sich wie wild, und sie kippten von einer Seite zur anderen, blieben aber in seinem Fleisch stecken. Alle Briefe von Aimée würden vernichtet werden müssen. Ihre Mutter würde sie mißverstehen. *Es ist nicht wahr*, flehte sie. *Es ist nicht wahr.*

Neben ihr fragte Guillaume, ob alles in Ordnung sei. Sie ballte ihre Fäuste, preßte Kiefer und Knie zusammen. Sie fauchte ihn an, es gehe ihr gut. *Ich werde nicht – ich bin nicht*, dachte sie und blickte geistesabwesend auf die breite Wirbelsäule der Frau vor ihr im rückenfreien Kleid, die zu Ehren des Matadors aufgestanden war, der jetzt die Arena betrat. Auf ihrem einen Schulterblatt saß ein dicker Pickel. *Ich bin nicht*. Der Stier war schwer und zornig und funkelte; der Matador war leicht und anmutig und glitzerte. Sein Cape hatte die Farbe frischen Bluts. Sein Anzug war mitternachtsblau. Die Sonne stand jetzt tiefer und ließ alles scharf hervortreten. Odile schämte sich, daß es nicht der drohende Mord, sondern die Schönheit war, die sie ergriff. Sie würde schreiben – nein, sie würde nicht schreiben. Doch die Worte formten sich immer weiter in ihr. Das Cape in den Händen des Matadors schien wie in Stein gehauen, war aber so flüssig wie eine Welle, nahm immer neue Formen an, und jede war massiv und dauerhaft, und jede floß in die nächste hinüber. Als er nach seinem Degen griff, dachte Odile daran, wie sie Alexandre geküßt hatte. Er küßte nie, nur um zu küssen, nie ohne Plan, ohne daß eine Hand andere Absichten verfolgte. Das Küssen war nur für sie, während er in der Ferne wartete, bis sie soweit war und bereit, das zu tun, was er wollte, was jedesmal schnell geschah, und dann war er wieder weg, in irgendeiner weiteren Ferne, in die sie niemals würde gelangen können. Als wäre es Sauerstoff, erlaubte sie sich einen Atemzug lang die Erinnerung an Aimées Abschiedskuß. Ihr Magen machte einen langsamen Salto rückwärts. Mädchen experimentieren erst mal, versicherte ihr der rationale Psychiater in ihrem Kopf. *Das Schlimmste, was du dir antun kannst*, hatte Aimée ihr zugeflüstert, *ist, es zu leugnen.*

Es war Zeit für den Mord. Der Matador zielte, beugte die Knie und bog den Rücken. Auf dem Gesicht konservierte er ein krampfhaftes Grinsen, das seine Angst verschluckte. Der Degen drang nur zur Hälfte ein, doch der Stier fiel trotzdem zur Seite. Staub wirbelte auf und hüllte den Matador ein, während er sich verbeugte. Über ihnen allen war die Sonne jetzt in die gußeiserne Krone des Stadions gesunken, und filigrane Schatten fielen auf einen unbenutzten Teil der Arena. Aber es waren die Stiere und die Männer in Schwarz, die sie sich einprägen mußte, und die perfekte ockerfarbene Linie, die der hingemetzelte Körper in den Sand zog, während die Pferde unter Peitschenhieben immer schneller zur Öffnung am anderen Ende der Arena taumelten. Ja, sie würde Aimée schreiben, weil sie es versprochen hatte, aber nur einmal und nur von diesem Stierkampf.

Bei dem ersten Stich zuckte Lola für den armen Stier zusammen. Er schwoll an und warf seinen Körper, mit den Hörnern voran, gegen die mit Decken behängten Pferde. Sie hob die Hände instinktiv vors Gesicht, als die Spitzen der langen Speere in seiner Haut verschwanden. Als dann die Männer mit den rosa Capes erschienen, tobte der Stier vor wilder Enttäuschung. Er drehte sich immerzu im Kreis und empfing mit jedem wütenden Ansturm eine weitere Wunde.

Sein Rückgrat spannte sich zu einer langen Schneide; seine Flanken verhärteten sich; sein Körper wurde schwerer, während er durch den Sand stampfte. Sein Fell war glitschig von einer dicken Schicht aus Schweiß und Blut. Der Matador trat auf und stellte sich mit dem Rücken zu ihr direkt unter sie, seine Muskeln waren genauso straff wie die des Stiers. Doch seine Bewegungen waren anmutig. Er war seltsam sanft zu dem Stier, und Lola vergaß den Degen, den er bald tragen würde, vergaß die Unausweichlichkeit des Gemetzels und wurde von dem Rhythmus der beiden eingelullt. Er ließ den Stier so nah an sich heran, daß sein flacher Bauch mit Blut beschmiert wurde. Das Publikum stöhnte vor nervöser Lust, denn dieser Stier war klug und schien ihn angreifen zu wollen.

Zum erstenmal hatte Lola Angst um den Matador. Die Hörner des Stiers waren dick und scharf. Auf dem Boden lagen schwarze Blutstropfen. Das Gesicht des Matadors war feucht und blaß. Ihre eigenen Achseln waren glitschig vor Schweiß. Der Mann und der Stier waren nicht mehr zu trennen. Sie schienen Teil eines einzigen unerklärlichen Dings zu sein, wenn beide Körper aufeinander warteten, sich näherten, sich voneinander trennten, dann wieder zusammenkamen. Lola beobachtete sie mit einem immer intensiveren Gefühl, das sie nicht benennen konnte. Die Schritte des Matadors wurden weniger anmutig. Innen an seinem Schenkel war Blut. Ein paar Reihen vor ihr zog ein hemdloser Mann seine Freundin an sich und küßte sie lange. Lola konnte sehen, wie ihre feuchten roten Zungen übereinander herfielen. Sie ertappte sich bei dem Wunsch, der Matador möge seinen Degen holen, und war entsetzt von dem Wunsch. Aber genau das tat er, und er verbarg die Waffe für mehrere Runden unter seinem Cape und wehrte den Stier mit der Rückhand ab, kam ihm dann mit seinem Bauch so nahe, daß er den Oberkörper über das Tier beugen mußte, damit dessen breite Hörner ihn nicht durchbohrten. Lola wurde von demselben befremdlichen Gefühl überschwemmt, das sie schon seit Beginn des Kampfs begleitete. Es war nicht der Stier, nicht der Matador, nicht das Blut im Ring oder ihr eigener glitschiger Schweiß, es waren nicht die drängenden Zungen, nicht die Arme um ihre Schultern, sondern es waren all diese Dinge zusammen. Ihr war, als müsse sie aufstehen und einen langen, langen Weg gehen; ihr war, als müsse sie in Tränen ausbrechen.

Der Degen kam jetzt hinter dem Cape hervor, und als der Stier losstürmte, schien er den Stoß zu ahnen, ihn zu erwarten, ihn fast zu wünschen. Der Degen versank bis zum Schaft, er trug ihn noch zwei unsichere Schritte lang, stürzte dann mit gespreizten Beinen, und es war vorüber. Das seltsame Gefühl pochte heftiger in ihr. Ihr Vater fragte, ob alles in Ordnung sei. Als sie den Kopf schüttelte, drückte er sie fester an sich, und sie überließ sich dem Schutz seiner Arme.

Die Musik setzte wieder ein, blecherne Zirkusmusik, die Clowns und Jux versprach, nicht das Abschlachten von einem Tier nach dem anderen. Marc, der Lola im Arm hielt, suchte meinen Blick. Ich schaute weg. Wieso hatte er uns zu diesem Blutbad hier mitgenommen? Ich war jetzt zornig, zornig auf Spanien und angeekelt von all dem, was unter seinem leeren Himmel geschehen war. Ich sah zu den Pferden statt zu Marc, sah, wie sie mit aller Kraft vor dem Stier davonstürzen wollten und wie die Reiter sie mit ihren Zügeln und Sporen und Reitpeitschen zum Bleiben zwangen. Ich sah, daß das antrainierte Verhalten stärker war als ihre Bedürfnisse, daß sie den Regeln gehorchten anstatt ihrem eigenen Instinkt. Ich ließ die Augen nicht von den Pferden, denn ich konnte viel von ihnen lernen.

Der Matador war erst eine Minute im Ring, als der nächste Stier sich auf ihn stürzte und ihn in die Luft schleuderte. Er flog über den Stier hinweg. Alle standen auf, um besser zu sehen. Er landete flach auf dem Rücken und lag im Sand, während der Stier auf ihn einzustechen begann. Seine Schreie waren trotz der lärmenden Menge und trotz des Gebrülls der anderen Kämpfer zu hören, die herbeigeeilt waren, um den Stier abzulenken.

Die beiden Kinder an meiner Seite suchten Halt bei mir. Guillaume preßte seine Wange an meinen Arm, und Lola packte mein Bein. Sie vertrauten meinem Körper. Der Kontakt mit mir würde sie schützen. Sie vertrauten darauf, daß niemand auf den Tribünen sich den Tod des Matadors wünschte. Und sie vertrauten darauf, daß es nicht geschehen würde, weil ihr Vater sie hierher gebracht hatte, und ihm vertrauten sie ebenfalls. Der Stier wurde schnell weggezogen, José Ramón wurde auf eine Bahre gehoben und winkend hinausgetragen. Der Stier wurde rasch durch einen anderen Degen getötet, ohne Dramatik oder Bravour. Doch ich konnte die schrecklich nervöse Unruhe auf den

Tribünen spüren, als die Pferde mit ihren Schlittenglöckchen, an der aufgewühlten Stelle mit dem menschlichen Blut vorbei, zu dem toten Stier geführt wurden. Es war eine nervöse Enttäuschung, als wäre der Falsche gestorben. Die Menschen verlangten mehr. Die Menschen – wir alle – verlangen immer mehr. Ich sah heimlich zu Marc. Sein Gesicht drückte alle Hoffnung und alle Trauer der Welt aus. Er drehte sich zu mir und sagte leise über Lolas Kopf hinweg: »Ich vermisse dich.« Ich sah, wie seine Hand von Lolas Schulter rutschte und zwischen die Falten ihres Pullovers glitt, der hinter ihr lag.

Als meine Hand die seine fand, packte er sie fest und streichelte dann jeden einzelnen Finger. Seine Berührung war mir jetzt so vertraut, daß ich dabei seine Stimme hören, seine Lippen sehen, seinen Kuß schmecken konnte.

Der letzte Stier schoß sofort quer durch die Arena.

Die Beine der Pferde warfen fächerförmige Schatten. Odile blickte nach oben und sah, daß die Arenabeleuchtung angeschaltet worden war. *Hatte die Gewißheit des Todes*, würde sie schreiben, *nicht beinah etwas Tröstliches?*

Guillaume schämte sich, daß er Gott auf die Probe gestellt hatte. *Es tut mir leid*, schickte er nach oben. *Es tut mir leid*, flehte er noch einmal, konnte aber nicht durchkommen.

Lola konnte das Bild des verletzten Matadors, der sich wie ein aufgespießter Käfer auf dem Horn des Stiers krümmte, nicht abschütteln.

Odile versuchte sich zu merken, wie das Licht auf den glitzernden Arm fiel, der den Degen hielt. Gehört es zur

Liebe, überlegte sie, daß man sich verzweifelt bemüht, einem anderen Menschen die Welt als wahrhaft schön darzustellen?

Aus den Nüstern des Stiers schoß Blut, doch Guillaume betete nicht. Er versuchte nicht, Gott an einem Ort heraufzubeschwören, den er eindeutig verlassen hatte.

Als der Matador den Degen niedersausen ließ, legte die Frau vor Lola ihr zweites Butterbrot weg und schrie: »*Si señor!*« Das Gefühl kehrte wieder, und der Schweiß auf Lolas Körper wurde kalt, sie begann zu zittern.

Der Matador zielte mit seinem Degen auf den Stier, und Guillaume spürte den Todeskampf des Tiers, das jetzt nur noch Blut ausatmete, dessen Beine sich nicht mehr koordiniert bewegten, dessen Augen menschlich geworden waren und Verwunderung über diesen Verrat ausdrückten. Guillaume dachte an Christi Verzweiflung am Kreuz, als er Gott, seinen Vater, fragte, warum er ihn verlassen hatte. Er neigte den Kopf für den Stier, bat um ein Ende seiner Schmerzen und hatte endlich das Gefühl, daß er erhört wurde.

Der Matador zielte mit dem Degen auf den Stier, und Odile stellte sich vor, wie sie Alexandre von diesem Tag erzählen würde. Er würde nur hören wollen, wie der Matador von dem Stier aufgespießt wurde. Sie fragte sich, ob es in Paris wohl genug Papier für all die Briefe an Aimée gab.

Der Matador zielte mit dem Degen auf den Stier, und Lola zitterte vor Kälte, bis ihr der Pullover hinter ihr einfiel. Sie drehte sich um und nahm ihn hoch. Unsere beiden Hände lagen aufeinander, festgefroren wie zwei Körper im

Eis. Sie wartete darauf, daß sie auseinanderfuhren, aber sie regten sich nicht. Sie wartete auf unsere Stimmen, die es erklären würden, aber wir blieben stumm. Dann erhob sich die Menge, denn der Stier war durch das vierte Schwert gefällt worden. Rechts und links neben Lola applaudierten wir. »Nicht klatschen!« sagte Guillaume ernst, aber wir ignorierten ihn und schlugen während des ganzen Finales die Hände zusammen – während dem Stier die Ohren abgeschnitten wurden und der Matador, auf den Schultern der Männer in Schwarz, die lachsrosa Trophäen hochhielt. Rechts und links neben Lola klatschten wir, ihr Vater und ich, als dürften wir niemals aufhören.

Als wir wieder im Hotel waren, wollte Lola unbedingt allein zu ihrer Mutter hochgehen. »Allein«, sagte sie und stieß Guillaume beiseite.

»Wir können sie doch einfach von hier aus anrufen.« Marc zeigte auf das Telefon im Foyer, und seine ausgestreckte Hand hatte etwas Verzweifeltes.

»Nein.« Sie drückte den grünen Fahrstuhlknopf, bis die Türen sich schlackernd öffneten.

Ich wußte, es tat ihr weh, so hart zu ihrem Vater zu sein, dessen Gesicht wie eine zerknitterte Papiertüte aussah. Da die anderen Kinder Zeuge dieser Unverschämtheit waren, sagte er nur ärgerlich ihren Namen, mochte ihr aber keine weiteren Vorhaltungen machen.

Guillaume und Odile setzten sich auf eines der Sofas mitten im Foyer. Marc und ich trotteten hinterher und nahmen entfernt voneinander Platz. Ich verfolgte das Auf und Ab der beiden Fahrstühle am Aufleuchten der Zahlen über den geschlossenen Türen. Als die linke Tür sich wieder öffnete, trat Nicole in einem kanariengelben Kleid heraus. Lola hatte einen anderen Pullover an.

Guillaume flog in die Arme seiner Mutter, und obwohl sie nicht mehr als drei Stunden getrennt gewesen waren, schien die Geste nicht übertrieben. Nicole war ein halb vergessener, herrlich vertrauter Anblick, und wir begrüßten sie alle mit Küssen. Ich war so überwältigt von Nicoles Erscheinen – ihrem leuchtenden Kleid, ihrem starken Parfüm, ihrer eingecremten feuchten Haut –, daß ich in diesem Moment nicht daran dachte, daß Lola ihr vielleicht etwas erzählt hatte und daß sie an der Umarmung das Ausmaß meines Verrats ermessen könnte. Selbst jetzt, selbst vor Zeugen, kam es mir nicht wie ein echter Betrug vor. Es schien immer noch unmöglich, Nicole zu täuschen. Sie sagte: »Ihr seht alle ganz grün aus. Ich könnte nicht einmal entscheiden, wer am schlimmsten aussieht.«

Das war kein Vorwurf gegen Marc, denn ihn sah sie freundlich am längsten an, als hätte sie gewußt, daß er, der so darauf bestanden hatte, den Stierkampf am wenigsten genießen würde.

»Doch, ich kann es doch«, sagte sie und berührte ihn fast.

Lola drückte sich in der Nähe ihrer Mutter herum, als würde sie gerne ihre Hand halten oder ihren Arm nehmen, hätte aber schon vor dem Versuch den Mut verloren. Neben Nicole wirkte sie steif, eckig und unbeholfen. Ihre Knie waren wie Türklopfer, ihr Hals, der in Cuenca so schön ausgesehen hatte, war ein geäderter Stengel. Sie versuchte, als erste den Stierkampf zu beschreiben, aber jedesmal, wenn sie sich das Ohr ihrer Mutter erkämpft hatte, fiel ihr nicht mehr ein, was sie hatte sagen wollen. Als Guillaume erwähnte, daß einer der Matadore aufgespießt worden war, bettelte Lola um die Aufmerksamkeit ihrer Mutter, doch kaum hörte Nicole zu, löste sich der Unfall vor Lolas Augen in Luft auf, und sie mußte zulassen, daß Guillaume ausführlich erzählte, wo genau der Stier ihn gepackt und wie er ihn hochgeschleudert hatte.

Carmen, die Wirtin, begrüßte uns an der Tür des Restaurants und führte uns an einen Tisch mitten im Raum. Odile blieb neben dem Stuhl ihrer Mutter stehen und beschrieb haarklein jeden einzelnen Matador samt Kleidung. Sie benutzte sich selber als Mannequin und erschuf die Jacken und Hosen, die Manschetten und Aufschläge so detailgetreu nach, daß es am Ende jeder Beschreibung so schien, als trüge sie selber das Kostüm. Guillaume unterbrach sie, um von jedem einzelnen Tod zu berichten. Als er bei dem letzten mit den vier Degen angelangt war, sprang Lola kreischend dazwischen und spießte ein Stück Brot mit ihrem Messer auf. Ihre durchdringende Stimme ließ die Köpfe an mehreren Tischen verärgert herumfahren. Nicole tadelte sie. Marc drückte sich an seine Stuhllehne, Guillaume übernahm wieder die Herrschaft über seine Geschichte, Odile bereitete sich auf ihr nächstes Kostüm vor, und Lola schaute im verzweifelten Versuch, am Tisch nicht zu weinen, in alter Gewohnheit zu mir, aber ich verweigerte mich und wandte mich statt dessen dem herbeieilenden Kellner zu.

Es war der mit dem eckigen Kinn und dem kurzgeschnittenen grauen Haar, der nach Nicoles Meinung in einen amerikanischen Kriminalfilm gehörte. Er konnte sich geschickt durch mich verständigen. Nachdem er unsere Bestellungen aufgenommen hatte, fragte er, ob es stimme, daß wir morgen wieder abreisen würden. Ich bestätigte es, und er sagte, die Angestellten hätten uns gerne hier gehabt, wir seien nette Menschen, und er hoffe, wir hätten eine gute Heimfahrt nach Paris. Ich dankte ihm, und er ging zurück in die Küche.

»Er hat uns eine gute Reise gewünscht.« Ich brachte es nicht fertig, *buena gente* zu übersetzen, obwohl ich wußte, daß Lola es verstanden hatte, da es ein Ausdruck auf der vierten Kassette war. Ich mußte an die kalten, nassen Nachmittage denken, an denen ich mit Lola in der Küche die spanischen Kassetten gehört und nur auf das Geräusch von Marcs Schuhen gewartet hatte. Und mir fiel ein, wie wir im Herbst einmal alle drei auf dem Sofa gesessen und einen Film angeguckt hatten. Unsere drei nackten Fußpaare lagen aufgereiht vor uns auf dem Couchtisch. Mir waren Marcs lange Zehen aufgefallen, und ich hatte gesagt: »Sehen Sie doch nur Ihre –« Damals wußte ich das Wort nicht, und statt zu fragen, fuhr ich fort: »Diese kleinen Dinger am Ende von Ihren Füßen.« Ich wußte noch genau, wie hingelümmelt wir auf dem Sofa saßen, wie viel Schokolade wir gegessen hatten und wie unser Gelächter das ganze Boot ins Schwanken zu bringen schien.

»Du siehst immer noch nicht aus, als hättest du dich erholt«, sagte Nicole zu mir, nachdem unsere Teller weggetragen worden waren.

»Mir geht es gut.« Ich wischte imaginäre Krümel vom Tischtuch. Ich wollte nicht beachtet werden. Ich wäre gerne fortgeschlüpft und wieder die geworden, die ich damals auf jenem Sofa war, ein amerikanisches Mädchen, das eine Handvoll französischer Ausdrücke kannte. Jetzt konnte ich zu viel sagen. Es wurde von mir erwartet, daß ich mich verständlich machte.

»War es wirklich schrecklich?«

Lola, die seit Beginn des Essens nur Ermahnungen von ihrer Mutter gehört hatte, sah unglücklich vor sich hin. Ich hätte ihr gerne erklärt, daß Nicole nicht immer das geben konnte, um was sie gebeten wurde, weder Marc noch ihren Kindern. Aber die Gelegenheit für so ein Gespräch war für immer vorbei. Lola würde und sollte mir niemals vergeben.

»Nein, so schlimm war es nicht.« Ich wußte, ich müßte eigentlich mehr sagen, doch ich zögerte.

Marc hatte sich wieder gefangen. Er setzte sich gerade hin und fragte Nicole, was sie gemacht habe. Ob sie ihr Buch ausgelesen und wen sie am Strand gesehen habe. Er wandte sich an Odile und fragte, ob sie traurig sei, weil ihre Freundin abgefahren war. Odiles Augen wurden feucht, und er tätschelte ihren Arm, lachte mitfühlend, sagte etwas über die Intensität kurzer Ferienfreundschaften. Odile schüttelte den Kopf, doch die hervorquellenden Tränen erstickten, was auch immer sie sagen wollte.

Zu mir sagte Marc: »Ihr Freund hat heute abend Dienst.«

»Er hat hierher geguckt«, ergänzte Lola so widerwillig, als breche sie einen Schwur.

»Nein, hat er nicht!« Ich lächelte – alle drei lächelten wir –, einen Augenblick lang waren wir entsetzlich erleichtert.

Als hätte er seine plötzliche Wichtigkeit gespürt, kam der junge Kellner, der mit dem kaputten Vorderzahn und dem zentimeterlangen Nagel am kleinen Finger, zu uns herüber und hockte sich neben mich. Er hatte uns regelmäßig mittags bedient. Auch er hatte gehört, daß wir morgen aufbrechen würden. Er zog eine Papierserviette aus der Tasche und fragte, ob er mir seine Adresse geben dürfe. Ich fühlte, wie ich rot wurde. Alle am Tisch beobachteten uns. Ich wußte, daß ich ihm auch meine geben sollte, tat es aber nicht. Ich nahm die Serviette und dankte ihm. Ich wußte nicht, wie ich ihm sagen sollte, daß ich mich melden würde, aber er half mir. Er fragte: »*¿Me escribirás?*«, und ich sagte: »*Te escribiré.*« Einen Moment lang vergaß ich mein Erröten und meine Zuhörer und spürte nur die seltsame Schlichtheit der vier Wörter. Später im Hotelzimmer, als Lola schon eingeschlafen war, wiederholte ich sie mir. *¿Me escribirás? Te escribiré.* Das war alles, was ich von Spanien in Erinnerung behalten wollte.

Fenster und Züge

Lola gab sich große Mühe, mir zu verzeihen. In unserem Hotelzimmer am letzten Abend in Formentor, im Flugzeug am nächsten Tag sowie im Taxi zum Hausboot gab sie virtuose Vorstellungen. Ihre Flachsereien, ihr Lachen und ihre Zutraulichkeit wirkten so überzeugend, daß ich mich manchmal bei dem Gedanken ertappte, der Vorfall sei nicht nur vergeben, sondern auch vergessen. Doch wenn sie sich unbeobachtet glaubte, entdeckte ich eine Härte in ihren Augen, die der des Flusses nach unserer Rückkehr aus Spanien ähnelte. An jenem rauhen Nachmittag weigerte sich das Wasser, irgend etwas zu spiegeln. Der Verlust von Lola war wie der Verlust der Schwerkraft. Erst als ich sie verloren hatte, begriff ich, wie sehr ich auf das Gewicht ihrer Liebe angewiesen war.

Das Verhältnis zu ihrer Mutter schien am meisten gelitten zu haben. Anstatt ihre Ansichten und Frustrationen zu schlucken, schlug sie jetzt zurück und wurde frech. Nicole bestrafte ihre Ungezogenheiten von Mal zu Mal schärfer, und am Ende der ersten Woche des neuen Schuljahrs waren Lola all ihre kindlichen Vergnügungen verboten worden: Süßigkeiten, Fernsehen, Telefonieren und das Übernachten bei Freundinnen.

Nachdem ich am Montag der zweiten Schulwoche Guillaume sein Lieblingsfrühstück (Bananenpfannkuchen und Würstchen) gemacht, Odile weitere wissenschaftliche Formeln abgefragt und an Lolas Rucksack einen Träger wieder angenäht hatte, setzte ich mich in der leeren Küche zwischen all dem dreckigen Geschirr an den Tisch. Nicole erschien nie vor zehn, und Marc war, noch bevor die Kinder aufstanden, ganz früh zu einer Konferenz aufgebrochen. Ich hatte ihn weggehen hören, die Küche mied er jetzt allerdings.

Ich stellte mir vor, wie Lola zur Schule rannte und bei der Treppe zum Quai zwei Stufen auf einmal nahm. In der Rue Greuze würde sie ihr Mathematikbuch aus dem Rucksack holen und im Arm tragen müssen, da es so schwer war. Am Eingang zum Gymnasium würden Francine und Charlotte warten. Sie hatte den beiden nicht viel von der Reise erzählt. Sie waren zu neidisch: Francine darauf, daß die Tivots das Geld hatten, um nach Spanien zu fahren, und Charlotte auf die Familie selber. Während der Ferien mußte Charlotte immer zu ihrem Vater nach Rouen, wenn ihre zwei Brüder ihre Mutter in Paris besuchten. Lola würde warten, bis sie ihre Zigaretten aufgeraucht hatten (sie selber haßte den Geschmack, aber sie mochte den Geruch, wenn andere rauchten). Und während die beiden ihre Kippen an der Steinmauer ausdrückten, würde sie überlegen, ob sie ihnen jemals erzählen würde, was an ihrem letzten Tag in Spanien geschehen war. Dann würde es zum letztenmal läuten, und sie würden in einem einzigen großen Strom in das Gebäude und durch die hohen Korridore bis zu ihrem Klassenraum geschwemmt werden.

Ich sah mich um. Wieder eine Woche, in der Unordnung produziert und beseitigt werden würde. Die Säfte und die

Milch auf der Arbeitsplatte waren nicht zugeschraubt. Butter, Marmelade, Sirup und Frühstücksflocken klemmten zwischen den halb leer gegessenen Tellern. Auf dem Herd erstarrte Fett in der einen und Butter in der anderen Pfanne. Dazwischen war eine große Schüssel mit verklekkertem Eierkuchenteig. Überall standen Gläser und Becher herum. Die Kaffeekanne gab immer noch hier und da ein trockenes Zischen von sich. Ich kam mir fremd und unwillkommen in diesem Raum vor, der einst mein Heiligtum gewesen war. Neben meinen sonnengebräunten Händen sah das Besteck unvertraut aus. Der Steintisch, den ich tausendmal gedeckt und abgeräumt und abgewischt hatte, wollte mich nicht zur Kenntnis nehmen. Die blanken Küchengeräte hielten mir ein unidentifizierbares Gesicht entgegen. Nur das Fenster war noch dasselbe.

Es war kein Bullauge, auch keine Reihe kleiner Fensterscheiben, wie man sie vielleicht auf einem Schiff erwarten würde, sondern eine einzige sehr große gläserne Fläche. Und durch diese Scheibe fiel eine der unendlich vielen Lichtkombinationen, die Himmel und Fluß ersonnen hatten. Das Fenster hatte neun Monate lang mir gehört. Ich hatte keinen der anderen länger am Spülbecken stehen sehen, als es brauchte, um einen Teller oder ein Glas abzustellen oder um mit einem kurzen Blick zu prüfen, ob es regnete. Ich dagegen kannte das Fenster sehr genau. Ich konnte die Temperatur draußen daran ablesen, wieviel Kälte durch die Ritzen drang. Ich glaubte zu wissen, wann der Mond immer wo im Fenster stand: Ich hatte den zunehmenden beobachtet, den fahlen halben und den vollen

Mond, dessen Licht manchmal um Mitternacht silberne Pfützen zu meinen Füßen bildete. Ich kannte den Geruch des Fensters, seine Kratzer und das Geräusch, wenn der Wind darüber strich.

Dann kam Nicole herein und stahl es mir.

Sie schien das Chaos nicht wahrzunehmen, als sie nach dem Wasserkessel hinter einer dreckigen Bratpfanne griff. Während sie darauf wartete, daß das Wasser kochte, stand sie am Becken und starrte aus dem Fenster.

Ich wunderte mich, daß sie so früh auf war, und begriff meinen Irrtum erst, als ich auf der Uhr sah, daß es halb elf war. Ich hatte fast drei Stunden am Tisch gesessen. Ich sprang hoch, um abzuräumen, aber sie blockierte das Bekken, und erleichtert setzte ich mich wieder. Es war Montag, Einkaufstag, und es war Wäsche zu waschen und zu bügeln, und Guillaume hatte um drei einen Zahnarzttermin. Doch bei dem Gedanken, daß ich auch nur eins dieser Dinge zu erledigen hatte, wurden meine Glieder zu Stein.

»Findest du nicht auch, daß es manchmal wie ein Zugfenster aussieht?« sagte sie. »Manchmal komme ich mir vor wie in einem Zug. Oder vielleicht wünsche ich mir es auch nur.«

Ich stapelte das Geschirr und trug es zur Arbeitsplatte. Sie kämpfte sich durch das Muster aus Gebäuden und Gassen am gegenüberliegenden Ufer, das ich mühelos verfolgen konnte. Mir war es nie wie ein Fenster im Zug vorgekommen.

Das Wasser im Kessel kochte pfeifend. Ich nahm ihn vom Feuer, wollte, daß sie schnell ihren Tee machte und wieder verschwand. Aber sie blieb am Fenster stehen, und der Dampf aus ihrer Teetasse stieg ihr ins Gesicht. Sie trat noch näher, zwischen Becken und Arbeitsplatte, und preßte ihre Stirn gegen die Scheibe. Sie ließ den Kopf schwer zur einen und dann zur anderen Seite rollen, und ich konnte hören, wie ihr Schädel rumpelte und das Glas im Rahmen klirrte.

Ich fragte mich, ob nachts in ihrem Schlafzimmer irgend etwas enthüllt worden war, ob es Streit gegeben hatte, ob Marc im Schlaf geredet hatte, ob Lola sich eingeschlichen und es ihr erzählt hatte und ob Nicole diesen Augenblick für mein Geständnis inszeniert hatte. Ihr Nacken lag frei, ihr Kopf schlug hart gegen das Glas – es war, als fahre sie mir mit der Hand in den Hals und fische nach den Worten. Ich hatte das Bedürfnis, sie ihr zu geben, Nicole von dort, wo sie hintrieb, wegzuziehen, etwas aufs Spiel zu setzen, herauszufinden, ob überhaupt je etwas für sie auf dem Spiel zu stehen vermochte. Ich wollte, daß sie das, was sie schon besaß, auch wirklich begehrte, denn sie besaß so viel, und ich haßte sie dafür, daß sie es nicht wußte. Aber wenn ich spräche, verlöre ich für immer das, woran sie mich teilhaben ließ. Wenn ich spräche, würde sie dafür sorgen, daß alles fade und vorhersagbar erschien. Und das vor allem war es, was mich davon abhielt. Sie würde es mit einem Ausdruck schrecklichen Mitleids aufnehmen, so als sei ich furchtbar hereingefallen. Das war ihre Art. Sie brachte es fertig, das Gefühl, das sie gerade hatte, als das einzig angemessene erscheinen zu lassen.

Ich redete mir ein, daß ich in der Küche blieb und nicht wegging, weil ich noch aufräumen mußte, aber das stimmte nicht. So sehr ich Nicole auch beneidete und verachtete, sosehr ich ihr grollte, ich blieb – leicht zitternd, aber nicht bereit, zu gestehen –, weil sie mich faszinierte und weil ich dunkel eine Veränderung ahnte, als sei der Boden unter uns in Bewegung geraten.

»Das war ein glücklicher Monat in meinem Leben, damals in dem Zug.« Sie wandte sich vom Fenster ab und sah mich an. Die Tasse wärmte den Knochen zwischen ihren Brüsten, jene Stelle, die Marc, als er mich küßte, das Zentrum der Seele genannt hatte. Sicher hatte er ihr irgendwann dasselbe gesagt. Vielleicht hatte sie es ihm auch gesagt. »Ich war noch ein kleines Mädchen. Unsere Schule wurde renoviert, deshalb mußten alle Kinder aus Plaire für einen Monat in die nächste Stadt zur Schule. Aber diese Stadt war protestantisch, weswegen mein Vater mich drei Städte weiter östlich in eine Nonnenschule schickte. Jeden Morgen um sechs fuhr er mich in meiner blau-gelben Uniform zur Bahnstation, kaufte mir eine Fahrkarte und setzte mich in den Nahverkehrszug nach Alt.« Sie blickte wieder durch die Fensterscheibe.

»Ich bin sicher, mein Vater hat es nie erfahren«, fuhr sie nach einem tiefen Schluck fort, »und ich habe es ihm natürlich auch nie gesagt, aber es war gar kein Vorortzug. Dieser Zug um sechs Uhr zehn kam von der spanischen Grenze, fuhr durch italienisches Gebiet und dann quer durch ganz Frankreich. Deshalb war er voll von Reisenden – Ausländern. Zuerst hatte ich Angst davor, eins der Abteile mit all den Gesichtern zu betreten, die so ganz anders aussahen. Plaire war klein, und alle sahen irgendwie ziemlich gleich aus.« Ihr gebräuntes Gesicht nahm eine kupferne Farbe an, vom Tee und von der Erinnerung. »Frauen trugen weite Hosen und Männerhüte. Ich konnte es nicht fassen, daß mein eigener Vater mich in diesen Zug gesetzt hatte. Frauen schliefen mit dem Kopf in Männerschößen. Gruppen von vier oder sechs oder acht jungen Männern und Frauen – nicht älter als meine Schwestern – waren ohne Aufsicht unterwegs, saßen, wenn alles besetzt war, vor den Toiletten und teilten sich ihre Zigaretten. Und ich mitten zwischen ihnen. Innerhalb von wenigen Tagen gewöhnte ich mich daran, und schon bald suchte ich immer nach den exotischsten Menschen, die ich entdecken konnte.«

Ich wünschte, sie würde aufhören. Ich sah auf das Geschirr vor mir und hoffte, sie würde sich entschuldigen und mich weitermachen lassen. Aber ich hatte noch nie erlebt, daß sie sich für irgend etwas entschuldigte. Alles, was sie tat, war genau überlegt. Wahrscheinlich hatte sie noch nie in ihrem Leben irgend etwas, was sie getan hatte, bereut.

Sie fuhr fort. »Jeden Morgen, wenn ich in den Zug stieg, ließ ich die einzige Welt, die ich kannte, hinter mir. Mein Vater hätte mich den ganzen Weg gefahren, wenn er es herausgefunden hätte, deshalb setzte ich mich, bis der Zug abfuhr, auf einen Fensterplatz, wenn einer frei war, und blickte starr und verschlafen geradeaus. Aber während der Fahrt spielte ich dann Karten mit ein paar Marokkanern oder brachte einer Gruppe Italiener die Marseillaise bei oder aß Bratwurst. Was habe ich nicht alles gegessen im Zug! Die Leute wühlten immer in ihren Papiertüten, um mir was zu essen zu geben.«

Ich will das nicht wissen, dachte ich, aber ich hörte und sah, ohne hinzuhören oder hinzuschauen. Es war, als läse ich ein Buch und nähme die Grenzen der Seiten und der Wörter nicht wahr – als würde ich direkt an den Rand der Szene geschoben. Durch das Fenster sah ich Plaire im Morgengrauen, sah die gelben Bahnsteiglaternen und ihren Vater, der die Tür seines Lastwagens öffnete und ihr ein letztes Mal zuwinkte, bevor er umkehrte. Ich spürte die Bewegung des Zugs, roch den Schlafgeruch im Abteil, hörte das Geräusch der Schritte eines kleinen Mädchens, das den Gang betrat.

»Ich kann mich noch lebhaft an ein Paar erinnern. Es waren Holländer. Sie hatten in Rhodesien gearbeitet und fuhren nach Athen. Sie las Tschechow. Sie las einen Absatz laut auf russisch, übersetzte ihn dann für mich ins Französische und für ihn ins Holländische. Sie hatte lange Beine, die sie über seinen Schoß hinweg auf die Fensterbank legte. Ich weiß noch, daß der Absatz vom Tod handelte.« Sie lächelte verkrampft das Fenster an und drehte sich dann mit einem merkwürdigen Ruck ihres Kopfes zu mir um, als versuche sie, die Bilder zu vertreiben.

Ich überlegte, wie die Blau- und Gelbtöne der Uniform wohl ausgesehen hatten. Ich wollte mir gern mehr vorstellen können als nur den Bahnhof von Plaire. Wenn sie sprach, konnte ich fühlen, wie es war, wenn man eine Heimatstadt und eine Kindheit besaß, in der einzelne Ereignisse sich deutlich aus der bequemen Monotonie der Jahre heraushoben. »Haben Sie es jemals irgendwem erzählt?« fragte ich leise und schmeichelnd, bevor das Thema wie ein scheues Tier verscheucht war.

»Ja, ich hatte eine Tante – keine richtige Tante, eine Freundin meiner Mutter.«

Es mochte eine Menge Tanten und Onkel und Vettern und Cousinen gegeben haben und darüber hinaus noch Menschen, die man Tante und Onkel und Vetter und Cousine nannte. Es wird Menschen gegeben haben, die über einen wachten, einen führten, einen liebten. Man war Teil von etwas Großem, Lebendigem, Wichtigem. Man besaß nicht einfach nur eine Schwester und hatte, wenn man die verlor, nicht das Gefühl, man habe alles auf der Welt verloren.

»Ich habe es ihr erzählt, weil ich es nicht für mich behalten konnte, und alle anderen hätten es meiner Familie erzählt. Ich habe ihr alles erzählt.«

Ich versuchte mir eine Nicole vorzustellen, die etwas nicht für sich behalten konnte, die vor Lebendigkeit platzte und die das lebhafte, begierige, leuchtende Gesicht hatte, das jetzt undeutlich unter der erwachsenen Maske hervorsah. Es war das zweite Mal überhaupt, daß ich sie von der Vergangenheit sprechen hörte, und auch jetzt redete sie nur widerstrebend, als würde irgend etwas sie dazu drängen. Dies hier war nicht geplant, stellte ich fest, und es hatte ausschließlich mit Spanien zu tun. Die Reise hatte etwas in ihr gelockert. Und noch etwas war geschehen, etwas Wunderliches, Ungewolltes und Schreckliches: Nicole vertraute mir.

»Sie lebt noch, diese Tante. Sie schreibt mir«, sagte sie, und ich wußte, daß das die gelben Briefe waren, die sie heimlich las, »obwohl ihre Schrift –«, sie hielt mir eine zittrige Hand hin, damit ich das Wort *frémit* begriff, das sie benutzen wollte.

Diese Geste ärgerte mich, sie nahm mir die Luft. Nicole wußte sehr genau, wieviel ich verstand. Der Verdacht schlich sich wieder ein, daß sie sich nicht täuschen ließ, daß sie nicht nur meinen Wortschatz kannte, sondern sogar den Umfang und die Möglichkeiten meines Verstandes. Und dieser alte Argwohn kämpfte mit den neueren Gefühlen, jener seltsamen Zuneigung zu ihr und der Empfindung, daß ich ihr Interesse nicht verdiente.

»Sie lebt allein. Ich weiß nicht, wie sie jetzt zurechtkommt. Sie muß fast neunzig sein. In Spanien hatte ich einen Alptraum. Ich konnte nie dorthin zurückkehren. Aber sie ist so allein, und in dem Traum fuhr ich endlich zu ihr, um ihr zu helfen. Ich hatte versprochen, mich um den verwilderten Garten zu kümmern und ihre verdreckte Küche sauberzumachen. Ich wollte ihr köstliche, ausgewogene Mahlzeiten zubereiten. Aber ich bin nie angekommen. Ich stieg ins Auto und fuhr los, aber ich konnte sie nicht erreichen. Es dauerte Tage und Tage, und ich kam nicht aus Paris heraus. Es war ein grauenhafter Traum, weil ich mich die ganze Zeit genauso fühle.« Ihre Lippen zitterten bei diesen letzten Worten.

Wurde ich wieder manipuliert? Hatte Nicole all das inszeniert – den hin- und herschlingernden Kopf, die Erinnerungen, die schmerzliche Reue –, nur um mich bis zu diesem Punkt zu bringen? Wenn sie es getan hatte, so war es mir egal. Hier war sie, die Gelegenheit zur Absolution – und zur Flucht. Ich mußte sie ergreifen.

»Lassen Sie mich zu ihr fahren«, sagte ich. »Lassen Sie mich bei ihr sein.«

»Sei nicht albern, Rosie.«

»Ich möchte hinfahren. Ich möchte hier weg.«

Ich wurde problemlos ersetzt.

Das neue Mädchen kam wenige Stunden, bevor mein Zug fuhr. Sie war Österreicherin und sprach schon recht gut Französisch, da sie seit der Rentrée bei einer anderen Pariser Familie gearbeitet hatte. Während ich sie durch die Räume führte und ihr die täglichen Pflichten beschrieb, fiel mir auf, daß ich ganz besonders schnell und flüssig zu reden versuchte. Es war Abend – mein Zug fuhr erst um Mitternacht –, und das Haus wirkte klein, und Gesichter und Möbel bedrängten mich mit ihrer kompakten, übertriebenen Größe. Das neue Mädchen küßte die Familie gewandt, plauderte munter und schob sich jedesmal, wenn ihr ein Wort nicht gleich einfiel, eine kurze Locke hinters Ohr. Sie schien so jung, so jung und so in sich ruhend. Von all den erfrischenden, unkomplizierten Eigenschaften, die ich an diesem neuen Mädchen bemerkte, war es dieser Ausdruck von in sich ruhender Gelassenheit, um den ich sie am meisten beneidete.

Nicole hatte der alten Tante mein Kommen in einem Brief angekündigt und der Familie mitgeteilt, daß ich gehen würde. Wie sie es ihnen erklärte, habe ich nie erfahren, denn sie schwankte zwischen tiefer Dankbarkeit und Feindseligkeit, weil ich sie verließ. In meinen letzten Tagen neigte sie mehr zu Feindseligkeit und beklagte sich häufig darüber, daß sie jetzt ein neues Mädchen anlernen mußte.

Von den Kindern äußerte nur Odile echte Trauer. Guillaume war sofort zu mir gekommen und hatte gefragt, ob ich auch sicher sei, daß ich gehen wolle, aber im selben Atemzug redete er schon von der Neuen, wollte wissen, woher sie war und wann sie kam. Lola redete mir gegenüber gar nicht davon. Odile schien jedoch wirklich betroffen. Da ich die einzige gewesen war, die sie bei ihrer kürzlichen Trennung von Alexandre unterstützt hatte, sprach sie seit unserer Rückkehr von Spanien öfter mit mir.

Vor einigen Tagen hatte ich den Eßzimmertisch decken wollen und Odile dabei überrascht, wie sie im Stuhl ihres Vaters saß und in ein Notizbuch schrieb. Sie legte es weg, um mir zu helfen, und während wir gemeinsam mit Platzdeckchen und Silber um den Tisch herumgingen, sagte ich: »Ich werde das Bild vermissen« und zeigte dabei auf die drei Frauen, die im schäumenden Meer ihre Wäsche wuschen.

»Wieso?«

»Wegen der Farbe des Wassers.« Ich trat näher ans Bild heran. »Und wegen des Lieds, das sie immerzu singen.«

Odile lächelte. Es war nicht das falsche, abfällige Lächeln, mit dem sie mich fast das ganze Jahr über bedacht hatte, sondern ein unerwartet erfreutes, stolzes Lächeln. Sie legte ihren Finger auf die rechte Ecke der Leinwand, direkt unter die winzigen Initialen: O. T.

»Darf ich dir etwas vorlesen?« sagte sie, bevor ich Zeit hatte, meine Überraschung auszudrücken.

Sie schloß die Türen zur Küche und zum Wohnzimmer und nahm ihr Notizbuch. »*Liebe Aimée*«, begann sie und las dann langsam und leise erst eine Seite, dann eine nächste. Und da begriff ich. Nicht das, was sie schrieb, öffnete mir die Augen, sondern der zärtliche Ton, mit dem sie ihre eigenen Worte vortrug. Es war eine Beschreibung des Frühlings am Fluß, sie erzählte von Knospen und Nestern und steigendem Wasser. Nichts von all dem hatte ich bemerkt. Als Odile von der letzten Seite hochblickte, leuchtete ihr Gesicht, wirkte aber auch verletzlich. Es war das Gesicht, das Nicole gemacht hatte, als sie mir von dem Zug erzählte. Wieso drängten sich die Menschen gerade jetzt, wo ich mich als absolut unzuverlässig erwiesen hatte, danach, sich mir anzuvertrauen?

Odile kam an jenem letzten Abend, als ich fast fertig mit Packen war, in mein Zimmer, um sich zu verabschieden. Sie küßte mich auf beide Wangen, und ich fragte sie, ob ich sie auf amerikanische Art umarmen dürfe. Odile lachte. Es gab eine Chance, daß Lola es ihr nie erzählen würde, und ich drückte sie fest an mich und hoffte, daß ich in Odiles Augen immer unschuldig sein würde.

Nachdem sie gegangen war, zog ich den Reißverschluß meines Koffers zu und setzte mich aufs Bett. In jener Nacht schlief das neue Mädchen in Lolas Zimmer, und ich hörte die beiden durch die Wand. Guillaume kam dauernd aus seinem Zimmer in ihrs gerannt, und Lola schrie jedesmal, er solle verschwinden. Es war längst Schlafenszeit für ihn, aber mir reichte es mit der Disziplin, und die Neue hatte ihre Arbeit noch nicht angetreten, so durfte er dann aufbleiben. Schließlich stürzte er in mein Zimmer, ganz atemlos und erhitzt vor Überdrehtheit.

»Auf Wiedersehen, Rosie«, sagte er, hielt mir sein verschwitztes Gesicht hin und wollte geküßt werden. Es war klar, daß Odile ihn dazu aufgefordert hatte.

»Auf Wiedersehen, Guillaume.«

»Ich werde dich vermissen.«

»Ich werde dich auch vermissen.«

Er blickte sich in dem leeren Zimmer um. »Es ist heiß da unten im Süden.«

»Ich weiß.«

»Nimmst du alles mit?«

»Ja.«

»Und zieht sie hier ein?«

Er tat, als hätte er noch nie ein Au-pair-Mädchen gehabt. Ich mußte an meinen ersten Tag denken, als Lola und er eine ganze Schar von ihnen nachgeäfft hatten. Damals ging mir durch den Kopf, was sie wohl von mir behalten würden. Jetzt war ich sicher, daß Lola dafür sorgen würde, daß sie mich vergaßen. Mein Leben war wie Schrift im Sand, jeder Abschnitt würde zwangsläufig fortgespült werden.

Ich packte Guillaume bei seinen mageren, narbigen Armen, hob ihn hoch und drückte ihn übertrieben heftig. Er schrie auf, wie ich erwartet hatte, und ich ließ ihn los.

»Ich werde dich vermissen«, sagte er noch einmal und diesmal aufrichtig.

Lola hatte gewollt, daß ich mich, erst kurz bevor ich zum Bahnhof ging, von ihr verabschiedete. Aber ich wußte, wie tief sie schlief und daß ich nur schlecht an sie herankommen würde, da die Österreicherin in einem Rollbett neben ihr lag. Deshalb ging ich sofort, nachdem Guillaume mein Zimmer verlassen hatte, zu ihr.

Sie saßen mit untergeschlagenen Beinen auf Lolas Bett. Als ich eintrat, hörten sie auf zu reden, und es schien mehrere Minuten zu dauern, bis ich das Zimmer durchquert hatte und zu ihnen gelangt war. An den Wänden hingen die üblichen Plakate – das französische Fußballteam, Paul Belmondo, der sich eine Zigarette ansteckte, eine Löwin, die drei Junge trug, indem sie sie am Genick packte –, und es roch wie üblich nach künstlichen Düften und Radiergummis. Ich hatte in diesem Zimmer weit mehr Zeit verbracht als in meinem eigenen, und es erschien mir unmöglich, daß dies meine letzten Augenblicke darin sein sollten.

»Sie hat einen Freund in Wien«, sagte Lola.

Ich versuchte das Mädchen anzulächeln, das Lolas Snoopy-Nachthemd trug. »Hast du kein Nachthemd?«

»Doch, aber es ist in meiner Tasche, ganz –« Sie zögerte und wickelte sich die Locke ums Ohr.

»*Au fond*«, sagten Lola und ich gleichzeitig, aber Lola ging nicht darauf ein. Ihr Gesicht war unversöhnlich.

»Auf Wiedersehen«, sagte Lola mit ihrem perfekten britischen Akzent auf englisch, als ich näher trat.

Ich beugte mich herunter, um ihre Wangen aus Stein zu küssen. Ich umarmte sie unbeholfen und bekam nichts zurück. Doch als ich mich gerade wieder aufrichten wollte, hielt sie mich fest. Es fühlte sich so gut an.

»Es tut mir leid«, begann ich, »ich bin so –« Aber ich wurde höflich weggestoßen.

»*Hasta la vista, Señor Perez*«, sagte Lola, als ich durchs Zimmer zurückging. Sie lachten immer noch, Lola und die ahnungslose neue Au-pair, als ich die Tür schloß.

Marc sollte mich zum Bahnhof fahren, da wir, wie Nicole erklärt hatte, die beiden Schlaflosen waren. Aber sie war noch auf, als es Zeit wurde, zu gehen.

Wir verabschiedeten uns im Garderobenraum.

»Die kannst du im Zug lassen, wenn du angekommen bist«, sagte Nicole, während sie mir in meine wollene Jacke half. »Es wird zu heiß sein.«

Ich nickte. Sie hatte so viele meiner Kleidungsstücke immer peinlich gefunden.

Ich wollte sie nur noch los sein, und doch zog ich es jetzt in die Länge, machte jeden Knopf zu, als wäre Winter, und fragte sie, ob ich ihr irgend etwas aus Plaire schicken oder irgendwelche Nachrichten überbringen solle. Überhaupt nichts, sagte Nicole und sah mir ungeduldig zu, wie ich mühsam versuchte, den obersten Knopf in das zu kleine Loch zu bekommen.

Schließlich streckte sie die Hand aus, schob den Knopf mit einem einzigen Daumendruck durch, küßte mich und dankte mir für acht Monate unschätzbaren irgendwas. Ich verstand das Wort nicht und war froh, daß Nicole zu abgelenkt war, um es zu merken. Marc stand irgendwo hinter mir an der Treppe und wartete neben meinem Gepäck.

Dann zog Nicole es in die Länge. »Du weißt, daß es der Gare de Lyon ist, nicht der Gare de Sud«, sagte sie zu Marc.

»Ich weiß«, sagte er und kam näher.

»Und es ist der Zug nach Avignon. Auf der Anzeigetafel steht nicht Plaire oder Alt.«

»Ja.« Er lächelte sie an. »Gibt es sonst noch etwas, was du gerne ein paar hundertmal sagen möchtest?«

Sie schüttelte den Kopf. Es wirkte fast schüchtern.

Es herrschte eine seltsam drückende Schwere in jenem Garderobenraum, doch sie war anders als jene Schwere, die sich mittags im spanischen Restaurant immer über uns gelegt hatte. Sie war nicht angenehm und nicht warm; sie nahm uns vielmehr die Kraft, als könnten wir alle drei nur unter allergrößter Anstrengung sprechen oder uns bewegen. Ich wollte mich umdrehen und gehen, hatte aber das Gefühl, einfach wegzugehen könnte nicht alles an Strafe sein. Ich hätte mir gewünscht, daß Nicole mich ohrfeigte oder Lola angerannt kam und die Wahrheit herausschrie. Statt dessen traf ich nur auf Schweigen und einen traurigen, dankbaren Ausdruck auf Nicoles Gesicht.

»Es wird Zeit«, sagte Marc.

Nicole drehte ihre lose Armbanduhr so, daß sie das Zifferblatt sehen konnte. »Stimmt.« Über meine Schulter hinweg suchte sie seine Augen. Ihre Miene änderte sich. *Ja*, schien sie ihm mitzuteilen, *ich bleibe solange wach*.

Marc wies mit dem Arm zur Treppe, und gehorsam stieg ich hoch.

Das Haus verschloß sich hinter mir, während ich die Stufen zum Quai hochstieg. Die lange Fensterreihe auf dieser Seite des Boots war dunkel, bis auf das Elternschlafzimmer ganz am Ende. Und als wir losfuhren, war es das einzige, was von der Straße aus noch von der *Sequana* zu sehen war.

Es war, als wäre der Rest weggebrochen und übriggeblieben wäre nur noch dieses Rechteck aus Licht, hinter dem, ungesehen, aber lebendig, eine Frau in einem großen Zimmer wartete. Einem Zimmer mit lauter Seidenstrümpfen, die gefaltet in einer flachen Schublade lagen, mit Pralinen in silbernen Schachteln, einer langen Reihe Prinzeßkleider und einer Keksdose mit Briefen unter dem Bett, die auf zitronenfarbenem Papier geschrieben waren – dem einzigen, was Nicole mit der Vergangenheit und mich mit der Zukunft verband.

Doch schon morgen früh würde der Rest des Boots wieder sichtbar sein, und das neue Mädchen würde Marmelade auf den Tisch stellen und Brot auf den Grill legen und schweigend am Fenster verharren, nachdem die Kinder zur Schule gegangen wären. Auf dem Fluß würde der Verkehr einsetzen, das Wasser würde aufgewühlt werden, und die Spiegelungen der Gebäude mit den grauen Dächern und der weit ausschwingenden Brücken würden nach und nach zersplittern.

Marc und ich waren seit Spanien nicht mehr allein gewesen.

»Sie scheint nett zu sein«, sagte ich.

»Wer?« Doch er wußte, wer.

»Die Österreicherin.«

»Ah«, sagte er, ohne zuzustimmen.

»Sie spricht gut.«

»Zu gut. Sie weiß bestimmt schon, was Zehen heißt.«

Er sah stur geradeaus ins grelle, gelbe Scheinwerferlicht eines Autopulks, der ihm von der Kreuzung weiter vorne entgegenkam. Ich kannte die zwei Fäuste, die das Lenkrad fest umklammerten, und die wie zum Schutz leicht gerundeten Schultern. Wie oft hatte ich diese Haltung vom Rücksitz dieses Autos aus beobachtet!

Wir fuhren am Fluß entlang rasch durch die Stadt. Die Straßenlaternen mit ihren zerbrechlichen Glashauben auf den gußeisernen Pfählen schienen ausschließlich als Wegmarken für den Gang meiner Gedanken aufgestellt. Ich sah immer noch vor mir, wie Nicole von ihrem Handgelenk zu Marc hochblickte und wie ihr Gesicht sich veränderte. Ob es ihr klar war oder nicht, Nicole hatte zugesehen, wie ich mich in ihren Mann verliebt hatte und wie ich später in Spanien all jene Eigenschaften kennenlernte, die sie an ihm ärgerten. Er besaß einen schrecklichen Orientierungssinn. Es fiel ihm schwer, Entscheidungen zu treffen, und häufig litt er selbst dann noch, wenn er sich entschieden hatte. Er war gehemmt und wagte kein einziges spanisches Wort zu sagen. Er war dünnhäutig und defensiv. Seine Interessen waren nicht weit gespannt. Er ließ sich gern verhätscheln und trösten. Er wurde von düsteren Stimmungen heimgesucht. All das wußte ich wohl, und dennoch liebte ich ihn. Und weil ich es tat, verlangte er nicht mehr soviel von Nicole und ließ ihr mehr Raum, ihn zu lieben. Das begriff ich im Garderobenraum. Sie würde in dieser Nacht auf ihn warten.

Ich spürte, daß ich diesen Abschied verkomplizieren konnte. Ich konnte ihm entgegenkommen, ihm die Hand reichen, und er würde sie immer noch nehmen. Ich konnte die Worte zu ihm sagen, die in mir vibrierten, konnte das wieder öffnen, was sich zwischen uns zu schließen begonnen hatte. Er saß da mit dieser verhuschten Mischung aus Vorwurf und Selbstmitleid und wartete darauf, doch im Grunde wünschte er es nicht. Was er sich wünschte, war, daß seine Frau ihn liebte. Ich preßte mein Herz zusammen und gab ihm nicht, was er nie vollkommen hätte empfangen können.

Er begleitete mich zum Zug.

»Ich mache das schon«, sagte ich und griff nach meinem Gepäck, doch er bestand darauf, es zu tragen, und hatte so keinen Arm frei, um mich zu berühren. Wir blieben vor der Tür zu meinem Abteil stehen. Es war hell erleuchtet, aber leer. Keine langbeinige Frau, die Tschechow las, kein kleines Mädchen in einer blau-gelben Uniform.

Marc setzte meine Taschen ab. Sein Mund verzog sich zu einem schiefen Lächeln. Er wollte sich entschuldigen, aber mit einem Kopfschütteln verhinderte ich es. Die Wörter *Liebe* oder *wenn* oder *immer* benutzten wir nicht. Unser Abschied – ein langsamer Kuß auf die Wange – war ernst und stumm, mit einer leisen Vorahnung von Befreiung. Später stand er auf dem Bahnsteig vor meinem Fenster, hatte die Hände tief in den Manteltaschen vergraben und die Arme fest an den Körper gepreßt, als wäre es sehr kalt auf dem Bahnhof. Ich wußte, daß er genauso zitterte wie ich. Wie gut ich durch das braune Glas zu sehen war, ahnte ich nicht, doch ihn hatte ich sehr deutlich vor Augen. Ich mußte daran denken, daß Leslie gesagt hatte, er sehe aus wie Abraham Lincoln. Das sah ich jetzt auch und lachte laut auf. Er lächelte zurück. Hatte ich es ihm nie erzählt?

Mein Körper zuckte, wollte aufspringen und zur Tür rennen, die sich jetzt gerade schloß. Dann bremste ich mich und blieb sitzen, denn so würde es von nun an immer sein.

Der Zug zitterte einmal kurz und fuhr dann sanft an, eine Nadel, die mit routinierter Zartheit aus dem Arm gezogen wird. Innerhalb von Sekunden war Marc nicht mehr zu sehen, ersetzt durch eine lange Reihe leerer, ausrangierter Züge. Auf viele der Waggons waren Hakenkreuze gesprüht. Ich war allein in meinem Abteil und knipste das Licht aus.

Wir ließen Paris rasch hinter uns und fuhren in die Dunkelheit hinaus. Auf einem fernen Berg funkelten lauter Lichtpünktchen. Ein Stück Alufolie schleifte über den Boden des Abteils. Ohne anzuhalten, passierten wir einen Bahnhof nach dem anderen. Ich schlief nicht.

Endlich brach die Morgendämmerung an und legte sich schimmernd auf die leeren roten Ledersitze. Draußen gab es blaugrüne Felder, mit winzigen Tauperlen, die aufglänzten und wieder verschwanden, und dahinter die schlummernden Umrisse von Bergen.

Am Vormittag stand die Sonne heiß am Himmel. Sie brannte durch die Windschutzscheibe des Lastwagens auf meine Beine. Ein alter Mann, der am Bahnhof meinen Namen genannt hatte, saß am Steuer. Die Straßen waren schmal und gewunden wie in dem Dorf der d'Aubrays außerhalb von Paris. Vor uns fuhren zwei Jungen auf Mädchenfahrrädern zickzack. Der Mann hupte einmal, und sie machten Platz und starrten von beiden Seiten in den Laster, als wir zwischen ihnen durch fuhren. Alle winkten, außer mir. Eine Schweißperle rollte mir über den Bauch. Als wüßte er es, sagte der Mann etwas über die Hitze. Sein Akzent klang irgendwie behindert, als klemme ihm etwas unter der Zunge. Ich konnte ihn kaum verstehen. Trotzdem nickte ich. »*Ouai.*« Als er meine Aussprache hörte, sagte er etwas Garstiges über Paris. Ich wurde in einen Halbschlaf geschaukelt und schreckte wieder hoch, weil hinten ein Kind wimmerte. Ich drehte mich um, aber auf dem Sitz lagen nur meine Taschen.

Wir bogen in einen holperigen Weg ein, der bergauf führte. Von oben sah man unter einem Dunstschleier Weingärten und Obstplantagen, die sich bis zu einer Kette dunkelblauer Berge erstreckten. Eine magere alte Frau stand auf dem Weg, und als sie den Wagen erkannte, ging sie langsam in die Einfahrt. Ihre lange Jacke flatterte um ihren gebeugten Rücken. Sie zeigte dem Mann mit einer Geste, wo er parken sollte. Ich trug in jeder Hand eine schwere Tasche, aber die Frau ergriff trotzdem meinen Arm. In der Nacht hatte es geregnet, wir machten einen Bogen um die dampfenden braunen Pfützen und gingen langsam zum Haus.

Zu Hause

Wenn man von Plaire zum Bahnhof von Alt will, fährt man an der Gabelung, wo Paco Paniaguas Bruder auf einem geliehenen Motorrad tödlich verunglückte, rechts. Man kommt an dem Restaurant in Limne vorbei, in dem Marcelle ihren sechzehnten Geburtstag feierte, und dann an dem Feld, wo Yvonne Nief vom Blitz getroffen wurde. Weit draußen vor der Stadt liegt das Gefängnis, in dem Kollaborateure einsaßen. Näher am Zentrum liegt Notre Dame de Nazareth. Das Gebäude ist leer, als Henri und ich daran vorbeifahren, die Schule beginnt erst wieder in einigen Wochen.

Auf den Gleisen ist ganz in der Ferne ein einziger großer Scheinwerfer zu erkennen. Lange Zeit scheint er nicht voranzukommen, er zittert in der Hitze; dann plötzlich rast der Zug auf uns zu, pfeift, bevor er die Kreuzung passiert, pfeift noch einmal kurz vor dem Bahnhof. Die ersten Waggons sausen vorbei. Reisende schultern ihr Gepäck, treten näher an die Gleise, versuchen zu erraten, wo die Bahnsteigkante auf eine Zugtür treffen könnte. Es ist jedesmal ein aufregender Augenblick voller Möglichkeiten, wenn ein Zug einfährt, laut und ungestüm, darin lauter Fremde. Und dann wird er immer langsamer, und die letzten Waggons kommen quietschend vor uns zum Stehen. Ich bin nicht bereit. Ich hoffe von ganzem Herzen, daß Nicole nicht in diesem Zug ist.

Aber da ist sie, als erste, nimmt die Hilfe eines uniformierten Arms in Anspruch und steigt aus. Sie trägt eine maßgeschneiderte preiselbeerrote Jacke mit passender Hose. Sie kommt langsam auf uns zu, schaut sich auf dem Bahnhof um, aber ohne den scharfen, kritischen Blick, mit dem sie gewöhnlich einen Raum betritt, sondern mit gleichgültigen Augen, die an nichts haftenbleiben, noch nicht einmal an den beiden Personen, die ihr entgegengehen, um sie zu begrüßen.

»Henri«, sagt sie und stellt ihren Koffer ab. Es ist einer der grünen Lederkoffer, die sie mit nach Spanien genommen hatte. Seine Messingbeschläge sind das einzige, was in Alt wirklich glänzt. »Du bist ein alter Mann.«

»Und du bist ein geschniegelter Pariser Snob!« Er lacht laut, reißt den Mund weit auf, und ich kann sehen, daß er tatsächlich noch Zähne hat, ganz hinten. Dann drückt er den Leinenanzug fest in seine Arme.

Ich merke, wie sie erstarrt, aber Henri wiegt sie einfach weiter hin und her. »Sie wird sich so über dich freuen«, sagt er ihr zart ins Ohr.

Als er sie freigibt, wendet Nicole sich zu mir und küßt mich. Sie klammert sich an mich, als suche sie Halt. »Wie geht es ihr?«

»Sie hütet das Bett.«

»Danke, daß du angerufen hast.«

Wir gehen zum Parkplatz. »Wie war die Fahrt?« frage ich.

»Gut.«

»Irgendwelche Marokkaner zum Kartenspielen?«

Sie schüttelt den Kopf, als verstünde sie die Anspielung nicht. Falls sie mit Anschuldigungen gekommen ist, ist sie ganz offensichtlich nicht in der Verfassung, schon jetzt eine Diskussion zu beginnen. Dieser Gedanke beruhigt mich, und mein Puls geht etwas langsamer.

Im Lastwagen plaudert Henri pausenlos, erzählt Nicole, die noch keine einzige Frage gestellt hat, vom Glück und Unglück sämtlicher Familien in Plaire. Ich klemme zwischen den beiden und wünschte, er würde nach Nicoles Familie fragen, doch das tut er nicht. Ich weiß, daß es vollkommen natürlich wäre, wenn ich selber fragte, und sogar befremdlich, wenn ich es nicht täte, aber jedesmal, wenn ich mir die Worte zurechtlege, klingen sie einstudiert. Wenn ich nach den Kindern frage, sieht es so aus, als wollte ich Marc nicht erwähnen, aber ich kann nicht zuerst nach ihm fragen. Und wenn ich nach allen zugleich frage – *Ça va tout le monde?* –, klingt es absichtlich vage. Jeder Satz, den ich im Geiste ausprobiere, hört sich an wie ein Geständnis.

Henris Geschichten wird kaum Beachtung geschenkt. Ich habe sie alle schon von Lucie gehört, die sie interessanter erzählt hat, und Nicole ist durch das abgelenkt, was hinter den Wagenfenstern liegt. Das erste Stück der Strecke von Alt nach Plaire führt über eine Hochebene, und die Straße schlängelt sich durch Felder mit lilafarbenen Fächern und höheren goldenen Stengeln: Lavendel und Weizen. Nicole kurbelt ihr Fenster ganz herunter, und das Fahrerhaus füllt sich mit dem scharfen Geruch der nahegelegenen Parfümdestillieranlage. Sie schließt die Augen und atmet ihn ein. Ich weiß nicht, woran sie der Duft nach Lavendelöl erinnert.

In Goulle fahren wir an der tiefen Schlucht entlang. Die hellen Shorts von Kletterern an der gegenüberliegenden Felswand blitzen durch die Bäume. Am Straßenrand marschieren weitere Kletterer mit Gürteln voller klirrender Haken Richtung Stadt. Ich bin noch nie durch Goulle gefahren, ohne welche zu sehen, aber heute wirken die Ausrüstung, die Muskeln und die fluoreszierende Kleidung grotesk. Ich spüre Nicoles Verachtung für diese Neon-Invasion. Hinter Goulle wird die Straße ebener, und wir beschleunigen. Von einer Anhöhe aus kann man die drei Städtchen Bourne, Limne und Plaire sehen. Jeder der Häuserhaufen klebt, von der Sonne gebleicht, an seinem eigenen Berg.

Henri klopft mir aufs Bein. »Müssen wir noch irgendwo anhalten?«

»Nein, wir sind versorgt. Bis Dienstag wird es mindestens reichen.«

»Nun hör dir das an«, sagt Nicole, ohne vom Fenster wegzuschauen. »Du bist eine richtige Provençalin geworden.«

Das stimmt. Ich rede nicht mehr wie eine Dreizehnjährige aus Paris, sondern wie eine alte Frau aus Plaire. Ich fürchte Nicoles Pingeligkeit, ihre Urteile und Etiketten. Alles wird dadurch verändert; ich werde verändert.

Während sie in der Einfahrt wartet, trage ich den grünen Koffer in das Zimmer unten, das ich für sie zurechtgemacht habe. Sie läßt ihren Blick weder über das Gelände schweifen, das einst ihrem Vater gehörte, noch irgendwo anders hin, sondern sieht nur auf den Kies vor ihren Füßen. Ich beobachte sie durch das Fenster, sehe sie da stehen, die Hände in den Jackentaschen, die Arme durchgedrückt, die Schultern hochgezogen. Sie hat dieselbe Haltung wie Marc auf dem Bahnsteig in Paris, so als würde jeden Augenblick etwas auf sie herabfallen. Ich verzehre mich nach Nachrichten von Marc. Hat er Lola meinetwegen auf immer verloren? Das ist eine der Fragen, die ich nicht über die Lippen bringe.

Von der Küche höre ich, wie Nicole schließlich das Haus betritt und wieder stehenbleibt. Alles würde sein wie immer: die gerahmten Gänseblümchen, der niedrige Kirschholztisch mit dem Astknoten an einer Seite, die leere grüne Schale, das Geräusch der Schuhe auf den Fliesen, all die ineinanderfließenden Gerüche.

Ich hoffe, sie geht sofort nach oben zu Lucie, die den Lastwagen in der Einfahrt gehört haben wird, doch das tut sie nicht.

»Komm, ich helfe dir«, sagt sie und betritt die Küche.

»Nein, ich mache nur einen Salat und wärme ein bißchen Suppe auf.« Ich bin verlegen wegen unserer Mahlzeit: Wir essen fast immer Suppe und Salat, die meisten Zutaten stammen aus dem Gemüsegarten hinter dem Haus. Mehr können wir uns nicht leisten. Als ich herausfand, wie wenig Geld Lucie jeden Monat erhält, wollte ich keinen Lohn mehr. »Wie wäre es, wenn Sie hochgingen und guten Tag sagten?«

Nicole hat schon begonnen, Tomaten kleinzuschneiden. »Schläft sie denn nicht?«

»Auch wenn sie schläft.«

»Gleich. Die hier auch?« Sie hält eine Schüssel mit gekochten Kartoffeln von gestern hoch. Sie sind klein und fleckig, aber wenn ich um die schwarzen Stellen herum geschnitten hätte, wäre nichts von den Kartoffeln übriggeblieben.

»Ja, bitte.« Die Kartoffeln sind auch schlecht geschält. Ich habe fast vergessen, wie quälend es ist, an der Seite von Nicole zu arbeiten. Aber Nicole schneidet die Kartoffeln in Viertel, als seien sie makellos.

»Fühlst du dich wohl hier, Rosie?«

»Ja.«

»Es ist ja nicht gerade ein Vergnügen für dich.«

Ich finde es eigenartig, daß Nicole, für die Vergnügen nie ein Argument war, selbst in ihrer Kindheit nicht, mich so etwas fragt.

»Aber vielleicht hast du ja Freunde gefunden?«

Nicole, die keine Freunde besitzt.

Anstatt zu antworten, stelle ich meine Frage: »*Ça va tout le monde?*«

Sie blickt mich plötzlich fröhlich an, als hätte sie die vier Menschen in Paris vergessen, die uns beiden nahestehen. »Es geht ihnen sehr gut. Und sie schicken dir alle dicke Küsse.«

Bevor sie fortfahren kann, sage ich: »Gehen Sie jetzt nach oben. Den Rest mache ich allein.«

Sie legt das Messer hin, geht aber nicht sofort. Bei Marc gehörten zu jeder Ortsveränderung – vom Auto zum Haus, von der Küche ins Arbeitszimmer – ein oder zwei müßige Sekunden, eine Pause zum Besinnen. Wie oft habe ich beobachtet, wie er seinen Stuhl vom Tisch wegrückte und dann, mit den ausgestreckten Händen an der Tischkante, sitzen blieb, um sich innerlich umzustellen. Ich vermisse ihn ganz schrecklich, als ich, völlig unerwartet, etwas von ihm in seiner Frau entdecke.

Nicole geht die Treppe hoch, und ich bin froh, daß ich bei dieser Wiederbegegnung nicht dabei bin. Ich blende die Geräusche von oben aus, indem ich das Lied vom Marienkäfer singe, das Lucie mir beigebracht hat, während ich den Salat fertig anrichte und die Suppe heiß mache. Ich warte darauf, daß Nicole zum Essen herunterkommt. Die Vinaigrette hinterläßt schon einen braunen Ring in der Schüssel, und auf der Suppe bildet sich eine feste Haut. Die Flecken auf den Kartoffeln werden dunkler. Ich fülle mir etwas auf einen Teller, mache ein Tablett für sie fertig und trage es hoch.

Die Tür, die Lucie am liebsten geschlossen hat, steht offen, und die Fenster sind bis ganz nach oben geschoben. Ein starker warmer Luftstrom weht durch den Raum und schüttelt Staub aus den Vorhängen.

Nicole hat meinen Stuhl frei gelassen, den Stuhl, auf dem ich im vergangenen Monat Tag und Nacht gesessen habe. Sie hat sich einen anderen ans Bett gezogen. Sie hat Lucie mit zusätzlichen Kissen im Rücken aufgerichtet und ihr ein frisches Nachthemd angezogen. Das alte, das ich ihr nicht ausziehen mochte, um sie nicht zu belästigen, liegt zusammen mit den Kissenbezügen neben der Tür.

Sie sitzen da wie Liebende, mit erhitzten Gesichtern und verschlungenen Händen. Ich stelle das Tablett auf die Lehnen meines leeren Stuhls, hebe die schmutzige Wäsche auf und gehe wieder. Sie rufen mir nach, ich solle bleiben, aber ich steige weiter die Treppe hinunter. Ich lasse die Wäsche in der Küche und gehe durch die Hintertür nach draußen.

Die Luft hat sich endlich verändert. Die Blätter machen ein schärferes Geräusch, wenn sie rascheln. Selbst das Gras fühlt sich älter und steifer an. Vor Frankreich habe ich den Wechsel der Jahreszeiten nie gespürt, ihm nie Beachtung geschenkt. Heute kann ich ihm nicht entkommen: Die Bäume rauschen genauso, die Sonne brennt genauso heiß und erschöpft wie vor einem Jahr, als ich das Kind meiner Schwester gebar. Alles ist wiedergekehrt. Wird das Ende des Sommers jetzt immer diese Bedeutung haben, mein ganzes Leben lang? Er ist ein Jahr alt. Läuft vielleicht schon. Spricht ein paar Wörter, die nur Sarah versteht. Für ihn wird es keine Erinnerung geben, keine Jahreszeit des Verlusts. Er wird sich nie so nach mir sehnen, wie ich mich immer nach ihm sehnen werde.

Drinnen kann ich Nicole hören. Sie knallt Schränke zu, nimmt die Dinge in die Hand.

»Rosie.« Sie kommt hinten an die Treppe gelaufen. »Ich kann den Wäschezuber nicht finden. Er steht nicht mehr unter dem Spülbecken.«

»Es gibt eine Maschine«, erkläre ich ihr. »Aber das mache ich schon.«

»Nein, das wirst du nicht. Du hast hier täglich dreißig Stunden gearbeitet. Und dein Essen hast du auch noch nicht angerührt.«

An diesem Abend sitzen Nicole und ich beide an dem Klapptisch, den ich neben Lucies Bett gestellt habe. Wir quetschen uns alle in eine Ecke des Schlafzimmers, wie auf einem Schiff, das Schlagseite hat. Wir sprechen nur von der Gegenwart. Lucies Interesse an Nicoles Familie in Paris ist unersättlich, und Nicole spricht lieber über sie als über irgend etwas anderes. Lucie lauscht mit geschlossenen Augen und einem gelegentlichen satten Lächeln, obwohl sie nichts von ihrem Teller gegessen hat.

Keiner spricht davon, daß sie sterben wird, weder Nicole noch Henri, noch der Arzt, der an diesem Nachmittag vorbeigeschaut hat. Ich habe mir angehört, was er zu Flüssigkeiten, fester Nahrung und Dosierung von Arznei gesagt hat. Doch ich habe ihn nicht um weitere Auskunft gebeten, nicht nach einem Namen für ihren Zustand oder nach einer Prognose gefragt. Und Nicole auch nicht.

Zwei Tage später steht Nicole früh auf – zu früh, scheint mir, um irgend etwas zu tun, außer um mit dem Zug nach Paris zurückzufahren.

»Ich habe Henri gebeten, um neun vorbeizukommen«, sagt sie. »Ich möchte gerne einen bestimmten Ort aufsuchen, und ich möchte nicht alleine gehen.« Ich rätsele, wo sie ihn wohl hinführen wird. »Das heißt, wenn es dir recht ist, Rosie, hätte ich gern, daß du mitkommst.«

Sie führt mich vorbei an Lucies fünf Reihen mit Weinreben, vorbei am Gemüsegarten, über eine niedrige Steinmauer und auf das Land ihres Vaters, das direkt nach seinem Tod an ein Obstbauunternehmen in Avignon verkauft wurde. Wir ignorieren die Männer, die mit der Arbeit aufhören, um zuzusehen, wie zwei Frauen im Unterholz verschwinden, und betreten den alten Pfad zum Steinbruch.

Obwohl wir beide gewußt haben, daß der See trockengelegt wurde, ist es ein Schock. Das Loch ist gewaltig. Nach einer Weile geht Nicole an den Rand. Dann klettert sie an der flachsten Stelle bis ganz hinunter in das Becken. Auf dem Grund liegen zerknüllte Zigarettenschachteln und leere Schnapsflaschen. Es ist immer noch ein beliebter Platz für Sommernachtspartys. Ein paar Plastiktassen, einige noch halb voll, stehen auf einem Felsen von Teetischhöhe. Der Steinbruch ist ein perfektes Freiluftwohnzimmer. Es gibt Couchen, Liegen, kleine Zweiersofas. An einem Felsvorsprung hängt noch ein Hut.

Nicole hockt sich hin und streicht mit der Handfläche über die lockere Erde. »Obwohl sie mir etwas anderes erzählt haben, habe ich mir immer vorgestellt, daß es hier unten eben und glatt ist, mit weichem Gras, wie eine Wiese. Ich weiß nicht, wieso.« Sie spricht leise, aber ihre Stimme dringt bis zu mir nach oben. Sie bleibt an dieser Stelle hokken – das Haar ist ihr in zwei spitzen Dreiecken ins Gesicht gefallen, ihr Kinn ruht auf einem Knie – und streichelt die Erde. Zum erstenmal nehme ich das Kind und die Frau als ein einziges Wesen wahr.

Als sie aufsteht, blickt sie dorthin, wo früher das Ufer war. Ich bemühe mich, das zu sehen, was sie sieht: den Jungen und den Stein, Marie-Jo bei einem wagemutigen Sprung oder die zögernde Marcelle. Ich wünschte, sie würde wieder hochkommen. Etwas ist merkwürdig. In langen, zittrigen Fingern wandert das Sonnenlicht über die

Wände des Beckens; der Hut auf der Felsnase wippt langsam. Es ist, als wäre das Wasser nie aus dem Steinbruch gelassen worden. Nicole scheint es plötzlich auch zu spüren. Ich habe sie sich noch nie so schnell bewegen sehen. Sie klettert an den Felsen hoch und stürzt zweimal. Ich halte ihr eine Hand hin, aber sie schüttelt den Kopf und geht an mir vorbei zu den Büschen. Auf halbem Weg muß sie sich übergeben. Als es vorbei ist, bleibt sie einfach so stehen, mit den Händen auf den Knien.

Mir fällt ein, wie Sarah mir morgens immer den Rücken gerieben und mit einem Handtuch das Gesicht abgewischt hat.

Nicole hört meine Schritte hinter sich und sagt: »Es geht gleich wieder.« Als ich nicht stehenbleibe, sagt sie schärfer: »Bitte. Laß mich in Ruhe.« Doch als ich mit der Hand sachte über die kleine gebückte Gestalt fahre, atmet sie tief aus und sagt nichts mehr.

Dienstag nachmittag besteht sie darauf, mit mir in die Stadt zu gehen.

»Laßt euch Zeit, ihr zwei. Wir kommen hier gut zurecht«, sagt Henri vor der Schlafzimmertür zu mir. »Heute scheint es ihr ja besserzugehen.«

Ich nicke, obwohl ich keinerlei Veränderung bemerke. Sie hat immer noch Fieber und keinen Appetit.

Ich warte in der Einfahrt auf Nicole. Durch die offenen Fenster kann ich hören, wie sie sich schönmacht: Eine Bürste wird hingelegt, ein Kosmetikkoffer schnappt zu, ein

Parfümzerstäuber wird zweimal gepumpt. Für die Straßen von Plaire und für das Wetter wird sie viel zu schick sein. Direkt über uns stehen flockige weiße Wolken, aber weiter westlich, kurz vorm Horizont, ist der Himmel dunkel, und das Tal liegt in einem kränklichen gelbgrünen Licht.

»Ein Unwetter zieht auf!« rufe ich nach drinnen.

»Ich komme!«

Nicole erscheint in einem anderen Anzug, einem schiefergrauen diesmal. Um die Taille trägt sie einen Ledergürtel mit einer großen goldenen Schnalle. Ihre glänzende Handtasche schlägt gegen ihre Hüfte.

Nur an den Umgang mit Lucie gewöhnt, sage ich: »Wir gehen nicht zur Place Vendôme.«

Nicole bleibt stehen und hält einen Fuß in die Luft. »Ich trage flache Schuhe. Und keine Strümpfe.«

»Keine Strümpfe unter langen Hosen. Wie skandalös!«

Ich muß zugeben, daß es nett ist, wieder jemanden zu haben, der mich in die Stadt begleitet.

Die Wolken ballen sich zusammen, und die Sonne kommt immer seltener zum Vorschein, bis sie ganz verschwindet. Trotzdem glaube ich, daß wir noch vor dem Regen zurück sein werden.

Jean-Baptiste, der Sohn des Milchmanns, kommt uns mit seinem Kleinbus entgegengebraust und wird langsamer, als er mich erkennt. »Ich wollte euch gerade ein paar Sachen bringen.«

»Danke. Das ist sehr nett. Henri ist da.«

Er bemüht sich kaum, seine Enttäuschung über das

schlechte Timing zu verbergen. Er nickt Nicole zu und erkundigt sich nach Lucie.

»Heute scheint es ihr besserzugehen«, sage ich, indem ich Henri imitiere, weil ich wünschte, es wäre wahr.

Das Auto, das geduldig hinter ihm gewartet hat, hupt jetzt.

»Du findest immer ein paar Bewunderer, nicht wahr?« sagt Nicole, als er weiterfährt.

»Er ist kein –«

»Ich habe aber schon gehört, daß er einer ist.«

»Sie hat ein ziemlich freches Mundwerk für eine kranke Frau.«

Ein paar Bewunderer. Ist das ihr Vorwurf?

Sie bleibt stehen. »Mein Haus«, sagt sie vor ihrer alten Einfahrt.

»Möchtest du einen Blick darauf werfen?«

»Nein.«

Wir halten zuerst bei der Apotheke, um die neu verschriebenen Medikamente zu holen. Beim Geräusch der Tür blickt der Apotheker von seiner Illustrierten auf. Wie so viele in Plaire hat er mich inzwischen in seine Verehrung für Lucie einbezogen. Sein Gesicht, ganz zerknautscht vor Konzentration, entspannt sich. Nicole glaubt, daß die Begrüßung ihr gilt.

»Monsieur Dudon«, sagt sie im Tonfall des Kindes, das ihn kannte.

Er gibt sich keine Mühe, seine Verwirrung zu verbergen, so daß sie, als sie den Ladentisch erreicht, schon wieder in ihren Pariser Singsang gefallen ist. Sie streckt ihm die Hand hin und stellt sich vor. Ihr Mädchenname belebt sein umwölktes Gesicht nur wenig.

Der Vorfall scheint ihre plötzliche Begeisterung für Plaire kaum zu dämpfen, und als wir durch die Straßen wandern, zeigt sie auf eine Tür und behauptet, das sei früher die Zweigstelle der Zeitung gewesen, wo sie einen Sommer lang die Artikel gegengelesen hat. Von diesem Job habe ich noch nie gehört, und ich dachte, das Zeitungsbüro sei früher neben der Polizeiwache gewesen.

»Nein, es war mein Leben lang genau hier.«

Bis auf einen mageren Hund, der uns gefolgt ist, sind wir allein auf der Straße.

»Geh nach Hause, Greco«, befehle ich, obwohl der Hund mich nicht stört. Ich möchte nur vor Nicole seinen Namen sagen und die Stadt, die sie mir wegnimmt, wieder für mich beanspruchen.

Das hätte ich nicht müssen. Beim Lebensmittelhändler, beim Bäcker und beim Metzger bestätigt mir der warme Empfang meinen Platz in Plaire. Nicole bleibt in jedem Geschäft bei der Tür stehen. Die Frauen nehmen sie nur so kurz zur Kenntnis wie alle Fremden, mit einer Art *Hmm* der Augen, und die Männer bewundern ihre Schönheit mit demselben distanzierten Ausdruck, mit dem sie eine attraktive Frau auf einem Plakat an der Bushaltestelle betrachten.

Das kränkliche Licht erreicht uns, als wir mit unseren Besorgungen fertig sind. Meiner Schätzung nach bleiben uns für die über drei Kilometer nur noch fünfzehn Minuten. Ich eile den Berg hinunter. Nicole fällt einige Schritte hinter mich zurück.

»Ich bin ein Gespenst«, höre ich sie sagen, gehe aber weiter.

Dann höre ich keine Schritte mehr. Sie ruft mich laut, als wäre ich weit entfernt. Sie dreht das lockere goldene Uhrarmband um ihr Handgelenk. »Ich würde gerne einen Anruf machen.«

Vielleicht beim Bahnhof. Vielleicht will sie heute abend wieder fahren. »Machen Sie schnell. Es wird gleich schütten.«

»Die Post ist doch noch immer oben am Platz?« Was sie eigentlich fragt, ist, ob ich mitkomme.

Die Telefonzellen befinden sich hinten im Gebäude. Ich setze mich auf den Sitz, der am weitesten von Nicoles Zelle entfernt ist, aber der Raum ist leer, und ich kann Nicoles Stimme gut hören, allerdings kaum die einzelnen Wörter. Ich höre, wie sie laut lacht, ein bißchen stöhnt, etwas von sich weist. Sie spricht sehr lange mit leiser Stimme und lacht dann wieder. In der Tür ist ein schmaler Glasstreifen, durch den ich einen schmalen Streifen von ihr sehen kann. Sie wippt auf ihrem Stuhl herum. Dann steht sie auf und öffnet die Tür.

Ich greife nach unseren Einkaufstaschen und hoffe immer noch, daß wir es vor dem Regen schaffen. Aber Nicole hält mir den Hörer hin. »Möchtest du mit Marc sprechen?«

Ich setze die Taschen ab. Nein, denke ich schnell. »Ja, gut.« Hat er danach gefragt, oder hat sie es vorgeschlagen?

Nicole tritt heraus, und ich gehe hinein.

Er müßte jetzt auf der Arbeit sein. »*Ça va, Rosie?*« Es

war eindeutig Nicoles Idee. Er klingt distanziert, als versuche er, den Abstand zwischen Paris und Plaire noch zu vergrößern.

»*Oui, ça va.*« Ich kopiere seinen Ton, da ich den Eindruck erwecken will, daß Nicole noch neben mir steht, dabei ist sie aus dem Warteraum verschwunden.

Wir fangen zur selben Zeit an zu sprechen, hören auf und beginnen noch einmal.

»Sie zuerst«, sagt er.

»Nein, Sie.«

Wir benutzen wieder das *Vous*. Ich möchte auflegen.

»Geht es Ihnen dort gut?« fragt er.

»Ja, danke.«

»Kann ich das glauben?«

»Wie geht es Lola?« Das ist im Grunde alles, was ich wissen möchte.

»Gut.« Er klingt defensiv. Ich gebe ihm Zeit, und schließlich sagt er: »Wir haben miteinander gesprochen. Ziemlich viel.«

»Gut.«

»Wahrscheinlich.«

Es ist unfaßbar, daß ich den Klang seiner Stimme in meiner Hand halte. Es kommt mir so notwendig, so wichtig vor. Ich möchte nicht loslassen. Doch er tut es.

»Wir vermissen Sie«, sagt er.

»Ich vermisse Sie.« Wieder das *Vous*, so sicher in seiner französischen Doppeldeutigkeit. »Es fängt an zu regnen. Wir sollten jetzt besser gehen.«

Das letzte, was er sagt, ist *au revoir*, aber ich werde ihn nie wiedersehen. Es ist eine betrügerische Art, Lebewohl zu sagen.

Nicole steht an der Tür und sieht hinaus auf den Platz. Es hat zu nieseln begonnen, und als wir einen halben Straßenzug weiter sind, prasselt der Regen auf den Bürgersteig. Wir stellen uns in einen Eingang, während der Regen laut auf die Markise über unseren Köpfen knallt. Er fällt immer heftiger, und der Wind weht ihn in alle Richtungen. Schon bald stürzt das Wasser in Bächen über die Straße. Die Luft wird wärmer, als hätte der Regen die Hitze aus der Erde gezogen.

Nicole berührt meinen Arm. »Riech mal«, sagt sie und atmet tief ein. »Das ist der Geruch« – sie hält inne, atmet noch einmal – »von allem.«

Ihr Gesicht strahlt. Trotz allem ist sie zu Hause.

Überall haben sich die Menschen in kleinen Gruppen untergestellt. Hin und wieder flitzt jemand über die Straße, mit einer Zeitung oder einer Plastiktüte als Schutz. Niemand hat einen Schirm.

Ein Kellner rennt über die Terrasse des Café Plaire, um die Holztafel zu retten, auf der sie ihre Spezialitäten anpreisen. Nicole fragt mich, ob ich einkehren möchte.

Wir machen es wie die Flitzer, obwohl wir keine Hand frei haben, um den Kopf zu bedecken, und wegen der schweren Taschen sind unsere Schritte unsicher. An der Schwelle zum Café rutscht Nicole aus, fängt sich dann wieder, stößt aber doch einen Schrei aus. Das Geräusch dringt durch die offene Tür, und als wir den Raum betreten, ist Marie-Jo, die ganz hinten steht, eine der wenigen, die sich nicht nach uns umdrehen.

Nicole sucht einen Platz in der verstecktesten Ecke. »Hier konnte man am Samstagnachmittag immer meinen Vater finden.« Sie streicht über den Tisch, als wollte sie mit den Fingern ein verirrtes Ascheflöckchen von seiner Pfeife einfangen.

Aber ich kann mir Octave oder Marcelle nicht mehr vorstellen. Selbst Marie-Jo, die jetzt in ihrem Kaffeeflecken-Kittelkleid am Tresen steht, ist für mich nicht mehr real. Ebenso wie diese Straße mit ihrem Geruch und das Telefonat mit Marc gehört sie Nicole. Und mir bleibt nur noch, auf sie zu zeigen, so daß Nicole sich umdrehen und ihre Schwester sehen kann, die am Tresen lehnt und sich ernst mit dem Barmann unterhält.

Der Kellner, der in den Regen hinausgelaufen war, nimmt unsere Bestellung, zwei Tassen Schokolade, entgegen, Wasser tropft aus seinem Haar auf den Bestellblock. Ich frage nicht, aber Nicole erzählt mir alle Neuigkeiten von Paris. Das Wetter ist grauenhaft, und Lola und Odile gehen seit fünf Tagen jeden Nachmittag ins Kino. Da sind sie auch jetzt gerade. Guillaume ist bei Arnaud. Die Sommer-Au-pair ist wieder fort, und die nächste wird erst mit dem Schulbeginn in zwei Wochen anfangen. Marc macht die ganze Kocherei. »Heute abend«, sagt sie, »kocht er dein Nudelgericht. Das mit Fenchel und den Fleischbällchen.«

»Speck.«

»Ich glaube, er hat Fleischbällchen gekauft.«

Wir grinsen über Marcs Irrtum. Ich stelle mir vor, daß ich wieder in meiner Küche bin, nur mit Marc und den Kindern und meinen Radiokrimis. Dort habe ich einmal hingehört.

»Ich habe mir überlegt, daß ich eine Weile hierbleiben werde«, sagt Nicole im selben Ton, mit dem sie den Anruf erwähnt hat, so als frage sie um Erlaubnis.

»Selbstverständlich.«

»Und ich dachte mir, du könntest vielleicht hochfahren und bis zur Rentrée aushelfen.«

Das ist meine Chance, die Chance, Lola alles zu erklären oder Marc wieder in den Armen zu halten. Es ist meine Chance, vor Lucies Tod zu fliehen.

»Nein.« Es schießt aus mir heraus, bevor ich es verhindern kann. Es kommt von einer Stelle, die sich nicht in Versuchung führen, sich nicht schwach machen läßt, einer Stelle, die keine Angst hat: einer Stelle, von der ich gar nicht wußte, daß sie in mir existiert. Und obwohl es ganz und gar nicht die Antwort ist, die ich hätte geben wollen, tut es gut, Nicole etwas Klares, Vernünftiges, Eindeutiges zu sagen.

Ich frage mich, ob es ein Test ist, ob Nicole wissen möchte, wie schnell ich die Gelegenheit ergreife, zu Marc zurückzukehren. Weiß sie Bescheid? Sie scheint alles und nichts zu wissen. Vielleicht war es auch nie wichtig für sie, Bescheid zu wissen. Mir fällt wieder ein, wie sie in der Zelle telefoniert hat, wie sie herumgewippt ist und gekichert hat und wie sie miteinander gefrotzelt haben. Nein, es war überhaupt nicht wichtig.

»Es würde nicht für lange sein. Nur bis das neue Mädchen kommt.«

Hinter ihr löst Marie-Jo sich vom Tresen, um zu gehen.

»Da ist Ihre Schwester.«

Sie dreht gerade noch rechtzeitig den Kopf, um zu sehen, wie Marie-Jo drei Stufen auf einmal nimmt und durch die Tür geht.

Nicole bleibt mit halboffenem Mund sitzen, wie eine Amerikanerin. Dann sagt sie: »Ich dachte, sie lebt –«

»Sie ist zurückgekommen.«

Marie-Jo eilt am Fenster vorbei, in einer Hand hält sie eine braune Tasche, mit der anderen versucht sie ihren Kopf zu schützen. Ihr Gesicht ist schon naß vom Regen, aber sie schaut erwartungsvoll nach vorne, als würde der nächste Schritt sie auf trockenen Boden bringen. Nicole springt auf und setzt sich wieder.

»Sie sollten länger bleiben, Nicole.«

»Dann gehst du also nach Paris?«

Ich schüttele den Kopf. »Sie kommen dort gut alleine zurecht.«

Das Fenster neben uns ist wieder leer. Der Regen prasselt in langen Sturzbächen gegen die Scheiben, dann spritzt er nur noch. Der Kellner räumt unsere Tassen ab und stellt zwei neue hin, obwohl wir uns beide nicht erinnern können, sie bestellt zu haben. Das Café ist jetzt voll, heiß und verraucht. Alle zusätzlichen Stühle an den Wänden sind aufgestellt worden. Am anderen Ende des Raums ist ein Kind in den Armen seiner Mutter aufgewacht und beginnt zu weinen. Es ist ein Geräusch wie jedes andere in dem Café, wie das ständige Geklapper von Tellern und Tassen, das Klacken der Dominosteine, das Hinklatschen der Karten und das schallende Gelächter.

Wieder fällt mir ein, daß Herbst ist. Ich denke an das Wort *rentrée*, Rückkehr. Seit fast einem Monat habe ich jetzt nachts durchgeschlafen. In meiner Brust spüre ich eine kleine, undefinierbare Freude bei der Erinnerung an einen Schmerz, der nachgelassen hat. Ich denke an all die ungeöffneten Briefe draußen in dem Holzbehälter. Einige sind so dick, daß sie die Umschläge extra verkleben mußte. Es regnet heftig, und der Behälter hat Risse, aber er steht geschützt unter dem Dachvorsprung. Die Briefe werden immer noch trocken sein. Ich werde morgen den ganzen Tag brauchen, um sie zu lesen.

»Hatte Lucie eine Schwester?« frage ich.

»Nein. Sie hatte Brüder.«

»Brüder«, wiederhole ich, und wir sehen einander verwundert an.

»Zwei Zwillingspaare. Und alle vier haben sich in Laure verliebt, die Cousine meiner Mutter«, beginnt Nicole, und sie spricht weiter, bis der Regen nachläßt und die Wolken gen Osten wandern und wir auf die Terrasse treten, hinaus in die Stunde schimmernden malvenfarbenen Lichts.

DANKSAGUNG

Ich möchte gerne folgenden Personen für ihre Freundlichkeit, Großzügigkeit und unermüdliche Unterstützung dieses Buchs danken: Meiner Schwester Lisa und ihrem Mann Lanny; meinem Mann Tyler; Laura und Tom McNeal, Cammie McGovern, Jeff Darsie, Kathie Min, Naeem Murr, Lucie Prinz, Tobias Wolff, Don Lee, der MacDowell Colony, Beth Gutcheon, Wendy Weil und meiner hervorragenden Lektorin Elisabeth Schmitz. Ganz besonders möchte ich meiner Mutter danken für ihren unerschütterlichen täglichen Zuspruch, ihre Begeisterung, ihre Klugheit und ihr Vertrauen.